ANNA QUINDLEN, Jahrgang 1952, gehört in den USA zu den wenigen ganz großen Autorinnen, die sowohl das breite Publikum als auch die Literaturkritik begeistern. Für ihre Kolumnen in der New York Times erhielt sie 1992 den Pulitzer-Preis. *Ein Jahr auf dem Land* verkaufte sich eine viertel Million Mal in den USA und war auch in den deutschsprachigen Ländern ein Erfolg. *Der Platz im Leben*, ihr neuester Roman, stand auf der New-York-Times-Bestsellerliste.

Der Platz im Leben in der Presse:

»Meisterhaft und mit großer Wärme erzählt Anna Quindlen von den Turbulenzen im Leben.« *USA Today*

»Ein kluger Roman über New York und seine Bewohner – großartig gebaut und überraschend.« *The Washington Post*

»Quindlen erzählt mit scharfsichtigem Blick, dass alte Gewohnheiten keine Zukunftsoption sind und der Aufbruch in ein neues Leben wunderbar sein kann.« *Münchner Merkur*

»Inspirierend!« *DONNA*

Außerdem von Anna Quindlen lieferbar:

Ein Jahr auf dem Land
Unsere Tage im Haus am Fluss

Besuchen Sie uns auf www.penguin-verlag.de und Facebook.

Anna Quindlen

Der Platz im Leben

Roman

Aus dem Englischen
von Tanja Handels

Die englische Originalausgabe erschien 2018 unter
dem Titel *Alternate Side* bei Random House,
einem Imprint von Pengun Random House LLC, New York.

Penguin Random House Verlagsgruppe FSC® N001967

1. Auflage 2021
Copyright © 2018 by Anna Quindlen
Copyright © der deutschsprachigen Ausgabe 2019 by Penguin Verlag
in der Penguin Random House Verlagsgruppe GmbH,
Neumarkter Straße 28, 81673 München
Umschlag: www.buerosued.de nach einem Entwurf von
Designbüro Lübbeke, Naumann, Thoben
Umschlagmotiv: Mauritius images/Ellen McKnight/Alarmy/
Nr. mauritius_H_9.BEXDB9
Gesamtherstellung: GGP Media GmbH, Pößneck
Printed in Germany
ISBN 978-3-328-10645-6
www.penguin-verlag.de

Dieses Buch ist auch als E-Book erhältlich.

Für Lynn Shi Feng –
außergewöhnliche Mutter, Ehefrau, Anwältin
und geliebte (Schwieger-)Tochter

»Das Geheimnis einer guten Ehe bleibt ein Geheimnis.«

HENNY YOUNGMAN

»Sieh dir das an«, sagte Charlie Nolan und breitete den Arm aus wie ein Oberkellner, der seinen Gästen einen besonders guten Tisch zuweist.

»Ach, jetzt hör schon auf.« Nora Nolan blickte durch die schmale Öffnung auf den Parkplatz, an dessen Ende sie mit Mühe die vordere Stoßstange ihres Wagens erkennen konnte.

»Es ist ein Traum, Bun«, sagte Charlie. »Komm schon, es ist ein Traum, das musst du zugeben. Sieh. Dir. Das. An.« Das tat Charlie immer, wenn er sichergehen wollte, dass man ihn auch verstand: Er machte Wörter zu Sätzen. Mit Punkten dazwischen.

Ein. Super. Deal.

Der. Hat's. Drauf.

Und an dem Abend vor fast fünfundzwanzig Jahren, als sie sich in einer überfüllten Bar im Village kennenlernten, die inzwischen ein veganes Restaurant war: Du. Bist. Toll.

Richtig. Richtig. Toll.

Nora wusste nicht mehr genau, wann sie das erste Mal gedacht, wenn auch nicht gesagt hatte: Nur. Noch. Nervig.

Zwischen den schmalen Stadthäusern, die auf ihrer Straßenseite in Reih und Glied standen wie schlanke Soldaten mit makelloser Haltung und unbewegter Miene, befand sich eine unübersehbare Lücke, ein fehlendes Truppenmitglied, der hausbreite Eingang zu einer Brachfläche, die zu einem Freiluft-Parkplatz umfunktioniert worden war. Nur sechs Autos passten hin, und weil praktisch jeder Anwohner einen Stellplatz wollte, waren sie zur heißen Ware geworden, zu einer eigentümlichen Form von Statussymbol.

Ein Buch über Stadtgeschichte aus dem Archiv eines Museums, in dem Nora einmal zum Vorstellungsgespräch gewesen war, hatte ihr verraten, dass das Haus auf dieser Parzelle komplett ausgebrannt war und die Besitzer sich nie die Mühe gemacht hatten, es wieder aufzubauen. Das war Anfang der Dreißiger gewesen, als dem Land, der Stadt und der West Side von Manhattan das Geld fehlte, was sich in den Siebzigern dann wiederholt hatte und zweifellos auch in Zukunft wieder passieren würde, denn so war schließlich der Lauf der Welt.

Aktuell schien das allerdings fast undenkbar. Eine Straße weiter war gerade ein Haus für zehn Millionen Dollar weggegangen, nach einem regelrechten Bieterkrieg. Die bisherigen Besitzer hatten seinerzeit, als ihre Kinder klein waren, sechshunderttausend dafür bezahlt. Nora wusste das, weil ihre Nachbarn und sie sich ununterbrochen über Immobilien austauschten. Ihre Kinder, ihre Hunde und die Immobilienpreise – das war die Heilige Dreifaltigkeit der Gesprächsthemen in gewissen New Yorker Kreisen. Bei den Männern gab es noch Golfplätze und Weinhändler abzuhandeln, bei den Frauen Dermatologen. Wenn Nora an die Spielplatzgespräche von früher zurückdachte, als ihre eigenen Kinder klein waren, wurde ihr bewusst, dass nicht mehr der Name des besten Kinderarztes zählte, sondern der des besten Schönheitschirurgen.

Eine einzelne Straße inmitten der gefühlt bevölkerungsreichsten Insel auf Erden – in Wirklichkeit schafften sie es nicht einmal unter die Top Ten, wie Nora einmal von einem Geografieprofessor erfahren hatte –, und man kam sich doch vor wie in einer Kleinstadt. Wer hier ein Haus besaß, hatte nicht nur die eigenen, sondern auch die Kinder der anderen aufwachsen sehen, hatte die Hunde auf ihrem Weg vom Welpen bis zur Gebrechlichkeit und schließlich ins Krematorium auf dem Haustierfriedhof in Hartsdale begleitet. Jeder wusste, wer wann renovierte und wer es sich nicht leisten konnte. Sie hatten alle denselben Handwerker.

»Sie leben tatsächlich in dieser Sackgasse?«, war Nora vor vielen Jahren einmal bei einer Vernissage gefragt worden. »Ein Freund von mir hat da ein Jahr zur Miete gewohnt. Er meinte, das sei wie eine Sekte.«

Kein Mensch, der in dieser Straße ein Haus besaß, interessierte sich für die Mieter. Sie kamen und gingen, mit ihren Schlafsofas, ihren nachgebauten Designklassikern und den *Ikea*-Umzugskisten am Randstein. Sie waren jung, ungebunden. Sie hängten an Weihnachten keine Kränze an die Tür, stellten keine Blumenkästen auf die Fensterbank.

Die Hausbesitzer hingegen taten das, und sie blieben.

Von Zeit zu Zeit klapperten Immobilienmakler die Straße ab, schoben ihre Visitenkarten durch die Briefschlitze, darauf hingekritzelt eine Mitteilung wegen dieser eigenartigen Brachfläche am oberen Ende der Straße, die Nachfrage, wem sie gehörte und ob sich dort wohl ein neues Stadthaus bauen ließ. Einstweilen blieb sie ein kleiner, schlecht gepflegter Parkplatz von kurioser Form, wie in einer dieser Geometrieaufgaben, die nur dazu dienten, angehenden Studierenden bei der Uni-Aufnahmeprüfung einen Strich durch die Rechnung zu machen: Bestimmen Sie die Fläche dieses Rhombus. Und auf dem schlechtesten Stellplatz, in die letzte Lücke hinter dem angrenzenden Haus geklemmt, stand jetzt Charlie Nolans Volvo Kombi, im Farbton Sherwood Green. Nach Noras Schätzung konnte er dort seit höchstens fünf Stunden stehen, aber die Windschutzscheibe war bereits mit dem kreidig-weißen Konfetti der Tauben-Hinterlassenschaften gesprenkelt.

Am Morgen, kurz nach Sonnenaufgang, hatte Charlie das Deckenlicht im Schlafzimmer angemacht, strahlend, wie er das sonst nur tat, wenn er an einem großen Abschluss beteiligt gewesen war, seinen Bonus zu niedrig geschätzt oder für eine Flasche Wein weniger bezahlt hatte, als sie seines Erachtens wert war.

»Ich habe einen Stellplatz!«, krähte er.

Nora stemmte sich auf die Ellbogen hoch. »Bist du noch zu retten?«, fragte sie.

»Sorry, sorry, sorry!« Charlie machte das Licht sofort wieder aus, verharrte aber im Türrahmen. Es gab eine altgediente Abmachung in ihrer Ehe: Außer in absoluten Notfällen durfte Nora an den Wochenenden ausschlafen. Sie sah sich als Mensch mit wenigen Grundbedürfnissen, aber

Schlaf gehörte eindeutig dazu. Das halbe Jahr, in dem ihre Kinder mitten in der Nacht gefüttert werden wollten oder zumindest wach wurden, zählte zu den schwierigsten Phasen ihres Lebens. Hätte sie nicht gleich Zwillinge bekommen, sie hätte es wahrscheinlich bei einem Kind belassen, so schrecklich war der Schlafentzug.

Charlie wusste das. Er stand früher auf als Nora, um zur Arbeit zu gehen, und seine Kommode, das Bad und sein Schrank waren allesamt mit Lämpchen ausgestattet, damit er sich schnell etwas anziehen und später noch einmal die Kleidung wechseln konnte, nachdem er den Hund ausgeführt und, wieder zu Hause, geduscht hatte. Meistens setzte sich Nora dann im Nachthemd zu ihm an den Küchentisch – wo er, bereits in Anzug und Krawatte, seine All-Brans löffelte –, obwohl sie morgens gern so wenig wie möglich redete.

Und trotzdem weckte ihr Mann sie jetzt, am Samstagmorgen, mit einer vollen Ladung Licht.

»Ich habe einen Stellplatz«, wiederholte er, wenn auch nicht mehr ganz so aufgedreht, als wollte er seine Gefühlstemperatur etwas mehr auf ihr Niveau herunterregeln.

Jetzt sah sie den Wagen also in der unzugänglichsten Ecke des Parkplatzes stehen, wohin er bereits aus der bewachten Garage zwei Straßen weiter befördert worden war. Charlie summte vor sich hin. Als sie in die Straße gezogen waren, hatte er sich bei den anderen Parkern erkundigt, ob er vielleicht den Stellplatz erben könne, den die Vorbesitzer des Hauses frei gemacht hatten. Die unmissverständliche – und wie alles, was man in der Straße erfuhr, quasi osmotisch kommunizierte – Antwort lautete, dass die Stellplätze auf dem

Parkplatz ein Privileg und kein Anrecht seien, und Charlie meldete sich zähneknirschend bei der nahe gelegenen Garage an, nicht ohne dieses Scheitern insgeheim auf seine Liste der »Dinge, die bei Charlie Nolan nicht nach Plan liefen« zu setzen – eine Liste, von der Nora befürchtete, dass sie im Lauf des letzten Jahres zu einem Buch, wenn nicht gar zu einer Enzyklopädie angewachsen war.

Obwohl sich Charlie häufig bei Nora beschwerte, dass die Miete für die Garage kaum niedriger sei als die für ihre erste Wohnung, stand es doch nie zur Debatte, auf der Straße zu parken. Ein bezahlter Parkplatz schaffte zumindest Abhilfe für eines jener belanglosen Ärgernisse, die ständig wie Wasser auf den Stein des Egos tröpfeln, bis man eines Tages feststellt, dass sie eine faustgroße Höhlung im eigenen Kopf hinterlassen haben. Für Charlie bedeutete das Leben in der Stadt ein stetigeres Tröpfeln und härteres Wasser, das wusste Nora. Er rief es ihr schließlich oft genug in Erinnerung. New York war nicht Charlies natürlicher Lebensraum.

Nora hoffte, dass der heutige kleine Triumph, der für ihren Mann offenbar gewaltig war, ihn zumindest ein wenig dafür entschädigen würde. Seit Jahren wurmte es Charlie jedes Mal, wenn er an der Brachfläche vorbeiging, und nun hatte er dort endlich einen Platz ergattert. Auf dem Esstisch lag die handgetippte Benachrichtigung, die durch den Briefschlitz geschoben worden war und Charlie darüber in Kenntnis setzte, dass der ehemals den Dicksons vorbehaltene Stellplatz jetzt ihm gehöre, falls er ihn haben wolle. Und auf dem Stellplatz stand ihr Volvo. Es war ein Auto wie ihr Leben – erfolgreich, unaufdringlich, ordentlich, ohne Essensreste, ohne Kindersitze, weder irgendwelches Kleingeld noch Krümel im Fußraum. Wenn der Leasingvertrag auslief, würde eine einfache Inspektion genügen, bevor sie sich ein anderes, praktisch identisches Auto zulegten. Charlie dachte ständig laut über andere Hersteller, andere Modelle, andere Farben nach. Nora war das gleichgültig. Sie benutzte den Wagen so gut wie nie.

In einer kurzatmigen Sommerbrise wirbelte eine weiße Plastiktüte um Noras nackte Knöchel, streifte sie, kitzelte sie, umspielte ihre rosa lackierten Zehen. Sie schüttelte sie ab, und die Tüte wanderte weiter die Straße entlang, hob und senkte sich wie ein kleines Gespenst, bis sie zwischen zwei parkenden Autos verschwand. In der Straße roch es unangenehm feucht nach Fluss mit niedrigem Wasserstand, nach angeschmolzenem Teer und, wie immer bei warmem Wetter, nach einem Hauch von essigsaurem Müll. Vorhin hatte Nora ihren Hund bereits von einem Pappbehälter mit süßsaurem Irgendwas wegziehen müssen, den ein anderer Hund aus einem kaputten Müllbeutel gezerrt und am Ende der Sackgasse ausgekippt hatte.

Ein bisschen verrückt war es ja, doch ein kleiner, heimlicher Teil von ihr fühlte sich ganz wohl mit Müll auf der Straße. Das erinnerte sie an ihre Jugend, als sie in ein damals noch raueres, beängstigenderes, dreckigeres New York gekommen und mit ihrer besten Freundin Jenny in eine verlotterte Wohnung gezogen war. Ein besseres New York, wie sie manchmal dachte, aber nie und nimmer äußerte, eines von vielen Dingen, die sich keiner von ihnen jemals eingestand oder zumindest nicht laut aussprach: dass es, als es noch schlechter war, eigentlich besser gewesen war.

Am Durchgang zur Brachfläche reckte Homer erst die Schnauze in die Luft und setzte sich dann hin. Der Hund kannte die Straße, das Haus, sogar das Auto und ließ sich ergeben darin herumkutschieren, in den Fußraum gezwängt, ganz dicht an Olivers riesigen Turnschuhen. Rachel beklagte sich immer, dass Homer sie längst nicht so gernhabe wie ihren Bruder, was vermutlich auch stimmte. Aber hätte Homer nur zehn Minuten auf Rachels Fuß gelegen, hätte sie garantiert gejammert, dass ihr die Beine einschliefen und warum ihr Hund eigentlich nicht hinten im Fond sitzen könne wie andere Hunde auch. Nora hatte die Befürchtung, dass ihre Tochter nicht recht zwischen dem unterscheiden konnte, was sie selbst wollte, und dem, was andere ihr als erstrebenswert darstellten. Jetzt, da Rachel kein Teenager mehr war und aufs College ging, würde sich das hoffentlich auswachsen, obwohl sie in New York damit eigentlich nur dem Durchschnitt entsprach.

»Ich weiß nicht, was du meinst«, hatte Charlie geantwortet, als Nora ihn einmal darauf angesprochen hatte. Das war in ihrem Haus inzwischen zu einer Art Leitmotiv geworden, egal, worum es ging.

»Wenn man euch so hört«, sagte Jenny, die Einzige aus ihrem Frauen-Mittagskränzchen, die nie geheiratet hatte, »klingt die Ehe eigentlich wie so eine Art Wohnzimmer. Manchmal ist man ganz gern zum Ausspannen dort, aber es ist bei Weitem nicht das wichtigste Zimmer im Haus. Da frage ich mich doch, warum ihr alle so darauf beharrt, dass ich eins brauche.«

»Ich finde, das Wohnzimmer ist durchaus das wichtigste

Zimmer im Haus«, hielt ihr Suzanne, die Innenarchitektin, entgegen.

»Das wichtigste Zimmer ist die Küche«, sagte Elena.

»Nur wenn man kocht«, erwiderte Suzanne.

»Wer kocht denn heute noch?«, warf Jean-Ann ein.

Jenny sah Nora an. »Ist jetzt wirklich allen entgangen, worauf ich eigentlich hinauswollte?«, fragte sie.

»Ich denke schon«, hatte Nora gesagt.

»Ich denke schon«, hatte Nora auch gesagt, als Charlie sie fragte, ob sie Lust habe, mit zum Parkplatz zu kommen, wo der Wagen bereits stehe. Ihr war schließlich bewusst, dass es einem friedlichen Tagesverlauf nicht zuträglich sein würde, wenn sie am Frühstückstisch sitzen blieb, um in Ruhe ihren Bagel zu essen und Zeitung zu lesen. Sie weigerte sich allerdings, auch nur einen Schritt weiter auf die Brachfläche zu tun.

»Komm, schau's dir an«, sagte Charlie jetzt, als hätte der Parkplatz endlose Ausblicke zu bieten, Gärten und Statuen und nicht einfach nur drei Ziegelmauern, weitere Autos, einen Gully in der Mitte und zwei dieser quadratischen schwarzen Plastikboxen, die man überall in den Parks und Hinterhöfen von New York sehen konnte, wo sie größere Vorräte aromatisierten Rattengifts vor vorbeilaufenden Hunden abschirmten.

»Ich gehe da auf keinen Fall rein«, sagte Nora. »Charity meint, da wohnen Ratten.«

»Die leben auch auf den U-Bahngleisen, und mit der U-Bahn fährst du doch.«

Selten. Nora ging am liebsten zu Fuß, und wenn sie doch einmal mit der U-Bahn fuhr, achtete sie darauf, nie auf die

Gleise zu schauen. Sie hatte versucht, ihrer tief verwurzelten Rattenphobie analytisch auf den Grund zu gehen, es aber irgendwann aufgegeben. Wie kam es, dass sie Eichhörnchen vollkommen harmlos fand, Ratten aber unerträglich? Sie lösten in ihr eine so durchschlagende chemische Reaktion aus, dass sie manchmal Minuten brauchte, um ihren Atem wieder zu beruhigen. Ähnliches erlebte wohl jeder; in ihrer Kindheit hatte ihre Schwester sie mindestens ein Dutzend Mal nachts geweckt, weil sie eine Spinne im Zimmer hatte. Und Charlie gruselte sich vor Schlangen.

»Keiner mag Schlangen«, meinte Rachel, die das mit der Verachtung in der Stimme schon als kleines Kind bestens beherrschte.

»Ich schon«, hatte Nora erwidert.

Und warum hatte sie sich ausgerechnet eine Stadt ausgesucht, um sich dort ein Leben aufzubauen, die wohl die größte Rattenhochburg weltweit war? Sie musste an ihre Studienfreundin Becky denken, die sich vor Wasser fürchtete – da gab es gar nicht viel zu analysieren: Ihr kleiner Bruder war einmal auf Martha's Vineyard fast ertrunken, als sie noch Kinder waren, er musste aus der Brandung gezogen und von einem Rettungsschwimmer wiederbelebt werden. Trotzdem hatte Becky eine Stelle als Leiterin eines Kurbads mit einem riesigen Salzwasserbecken angenommen. Sie hatte immer behauptet, es mache ihr nichts aus, doch bei nächstbester Gelegenheit hatte sie die Stelle gewechselt und war jetzt in einem weitläufigen Landgasthof tätig. Am Fuß des Hügels, auf dem der Gasthof stand, floss ein Fluss entlang, den sie aber problemlos meiden konnte. Nora begriff, dass sich die meisten dieser Aversionen im Gegensatz zu Beckys Phobie auf einer rein chemischen, intuitiven Ebene abspielten, so wie sich manche Menschen auf der Stelle in New York verliebten, während andere erklärten, sie könnten hier unmöglich leben. (»Ich verstehe das nicht«, hatte Nora einmal am Telefon zu ihrer Schwester Christine gesagt. »Wenn ich nach Greenwich käme und sagen würde: ›Ich begreife einfach nicht, wie man hier leben kann‹, fänden das alle wahnsinnig unhöflich.«)

Charlie ging bis zum hintersten Ende des Parkplatzes und kam dann wieder zurück, als würde er seine Ländereien inspizieren. Besonders weit war der Weg nicht. »Keine Ratten«, verkündete er.

»Nur weil du keine siehst, heißt das noch lange nicht, dass da keine sind«, sagte Nora.

Einer der Männer, die für Ricky arbeiteten und die Häuser instand hielten, war gerade damit beschäftigt, den Gehweg abzuspritzen. Rickys Männer waren im Allgemeinen klein, dunkel und stämmig, ehemalige Einwohner irgendeines mittelamerikanischen Landes, die zu praktisch jeder Arbeit bereit waren, solange sie Geld brachte. Dieser hier hatte gerade sämtliche Mülltonnen ausgewaschen, doch seine Mühe zahlte sich nicht aus. Der fettige Glanz auf dem Asphalt und im Inneren der Mülltonnen, dieser Sommerschweiß der Stadt, würde schnell wieder zum Vorschein kommen. Nicht zuletzt deshalb flüchteten alle, die es sich leisten konnten, aus New York nach Nantucket, in die Hamptons, irgendwohin, wo es sauberer und grüner war. Und langweiliger, wie Nora oft dachte.

Zwei junge Leute in Sportkleidung näherten sich ihnen, beide mit dieser traubenzarten jugendlichen Haut, die eine geradezu hypnotische Wirkung hatte und einem erst dann hassenswert erschien, wenn ihr kurzes Verweilen hinter einem lag. »Zum Park geht es da lang, oder?«, fragte er und deutete zum Ende der Straße.

»Da geht es nicht weiter«, sagte Charlie. »Das ist eine Sackgasse. Vorn an der Ecke ist auch ein Schild.«

»Ein Schild?«, fragte sie.

»Die Straße ist eine Sackgasse«, wiederholte Nora zum gefühlt hunderttausendsten Mal. Sie hatten längst bei der Stadtverwaltung beantragt, zwei Schilder aufzustellen, eins auf jeder Straßenseite. *Sackgasse*. Es half nichts. »Gehen Sie einfach zurück, dann links und wieder links. So kommen Sie direkt zum Park.« Auch diese Sätze hatte sie schon unendlich oft gesagt.

»Das ist eine Sackgasse«, sagte er zu ihr. Nora musterte das Gesicht der jungen Frau. Ihre Brauen waren wie Sperlingsfedern, die ihre hohe, glatte Stirn in zwei Teile gliederten. Nora seufzte. Vermutlich hatte sie auch einmal so ausgesehen und es kein bisschen zu schätzen gewusst. Wenn sie heute in den Spiegel schaute, was sie eigentlich nur noch tat, um sich zu vergewissern, dass ihr nichts zwischen den Zähnen hing, hatte sie den Eindruck, als wären die klaren Konturen ihres Kiefers verschwommen, als wanderten ihre Mundwinkel immer weiter nach Süden.

Die junge Frau hielt Homer die Hand hin. Er reckte sich im Sitzen ein wenig vor, schnüffelte daran und blickte sie direkt an. Homer hatte ungewöhnlich hellblaue Augen, wie klare Mentholbonbons, die ihm etwas Dämonisches gaben, obwohl er mit den Jahren zu einem ruhigen, pragmatischen Hund geworden war, zu klug, um seine Zeit noch mit aggressivem Verhalten zu verschwenden. Sherry und Jack Fisk, die ein paar Häuser weiter wohnten, sagten immer, wenn jemand sich ihrem Hund nähere, spürten sie durch die Leine hindurch ein leichtes Vibrieren, ein inneres Knurren, für sie das Signal, ihn festzuhalten und zurückzuziehen. Aber der Hund der Fisks war auch ein riesiger Rottweiler, der aussah, als müsste er eigentlich am Zaun eines Hochsicherheitsgefängnisses Patrouille laufen. Brutus war, wie Charlie es einmal formuliert hatte, eine noch nicht erstattete Anzeige, die nur auf den richtigen Moment wartete. Sherry Fisk beklagte sich seit Langem, dass ihr Haus viel zu groß sei, es aber in ganz Manhattan keine Eigentümergemeinschaft gebe, die sie und Jack samt Brutus als Nachbarn akzeptieren würde.

»Sobald dieser Hund nicht mehr lebt, verkleinern wir uns«, sagte sie.

»Wir gehen hier nicht weg«, entgegnete Jack. »Wenn sie unbedingt umziehen will, muss sie das allein machen.«

»Vielleicht mache ich das ja wirklich«, gab Sherry zurück.

»Tu dir keinen Zwang an«, hatte Jack gesagt. Nora konnte Streitereien nicht leiden, aber bei Sherry und Jack fielen sie ihr inzwischen kaum noch auf. Solange Jack nicht anfing zu brüllen, war alles halb so schlimm. Nora hatte nach einem Gespräch mit Jack Fisk immer ganz verspannte Schultern. Als versuchte ihr Körper, Botschaften auszusenden, die ihr Geist erst im Nachhinein zur Kenntnis nahm.

Der Grundriss des Fisk-Hauses war fast identisch mit dem

der Nolans, das wiederum fast identisch mit dem der Lessmans, der Fenstermachers und der Rizzolis war: Küche und Esszimmer im Souterrain, darüber ein großes Wohnzimmer und zwei bis drei Schlafzimmer in den beiden Stockwerken darüber, von denen manche inzwischen als Lese- oder Arbeitszimmer genutzt wurden. Die Fisks hatten ihr Haus kernsanieren lassen, ihre Zimmer waren alle hoch, weiß und schmucklos; bei den Nolans hingegen waren einige Originaldetails erhalten geblieben, Eichenvertäfelung an den Wänden, verschnörkelte Kaminsimse.

»Die Häuser sind aber auch wirklich groß für zwei«, hatte Nora zu Sherry gesagt. »Wenn die Zwillinge nicht da sind, könnte sich im obersten Stock sonst wer einnisten, ich würde es gar nicht mitkriegen.«

»Wenn ich mit der in einer Dreizimmerwohnung leben müsste, würde ich sie wahrscheinlich umbringen«, sagte Jack Fisk. Nora lachte nervös. Jack seinerseits lachte so gut wie nie.

Neben dem Haus der Fisks stand das der Fenstermachers, die die Perfektion in Person waren und jedes Jahr ein großes Januarfest veranstalteten. Das Haus auf der anderen Seite wurde vermietet, weil die Besitzer seit Ewigkeiten in London wohnten. Die Mieter hatten in der Straße nie das nötige Format, damit die Nachbarn mit ihnen tratschten, und Alma Fenstermacher tratschte sowieso grundsätzlich nie. Während sich Charlie hin und wieder über den Fernsehlärm beklagte, der durch die Wand herüberdrang, die sie mit den Rizzolis nebenan teilten, über gelegentliches Kindergebrüll, wenn wieder ein geschwisterlicher Streit ausgebrochen war, oder einen Spielzeughund, der ohne Anlass vor sich hin kläffte, hatte Nora den Verdacht, dass die Nachbarn der Fisks sehr viel mehr zu hören bekamen, und das sehr viel häufiger.

Nora musterte ihren Mann. Er hatte nicht einmal einen anerkennenden Blick für den Hintern der jungen Frau übrig, die sich jetzt umdrehte und Hand in Hand mit dem jungen Mann wieder in die Richtung verschwand, aus der sie gekommen waren. Charlie war viel zu gefangen von seinem Glück, starrte unverwandt auf sein Auto und seinen Stellplatz, ein leichtes Lächeln auf den Lippen. Mit dem dünnen dunkelblonden Haar, den runden blauen Augen und den roten Wangen sah er wie ein kleiner Junge aus. Er gehörte zu den Menschen, deren Babyfotos sich kaum von dem in ihrem Führerschein unterschieden. Selbst wenn er verärgert war, wirkte er noch jungenhaft: Die volle Unterlippe leicht vorgeschoben, erzählte er von jemandem auf der Arbeit, der völlig unverdient eine Auszeichnung erhalten hatte, von einem Kollegen, mit dem er sich gemeinsam hochgearbeitet hatte und der jetzt befördert worden war.

»Glückwunsch, Freunde der Nacht«, sagte jemand hinter ihnen, und Noras Kiefermuskeln verkrampften sich, schon während sie sich umdrehte. »Herzlichen Glühstrumpf«, bekräftigte George, der nervigste Mensch der ganzen Straße.

Eine weitere eheliche Abmachung zwischen Nora und Charlie besagte, dass der gesellschaftliche Umgang mit George Smythe um jeden Preis zu vermeiden war, doch heute drückte Charlie George so herzlich die Hand, als hätten sie gerade ein besonders lukratives Geschäft abgeschlossen.

Vermutlich war das auch so, denn George hatte sich auf irgendeine seltsame, unausgesprochene Weise sowohl zum Verwalter des Parkplatzes als auch zum Verwalter der ganzen Straße aufgeschwungen. Die getippten Benachrichtigungen, die er durch die Briefschlitze schob, betrafen alles vom öffentlichen Baumbestand bis hin zur Abfallentsorgung. Rachel sprach immer von »Georgeogrammen«, wenn wieder einmal eines auf dem Dielenboden lag. Nora vermutete, dass Charlie nichts weiter gegen George hatte, weil er ihn an die Typen erinnerte, die in den Klubhäusern der Studentenverbindungen für die Programmplanung zuständig waren. Für Nora war genau das ein weiterer Grund, aus dem sie George nicht ertragen konnte.

George spürte ihre Abneigung und fühlte sich davon angespornt. Schon kurz nachdem Charlie und Nora in die Straße gezogen waren, hatte sich abgezeichnet, dass sie seine versierte (und häufig frühmorgendliche) Jovialität nicht entsprechend erwidern würde. Daraufhin hatte George sie zu seinem Projekt gemacht, so, wie sich manche Männer auf eine Frau fixieren, die nicht mit ihnen ins Bett will, oder auf einen besonders zurückhaltenden Kunden, einen Marathon oder die Besteigung des Mount Everest.

»Miss Schnellzufuß«, rief er ihr nach, wenn sie am Samstagmorgen auf ihrer Laufrunde durch den Park an ihm vorbeikam. »Madame Siebenmeilenstiefel« oder: »Frau Mauerseglerin«.

»Mauersegler«, hatte er eines Morgens vor vielen Jahren zu seinem Sohn Jonathan gesagt, der sich neben ihm unter der Last seines Schulranzens zum Fragezeichen krümmte. »Das ist ein Wort, das in der Uni-Aufnahmeprüfung vorkommen könnte. Weißt du, was ein Mauersegler ist, Junge?«

Nora hatte nie erlebt, dass Jonathan ihm irgendetwas geantwortet hätte. Georges einziges Kind war umweht von einer Aura ungewaschener T-Shirts und großer Geringschätzung. Sein Schweigen änderte allerdings nichts: George war ein Mensch, der beide Seiten eines Gesprächs bedienen konnte. Womöglich war ihm das sogar lieber. Vor drei Jahren war Jonathan zum Studieren nach Colorado gegangen und hatte sich, soweit Nora wusste, seither nicht mehr in der Straße blicken lassen.

»Ein Traumleben«, sagte George jedes Mal, wenn ihn jemand nach Jonathan fragte. »Bergluft, Wandern. Keine Plackerei wie an diesen Eliteklitschen. Der Junge macht seine Träume wahr.«

»Die meisten Unis, an denen er sich beworben hat, haben ihn abgelehnt«, sagte Oliver.

»Er arbeitet jetzt in so einer Cannabis-Ausgabestelle«, sagte Rachel.

»Cooler Job!«, meinte Oliver.

»Wir schicken dich aber nicht ans MIT, damit du später in Denver Sinsemilla vertickst«, sagte Nora.

»Ist ja gut, Mom, aber woher weißt du eigentlich, was Sinsemilla ist?«

Charlie wackelte mit den Augenbrauen und grinste. »Du musst sie nicht auch noch ermutigen«, meinte Nora, als die Zwillinge nach oben verschwunden waren.

»Mach dich mal locker, Bun«, sagte Charlie. »Du bist bei solchen Sachen immer so verkrampft.« Sie hatten darüber gestritten, ob sie den Zwillingen jetzt, da sie aufs College gingen und zweifellos Alkohol tranken, obwohl sie offiziell noch nicht alt genug waren, Wein zum Abendessen erlauben sollten. Das war insofern bemerkenswert, als sie sonst kaum mehr stritten. Ihre Ehe ähnelte längst dem Gebet der Anonymen Alkoholiker: »Gott, gib mir die Gelassenheit, Dinge hinzunehmen, die ich nicht ändern kann.« Oder lass mich wenigstens in einen Zustand eintreten, in dem mich das alles nur kaltlässt und mir kaum noch auffällt. Nora hatte lange geglaubt, dass nur sie dieses Problem hatte, bis ihr klar wurde, dass es praktisch alle in ihrem Bekanntenkreis betraf, die noch verheiratet waren, und sogar einige von denen, die bereits beim zweiten Ehemann angelangt waren. Mit ihrem Mittagskränzchen unterhielt sie sich über die intimsten Dinge, versprengte Kinnhaare und hartnäckige Blasenentzündungen, wer die Haare kurz trug, weil es praktischer war, und wer es wegen einer kürzlich absolvierten Chemotherapie tat. Aber obwohl sie sich bereitwillig über die Ehe im Allgemeinen austauschten, sprachen sie kaum je über ihre eigenen Männer. Das Eheversprechen, so empfand Nora es seit Langem, kam einem Loyalitätseid gleich.

»Ich bin ja schon froh, wenn er nichts in Brand steckt«, hatte Elena einmal gesagt, und die anderen Frauen kicherten lakonisch, denn Elenas Mann hatte tatsächlich einmal den Wintergarten ihres Hauses auf dem Land in Brand gesteckt, als er den Grill hineingetragen hatte, weil ein Gewitter aufzog. Die Folge war ein langwieriger Kampf mit der Versicherung, die die Rettung von ein paar Spareribs nicht als zureichenden Grund erachtete, glühende Kohlen in einen geschlossenen

Raum zu bringen. Der Konflikt, berichtete Elena, schwele bis heute, weil Henry es genoss, anderen Leuten davon zu erzählen, am liebsten anderen Männern, die ihn noch in seiner Position bestärkten.

»Und was sagen Sie zur neuen Parksituation, Miss Flinkerfuß?«, fragte George jetzt und klopfte Charlie auf die Schulter. »Es gibt doch kein klareres Symbol dafür, dass man in der Straße angekommen ist, als einen Stellplatz auf der Brachfläche.« George hatte einen Stellplatz, die Fisks hatten einen, die Fenstermachers und die Lessmans hatten einen und auch die Rizzolis, deren Platz allerdings an ihren ältesten Sohn und seine Frau übergegangen war, seit diese das große Haus bewohnten und die unteren Stockwerke vermieteten. Die älteren Rizzolis lebten inzwischen in ihrem Haus in Naples, Florida. »Ich bin zu alt für diese Stadt, Nora«, hatte Mike Rizzoli erklärt, als er einmal mit seiner Frau zu Besuch war. »Dieser ganze Irrsinn, das ist nur was für junge Leute.«

Einer der Männer aus dem Obdachlosenheim, das hinten an den Parkplatz grenzte, kam mit einem ramponierten Rollkoffer die Straße entlang. »Wir sterben, wir sterben, im Herzen sterben wir alle«, sagte er, als er an ihnen vorbeiging und einen Geruch nach abgestandenem Schweiß und Frittierfett hinterließ. Homer bellte kurz, was nicht dem Mann galt, sondern dem Koffer. Nora hatte nie herausgefunden, warum Homer Gegenständen mit Rädern so sehr misstraute. Er begegnete sowohl Kinderwagen als auch Fahrrädern mit großem Argwohn.

»Ich höre, sie wollen aus dem Heim jetzt Eigentumswohnungen machen«, bemerkte George, als der Mann schon fast um die Ecke war.

Nora fühlte sich wider besseres Wissen zu einer Erwiderung veranlasst. Damit kriegte George sie jedes Mal, indem er einfach irgendeine Unwahrheit behauptete: Der Bürgermeister will sich nicht zur Wiederwahl stellen, die Fenstermachers verkaufen ihr Haus, kleine Hunde sind klüger als große. »Ganz sicher nicht«, sagte sie jetzt. »In den Achtzigern wurden so viele Heime umgebaut, dass kaum noch Schlafplätze für die Bedürftigen übrig waren, deshalb hat die Stadt alle weiteren Umbauten gestoppt. Die Obdachlosenheime werden auch weiterhin Obdachlosenheime bleiben.« Die Heimbewohner waren ihr ohnehin um Längen lieber als George. Bevor sie ihr Angebot für das Haus abgegeben hatten, war Nora auf der örtlichen Polizeidienststelle gewesen, weil dieses Haus voll verlotterter Männer ihr doch Sorgen machte. »Das Heim?«, hatte der diensthabende Beamte erwidert. »Da wohnen nur gescheiterte Existenzen, die für den Mindestlohn arbeiten, und ein paar alte Knacker in Frührente. Einige Spinner sind auch dabei, aber die sind harmlos. Sie wissen schon, solche Typen, die ständig Selbstgespräche über Jesus, den Präsidenten oder sonst was führen. Die machen Ihnen keine Probleme.« Dann wollte er wissen, wie viel sie für das Haus bezahlen würden. Selbst Polizisten, die allesamt auf Long Island oder in Orange County wohnten, waren von den wahnwitzigen Immobilienpreisen in Manhattan fasziniert.

George schenkte ihrem Einwand keine Beachtung. »Das wird dann alles besser, wenn diese Figuren endlich weg sind«, sagte er. »Die sauen den ganzen Parkplatz ein.« Nora wusste, dass auch das nicht stimmte, aber sie wollte keinen weiteren Austausch mit George, wenn es sich vermeiden ließ. Die Männer aus dem Heim warfen keinen Müll auf den Parkplatz, sie lagerten nur Dinge auf ihren Fensterbänken, die eben manchmal herunterfielen. Wie früher im College fungierten die Fensterbänke als Freiluft-Kühlschränke. Nora hatte seinerzeit ein Einkaufsnetz besessen, das sie, gefüllt mit Joghurtbechern und der ein oder anderen Banane, an einen Nagel außen an ihrem Wohnheimfenster hängte. Im Winter waren die Fensterbänke auf der Rückseite des Obdachlosenheims, die zu den parkenden Autos hinausgingen, mit Milchtüten, Puddinggläsern und abgepackten Hotdogs gespickt, so wie die Fensterbänke ihres alten Studentenwohnheims. Manchmal fegte eine Sturmböe durch sämtliche Hinterhöfe bis zum Fluss, dann landeten die Lebensmittel unten auf der Erde. Einmal hatte Nora eine riesige Ratte mit einer Plastikpackung Salami im Maul aus dem Zugang zum Parkplatz laufen sehen. Zumindest war sie ihr riesig vorgekommen. Sie kamen ihr alle riesig vor, diese Ratten, selbst wenn sie, vom Gift geködert und in die Falle gelockt, zu starren, felligen Kommazeichen verkrümmt auf dem Gehsteig lagen.

Nora blickte die Straße entlang, die kaum sauberer aussah als der Parkplatz. Der Rinnstein war voller Unrat: die pointillistischen Schnipsel aus einer heimischen Schreddermaschine, das Hundehäufchen, das irgendein Besitzer nicht weggeräumt hatte, ein Gewirr aus unkenntlichen Pflanzenfasern, braun und traurig wie ein Anstecksträußchen drei Tage nach dem Ball. Die West Side war um einiges schmuddeliger als die

East Side. Aus diesem Grund hatte Charlie eigentlich die East Side im Auge gehabt, bevor sie in ihr Haus gezogen waren. Inzwischen brachte es ihnen eine Menge Profit, dass sie in einer Sackgasse wohnten, das hatte ihn ein wenig besänftigt.

»Jetzt gehen wir aber mal in den Park, damit der Hund etwas Bewegung kriegt«, sagte Nora. Dabei wollte sie vor allem George entkommen. Rachel hatte einmal gemeint, George erinnere sie an diese Kinder, die sich sofort wie eine Klette an einen hängten, wenn man auf eine neue Schule kam, bis man dann richtige Freunde gefunden und begriffen hatte, warum manche Kinder überhaupt zum Klettendasein neigten. Nora hatte über die Einsicht ihrer Tochter gestaunt, auch wenn Rachel das, als sie es ihr sagte, nur mit einem verächtlichen »Oh Mann, Mommy!« quittierte. George jedenfalls war genauso ein Kind, das durch die Cafeteria des Lebens streifte, immer auf der Suche nach denen, die noch keinen Anschluss gefunden hatten, und blind für die eigene Unbeliebtheit.

»Ich weiß gar nicht, was du eigentlich gegen ihn hast«, sagte Charlie, als sie weit genug entfernt waren.

»Er ist ein aufgeblasener Arsch«, sagte Nora. »Homer! Aus!« Seufzend ließ Homer das zerknüllte Stück Wachspapier mit dem Pizzarand darin wieder fallen. Gehorsam war das Kreuz, das er zu tragen hatte, zusammen mit einem Speiseplan, der nur aus Trockenfutter bestand.

Hinter sich hörten sie laute Stimmen, und als sie sich umdrehten, sahen sie, wie George von der Treppe vor seinem Haus zum Eingang des Parkplatzes hinübersprintete, in den gerade ein weißer Transporter rückwärts hineinsetzte.

»Ricky! *Amigo!* Was habe ich beim letzten Mal gesagt?«, brüllte er.

»*Amigo?* Im Ernst? Jedes Mal, wenn er mit Ricky Spanisch sprechen will, sehe ich an Rickys Miene, dass er kein Wort von dem versteht, was George sich da zusammenstottert. Mal ganz abgesehen davon, dass Ricky mindestens so gut Englisch spricht wie George. *Amigo?* Großer Gott!«

»Na komm schon, Bun, jetzt freu dich mal ein bisschen.« Charlie legte ihr den Arm um die Schultern. »Wir haben schließlich einen Stellplatz! Wenn ich das den Kindern erzähle!«

Unter KEINEN UMSTÄNDEN ist es Ricky gestattet, seinen Transporter auf dem Parkplatz abzustellen. Er wurde bereits WIEDERHOLT darauf hingewiesen. Jede Behauptung, er habe eine Genehmigung von Mr. Stoller, ist UNZUTREFFEND.

Bitte informieren Sie mich UMGEHEND, sollten Sie ihn dort oder in der Zufahrt zum Parkplatz halten sehen.

George

In der Woche, als ihre Sommerpraktika zu Ende waren und die Vorlesungen noch nicht wieder angefangen hatten, kamen Rachel und Oliver nach Hause, um ihre alten Freunde von der Highschool zu treffen und Geld auszugeben, sie für Klamotten, er für Computerausrüstung. Nora war froh, ihre Kinder wieder um sich zu haben, und zugleich strengte es sie ein wenig an, mitten in der Nacht von Schritten auf der Treppe geweckt zu werden. Manchmal bedauerte sie, dass sie sich die Zwillinge nicht schon früher als junge Erwachsene vorgestellt hatte, denn dann hätte sie vielleicht ihr Schlafzimmer nach ganz oben verlegt und Oliver und Rachel im Stockwerk drunter einquartiert statt umgekehrt. Aber wenn sie leisen Unmut spürte, weil nachts um drei jemand an ihrer Tür vorbeitrampelte, stellte sie sich eine Zukunft vor, in der Rachel irgendwo eine eigene Wohnung haben würde und Oliver eine eigene Wohnung woanders, während Charlie und sie ein stilles Haus bewohnten, ganz allein zu zweit. Manche ihrer Freunde klagten schon über zurückgekehrte College-Absolventen, die wegen hoher Mieten und schlecht bezahlter Stellen wieder in ihrem alten Kinderzimmer hausten. Nora dachte dann immer, dass sie dagegen überhaupt nichts einzuwenden hätte.

Waren die Zwillinge da, dann war das Haus ständig voller Leute, die aber alle nicht lange blieben, bis auf ein, zwei Mädchen, die nachts in Rachels Bett sanken und am nächsten Vormittag zerzaust und in Boxershorts und T-Shirt wieder auftauchten. Alle anderen schauten nur kurz vorbei: Hallo Nick, hallo Bronson, hallo Grace, hallo Elise. Charlies Mantra lautete: »Wie heißt die noch gleich?« Manchmal brachte er sogar Rachels älteste Freundinnen durcheinander: Die beiden hießen Bethany und Elizabeth, und Charlie verwechselte sie bis heute ab und zu. Die Mädchen fanden das zum Glück urkomisch, nur Rachel nicht, wenn sie wieder einmal gereizt war und laut darüber nachdachte, was für ein Vater das eigentlich war, der sich nicht die Mühe machte, die Namen der besten Freundinnen seiner Tochter zu behalten. Dann rauschte sie hinaus, wobei das Rauschen, je länger sie auf dem College war, immer mehr zum Stampfen wurde.

Weil heutzutage kein Mensch mehr klingelte, sondern lieber eine SMS nach dem Muster »OMG bin draußen lass mich rein« verschickte, wusste man nie so genau, wer in der Küche saß, während Nora und Charlie zwei Stockwerke höher schliefen und ein leichter Qualmgeruch von Tabak oder Gras aus dem Hinterhof zu ihrem Schlafzimmerfenster heraufzog. Wenn sie aufwachten, fanden sie auf der Arbeitsfläche die Reste von Mahlzeiten vor, die verzehrt worden waren, als sie längst im Bett lagen, und aus dem Abfall quollen Fast-Food-Verpackungen.

»Wer trinkt denn Bier zu einem Erdnussbuttersandwich mit Marmelade?«, brummte Charlie vor sich hin.

Mitten in der Nacht schickte Rachel eine SMS an Nora: »Dad voll komisch wg Parkplatz WTF?!« Die Zwillinge und ihre Freunde waren zu dem Zeitpunkt noch hellwach. Man konnte den Eindruck gewinnen, als lebten sie in zwei verschiedenen Zeitzonen, die Eltern in China, die Kinder in Amerika. Nora konnte sich nicht an die Vorstellung gewöhnen, dass ihre Kinder wach waren, wenn sie schlief, und umgekehrt. »Bitte, Mom«, hatte Rachel einmal gesagt. »Schick mir morgens um acht keine SMS. Echt nicht.«

»Du brauchst sie ja nicht gleich zu lesen.«

»Ich habe das Handy unterm Kopfkissen. Ich werde wach davon.«

»Wie kannst du bloß mit dem Handy unter dem Kopfkissen schlafen? Das verstehe ich einfach nicht.«

»Egal, nur … Ach, egal. Wenn ich dich irgendwann blockiere, weißt du, wieso.«

»Ich dachte, man blockiert nur Stalker.«

»Du bist meine Stalkerin«, verkündete Rachel und verschwand mit dem Handy nach oben.

»Das hast du dir jetzt selbst eingebrockt, Bun«, bemerkte Charlie.

»Darf ich dir morgens um acht eine SMS schreiben?«, wollte Nora von Oliver wissen.

»Glaub schon«, sagte er.

Oliver hatte sein Praktikum beim Massachusetts River Consortium absolviert, wo er den Charles River auf Schadstoffe untersuchte. Rachel hatte in Cape Cod für die dortige

Zweigstelle der Nature Conservancy gearbeitet. Bislang hatten beide nur wenig Interesse an Flora und Fauna gezeigt, außer in sehr jungen Jahren, als Rachel unbedingt einen Hund haben wollte und Ollie eine Schildkröte unter seinem Bett hielt, die den welken Salat aus dem Kühlschrank fraß und sich ansonsten so wenig bewegte, dass Nora sich regelmäßig vergewissern musste, ob sie überhaupt noch lebte.

»Hammer, Dad!«, hatte Oliver gesimst, nachdem Charlie ihm ein Foto des Wagens auf dem Parkplatz geschickt hatte.

»Autofoto OMG WTF EVA«, schrieb Rachel an Nora.

»EVA – was bedeutet das?«, fragte Nora ihren Sohn.

»Echt voll affig«, antwortete Oliver. »Willkommen in der Realität, Ma'am.«

Es wunderte Nora nicht weiter, dass Charlie den Zwillingen Fotos von seinem Wagen auf dem neuen Stellplatz schickte. Seit den Familienwochenenden an der jeweiligen Uni, wo er mit Rachel (am Williams College) Rugby gespielt und mit Oliver (am MIT) an einer Ruderregatta teilgenommen hatte, war ihm nichts so Erfreuliches widerfahren. Nora ahnte nur ganz vage, dass ihr Mann bei der Arbeit in letzter Zeit eine wahre Flut von Enttäuschungen erlebt hatte: Ein ehemaliger Klassenkamerad hatte versprochen, ihm etwas Neues zu vermitteln, hielt dann aber nicht Wort, ein Headhunter hatte ihn sehr offensiv für eine gute Stelle umworben und war dann urplötzlich abgetaucht. An solchen Tagen sagte er abends »Nora« zu ihr und nicht »Bunny« oder »Bun«, der Kosename, den er vor vielen Jahren eingeführt hatte und der ihren Vornamen inzwischen quasi ersetzte. Sie waren fast schon zur Normalität geworden, diese Abende, an denen er mit einer Miene wie eine geballte Faust nach Hause kam und als Erstes zum Wodka griff.

»Was ist los?«

»Nichts.«

»Wie war dein Tag?«

»Gut.«

»Alles okay mit dir?«

»Was soll denn nicht okay sein?«

Auch Rachel litt, in ihrem Fall unter dem bevorstehenden Ende ihrer Studienzeit. »Ich habe es so was von satt, dass mich immer alle fragen, was danach kommt«, presste sie zwischen zusammengebissenen Zähnen hervor, nachdem sie mit ihrer Mutter auf der Straße Sherry Fisk in die Arme gelaufen war. Dazu hätte Nora einiges sagen können. Sie wusste ja, dass alles, was nach Rachels Abschluss kam, höchst ungewiss und vielfältig sein würde: vielleicht diese Stelle, vielleicht jener Mann, vielleicht diese Stadt oder auch eine andere. Nora erinnerte sich noch gut, was sie selbst alles in den Sand ihrer Zukunft gemalt hatte. Weniger gut erinnerte sie sich allerdings, wann aus dem Sand Zement geworden war, aus »der, die ich sein will« ein für alle Mal »die, die ich bin«. Sie musste an ein Mittagessen im vergangenen Jahr denken, bei dem Suzanne ungewohnt bedrückt gewirkt hatte. »Ich weiß auch nicht – manchmal habe ich das Gefühl, ich sollte mich noch mal komplett neu erfinden«, sagte sie und schob ihren Spargel auf dem Teller herum. »Im Ernst, wie viele Kommoden kann man schon auf alt trimmen und dann noch stärker auf alt trimmen lassen, weil der Kunde findet, dass sie noch nicht alt genug aussehen?« Sie seufzte. »Fragt ihr euch nicht auch manchmal, wie wir eigentlich an diesen Punkt gekommen sind?« Und ehe Nora noch sagen konnte: Ja, genau, das frage ich mich ständig, was bin ich froh, dass ich nicht die Einzige bin, kommentierte Elena trocken: »Heute haben wir wohl den existenziellen Donnerstag, was?« Als sie das Restaurant verließen, hatte sich Elena zu Nora und Jenny umgedreht und stumm das Wort »Menopause« mit den Lippen geformt, und in diesem Moment verabscheute Nora sie, obwohl sie Elena vor über zwanzig Jahren im Geburtsvorbereitungskurs kennengelernt hatte und seither regelmäßig mit ihr zum Mittagessen ging.

Wo Rachel wohl gerade steckte? Eigentlich hatten sie vorgehabt, zu viert beim Griechen um die Ecke zu Abend zu essen und anschließend zu einem Open-Air-Klassikkonzert im Central Park zu gehen, aber aus dem Plan war nichts geworden. Nora hatte nicht mehr an ihr Geschäftsessen mit einer potenziellen Stifterin gedacht, die für einen Tag aus den Hamptons in der Stadt war, um Farbproben für die Renovierung ihrer Wohnung zu begutachten. Rachel hatte eine SMS bekommen, diese mit einem kleinen Kreischen quittiert, um dann mit den Worten »Sorry, Leute, ich muss ganz dringend noch was erledigen« aus der Tür zu stürmen. Also waren Charlie und Oliver zu zweit losgezogen und bei Chickenwings und einem Bier in irgendeinem Lokal gelandet, das Oliver kannte.

»Musste er keinen Ausweis vorzeigen?«, fragte Nora.

»Er hat einen gefälschten«, sagte Charlie.

»Na, großartig.«

Charlie zuckte die Achseln. »Wo ist unsere Tochter abgeblieben?«, fragte er.

Jetzt war Nora mit Achselzucken dran. Pläne wurden bei ihnen sehr viel häufiger geändert als eingehalten. Nach der Geburt der Zwillinge hatte Nora in einem Mutter-Kind-Kurs gelernt, das Beste, was sie für den Erhalt ihrer Ehe tun könne (neben Beckenbodentraining und zwei separaten Waschbecken im Bad), sei die Einrichtung eines kinderfreien Abends. Am ersten dieser kinderfreien Abende hatte Oliver hohes Fieber bekommen, und sie hatten die Nacht damit verbracht, einen quengelnden Säugling herumzutragen. Am nächsten kinderfreien Abend redeten sie die ganze Zeit darüber, was für ein Irrsinn der erste gewesen sei, ob Rachel sich schneller entwickelte als Oliver und ob Charity, die neue Kinderfrau, wirklich so gut sei, wie sie wirkte. Den dritten kinderfreien Abend mussten sie absagen, weil Charlie einen Geschäftstermin hatte, den vierten, weil Charity mit ihrer Schwester in die Notaufnahme musste. Nora wusste nicht mehr, wann sie den kinderfreien Abend ganz aufgegeben hatten, aber die kurzfristigen Absagen zogen sich bis heute wie ein roter Faden durch all ihre Verabredungen. Ein Abendessen, zu dem Nora allein gehen musste, weil der Staatsminister für Bankwesen eine Abordnung aus Charlies Firma auf einen Drink einladen und Charlie das auf keinen Fall verpassen wollte. Eine Tagung, zu der Nora Charlie nicht begleiten konnte, weil sie bei der Arbeit kurzfristig einen Pressetermin übernehmen musste. Wenn dann noch die Zwillinge beteiligt waren, stiegen die Chancen für eine Absage ins Unermessliche.

Am Tag zuvor hatten sie es wie durch ein Wunder alle miteinander zum Brunch geschafft und waren gemeinsam in der schimmernden Augustluft durch den Central Park nach

Hause gelaufen. Rachel blieb immer wieder stehen, um sich die Plaketten auf den Parkbänken anzusehen und sie laut vorzulesen: »Für Robert A. Davidson, der diesen Park geliebt hat.« – »Joan und John, 50 Jahre und kein Ende.« – »Alles Gute zum Geburtstag, Janet – nimm Platz!«

»Maisie, schmerzlich vermisst, 1999 bis 2012«, las Rachel. »Schau mal, Mommy. Sie ist nur dreizehn Jahre alt geworden.«

»Das war bestimmt ein Hund«, sagte Nora.

»Was?«

»Viele lassen solche Plaketten für ihre Hunde anbringen. Ich wette, Maisie war ein Hund.«

»Weil du ein totes Mädchen zu bedrohlich findest?«, fauchte Rachel. Nora seufzte und sah kopfschüttelnd zu, wie ihre Tochter neben Charlie weiterstapfte. Oliver fiel zurück, bis er neben ihr ging. Aus der Gegenrichtung kam ihnen erst ein Doppelkinderwagen entgegen und gleich darauf ein zweiter, mit jeweils zwei gleich alten Kleinkindern darin. »Mein Rudel«, sagte Oliver grinsend.

»Ach, Sie haben Zwillinge«, sagten wildfremde Menschen mit wissendem Blick, wenn sie Nora und Charlie neu kennenlernten. In New York wimmelte es von Zwillingen. Zwillinge zu haben, hieß, man hatte ein, zwei Jahre lang ganz normal mit seinem Mann geschlafen, dann besorgt den Eisprung auf einer Kurve im Bad mitverfolgt und schließlich eine Beziehung geführt, die hauptsächlich daraus bestand, sich Hormonspritzen zu setzen und den Partner anzubrüllen. Zwillinge zu haben, das hieß Arztpraxen, in denen die eigenen Eizellen in einer Petrischale aufbewahrt wurden und das

Sperma des Ehemanns in dem Fläschchen, das er, unterstützt von ein paar reichlich zahmen Pornoheftchen, im Nebenraum hatte füllen müssen. Wenn Nora bei der Apotheke ihres Vertrauens in der Warteschleife hing, verkündete die Ansage vom Band, sie seien in New York die absolute Nummer eins beim Verkauf von Fruchtbarkeitsmedikamenten. Als wäre das eine Leistung.

In der ersten Zeit, als sie den Doppelkinderwagen durch New York schob, hätte Nora am liebsten ein Schild vorn angebracht: »Nicht *die* Sorte Zwillinge!«

»Ich weiß gar nicht, warum du das so schlimm findest«, hatte Charlie gesagt.

Oliver gefiel es von Anfang an, einer von zweien zu sein. Rachel weniger. »Ein Glück, dass wir nicht eineiig sind«, hatte sie wiederholt geäußert.

»Ein Junge und ein Mädchen und eineiig«, sagte Oliver dann. »Das wäre mal was für die Biobücher gewesen.« Rachel trug ihre Einzigartigkeit wie eine Landesflagge oder ein Staatssiegel vor sich her.

»Auf dem Campus waren neulich Leute, die hatten Drillinge«, sagte Oliver jetzt zu Nora.

»Gott steh ihnen bei«, erwiderte sie.

Eine Gruppe japanischer Touristen mit Mundschutz kam ihnen entgegen, sie fotografierten sich gegenseitig, ohne sich an den Masken zu stören. Nora seufzte wieder. »Ich wünschte, deine Schwester würde mich nicht ständig absichtlich auf die Palme bringen«, sagte sie.

»Ihr geht's gut, Mom«, sagte Oliver. »Ich weiß, du glaubst, sie lässt irgendwas an dir aus, aber manchmal dreht sie eben ein bisschen am Rad. Das wird schon wieder. Mach dir keine Sorgen.«

»Okay, jetzt mache ich mir wirklich Sorgen.«

»Nein, brauchst du nicht, es ist nur ... bleib einfach cool. Das letzte Studienjahr ist für alle hart. Für mich nicht so, aber sonst echt für viele. Sie ist einfach zerbrechlicher, als sie manchmal wirkt.«

»Ollie, falls du gerade versuchst, mich zu beruhigen, klappt das nicht sehr gut.«

»Mom«, sagte Oliver. »Es ist alles bestens. Sei einfach nicht so streng mit ihr.«

Nora sah, wie Charlie Rachel den Arm um die Schultern legte. Sie hatte ein paar der besten Jahre ihres Lebens damit vertan, sich um Rachel zu sorgen, hatte an die Schlafzimmerdecke gestarrt, während Charlie neben ihr schnarchte, und an kaum etwas anderes denken können als an die schrecklichen Dinge, die sie in Zeitschriften las. Wenn Rachel Gewicht verlor, sorgte sich Nora, sie könne magersüchtig werden. Wenn Rachel geistesabwesend war, sorgte sich Nora, sie nehme vielleicht Drogen. Und den Gedanken an Würgelaute, die während der Highschool-Zeit frühmorgens durchs Treppenhaus schallten, wollte sie gar nicht erst zu Ende denken. Alma Fenstermacher, die zwanzig Jahre älter war als Nora, hatte einmal gesagt, es bleibe nur ein winziger Moment zwischen der Sorge, die Tochter könne ungewollt schwanger werden, und der nagenden Frage, wann man endlich Enkel bekomme. Zum Glück hatte Rachel sich nur zwei Mal frühmorgens übergeben: Einmal war der Tequila schuld gewesen, das andere Mal ein verdorbenes Sushi. Jetzt, wo sie die meiste

Zeit aus dem Haus war, sorgte Nora sich kaum weniger und rechnete auch nicht damit, dass die Sorgen nachlassen würden, wenn Rachel für immer fort war. Im Übrigen eine scheußliche Formulierung, wie sie fand.

Um Oliver sorgte Nora sich praktisch nie. Auch das machte ihr Sorgen.

»Ollie, wollen wir kurz rüber zum Parkplatz, wenn wir zu Hause sind?«, rief Charlie herüber, während Rachel sich an ihn schmiegte.

»Warte nur, bis er den Wagen das erste Mal aus einer Schneeverwehung ausgraben muss«, hatte Sherry Fisk nur gemeint.

»Charlie sagt, jetzt hat er endlich das Gefühl, in der Straße richtig dazuzugehören«, sagte Nora, und Sherry verdrehte die Augen.

Nora hatte schon lange vorher das Gefühl gehabt dazuzugehören: als die Zwillinge gefragt wurden, ob sie auf die Enkel der Rizzolis aufpassen wollten (was manchmal damit endete, dass Nora auf die Enkel der Rizzolis aufpasste), als sie die erste Einladung zum großen Januarfest auf Alma Fenstermachers schönen, stabilen Briefkarten mit eingravierter Stechpalmbordüre erhielten, vor allem aber, als Ricky das erste Mal bei ihnen klingelte. Für Nora war Ricky einer von zwei Pfeilern ihres Alltags, der zwischen Haus, Zwillingen, Hund und Arbeit immer Gefahr lief, durch irgendeine nebensächliche Kleinigkeit, die aber dennoch lästig war wie ein beharrliches Jucken, aus dem Ruder zu laufen. Sie wohnten vielleicht ein halbes Jahr in der Straße, als es eines Samstagmorgens klingelte. Die Zwillinge, die die ersten neun Jahre ihres Lebens in einer Mietwohnung verbracht hatten, waren immer noch ganz aufgeregt, weil sie selbst die Haustür öffnen konnten. Sie rannten die Treppe hinunter und schoben sich dabei gegenseitig weg.

»Da ist ein Mann, der mit dir oder Daddy reden will«, berichtete Rachel. »Ich habe gesagt, Daddy ist arbeiten. Wie immer.«

Den Mann, der vor der Tür stand, hatte Nora bereits Dutzende Male auf der Straße gesehen, immer in einer Uniform aus dunkelgrüner Hose und passendem Hemd und häufig mit zwei, drei anderen Männern im Schlepptau. »Tag, Madam«, sagte er und nahm die Baseballkappe mit der Aufschrift *Metropolitan Lumber* ab, »ich heiße Ricky und übernehme Reparaturen, streiche, bringe Sachen zum Wertstoffhof, alles, was Sie wollen. Ich bin kostengünstig und zuverlässig.« Zweifellos hatte er diese kleine Ansprache sorgfältig einstudiert.

Dann drückte er ihr eine leicht schmuddelige Visitenkarte in die Hand. »Enrique Ramos« stand darauf, darunter eine Telefonnummer. »Zufriedenheitsgarantie. Auch Kleinstaufträge. Günstige Preise. Referenzen auf Anfrage.«

Er hatte jedes Klischee jedes Kleinunternehmens auf die Karte gezwängt, wodurch die Schrift so winzig war, dass man sie kaum noch lesen konnte. Damals zählte George noch zu seinen Fürsprechern und verkündete jedem, dem er begegnete, was für großartige Arbeit Ricky beim Wiederaufbau der Ziegelmauer in seinem Garten geleistet habe. »Und das zum absoluten Tiefstpreis«, ergänzte er.

Nora schärfte den Zwillingen ein, »Mr. Ramos« zu ihm zu sagen, und sie selbst nannte ihn niemals »Ricky«, wenn sie direkt mit ihm sprach. »Enrique«, sagte sie, wenn sie ihm zufällig auf der Straße begegnete, »wir hatten schon wieder einen Kurzschluss an der Gartenlampe.« Oder aber es gab Probleme mit Olivers Toilette, ein verstopftes Waschbecken im Keller oder einen Wasserhahn in Rachels Bad, der mit seinem Getropfe dafür sorgte, dass Rachel nach eigener Aussage nachts »nicht eine Sekunde« schlafen konnte. Dann klingelte Ricky, blieb kurz hinter der Türschwelle stehen und streifte sich Einmalfüßlinge über die Schuhe, wie sie Chirurgen im OP benutzen. Handelte es sich um eine größere Reparatur, hatte er einen seiner Männer dabei. Deren Namen erfuhr Nora nie, und sie sagten auch kaum etwas. Einmal war ein Jüngerer mitgekommen, der sich das Haar in akkuraten Reihen zurückgelegt hatte und ein kümmerliches Bärtchen unter der Unterlippe zur Schau trug. Er war mit Ricky und einem weiteren Mann gekommen, um ein Heizungsrohr zu richten, das sich gelockert hatte. Als der Junge gerade seine Füßlinge abstreifte, kam Rachel aus der Schule, und er sagte: »Hola, chica!« Daraufhin ließ Ricky einen spanischen Wortschwall auf ihn los, von dem Rachel behauptete, trotz ihres sommerlichen Intensivkurses absolut nichts verstanden zu haben. Nora verstand immerhin, dass sie den Jungen danach nie wieder zu Gesicht bekam. »Der ist weg«, kommentierte Charity düster.

»Ohne Ricky und Charity bricht hier alles zusammen«, sagte Nora zu Charlie und tippte auf die Nachricht von George, dessen Fürsprache für Ricky seit einem Disput mit ihm, vermutlich wegen einer Rechnung, ausblieb. »Ohne dein Auto können wir auskommen. Ohne die beiden nicht.«

»Es ist auch dein Auto«, sagte Charlie.

Nora sah es nicht als ihr Auto, sagte aber nichts dazu. Sie hoffte, der Stellplatz auf der Brachfläche werde Charlie davon abhalten, weiter vom eventuellen Verkauf ihres Hauses zu reden. Auch daran war George schuld, und es hatte ihre Abneigung gegen ihn so verstärkt, dass sie nicht einmal mehr seine Möpse zur Kenntnis nahm, wenn sie ihr asthmatisch keuchend und auf krummen Beinen über den Weg liefen. George war in seinen Loyalitäten seriell veranlagt: Sie galten dem Autor, der in der Straße recherchierte und ihnen allen ein Freiexemplar seines Buches zukommen lassen wollte, wenn er sich dafür einmal kurz in ihren Häusern umsehen dürfe, dann dem Dachdecker, der spottbillig Dichtungsbleche und Dachrinnen reparierte, und schließlich dem Schrotthändler mit den antiken Türen im Angebot, die sich mit wenig Aufwand für die vorhandenen Türstöcke umarbeiten ließen. Jedes Mal verteilte er Sendschreiben, die den Autor, den Dachdecker oder den Schrotthändler empfahlen. »Mom, da liegt wieder ein neues Georgeogramm in der Diele!«, rief Rachel dann.

Doch die Sache endete jedes Mal verheerend und mit Verleugnungen. Der Autor fand keinen Verlag. Der Dachdecker erledigte seinen Auftrag nur zur Hälfte und tauchte dann ab. Das Umarbeiten führte dazu, dass die Türen furchtbar aussahen. Mit der neuesten Nummer aber hatte George alle angesteckt, zumindest die Männer. Ein Gutachter hatte den Marktwert ihrer Häuser geschätzt. Eigentlich hatte er erwartet, anschließend auch dafür bezahlt zu werden, wie die meisten Menschen, doch George ließ ihn hängen – allerdings nicht ohne ihm vorher noch ein paar Zahlen abzuknöpfen. Charlie war von seinem Morgenspaziergang mit Homer zurückgekommen und hatte verkündet: »Wir sollten das Haus möglichst bald verkaufen, sobald wir es halbwegs hergerichtet haben.«

»Wie bitte? Was redest du denn da? Es *ist* hergerichtet. Und es ist unser Zuhause. Wieso sollten wir es verkaufen?«

Sherry Fisk hatte das Gleiche zu berichten, genau wie Linda Lessman von gegenüber, und vermutlich hatte sich Georges Frau Betsy diese Verkaufsmasche ebenfalls anhören müssen, wobei die anderen Frauen, und allem Anschein nach auch George, sie nur selten zu Gesicht bekamen. Wie fast überall in Manhattan hatten die Häuser in ihrer Straße einen so hohen Schätzwert, dass es einem Lottogewinn glich. Für die Frauen waren sie ein Zuhause, für die Männer eine Immobilie. Manchmal las Charlie am Wochenende die *New York Times*, blickte plötzlich nachdenklich auf und sagte: »Wenn wir das Haus hier verkaufen würden, könnten wir uns ein tolles altes Haus in Savannah leisten und hätten noch was zum Anlegen übrig.«

»Ich will aber nicht in Savannah wohnen«, entgegnete Nora.

»Du warst doch noch nie in Savannah, Bun«, sagte Charlie.

»*Du* warst noch nie da. Ich war geschäftlich dort. Es ist wunderschön. Aber ich will da nicht wohnen. Ich wohne in New York. Ich arbeite hier, schon vergessen?«

»Museen gibt es sicher auch in Savannah.« Oder in Charleston. Oder in Santa Fe. Je nachdem, über welche Stadt mit halbwegs vernünftigen Immobilienpreisen gerade in der

Zeitung berichtet wurde. Nora hoffte, der Parkplatz werde sie vor Charlies Überzeugung schützen, dass sie es sich nicht mehr leisten könnten, weiter in ihrem Haus zu leben. Natürlich gab es keinen einzigen Grund, in New York ein Auto zu haben, aber Nora war klug genug, das nicht zu erwähnen. Ihre Kinder hatten nicht einmal den Führerschein, obwohl sie schon zwanzig waren. Als Rachel das zweite Mal am Steuer sitzen durfte, war sie mit dem Auto auf den Bordstein gefahren, hatte sich mit einem »Siehst du?« zu ihrer Mutter umgedreht und sich seitdem, soweit Nora wusste, nie wieder hinter ein Lenkrad gesetzt. Oliver hatte seinen Lernfahrausweis verfallen lassen. Er reiste immer mit dem Zug vom College an. Rachel ließ sich von Freunden mitnehmen, die in Vororten wohnten und im Austausch gegen Benzingeld bereit waren, den Umweg über Manhattan zu machen.

Trotzdem beharrte Charlie auf seinem Auto. Es diente hauptsächlich dazu, seine Golfschläger zu den Golfplätzen auf Long Island und in Westchester County zu befördern. Als die Kinder klein waren, hatten Nora und Charlie ein Häuschen auf dem Land besessen, das sie dann aber verkauften, als Rachel und Ollie auf die Middle School kamen. Charlie war der Ansicht gewesen, sie seien nur noch selten dort, dabei hatten sie es eigentlich nie viel genutzt, allenfalls fürs Thanksgiving-Dinner oder als Ausgangspunkt, wenn sie auf einem der Christbaumhöfe in der Umgebung einen Baum schlagen wollten, den sie dann mit nach New York nahmen. Nora erinnerte sich nur zu gut, wie lästig Charlie die Fahrten mit den quengelnden Kindern auf dem Rücksitz gewesen waren: *Ich muss aufs Klo, ich hab Hunger, sie stößt mich dauernd mit dem Fuß, er stinkt so, er hat gepupst, hab ich nicht, hast du wohl.* »Wenn ihr nicht gleich still seid, setze ich euch am Straßenrand aus!«, hatte Charlie einmal nach einem Thanksgiving-Wochenende gebrüllt, und beide Kinder waren in Tränen ausgebrochen. »Nie wieder fahre ich mit Daddy Auto«, erklärte Rachel am Abend, als Nora zum Gute-Nacht-Sagen kam. »Ich auch nicht!«, krähte Oliver aus dem Nebenzimmer. »Nachmacher!«, brüllte Rachel zurück.

»Daddy hat das doch nicht so gemeint«, sagte Nora.

»Hat sich aber so angehört«, sagte Rachel.

Nora erinnerte sich, dass George, als er noch keinen Stellplatz auf der Brachfläche hatte, jedem, der es hören wollte (und das wollte schon nach kurzer Zeit kein Mensch mehr), erklärt hatte, es sei absolut unnötig, fürs Parken zu zahlen. George gehörte zu der Sorte New Yorker, die es sich zum Nebenjob gemacht hatten – oder in Georges Fall fast schon zur Hauptbeschäftigung –, die Parkregeln der Stadt New York auszuhebeln. Wie bei einer seltsamen Zirkusnummer setzten sich die Wagen stets gleichzeitig in Bewegung, verließen den verschmutzten Rinnstein und fuhren hinüber auf die andere Straßenseite, wo sie in zweiter Reihe hielten, um sich dann hinter der Verkehrsstreife und der Straßenkehrmaschine wieder einzufädeln und an den vorherigen Rinnstein zurückzukehren, häufig in exakt dieselbe Parklücke, die sie wenige Minuten zuvor frei gemacht hatten.

»Ich erkläre Ihnen das jetzt mal«, hatte Nora George eines Morgens zu einem jungen Mann sagen hören, der gerade frisch in die Straße gezogen war. »Sehen Sie das Schild da?

Parkverbot, montags und donnerstags zwischen neun und elf. Sie machen also Folgendes: Sie setzen sich ins Auto und warten, bis die Politesse kommt. Bloß nichts überstürzen! Warten Sie, bis sie fast bei Ihnen ist oder gerade dem Typen hinter Ihnen ein Knöllchen verpasst, der nicht an das Parkverbot gedacht oder es verschlafen hat. Dann fahren Sie aus der Parklücke und rüber auf die andere Straßenseite. Ist gar nicht so schwierig, wie's klingt, weil Sie vermutlich ohnehin demjenigen hinterherfahren, der vor Ihnen geparkt hat. Dann bleiben Sie einfach auf der anderen Straßenseite stehen, bis die Politesse am Ende der Sackgasse ist, warten noch den Straßenkehrer ab, und zack! Sie fahren einmal im Kreis, und fertig ist die Laube!«

»Und was ist mit dem Parken in zweiter Reihe? Muss ich denn kein Bußgeld zahlen, wenn ich in zweiter Reihe parke?«

George schüttelte den Kopf. »Hab ich noch nie erlebt.«

Es gab einige Gradmesser für den Wahnsinn, den ein Leben in New York bedeutete: Privatschulempfehlungen für Vierjährige; Eigentümerversammlungen, in denen gefragt wurde: »Und was, glauben Sie, können Sie zur Erlebnisgemeinschaft unseres Gebäudes beitragen?« Doch diese Autos, die im Windschatten der rotierenden, mechanischen Besen und Wasserdüsen des Reinigungsfahrzeugs über die Straße kreuzten, Wagenburgen inmitten einer gnadenlosen, asphaltierten Wildnis, gehörten zu den allgegenwärtigsten und auffälligsten. Die Fahrer waren fast ausschließlich Männer und erinnerten in ihrer Einigkeit über die Grundlagen ihres Tuns an die Mitglieder einer Sekte. Die hohen, schmuddeligen

Wände aus harschigem, komprimiertem Schnee, die den Autobesitzern auf der Brachfläche einen Strich durch die Rechnung machten, und die Schneeberge, die die städtischen Räumfahrzeuge auf den Parkbuchten zurückließen, waren für eingefleischte Umparker ein Segen. Bei starkem Schneefall trat das temporäre Parkverbot nämlich außer Kraft. Und da man in New York war, wurde es nicht nur am Memorial Day und an Weihnachten ausgesetzt, sondern auch am chinesischen Neujahrsfest, am Purimfest und an Diwali, dem hinduistischen Lichterfest, sowie an Christi Himmelfahrt.

»Das ist doch albern«, bemerkte Linda Lessman, die katholisch aufgewachsen war, beim jährlichen Grillfest in der Straße. »Christi Himmelfahrt ist nun wirklich kein wichtiger Feiertag.«

»Unwichtiger als Schawuot?«, wollte Jack Fisk wissen.

»Da bin ich überfragt«, antwortete Linda.

Natürlich hatte George von seinem bisherigen Parkverhalten Abstand genommen, sobald er einen Stellplatz auf der Brachfläche bekam. »Deppen«, sagte er jetzt, wenn er morgens um Viertel vor neun jemanden im Auto sitzen sah, der Kaffee aus einem Pappbecher schlürfte und im Rückspiegel nach der Straßenreinigung Ausschau hielt. Praktisch über Nacht war er vom Umpark-Fanatiker zum Parkplatzwächter mutiert, sodass manch einer fälschlicherweise glaubte, das Grundstück gehöre ihm. Zu den Dingen, die Nora an Charlies neuem Stellplatz besonders störten, gehörte die Tatsache, dass er seither freundlicher zu George war. Dafür war Charlie insgesamt freundlicher.

»Und das ist einiges wert«, sagte Nora zu Jenny, während

ihre Weingläser, die hin und wieder klappernd an den jeweiligen Telefonhörer stießen, wie immer die Begleitmusik ihres Gesprächs bildeten. Für Nora war das die ideale Art, den Tag zu beenden: ein Schluck Chardonnay, ihr gemütlicher Klubsessel und Jenny am anderen Ende der Leitung.

»Ich habe das mit dem Auto in der Stadt ja nie ganz verstanden«, meinte Jenny, die an der Columbia unterrichtete und eine Universitätswohnung in einer Straße gleich neben dem Campus hatte. »Das ist wohl so ein Männerding. Aber egal. Was machen meine Patenkinder?«

»Nichts Besonderes.«

»Sprich, Rachel treibt dich in den Wahnsinn, und Oliver ist total entspannt. Weißt du, was die neuesten Forschungen ergeben haben? Eine Tochter ist die beste Garantie, dass du mal gut versorgt sein wirst, wenn du alt bist.«

»Ich fühle mich jetzt schon alt. Dieses Haus wird viel zu groß sein, wenn wir nur noch zu zweit sind. Wobei ich mir immer ganz schrecklich vorkomme, wenn ich mich über so etwas beklage. Eigentlich sollte ich mich doch glücklich schätzen.«

»Ach, Süße. Wenn du dich bei mir nicht mehr beklagen kannst, bei wem denn dann? Und Glück ist doch immer relativ.«

»Meine Luxusprobleme. So nennen sie das immer. Luxusprobleme.«

»Wer?«

»Rachel und ihre Freundinnen. Eine klagt darüber, dass sie schon wieder zur Maniküre muss oder Salzränder an den Stiefeln hat, und dann sagt eine andere: ›Luxusprobleme‹.

Damit meint sie: Es gibt genug echte Probleme auf der Welt, und deine Nägel gehören nicht dazu.«

»Ich finde, dass Salzränder an den Stiefeln nicht vergleichbar sind mit den Sorgen, die du dir machst, weil deine Kinder aus dem Haus gehen und dein Mann chronisch schlecht gelaunt ist. Wobei es mich schon wundert, dass ich den Ausdruck noch nie von meinen Studierenden gehört habe. Luxusprobleme. Eigentlich ein gutes Wort. Ich will ja nicht spitzfindig sein, aber das erinnert mich an diese Studien, die belegen, dass Gesellschaften insgesamt glücklicher sind, wenn sie allem Materiellen abschwören.«

»Hat den Leuten, die in Armut leben, schon mal jemand gesagt, dass sie insgesamt angeblich glücklicher sind?«

»Genau das ist die Krux. Da muss schon die ganze Gesellschaft dem materiellen Besitz abschwören.«

»Gibt es solche Gesellschaften wirklich?«

»Schwer zu glauben, oder?«, sagte Jenny. »Und es sind auch noch alles Matriarchate.«

»Das sagst du nur, um mich aufzuheitern«, entgegnete Nora.

»Es stimmt tatsächlich, aber eigentlich ist mir das ja egal, solange es dich nur aufheitert. Warte mal kurz.« Mehr brauchte Jenny nicht zu sagen – Nora wusste, dass sie jetzt den Kühlschrank öffnen, die Weinflasche herausnehmen und sich etwas nachschenken würde.

»Da bin ich wieder«, sagte Jenny. Wie immer.

»Meine Kinder sind jetzt fast so alt wie ich, als ich nach New York kam«, sagte Nora. »Sie sind fast so alt wie wir beide, als wir damals zusammengezogen sind. Kommt es dir nicht auch so vor, als wäre das ewig her?«

»O ja«, sagte Jenny. »Es kommt mir vor, als wäre es Jahrmillionen her. Und gleichzeitig kommt es mir so vor, als wäre es erst letzte Woche gewesen.«

»Ach, Mrs. Nolan, gerade hat Mr. Harris für Sie angerufen«, sagte Madison, Noras Assistentin. »Er bittet um Rückruf, sobald Sie Zeit haben.«

»Wer?« Nora blieb in der Bürotür stehen.

»Mr. Harris? Er meinte, Sie kennen ihn.«

»Hat er auch seinen Vornamen genannt?«

»Bob.« Madison reichte Nora einen Notizzettel. »Er hat gesagt, Sie erreichen ihn unter dieser Nummer.«

»Machen Sie die Tür zu, Madison«, sagte Nora. »Bitte.«

Nora blickte auf den Zettel, der vor ihr lag, die Aufforderung, Bob Harris zurückzurufen, den Gründer und Vorstand der Investmentfirma, für die Charlie arbeitete. Einen kurzen Moment lang hatte sie den abstrusen Gedanken, das Arbeitsleben funktioniere wie die Schule, und sie werde jetzt von Charlies Chef angerufen, der schlechte Nachrichten bezüglich der weiteren Beschäftigung ihres Mannes hätte – so wie früher, als der Direktor der Middle School sie anrief, um ihr mitzuteilen, Rachel müsse nachsitzen, weil sie sich während einer morgendlichen Pflichtversammlung auf der Mädchentoilette versteckt hatte. Natürlich war das albern, aber ihr fiel beim besten Willen kein anderer Grund ein, warum Bob Harris, ein Mann, der mit seinem hemdsärmeligen Benehmen und seiner fast unheimlichen Fähigkeit zum Geldscheffeln zur Legende geworden war, sie anrufen sollte. So wurde er eigentlich immer beschrieben: der legendäre Bob Harris.

»Ja, hallo«, sagte er, nachdem sie die Nummer gewählt hatte, offensichtlich seine Direktdurchwahl: keine Sekretärin, keine Vermittlungsinstanz, kein Aussieben. »Ich hatte mich gefragt, ob wir zwei uns vielleicht mal treffen könnten.«

»Worum geht es denn?«, fragte Nora.

»Wissen Sie, das hat mir immer schon so an Ihnen gefallen. Sie kommen gleich zur Sache. Nichts von wegen: Natürlich, Mr. Harris, wann denn, Mr. Harris, ganz, wie Sie meinen, Mr. Harris. ›Worum geht es?‹ So was gefällt mir.«

»Vielen Dank«, sagte Nora. »Also, worum geht es?« Bob Harris brachte immer die unerbittliche Schulleiterin in ihr zum Vorschein.

»Ich hätte da ein geschäftliches Angebot für Sie und will mich mit Ihnen zusammensetzen, um es genauer durchzusprechen. Was halten Sie davon, wenn meine Sekretärin Ihre anruft und einen Termin ausmacht? Wie heißt Ihre noch mal? Sie hat es mir gesagt, aber ich habe mich wohl verhört.«

»Madison.«

»Teufel auch, dann habe ich mich doch nicht verhört. Guck an! Na, jedenfalls, sagen Sie Madison, sie soll sich bei Eileen melden. Ich finde, wir sollten uns bald treffen.«

»Aber worum geht es?«, fragte Nora.

»Sie lassen echt nicht locker. Ich sag ja, immer gleich zur Sache. Gibt nichts Besseres. Aber ich telefoniere ungern. Wir reden dann Tacheles, wenn wir uns sehen.«

Nora legte den Hörer auf und warf einen Blick zur Uhr auf ihrem Schreibtisch. Jenny saß gerade im Seminar, die konnte sie nicht anrufen. Ihre Schwester Christine in Seattle war sicher noch nicht wach. Und Charlie konnte sie auf keinen Fall fragen, was Bob Harris wohl von ihr wollen könnte. So verblüfft sie auch war, ahnte sie, wie Charlie auf diesen persönlichen Anruf eines Mannes reagieren würde, von dem er glaubte, dass er seine Talente nicht gebührend würdigte. Falls er nicht schon längst davon wusste. Nora konnte nur hoffen, dass Bob Harris Charlie nicht demnächst im Aufzug treffen und dass die Assistentin Eileen nichts an Charlies Assistentin Maryanne weitertratschen würde, wenn sie gemeinsam ihr Mittagssandwich holen gingen.

Nora überlegte, ob Madison den Namen Bob Harris wohl erkannt hatte. Zuzutrauen wäre es ihr. Madison war in New York aufgewachsen und die erfolgshungrigste Vierundzwanzigjährige, die Nora je begegnet war. »Das ist mein absoluter Traumjob«, hatte sie beim Vorstellungsgespräch gesagt und gleich noch nachgeschoben: »Wenn ich groß bin, will ich so werden wie Sie!« Worauf sich Nora, wie sie Jenny später erzählte, spontan uralt gefühlt hatte. Jenny hatte erwidert, *sie* hätte Madisons Lebenslauf gleich in den Schredder gesteckt: »Und überhaupt, wie kann man jemanden ernst nehmen, der wie eine Straße heißt?«

»Sag bloß, du hattest noch keine Madison unter deinen Studierenden?«, sagte Nora.

»Selbstverständlich«, erwiderte Jenny. »Aktuell habe ich eine Studentin namens Celestial und einen Studenten namens Otto, der sich eisern mit kleinem o am Anfang schreibt. Aber die habe ich nicht eingestellt. Die wurden mir aufgedrängt.«

Madison war wie eine infrarotgesteuerte Rakete. Nora hingegen hatte das Gefühl, in praktisch jede ihrer Stellen einfach hineingerutscht zu sein, auch wenn Jenny meinte, dass sie sich damit unter Wert verkaufte. Im Sommer zwischen dem zweiten und dritten Studienjahr am Williams College wollte sie unbedingt auf dem Campus bleiben, weil der Mann, in den sie damals Hals über Kopf verliebt war, in der Nähe an einem Restaurierungsprojekt teilnahm. Im Fachreferat Fundraising war gerade eine Hiwistelle frei geworden, die Nora bereitwillig antrat, obwohl sie keine Ahnung hatte, was Fundraising genau bedeutete. Zwei Wochen später bekam die stellvertretende Leiterin wegen einer schwierigen Schwangerschaft strikte Bettruhe verordnet, und plötzlich führte Nora reiche Alumni in sehr viel größerer Anzahl als von allen erwartet über den Campus und unternahm etliche Reisen zu eindrucksvollen Klinkerhäusern in Nantucket und Naragansett, wo ihre Chefin beträchtliche mehrjährige Zuwendungen (ein Ausdruck, den sich Nora rasch zu eigen machte) erbat. Am Ende des Sommers fragte die Chefin sie, ob sie auch während des Semesters in Teilzeit für sie arbeiten wolle, und als die Chefin das Fachreferat verließ, um ans Folk Art Museum nach New York zu wechseln, nahm sie Nora kurzerhand mit.

Schon vor dem Studium hatte Nora begriffen, dass von schlauen, fähigen Menschen eine Art von Verlangen erwartet wurde, wie sie es niemals besessen hatte, genau jenes Fieber des Wollens, das offensichtlich durch Madisons Blutbahnen tobte. Noras Ehrgeiz köchelte nur leicht, er brodelte nie. Ihre beste Freundin aus Schulzeiten wollte Schauspielerin werden, mit einem Eifer, der an Geisteskrankheit grenzte – das färbte Amandas Blick auf alles. Nora war überzeugt, dass sie es genau deswegen schaffen würde, dass dieser flammende

Ehrgeiz entscheidend war und nicht das Talent. Im Hinterkopf aber wusste sie längst, dass ein solcher Hunger wie eine Rasierklinge war, die ganz unten in der Tasche lauerte, und dass es einer Verstümmelung gleichkäme, das, was man wollte, nicht zu erreichen. Ein wenig, das musste Nora zugeben, war sie auch erleichtert darüber, anders zu sein, vollauf damit zufrieden zu sein, von einer verantwortungsvollen Position zur nächsten zu wechseln, in einer Branche, in der es letztlich immer um einen guten Zweck ging. Sie trieb Spenden ein, zunächst für das Folk Art Museum, dann für die Juristische Fakultät. Mit der Stelle am Modeinstitut trug sie vielleicht weniger zum Wohl der Menschheit bei, aber es war das erste Mal gewesen, dass sie selbst ein Büro leiten durfte und nicht mehr in zweiter Reihe stand, und das Gehalt war sehr gut. Schließlich mussten sie Rachels und Ollies Privatschule finanzieren, und ihre wirtschaftliche Situation war so ins Stocken geraten, dass Charlie schon gefragt hatte, ob Rachel wirklich den ganzen Sommer im Theater-Camp verbringen müsse.

Noras aktuelle Stelle ging ein gutes Stück über reines Fundraising hinaus und war ihr buchstäblich in den Schoß gefallen: Das Modeinstitut hatte zur Eröffnung einer Ausstellung mit Frauenmode aus den Zwanzigern einen Lunch veranstaltet, bei dem die Kellner geschickt zwischen Schaufensterpuppen in perlenbesetzten Charleston-Kleidern, Pelzstolen und Glockenhüten hindurchnavigierten. Die Teller mit dem Cobb Salad und die Gläser mit dem Eistee standen bereits auf den Tischen, als die Gäste Platz nahmen.

»Wann ist der Cobb Salad eigentlich zum offiziellen

Mittagessen der New Yorkerinnen geworden?«, hatte die Frau links von Nora gefragt, die nur eine bescheidene Spende geleistet hatte, obwohl bei ihr noch sehr viel mehr drin gewesen wäre, und die jetzt auf diesen Platz gesetzt worden war, damit Nora ihr einen höheren Betrag abringen konnte.

»Und warum heißt er überhaupt Cobb Salad?«, fragte Nora.

Von rechts ließ sich eine laute, näselnde Stimme vernehmen: »Er ist nach dem früheren Besitzer des Brown Derby in Hollywood benannt, der ihn einst erfunden hat. Als Resteessen.«

Nora drehte sich um. »Oh, vielen Dank für diese Information«, sagte sie mit ihrer besten Fundraising-Stimme und versuchte dabei, die Tischkarte der Dame zu entziffern, ohne allzu auffällig die Augen zusammenzukneifen. (Sie musste ihren Mitarbeiterinnen unbedingt einschärfen, die Tischkarten größer bedrucken zu lassen.) »Es freut mich wirklich sehr, dass Sie sich für unser Institut interessieren. Darf ich Bebe zu Ihnen sagen?«

»Von mir aus können Sie mich Queen Elizabeth nennen, wenn Sie wollen.« Die Frau pulte das weiche Innenleben aus der Brioche auf ihrem Brotteller. »Und das Institut interessiert mich nicht die Bohne. Sie interessieren mich. Ich habe nämlich einen Job für Sie.«

Als Nora abends nach Hause gekommen war, hatte sie gleich Christine angerufen und ihr von der Besprechung erzählt, die nach dem offiziellen Lunch auf dem Rücksitz eines Mercedes-SUVs stattgefunden hatte. »Die spinnt«, sagte Nora. »Sie will ihr eigenes Museum eröffnen, steht noch ganz am Anfang, und ich soll es leiten.«

»Was denn für ein Museum?«

»Schmuck. Sie will ein Museum nur für Schmuck gründen, mit ihrer eigenen Sammlung, die anscheinend ziemlich umfangreich ist, und den Sammlungen ihrer Freundinnen, nach deren Tod. Sie sagt, schon zwei ihrer Freundinnen seien bereit, sich zu beteiligen.«

Es blieb lange still in der Leitung.

»Verrückt, oder?«, fragte Nora.

»Das ist eine großartige Idee«, sagte Christine. »Das wird ein Riesenerfolg, Nonnie. Die Frauen werden euch die Tür einrennen.«

Jetzt war es an Nora, still zu sein. Ihre Schwester hatte gemeinsam mit ihrem Mann in Seattle eine Firma für Yoga-Kleidung gegründet, mit inspirierenden Sprüchen, die in winziger, kaum erkennbarer Schrift hinten am Nacken oder unten am Ärmel standen, was Nora damals für die ultimative Verschwendung zweier guter Studienabschlüsse gehalten hatte. Jedes Mal, wenn sie einen Artikel über das Unternehmen las – und inzwischen gab es etliche solcher Artikel –, waren die Umsätze weiter gestiegen. Einmal hatte Nora den Fehler begangen, bei einem Geschäftsessen zu erwähnen, dass Christine von Leise Worte – Werbeslogan: »Laut ist völlig out« – ihre Schwester sei. Daraufhin hatte sie sich ein viertelstündiges Loblied auf das Material, die Passform, die Haltbarkeit und sogar die Sprüche anhören müssen, denen sie selbst einmal Glückskeks-Niveau bescheinigt hatte.

»Ich weiß, es klingt albern, aber immer, wenn ich dieses T-Shirt mit dem Spruch am Saum trage: ›Vielleicht wird heute der beste Tag meines Lebens‹, fühle ich mich einfach gut«, hatte die Fundraising-Verantwortliche des Hunter College ihr gestanden. »Dieses Shirt habe ich auch!«, stimmte ihre Assistentin begeistert ein.

»Ich bitte dich, wer soll uns denn die Tür einrennen, um sich Schmuck anzuschauen?«, sagte Nora zu Christine. »Wenn ich Schmuck sehen will, gehe ich in eine Filiale von Harry Winston.«

»Kein normaler Mensch geht einfach so in eine Filiale von Harry Winston. Das eine Mal, als ich dort war, haben sie mich angeschaut, als wäre ich eine Ladendiebin. Selbst bei *Tiffany* fühlt man sich unwohl. Aber mit einem Museum lädst du die Leute ein und willst gar nicht, dass sie etwas kaufen. Wobei die Möglichkeiten für den Museumsshop natürlich enorm sind. Ganz enorm. Damit kriegt ihr sämtliche Frauen, die sich selbst so einen Riesenklunker von Opal wünschen, ihn sich aber nicht leisten können und sich wie verrückt über eine Nachbildung freuen. Deine ganze durchgeknallte Stadt ist im Aufwind, die Leute geben alle mehr Geld aus, als sie haben, sie wollen ein Luxusleben, das weit über ihre Verhältnisse geht. Da ist so etwas natürlich perfekt. Das wird ein Riesending, glaub mir.«

Und ihre Schwester hatte recht behalten. Trotz herablassender Kommentare in den Kunstzeitschriften und einiger Seitenhiebe in den Tageszeitungen war das Museum of Jewelry praktisch von dem Tag an durchgestartet, als es sein schweres Portal aus Stahl und Rauchglas zum ersten Mal öffnete. Noras bisherige Tätigkeit, Geld von Menschen einzutreiben, die ständig aufgefordert wurden, Schecks auszustellen, die das ewige Betteln längst leid waren oder einfach nur die Aufmerksamkeit genossen, war kaum noch gefragt. Das Museum verfügte über ein ordentliches Polster: Bebe hatte drei impressionistische Gemälde verkauft, die sie angeblich immer schon deprimierend gefunden hatte, und den Erlös durch einen Batzen aus dem gewaltigen Investment-Portfolio ihres verstorbenen Mannes ergänzt. Und das Museum verfügte über große, durchaus ansprechende Ausstellungsräume, die Bebe ohnehin gehörten. Ihr Mann war Immobilienentwickler gewesen und hatte, wie Bebe erzählte, Chelsea lange vor allen anderen als aufstrebendes Viertel erkannt. Dicht am Flussufer hatte er einen quadratisch-brutalistischen Bau errichten lassen, den er eigentlich als Shoppingmall für Galeristen vermarkten wollte: »Die Top-Adresse für anspruchsvolle Sammler: alles unter einem Dach!« (Bebe erwähnte gern, ihr Mann habe sie nicht zuletzt dafür geliebt, dass sie sich seine Werbesprüche ausdachte.) Doch die bedeutenderen Galerien waren wenig angetan von der Shoppingmall-Idee, und die weniger bedeutenden konnten sich die Miete nicht leisten, und dann war Bebes Mann gestorben, laut Bebe »einfach aus den Latschen gekippt, im Wagen, auf der Heimfahrt vom Le Cirque«. Im Rahmen der Nachlassregelungen hatte Bebe das leer stehende Gebäude besichtigt und, wie sie Journalisten gegenüber bis heute gern erzählte, beim Anblick ihrer Armspange plötzlich einen Geistesblitz gehabt: Und damit war das Museum geboren.

Bebes eigener Schmuck stellte bis heute den Löwenanteil, doch im Lauf der Zeit hatten sie hier eine Sammlung schwarzer Perlen und dort ein Diadem akquiriert, das man auch als Kette tragen konnte, den ein oder anderen wirklich sensationellen Rubin, mehrere Broschen, die – in einen Rocksaum genäht – aus dem Russland der Zarenzeit herausgeschmuggelt worden waren, und so weiter und so fort.

Jetzt saß Nora an ihrem Schreibtisch und blickte aus dem Bürofenster. Ihr fiel kaum ein Ort ein, der für einen Mann wie Bob Harris, mit seiner Timex-Armbanduhr, die aussah, als hätte er sie vor Jahren im Kaufhaus erstanden, weniger Anreiz bieten könnte. Natürlich hatten sie schon Firmen-Events im Museum veranstaltet, doch da hatte es sich bei den Kunden meistens um Kosmetikfirmen oder Frauenzeitschriften gehandelt. Einmal hatte auch eine große Anwaltskanzlei ein Essen in einem der Ausstellungsräume gegeben, das sich aber vorwiegend an den Kundinnenstamm ihrer Treuhandfonds richtete, hauptsächlich an die Sorte älterer Frauen, die Gefallen am Museum finden würden und möglicherweise als Stifterinnen infrage kamen. Nora hatte die Erfahrung gemacht, dass es in New York eine bestimmte Art von Frauen gab, die nie auf die Idee kämen, ihren Schmuck jemand anderem als ihren Töchtern und Enkelinnen zu vererben. Es gab allerdings auch Frauen – nicht ganz so viele, aber doch genug –, die sich für die Vorstellung begeistern konnten, ihren Namen in einem Schaukasten unter einer Smaragd-Parure zu lesen – ein Wort, das Nora bis vor Kurzem noch nie gehört hatte. Meist waren das Frauen wie Bebe, vermögende zweite Ehefrauen, die keine eigenen Kinder hatten und kein Interesse an denen ihres Mannes. Und bei der Kanzlei, die ihr Essen im Museum veranstaltet hatte, handelte es sich um die Anwälte, die Bebe vertraten. Zwischen Bob Harris und dem Museum of Jewelry wollte Nora aber beim besten Willen keine Verbindung einfallen. Sie hatte von Anfang an für das Museum gearbeitet, als die ersten Entscheidungen über Personal, Schrifttype und den eigentlichen Namen fielen. Damals waren sie zu dem Schluss gekommen, es nicht nach Bebe zu benennen, die »Pearl« mit Nachnamen hieß. »So blöd, wie die Leute sind, denken sie sonst noch, es gibt hier nichts anderes als Perlen zu sehen«, befand Bebe. Sie trug an diesem Tag einen künftigen Teil der ständigen Sammlung, eine schwere, mit Rubinen besetzte Armspange und eine passende Brosche in Form eines Drachens. »Wie hießen Sie eigentlich, bevor Sie geheiratet haben?«, wollte Bebe einmal von Nora wissen, und als Nora es ihr sagte, schob sie den Namen in ihrem blutrot geschminkten Mund herum wie ein Bonbon: »Benson. Nora Benson. Was für ein schöner protestantisch-amerikanischer Name. Aber das gilt auch für Ihren Ehenamen. Von Benson zu Nolan. Weit haben Sie es ja nicht gebracht.«

Das implizierte, dass es Bebe ihrerseits sehr viel weiter gebracht hatte, was ja auch stimmte. Früher einmal hatte sie Edna Wisniewski geheißen und eine Highschool in Brooklyn besucht, die dafür berühmt war, dass praktisch jede popmusikalische Eintagsfliege aus der Zeit vor den Beatles dort ihren Abschluss gemacht hatte. Die beiden Nobelpreisträger für Medizin waren an der Ruhmeswand ganz ans Ende verbannt worden, gleich neben die Jungentoilette. Im ersten Jahr nach der Eröffnung des Museums hatte die Schule auch Bebe mit einem Platz an dieser Wand bedacht. Dort hing jetzt ein Foto jenes Porträts von ihr, das ihr Mann kurz nach der Hochzeit in Auftrag gegeben hatte. Das Porträt selbst hing im Museum. Bebe sah darauf aus wie Elizabeth Taylor, deren Schmucksammlung sie nacheiferte. Sie trug immer farbige Chanel-Kostüme und dazu mindestens zwei oder drei umwerfende Schmuckstücke, eine Brosche, die sich an ihre Brust schmiegte, einen Armreif, bei dem augenscheinlich die Gefahr bestand, dass er ihren Arm außer Betrieb setzen könnte, und dazu spektakuläre Ohrringe. Sie hatte Nora erzählt, das seien alles Nachbildungen der Originale, aber Nora konnte keinen Unterschied erkennen.

Sie selbst trug bei der Arbeit keinen Schmuck, bis auf ihren Ehering und ein Paar Diamantstecker in den Ohren. Nora besaß nur wenige wertvolle Stücke, und es wäre ihr irgendwie anstößig vorgekommen, im Museum Modeschmuck zu tragen. Außerdem hatte sie eine Arbeitsuniform: schwarze Hose, im Sommer ein schwarzes T-Shirt, im Winter einen schwarzen Pullover, schwarze Jacke, schwarzer Wollmantel, schwarzer Blazer, alles aus gutem Material und gut geschnitten. Bei Geschäftsessen trug sie einen schwarzen Rock. »Einmal kommt der Tag, Schätzchen«, hatte Jenny einmal zu ihr gesagt, »da wirst du richtig aus dir rausgehen und Dunkelblau tragen.«

Bebe befürwortete dieses Verhalten. Ihrer Meinung nach hatte Nora die bewusste Entscheidung getroffen, sich im Museum unauffällig im Hintergrund zu halten, obwohl es Nora keineswegs entsprach, ständig nur im Hintergrund zu bleiben. Ihr Zugeständnis an Abwechslung und Farbe waren Schals. Sie besaß Dutzende davon, vielleicht sogar Hunderte. Das bedeutete eine enorme Erleichterung für Charlie, der ein katastrophaler Schenker war, einer von der Sorte, der ihr am Anfang ihrer Ehe zu Weihnachten und zum Geburtstag kunsthandwerkliche Schmuckstücke aus Pappmaschee und allen möglichen anderen nutzlosen Tinnef überreicht hatte. Bebe bezeichnete Noras Schals immer als »Fähnchen« – die einzige Anspielung, die sie sich auf ihre frühen Jahre als Anprobemodel einer Firma für billige Sportbekleidung erlaubte. Ironischerweise hatte sich der Verkaufsraum ganz in der Nähe des Museums befunden, nur wenige Straßen weiter.

»Kennen Sie Bob Harris?«, fragte Nora, als sie nach Bobs Anruf an Bebes Bürotür vorbeikam.

»Den Superreichen? Ich glaube, dem bin ich noch nie begegnet. Nicht, dass Sie mich falsch verstehen, ich würde ihn sehr gern kennenlernen, aber ich bin mir doch ziemlich sicher, dass ich mich an ihn erinnern würde. Wieso?«

»Nur so ein Gedanke«, sagte Nora.

»Soll ich Ihnen sagen, was ich mir für Gedanken mache, Herzchen? Wieso haben wir eigentlich immer noch diesen Tippelbruder vor der Tür?«

»›Tippelbruder‹. Das Wort habe ich ja ewig nicht gehört.«

»Warum können wir nicht einfach jemanden anrufen, der ihn wegschafft?«

»Wegen der Verfassung? Dem Versammlungsrecht? Dem Recht auf freie Meinungsäußerung auf öffentlichen Gehwegen?«

Bebe gab einen abschätzig-missbilligenden Laut von sich, der gewisse Ähnlichkeiten mit den von Charity favorisierten Unmutsäußerungen aufwies. Der Mann, der unweit des Museumseingangs auf dem Gehweg saß, gab an, er heiße

Phil, aber wer wusste das schon so genau? Als Nora kurz nach der Eröffnung des Museums seinetwegen bei der Stadt angerufen hatte, nachdem er in Gesellschaft einer schwermütigen Promenadenmischung vor dem Gebäude aufgetaucht war, wurde sie von Büro zu Büro weitergereicht, bis sie schließlich aufgab und stattdessen bei der kirchlichen Notunterkunft in der Nähe anrief, wo sie eine kluge, humorvolle Ehrenamtliche ans Telefon bekam, die das Schild erkannte, das er damals bei sich hatte: »Bitte um Hilfe fürs Hundefutter, er hat Hunger.«

»Machen Sie sich mal keine Sorgen«, sagte die Frau mit kehligem Lachen. »Das ist keiner von denen, die wir als obdachlos einstufen. Wegen dem Hund können Sie beim Tierschutzverein anrufen. Die bringen ihn dann dazu, dass er ihn zu Hause lässt.« Nora überredete einen der Wachmänner zu Überstunden, um Erkundungen einzuziehen. Wie sich herausstellte, packte Phil, sobald es dunkel wurde, Decke, Schild und Hund zusammen und verstaute alles in einem ramponierten Subaru Outback, der auf einem Parkplatz für Geschäftsfahrzeuge stand – als solches wies das Nummernschild den Wagen auch tatsächlich aus. Der Wachmann hatte Freunde bei der Polizei, und einer von ihnen durchsuchte die Datenbank und fand heraus, dass der Outback auf einen gewissen P. J. Moynes zugelassen war, wohnhaft in einem Zweifamilienhaus in Queens, das mittlerweile in mehrere Wohnungen aufgeteilt worden war.

»Sie sind ein Hochstapler«, sagte Nora in der folgenden Woche, als Phil wieder an seinem angestammten Platz saß.

Phil lachte. »Sie auch«, sagte er. Auf seinem Schild stand

jetzt: »Ein Sandwich gibt's schon für drei Dollar.« Zwei Frauen blieben stehen und warfen einen Dollarschein in seinen großen roten Sammelbecher. Als sie sich wieder abwandten, legte Phil den Finger an die Lippen. »Wenn Sie mich nicht verraten, verrate ich Sie auch nicht«, sagte er. »Was macht der Schmuckladen?«

»Das ist ein Museum«, sagte Nora.

»Jacke wie Hose«, sagte Phil. »Ich hoffe, Sie sind jetzt zufrieden. Mein armer Hund hockt den ganzen Tag im Haus und kommt nicht mehr an die frische Luft.«

»Wo zahlt man denn nur drei Dollar für ein Sandwich?«, fragte Nora.

»Sie sollten sich mal locker machen«, sagte Phil. »Sie nehmen die Dinge viel zu ernst.«

»Das sagt meine Tochter auch immer«, sagte Nora.

»Kluges Kind«, sagte Phil.

Leider hat es sich als nötig erwiesen, die monatliche Parkgebühr von 325 auf 350 Dollar zu erhöhen. Bitte begleichen Sie den entsprechenden Betrag bis zum 1. November.

*Mit freundlichen Grüßen
Sidney Stoller*

Als die Temperaturen sanken, die Tage kürzer wurden und Nora die Pullover aus den Kellerschränken in die Schlafzimmerkommoden räumte, verdüsterte sich auch die Atmosphäre in der Straße. Eines Abends, als Nora gerade zum letzten Spaziergang mit Homer aufbrechen wollte, stolperte sie auf der obersten Stufe. Noch während sie sich fing, machte Homer einen zögernden Schritt nach vorn, um eine kleine, oben zugeknotete Tüte zu beschnüffeln. Jemand hatte ihr Hundekot vor die Tür gelegt. Mit spitzen Fingern verfrachtete Nora das Tütchen in die Mülltonne. Sie schaute sich um, doch niemand war zu sehen. »Igitt«, sagte sie laut, und Homer sah mit ernstem Blick zu ihr hoch.

Außerdem konnte man den Eindruck bekommen, dass der Parkplatz mehr Fluch als Segen war, als hätten die Männer aus der Straße irgendeinem Bequemlichkeitsteufel ihre Seele verkauft. »Kaum lassen wir Nolan rein, geht alles den Bach runter«, verkündete George eines Morgens leutselig. Das war ein weiterer Grund, warum Nora ihn nicht ausstehen konnte: Keiner außer George brachte es fertig, Bissigkeiten in so plump vertraulichem Ton zu äußern.

Erst hatten die Lessmans die Windschutzscheibe ihres Wagens zertrümmert vorgefunden. Es wurde viel darüber spekuliert, wie das passiert sein könnte, auch wenn George gleich sagte: »Machen wir uns doch nichts vor, Leute«, und zu den Fenstern des Wohnheims hinaufdeutete. Linda Lessman berichtete, ihre Versicherung wolle nicht zahlen, bis der Schadensachverständige festgestellt habe, ob es sich um einen »spontanen Vorfall« handele.

»Wie eine spontane Selbstentzündung?« Linda stemmte die Fäuste in die schmalen Hüften. »Kommt es denn so oft vor, dass eine Windschutzscheibe ganz von selbst in tausend Stücke zerspringt?«

Dann wurde ein Schrottwagen mit Werbeaufklebern für den Carlsbad-Caverns-Park, den Sierra Club und Ralph Nader in der Haltebucht direkt vor dem Zugang zur Brachfläche abgestellt, wodurch alle Autos auf dem Parkplatz gefangen und praktisch in Geiselhaft genommen waren. Das war an sich schon schlimm genug, doch verschärfend kam hinzu, dass Jack Fisk, der früher immer über »Vitamin B« bei der Stadtverwaltung verfügt hatte, diese Macht inzwischen eingebüßt zu haben schien. Als das Schrottauto auftauchte, hatte Jack in seinem blauen Nadelstreifenanzug vor den anderen auf dem Gehweg nur mit den Fingern geschnippt: So schnell, versprach er, werde es wieder verschwunden sein. Es hatte dann aber drei Tage gedauert, bis der Abschleppwagen seinen Haken in die verbeulte Stoßstange der Karre schlug. »Ich hasse Einsätze in dieser Sackgasse«, sagte der Fahrer zu Nora, während Homer an seinem Vorderreifen schnüffelte und dann in einer beiläufigen Arabeske das Bein hob. »Ist echt ein Albtraum, hier rein und wieder raus zu kommen.«

»Das wurde aber auch Zeit, verdammt noch mal!«, brüllte Jack Fisk, als er sah, dass der Schrottwagen fort war.

Sherry hatte Nora erzählt, in Jacks Firma gebe es ein verpflichtendes Pensionsalter von fünfundsechzig; habe man das erreicht, werde der Name im Briefkopf von der linken Spalte mit den Partnern in die rechte Spalte mit den sogenannten »Senior-Consultants« verschoben, von denen aber alle wussten, dass es sich um die Abgehalfterten handelte. »Sie nennen das die Nachrufspalte«, berichtete Sherry.

»Ach herrje«, sagte Nora. Es war früh am Sonntagmorgen, kurz nach neun, und sie war noch in ihren Laufklamotten. Sherry hatte eine Tüte Bagels in der Hand.

»Und es kommt noch besser«, fuhr Sherry fort. »Drei Mal darfst du raten, wer sich diese Pensionspflicht als junger Maulheld ausgedacht hat?« Sherry deutete mit dem Kopf auf den Rücken ihres Mannes, der vorausgegangen war.

»Ach herrje«, wiederholte Nora.

Bedauerlicherweise gab es nicht einmal jemanden, bei dem man sich über die Probleme mit dem Parkplatz hätte beklagen können. Er gehörte einem Phantom, einem Mann, den keiner von ihnen je zu Gesicht bekommen hatte, einem gewissen Sidney Stoller. Auf ihn stellten sie die Schecks aus, die an ein Postfach gesendet und immer zum Monatsersten fällig wurden. Jedes Mal, wenn Nora auf der Straße einem alten Mann begegnete, stellte sie sich vor, das könnte Sidney Stoller sein, der endlich einmal vorbeischaute, doch soweit sie wusste, war er nie dort gewesen.

»Können wir bitte wieder die alte Garage anmieten?«, hatte Nora in der Woche zuvor gefragt, als Charlie und sie den Innenteil der Sonntagsausgabe der *New York Times* lasen, der immer schon vorab gedruckt wurde.

»Warum denn? Weil der Parkplatz jetzt fünfundzwanzig Dollar mehr kostet? Ich weiß, du bist kein Mathegenie, aber selbst du kannst dir ausrechnen, dass wir unterm Strich immer noch einiges sparen.«

Nora ließ den Literaturteil sinken. »Da brauchst du nicht gleich gemein zu werden«, sagte sie. »Die Parksituation sorgt für eine Menge böses Blut hier in der Straße. Ganz zu schweigen davon, dass ihr euch jetzt alle von diesem Schwachkopf George herumkommandieren lasst.«

»Was sagt Rachel immer über dich? Du bist so krittelig. Ich weiß nur, dass ich in zwei Stunden in Stamford zum Mittagessen verabredet bin ...« Charlie schob seinen Stuhl zurück und stand auf, ohne sie anzusehen. »... und wenn Ricky mich wieder zugeparkt hat, ist mehr fällig als nur böses Blut.«

»Es ist Samstag, Charlie. Samstags arbeitet Ricky nicht.«

Was natürlich so nicht stimmte. Ricky arbeitete, wann immer ihn jemand brauchte. Einmal hatte Sherry Fisk ihn an einem Sonntagabend zu Hause angerufen, weil ein Rohr in ihrem Keller Wasser auf den Boden spuckte, und eine halbe Stunde später war er bereits da gewesen, hatte seinen Werkzeugkasten und seinen Nasssauger auf der Treppe deponiert und sich um die Angelegenheit gekümmert.

Das hatte Jack Fisk offensichtlich alles längst vergessen. Als er auf den Parkplatz kam, um seinen Wagen zu holen, musste er feststellen, dass Rickys Transporter ihm den Weg versperrte. Zumindest behauptete er das. Der Schrottwagen war erst am Tag zuvor endlich abgeschleppt worden, und Jack war immer noch einigermaßen erzürnt, was für ihn im Grunde dem Normalzustand entsprach. Als er Ricky schließlich bei den Rizzolis aufstöberte, wo er gerade den Müllschlucker von einem hartnäckig quer liegenden Teelöffel zu befreien versuchte, hielt Ricky mit dem Argument dagegen, Jack habe doch genug Platz, um mit seinem Wagen um den Transporter herumzufahren, was Jack nur noch zorniger machte. »Erzählen Sie mir nicht, ich könnte um Sie herumfahren!«, brüllte er, während Ricky mit hängenden Schultern auf der Vordertreppe stand. »Es ist verdammt noch mal nicht mein Job, um Sie herumzufahren! Es ist Ihr Job, mir verdammt noch mal nicht den Weg zu versperren!«

Sherry hatte sich bei Nora für ihren Mann entschuldigt. »Erwartungsgemäß ist der eine unserer beiden Söhne entsetzlich cholerisch und der andere so konfliktscheu, dass er selbst, wenn man ihn mit einem Panzer überrollt, noch ›Oh, Verzeihung, da stand ich wohl im Weg‹ sagen würde«, meinte sie trübsinnig. »Andrew und seine Frau denken jetzt an Kinder, und ich habe angeregt, dass er vorher eine Antiaggressionstherapie macht.«

»Wie hat er darauf reagiert?«, wollte Nora wissen.

»Was passiert denn wohl, wenn man einem Mann eine Antiaggressionstherapie nahelegt?«

»Er wird wütend?«

»Siehst du, und du bist nicht mal Therapeutin«, sagte Sherry, die eine war.

Linda Lessman, für die die Welt immer nur schwarz oder

weiß war – aus Noras Sicht nicht die schlechteste Eigenschaft für eine Strafrichterin, wenn man nicht gerade auf ihrer Anklagebank saß –, hatte einmal erklärt, sie begreife einfach nicht, wie man Therapeutin sein und es trotzdem mit einem Mann wie Jack aushalten könne. Aber Nora hatte immer schon dazu geneigt, die Dinge eher in Grautönen zu sehen, und dabei war ihr aufgefallen, dass eheliche Verhältnisse oft nur wenig mit Logik zu tun haben.

Auch der Ursprung von Jacks Zorn leuchtete Nora ein: Ihrer Erfahrung nach brachte Männer nichts so sehr in Rage wie die Unterstellung, sie wären am Steuer nicht mindestens so gut wie ein Rennfahrer. Sie konnte sich noch deutlich an den schrecklichen Tag erinnern, als Charlie versucht hatte, den Wagen auf dem Weg zu einem Besichtigungstermin für eine Eigentumswohnung in eine winzige Parklücke am Straßenrand zu zwängen. Es hatte so lange gedauert, dass Oliver, der noch in der Kindergartenzeit Probleme mit dem Sauberwerden hatte, in die Hose machte. Als Charlie endlich weiterfuhr – die Lücke war einfach zu klein, und jedes Maßband hätte belegt, dass ihr Wagen etwa dreißig Zentimeter zu lang war –, hatte Rachel den Fehler gemacht zu fragen: »Probierst du es nicht noch mal, Daddy?«

Es war ein denkwürdiger Tag geworden.

Und so ging es weiter in der Straße, Malheur folgte auf Missgeschick. Nach der zertrümmerten Windschutzscheibe, dem Schrottwagen und Jacks Wutanfall gab es einen Kurzschluss in einem Stromschacht, und während der Reparaturarbeiten war der Zugang zum Parkplatz zeitweilig gesperrt. Am Sonntagmorgen standen Charlie, Jack, George, Harold

Lessman, der ältere Rizzoli-Sohn und zwei der Männer aus dem Wohnheim um das Loch herum, das die Techniker des Stromversorgers ausgehoben hatten. Auch Nora war stehen geblieben und hatte hineingeschaut, als sie mit Homer ihre Runde drehte. Unter ihr lagen die unvorstellbaren Innereien New Yorks entblößt, in einem dreckstarrenden Graben von genau der Art, wie man ihn vermutlich überall von der Lexington Avenue bis zur Wall Street finden konnte. Während Nora in das Loch blickte, das die Stromversorger gegraben hatten, fand sie es unfassbar, dass überhaupt irgendetwas funktionierte, dass Wasser aus den Hähnen kam und Strom aus den Steckdosen, und dass ihre Häuser nicht einfach in sich zusammenfielen. Das schmutzige, kleine Geheimnis der Stadt bestand darin, dass sie zwar ständig neu erschaffen wurde, dass sich zwar überall, wo früher Parkplätze, Tankstellen und vierstöckige Mietshäuser gewesen waren, glas- und stahlglitzernde Türme erhoben, sie aber zugleich komplett zerfiel. In den Straßen wimmelte es von Baugruben und Reparaturarbeiten, die älteren Gebäude hockten in ihren Gerüsten wie in Käfigen.

»Gerüstbau«, hatte Charlie vor nicht allzu langer Zeit vor sich hin gebrummelt. »In die Branche hätte ich mal gehen sollen. Hätte ich eine Gerüstfirma, ich wäre heute ein reicher Mann.«

»Viele Salzschäden«, hörte sie jetzt den älteren der beiden Wohnheim-Insassen sagen, während sich die Männer um die Grube drängten. Entgegen dem, was sie allesamt geglaubt hatten, als sie in die Straße zogen, gingen die meisten Heimbewohner einer Arbeit nach, der Art von Handlangertätigkeiten, von deren Verdienst man sich früher eine kleine Wohnung in Hell's Kitchen leisten konnte, während das Geld heute nur noch für ein Zimmer mit Kochplatte in einem Wohnheim reichte. Gerüchtehalber befand sich auch das Heim im Besitz von Sidney Stoller, bisher hatte aber niemand herausfinden können, ob das auch wirklich stimmte. Den Grundbucheintrag einzusehen, hatte keinen Sinn; dort stand mit Sicherheit nur irgendein Firmenname, hinter dem sich der wahre Eigentümer versteckte. Inzwischen wechselte praktisch jede Immobilie in Manhattan unter dem Deckmantel irgendeiner Kapitalgesellschaft den Besitzer. Kein Millionär verkaufte sein Doppelhaus an der East End Avenue einfach so an einen anderen Millionär. Es ging immer von der *Blair Holdings* LLC an die *Sadieland* LLC oder etwas Ähnliches, wobei sich die Eigentümer bei der Benennung ihrer falschen Kapitalgesellschaften gern der Vornamen ihrer Kinder bedienten.

Am anderen Ende der Straße hockten die Männer am Rand des Lochs, Bürohengste, die taten, als wüssten sie, was körperliche Arbeit bedeutete. Nora musste daran denken, wie sie früher immer diese befreundeten Paare verachtet hatte, die gemeinsam im Auto saßen, die beiden Männer vorn, die beiden Frauen hinten. Dabei taten die Männer und Frauen aus ihrer Straße nichts anderes, wenn sie sich zum Reden trafen. Die Frauen redeten über Menschen, die Männer über Dinge. Deshalb waren auch so viele der Männer an der Wall Street oder in großen Anwaltskanzleien erfolgreich, wo sich mit Dingen Geld machen ließ und Menschen austauschbar, womöglich sogar bedeutungslos waren, während kaum eine

Frau in einer solchen Branche Erfolg hatte. Am Abend zuvor waren Charlie und sie bei Jenny und dem Mann, mit dem sie aktuell ins Bett ging, zum Essen gewesen, und Nora und Jenny hatten schnell beschlossen, die gemischte Sitzordnung aufzugeben, weil Charlie und Jasper den ganzen Abend miteinander redeten, genau wie Nora und Jenny, was für alle Beteiligten absolut in Ordnung war.

»Was macht Jasper denn beruflich?«, wollte Nora wissen, als sie in Jennys Küche standen.

»Er ist Schreiner. Und außerdem Synchronsprecher und Sprach-Coach.«

»Bitte sag mir, dass er nicht auch noch Pantomime ist. Alles, nur kein Pantomime.«

Jenny verteilte Käse und Trauben auf einer Platte. »Würde ich mit ihm ins Bett gehen, wenn er Pantomime wäre?«, fragte sie.

»Du warst auch mal mit diesem Zirkusclown im Bett.«

»Das ist ewig her. Und ich war ziemlich betrunken.«

Auf dem Heimweg sagte Nora zu Charlie: »Ihr habt euch ja ganz gut unterhalten.«

»Kluger Mann«, entgegnete Charlie. »Eigentlich reine Verschwendung, dass er Küchenschränke baut, aber was soll ich sagen? Jenny kriegt eine schöne neue Küche, und er kriegt, was immer er kriegt. Ob er wohl bei Kundinnen weniger berechnet, wenn sie mit ihm schlafen, während er ihnen die Küche macht?«

»Moment mal, ich wusste ja, dass sie ihre Küche renovieren lässt, aber mir war nicht klar, dass der Mann, mit dem sie jetzt liiert ist, ihr Handwerker ist.«

»Sie ist deine beste Freundin. Wieso weißt du das denn nicht schon längst? Und ist ›liiert‹ überhaupt ein Wort, das auf Jenny passt?« Charlie hatte Jennys häufige Partnerwechsel immer schon bedrohlich gefunden, als wären sie eine ansteckende Krankheit, als würde Nora sich zum Frühstück mit Jenny treffen und anschließend einem x-beliebigen Mann, der zufällig vor ihr an der Kaffeetheke wartete, auf der Toilette einen blasen.

»Meine beste Freundin ist mit dem Mann zusammen, der ihr die Küche umbaut«, sagte Nora jetzt zu Sherry Fisk. Bis zu dem Moment, als sie es tat, hatte sie eigentlich gar nicht davon reden wollen. »Also, sie geht mit ihm ins Bett. Oder wie wir das inzwischen nennen.«

»Das wird bestimmt eine tolle Küche«, sagte Sherry.

»Irgendwie muss man sich so einen Küchenumbau ja erträglich machen«, meinte Alma Fenstermacher, die bei ihnen stehen geblieben war. Sie warf einen kurzen Blick auf das Gedränge am anderen Ende der Straße und setzte dann ihren Weg fort, vielleicht ja, dachte Nora, um in die Kirche zu gehen. Alma wirkte wie ein Mensch, der sonntags in die Kirche ging.

»Warum mag ich sie bloß so?«, sagte Sherry. »Ich sollte sie nicht mögen. Sie ist dermaßen ...«

»Perfekt«, meinte Nora. »Man merkt ihr an, dass sie ihre Schränke immer makellos aufgeräumt hält. Und weißt du was? ›Makellos‹ ist ein Wort, das ich, glaube ich, noch nie benutzt habe, um jemanden zu beschreiben, aber auf Alma passt es haargenau. Sie versetzt uns in eine Zeit zurück, als wir noch nicht ständig in Sportklamottten herumgelaufen sind und derbe Ausdrücke verwendet haben. Sie ist perfekt und trotzdem reizend bis zur Perfektion. Man kann sie gar nicht *nicht* mögen.«

Der Laster des Stromversorgers rumpelte die Straße entlang, und die vor dem Eingang zur Brachfläche versammelten Männer zerstreuten sich. »Ich muss ja sagen, ich bin dankbar dafür.« Sherry deutete hinüber. »Zumindest verbeißt sich mein Mann jetzt mal in etwas anderes. Diese ganze Parkplatzgeschichte ist wie eine Metapher für sein derzeitiges Leben. Die Kerle haben doch alle kein Leben jenseits ihrer Arbeit. Also haben sie ohne ihre Arbeit kein Leben. Jack steht morgens wutentbrannt auf, und abends schläft er wutentbrannt wieder ein. Ich glaube, er hat sogar noch wutentbrannte Träume.«

»Ach herrje«, sagte Nora erneut, konnte sich ein zustimmendes Nicken aber nicht verkneifen.

Sie hatte den Eindruck, dass Charlies Unzufriedenheit mit der Arbeit und dadurch auch mit seinem übrigen Leben seit seinem fünfzigsten Geburtstag vor zwei Jahren stetig gewachsen war. Sie hatte damals ein Essen für zwanzig Leute in einem teuren Restaurant organisiert, das sie beide mochten, aber ihr Mann hatte so viel getrunken, dass er bei Olivers Rede in Tränen ausbrach (»dabei war sie nicht mal besonders gut«, kommentierte Rachel am nächsten Tag) und auf der Heimfahrt mit offenem Mund auf dem Rücksitz einschlief.

Charlie war Investmentbanker. Auf Partys, in Gesprächen musste man nichts weiter dazu sagen. Was genau es bedeutete, wusste kein Mensch, bis auf die Kollegen aus der Finanzbranche, und die genossen es, eine Geheimsprache zu sprechen, die andere, vor allem Frauen, nicht verstanden. Nora hatte ursprünglich vorgehabt, sich die langen, weitschweifigen Geschichten über Abschlüsse, Firmen, Menschen und Möglichkeiten, die Charlie beim Abendessen erzählte, aufmerksam anzuhören, aber es war einfach zu langweilig. Ab einem bestimmten Punkt war es Opfer genug, nur so zu tun, als würde sie zuhören, und hin und wieder ein Nicken oder ein »Mhm« einzuflechten. Und so sagte Charlie jetzt: »Du wirst es nicht glauben ...«, und Nora schweifte gedanklich ab: neue Vorhänge fürs Wohnzimmer, die Bong, die sie in Olivers Kommodenschublade gefunden hatte, das Pressematerial für die nächste Ausstellung. Sie war inzwischen sehr gut im Abschweifen. Nachts, im Dunkeln, sagte Charlie zu ihr: »Weißt du noch, der Abschluss, an dem Jim und ich gearbeitet haben? Ich habe dir davon erzählt.« Und Nora sagte: »Aber klar«, verlegte sich danach wieder aufs »Mhm«, und er war völlig zufrieden.

Als Rachel in der dritten Klasse und in einer ihrer ödipalen Phasen war, in denen sie ihren Vater für gut aussehend und genial hielt und ihre Mutter für ein Nichts mit blöder Frisur, hatte sie Charlie bekniet, sich beim Berufsorientierungstag an ihrer Schule vorzustellen. Abends waren beide mit zutiefst enttäuschter Miene nach Hause gekommen.

»Anscheinend bin ich ›voll schlecht im Erklären‹«, verkündete Charlie, während er Wodka und Eiswürfel in ein Glas füllte und seinen Hemdkragen von Rachels rosa gemusterter Lieblingskrawatte befreite, auf der Wölfe im Schafspelz zu sehen waren. »Du bist die totale Katastrophe im Erklären!«, brüllte Rachel und knallte ihre Zimmertür zu. »Nicht mal ich könnte dir erklären, was Daddy arbeitet«, meinte Nora später beim Gute-Nacht-Sagen, doch Rachel drehte sich nur zur Wand und erwiderte: »Dann hätte er halt nicht in die Schule kommen und drüber reden dürfen.«

Inzwischen redete Charlie zunehmend über die »Knaben mit den kurzen Hosen«, womit er die jüngeren Kollegen meinte, von denen manche anscheinend auf geradezu lachhafte Weise reüssierten – durch unlautere Mittel, von Vetternwirtschaft über Arschkriecherei bis hin zu schmutzigen Geschäften. Charlie war selbst einmal einer dieser jungen Männer gewesen, und obwohl auch er in manchen Arsch gekrochen war, hatte er anfangs doch vor allem reüssiert, weil er einen schlichten Anstand ausstrahlte. Das war bis heute so und vielleicht mehr seinem blonden Haar und dem hellen Teint geschuldet, als irgendjemand ahnte. Über die Jahre hatten seine Kollegen darauf gewartet, dass sich der Hai hinter dem netten Kerl zeigte, der Wolf im Schafspelz zum Vorschein kam, die Maske der Aufrichtigkeit fiel. Vermutlich, dachte Nora, hatten sie irgendwann gemerkt, dass es gar keine Maske war, und Charlie daraufhin immer mehr Wertschätzung entzogen. Sie selbst sprach nie von diesen ersten Jahren, als ihm, wie er immer sagte, noch alle Türen offen standen.

Und sie hatte auch nicht vor, ihm gegenüber zu erwähnen, dass der legendäre Bob Harris sich unbedingt mit ihr treffen wollte. Nachdem sie schließlich doch eingewilligt hatte, sich mit ihm zusammenzusetzen, bestand sie auf einem Abend, an dem ihr Mann, wie sie wusste, mit einem Kunden am anderen Ende der Stadt beim Essen sein würde. In der Firma angekommen, schlich sie sich in die Führungsetage hinauf, als wäre sie unterwegs zu einem Rendezvous. Und in der Tat war Bob Harris ihr gegenüber bei mindestens zwei Firmenempfängen zudringlich geworden. »Versuchen kann man's ja mal«, hatte er nur dazu gesagt. Im Gegensatz zu den meisten anderen zugezogenen New Yorkern, die Nora kannte, gab Bob Harris gar nicht erst vor, zum Leben hier geboren zu sein, sondern steuerte in die Gegenrichtung und schlachtete seine ländliche Herkunft bis zur Absurdität aus. Er ließ seine Stimme vibrieren wie ein Banjo, sagte »Sprudel« zu Mineralwasser und äußerte mit Vorliebe Dinge wie »Man hat schon Pferde kotzen sehen«. Seine Firma hieß Parsons Ridge, nach der Stadt in West Virginia, in der er geboren war. »Das klingt ja richtig idyllisch«, hatte die Frau eines der Knaben mit den kurzen Hosen, eine PR-Assistentin, einmal bei einem Cocktailempfang angemerkt.

»Ist aber ein echtes Dreckloch«, hatte Harris gekontert.

»Gut sehen Sie aus«, sagte er jetzt, als Nora ihm in seinem Büro gegenübersaß.

»Sie auch, Mr. Harris.«

Er seufzte und griff nach seinem Bourbon. Aus irgendeinem Grund trank er ihn immer mit einer Maraschinokirsche, und Nora war aufgefallen, dass der Pegel in seinem Glas im Lauf einer Veranstaltung oder eines Abends immer mehr oder weniger konstant blieb. Nora hatte einen Drink abgelehnt. Sie trug einen schwarzen, schmalen Rock, der nicht dazu angetan war, dem Gegenüber einen Blick auf ihr Höschen zu gewähren. Manche der Männer, mit denen sie beruflich zu tun hatte, ließen ihren Stift fallen, um mit den Augen auf Höhe ihrer Knie und jeder eventuellen Lücke zwischen diesen zu kommen. Aber so etwas fand Bob wahrscheinlich sinnlos.

»Egal, was ich anstelle, Sie werden nie Bob zu mir sagen«, meinte er. »Nicht mal, wenn ich Sie dazu bringe, für mich zu arbeiten.«

»Ich kann mir nicht vorstellen, wie das gehen soll«, sagte Nora, »nachdem ich nicht die leiseste Ahnung von Ihrer Branche habe.« Ihr war auch aufgefallen, dass die Leute in Bob Harris' Gegenwart dazu neigten, sich seiner Sprechweise und Wortwahl anzupassen. Einmal hatte sie mitbekommen, wie einer der Partner, der eine Eliteschule absolviert und in Yale studiert hatte, unwillkürlich das Wort »Kohle« verwendete. So wie Bob jetzt: »Ist ja sicher kein großes Geheimnis, dass ich einen Haufen Kohle in eine Stiftung stecken will. Einen dicken Haufen Kohle.«

»Wie viel ist ein dicker Haufen?«, fragte Nora.

»Sie sind echt beinhart«, sagte Bob Harris kopfschüttelnd. »Alle anderen säßen jetzt einfach still und hinterfotzig da, als könnten sie kein Wässerchen trüben. Sie würden dasselbe denken wie Sie, es aber nicht sagen. Die genaue Summe bleibt vorläufig mal geheim. Sagen wir nur, sie dürfte dafür sorgen, dass diese Typen allesamt die Ohren aufstellen. Was halten Sie denn so von Bildung?«

»Sie interessieren sich für Bildung?«

»Herrgott, Mädel, jeder interessiert sich für Bildung. Nicht, dass ich aus meiner viel gemacht hätte. Außer ...« Er kicherte in sich hinein und deutete auf das gewaltige Flachglasfenster, vor dem sich eine Auswahl Wolkenkratzer erhob, als wäre es eine Vitrine mit Trophäen. Bob Harris betonte oft und gern, dass er auf einer drittklassigen staatlichen Schule gewesen und von selbiger geflogen sei, nachdem er eine Kette aus Damenunterwäsche gebastelt habe, die um das ganze Verwaltungsgebäude herumgereicht hätte. Zwei Mal. »Und zwar nicht nur das übliche weiße Zeugs, Jungs, sondern jeder Farbton unter der Sonne. Eine Menge Schwarz und Rot. Eine große Menge.« Er besaß eine sagenumwobene Ehefrau, von der es in etlichen Porträts hieß, er habe sie noch zu Schulzeiten geheiratet. Sie ließ sich nie irgendwo blicken, und man erzählte sich, sie verbringe die meiste Zeit auf ihrer Farm in Virginia. Im Büro stand kein einziges Foto von ihr und auch keines des gemeinsamen Sohnes, der angeblich als Geologe in New Mexico arbeitete.

Nora sah keinen Anlass, das Schweigen zu brechen. »Also, wie sieht's aus?«, fuhr Bob fort. »Leiten Sie diese Stiftung für mich. Ein paar Leute, die ich kenne, finden, Sie sind gut in dem, was Sie machen. Und Sie haben doch bestimmt auch Besseres zu tun, als irgendwelche Hausfrauen rumzuführen und ihnen ein paar Armbänder zu zeigen.«

»Es handelt sich um ein Museum. Wir bieten ein historisch fundiertes Bildungsprogramm.«

»Na, sehen Sie. Sie arbeiten schon mit Bildung. Sie brauchen gar nicht viel dazuzulernen, und nett sind Sie auch noch.« Er beugte sich vor, und Nora presste die Knie zusammen und zog ihren Rock zurecht, heimlich, wie sie glaubte, bis sie ihn grinsen sah. »Soll ich Ihnen sagen, warum Sie wirklich hier sind? Irgendwann hab ich Sie mal nach Ihrem Museum gefragt, das ich zugegebenermaßen nicht kapiere, und Sie haben zu mir gesagt: Jeder Beruf klingt erst mal albern, wenn man nicht gerade Kinderonkologe oder Klempner ist. Wissen Sie das noch?«

Nora schüttelte den Kopf, obwohl es durchaus im Bereich des Möglichen lag, dass sie das einmal gesagt hatte. Sie hatte festgestellt, dass sie sich Bob Harris gegenüber immer sehr viel unverblümter äußerte als bei jedem anderen.

»Um das überhaupt nur in Erwägung zu ziehen, Mr. Harris, müsste ich noch einiges mehr darüber wissen, wie Sie vorgehen wollen. Die Vorschriften für Stiftungen sind äußerst strikt. Und die Stiftungen, die wirklich etwas leisten, erreichen das, weil sie sehr fokussiert sind, an ihre Mission glauben und eine klare Vorstellung davon haben, wo und für was sie ihr Geld einsetzen.«

Bob Harris wedelte mit der Hand, griff nach seinem Bourbon, betrachtete das Glas, als würde er die samtig braune Farbe des Getränks bewundern, die ja tatsächlich ein hübscher Anblick war, und stellte es wieder hin. Sie konnte nicht anders; sie musste ihn fragen: »Trinken Sie so ein Glas eigentlich jemals aus?«

Bob Harris prostete ihr zu. »Sehr clever. Cleveres Mädchen. Sorry, Frau, clevere Frau. Wär gar nicht verkehrt, wenn eine Frau diese Stiftung leitet. Wir tun alles, was getan werden muss. Wir besorgen Ihnen alles, was Sie brauchen. Lassen Sie sich's einfach ein bisschen durch den Kopf gehen, okay? Einfach ein bisschen durch den Kopf gehen.«

Auf dem Weg zur Tür drehte Nora sich noch einmal um und fragte: »Dürfte ich Sie noch um einen kleinen Gefallen bitten?«

»Mein Gott, Mädchen, ich find's einfach großartig, wie schön Sie sprechen!«

Wieder konnte Nora nicht anders. Sie musste lachen. »Ach, spielen Sie doch nicht den Bauerntrottel, Bob«, sagte sie.

Überrascht und voller Bewunderung stellte sie fest, dass er ebenfalls loslachte. »Was für einen Gefallen denn?«, fragte er mit praktisch akzentfreier Stimme, wie ein Schauspieler, der nach dem »*Cut!*«-Ruf des Regisseurs wieder zur Alltagssprache übergeht.

»Ich bin mir jetzt schon sicher, dass eines der Probleme mit Ihrem Plan der Aspekt der Vetternwirtschaft sein könnte«, sagte Nora. »Mein Mann arbeitet für Sie. Könnten Sie ihm einstweilen nichts davon sagen, dass wir darüber gesprochen haben?«

Bob Harris zuckte die Achseln. »Herzchen, ich hab ihm heute früh schon erzählt, dass wir zwei beiden verabredet sind. Ich schwöre bei meiner Mutter, ich habe schwer gestaunt, dass er nichts davon wusste.« Und Nora erahnte bereits, wie der vor ihr liegende Abend, womöglich sogar die ganze Woche verlaufen würde: strafendes Schweigen, Vorwürfe, Fragen, weitere Vorwürfe, strafendes Schweigen.

Haargenau so kam es auch. Charlie saß am Esstisch vor einem Drink und der fettigen Pappschachtel, die ihr verriet, dass er sich eine Pizza geholt hatte, anstatt sich etwas von dem aufzuwärmen, was Charity im Kühlschrank bereitgestellt hatte. Auch die Wodkaflasche stand auf dem Tisch. Die Flasche auf dem Tisch war das Zeichen, dass Charlie Nolan vorhatte, sich volllaufen zu lassen. Richtig. Volllaufen. Lassen.

Nora hatte ihre Pumps schon in der Diele ausgezogen. Sie kam barfuß in die Küche und überlegte, wie weit sein Vorhaben wohl schon gediehen war.

»Ich dachte, du hast ein Geschäftsessen«, sagte sie.

»Wurde abgesagt«, erwiderte er. »Wann hattest du denn vor, mir von deinem Treffen mit Bob Harris zu erzählen?«

»Ich komme gerade von dort.« Nora goss sich ein Glas Weißwein ein und griff nach der Schachtel mit den Resten vom chinesischen Take-away-Essen. »Ich wollte dir davon erzählen, wenn ich wieder zu Hause bin. Jetzt bin ich zu Hause.«

»Dann wirst du also für ihn arbeiten«, sagte Charlie ebenso anklagend wie ruppig.

»Keineswegs«, sagte Nora. »Er hat keinen genauen Plan, und ich habe bereits eine gute Stelle.«

»Das wird ihm aber nicht gefallen. Er mag es nicht, wenn man Nein zu ihm sagt.« Nora setzte sich und sah Charlie an. Sie hatte den Eindruck, dass Bob Harris ein Mensch war, der es sogar gut fand, wenn man Nein zu ihm sagte. Aber sie erwiderte nur: »Pech für ihn.«

»Du kennst ihn doch nicht mal«, meinte Charlie. Die Worte »kennst« und »ihn« verschwammen in seinem Mund zu einem formlosen, feuchten Etwas, und Nora wusste, dass er mit dem Wodka schon vor ihrer Rückkehr weit vorangekommen sein musste.

»Ich habe ihn oft genug bei euren Veranstaltungen gesehen.«

»Hat er gesagt, wieso er ausgerechnet auf dich gekommen ist?«, wollte Charlie wissen, und obwohl Nora sich das auch schon gefragt hatte, schoss sie zurück: »Diese Frage ist kränkend.«

»Ach, komm, Nora. Wenn man so eine große Nummer ist wie Bob Harris und eine Stiftung gründen will, hat man Hunderte Leute zur Auswahl.«

»Ich kann mich nur wiederholen: Die Frage ist kränkend. Ich bin gekränkt. Vielleicht hörst du jetzt einfach mal auf, mich zu kränken.« Homer legte Nora den Kopf in den Schoß und winselte. »Warst du mit ihm draußen?«, fragte sie. »Natürlich nicht. Na, komm, mein Junge.«

»Hat wenigstens einer von uns Erfolg bei dem Arschloch«, brummte Charlie, während er nach oben wankte und Nora wieder in die Diele ging. »Leck. Mich. Doch«, hörte sie ihn noch sagen, während sie Homer die Leine anlegte. Wen meinte er? Seinen Chef? Seine Frau? Das Universum? Auf der Treppe vor der Haustür lag ein weiteres fest verknotetes Plastiktütchen. »Was denn noch?«, fragte Nora laut. »Im Ernst – was denn noch?«

Unter gar keinen Umständen wollte Nora Charity von alldem erzählen, weder von der Parksituation noch von den Tütchen auf der Treppe oder von Charlies düsterer Stimmung. Es war wichtig, Charity auf bestmögliche Weise bei Laune zu halten, oder zumindest so gut, wie das bei Charity eben ging. Viel war da ohnehin nicht zu machen, wenn die Zwillinge nicht im Haus waren. Am Montag nach Thanksgiving kam sie aus dem Untergeschoss herauf, wo sie sich immer ihre Arbeitskluft, Sporthose und T-Shirt, anzog, und sagte tieftraurig zu Nora: »Jetzt sind meine Babys wieder im College.« Rachel und Oliver waren mit riesigen Reisetaschen voll Schmutzwäsche angerückt, weil sie wussten, dass Charity sich darüber freuen und alles waschen und bügeln würde, selbst die Boxershorts. Genau das hatte Charity auch getan, dann hatte sie alles wieder eingepackt und die beiden aufgefrischt an die Uni zurückgeschickt, so wie immer. Und war der ganze Trubel wieder vorbei, dann war sie wie immer niedergeschlagen.

Charity war von Anfang an die Kinderfrau der Zwillinge gewesen. Kaum eine Stunde nach der Rückkehr aus dem Krankenhaus stand sie schon in der Wohnung und gab gurrende Laute von sich, während die zwei zappelnden Bündel, das eine blond, das andere dunkel, vor sich hin wimmerten. »Ruhig, ruhig, ruhig«, raunte Charity, und Nora war Feuer und Flamme.

Abgesehen davon, dass Charity felsenfest daran glaubte, Nora müsse Guinness trinken, um erfolgreich stillen zu können, und außerdem überzeugt war, die Zwillinge seien unterernährt, und ihnen deshalb heimlich Reismilch-Fläschchen verabreichte, hatte sie sich als Kinderfrau bestens bewährt. Sie war immer pünktlich, weigerte sich nie, länger zu bleiben, und vergötterte die beiden, ohne sie zu verwöhnen. Sie brachte Ollie die Kricket-Regeln bei, zähmte Rachels unbändiges Haar, hielt nach der Schule Muffins bereit, als sie noch klein waren, und später dann Fruchtsäfte, wenn sie nach der Schule Sporttraining hatten. Ihre Hingabe zeigte nicht die Spur von Ambivalenz oder Leidenschaftslosigkeit. Das Wort »Harvard« durfte man in Charitys Gegenwart nicht mehr erwähnen, seit Rachel dort abgelehnt worden war, und Nora hatte den leisen Verdacht, dass Charity sämtliche Fotos von jenem Mädchen zusammengesucht und auch vernichtet hatte, das im letzten Highschool-Jahr mit Oliver Schluss gemacht hatte.

Nur einmal, vor Jahren, hatte Nora ein ernstes Gespräch mit Charity führen müssen, als diese sich vorgenommen hatte, den Kindern zu vermitteln, was für einen guten Freund sie in Jesus Christus hätten. Charlie war katholisch, ging aber nicht in die Kirche, Nora war ansatzweise presbyterianisch aufgewachsen, doch Charity gehörte zur Kirche des Auferstandenen Sohnes unseres Herrn Gottes, einer größtenteils jamaikanischen Gemeinde, die sich in einem ehemaligen Kino versammelte. Das wusste Nora, weil Rachel ihr detailliert davon berichtet hatte, nachdem Charity ein ganzes Wochenende bei den Kindern geblieben war, damit Nora und Charlie an einem dreitägigen Golf-und-Wellness-Ausflug teilnehmen konnten, den einer von Charlies Vorgesetzten als unerlässlich für die Teambildung erachtete. Anscheinend hatte das Blut des Lammes im Gottesdienst eine tragende Rolle gespielt, wie auch die Auffassung, alle Menschen seien arme Sünder.

»Ich muss mich vom Wasser reinwaschen lassen, Mommy«, erzählte Rachel. »Vom Wasser des Jordan.«

Als Nora Charity damit konfrontierte, zeigte sich diese kein bisschen reumütig. »Kinder brauchen den Herrn in ihrem Leben«, erklärte sie.

»Ich weiß, dass Sie das glauben«, entgegnete Nora. »Aber Charlie und ich haben andere Vorstellungen von Religion.«

»Manche Dinge sind nur Glaube«, gab Charity mit erhobenem Kinn zurück. »Aber manche Dinge sind die Wahrheit.«

»Da ist dir wohl nichts mehr eingefallen«, hatte Christine später am Telefon kommentiert.

Charity war die beste Informationsquelle, was die Straße anging, denn sie erfuhr alles Mögliche von den anderen Haushälterinnen und Kinderfrauen. Wenn sie die Hunde ausführten oder den Gehweg fegten, tratschten sie über Filmstars, beliebte Sänger und ihre Arbeitgeber. Drei Monate, bevor die Levinsons ihr Haus zum Verkauf ausschrieben – und zwei Monate, bevor Dori Levinson die Kleider, die Tennisschläger und das Schachspiel ihres Mannes in den Wohltätigkeitsladen gebracht und das Türschloss ausgetauscht hatte, während er im Büro war –, hatte Charity schon verkündet: »Mr. und Mrs. Levinson, das wird nichts mehr mit denen.« Nora war in der Lage gewesen, Alma Fenstermacher zum genau richtigen Zeitpunkt anzurufen und eine Dose Kekse vorbeizubringen, weil Charity ihr erzählt hatte: »Mr. Fenstermacher haben sie die Blase rausgenommen.« Natürlich hatte man Edward Fenstermacher nicht die Blase, sondern die Gallenblase entfernt, trotzdem war Nora froh um die Information. Es war also wichtig, Charity nicht unnötig zu verstimmen. Ganz zu Anfang hatte sich Nora, nachdem sie eine Unterhaltung zwischen zwei Kinderfrauen auf dem Spielplatz mit angehört hatte, im Scherz erkundigt: »Brüllen sich karibische Frauen eigentlich immer so an?«

»Was?«, hatte Charity gebrüllt, und Nora hatte künftig lieber den Mund gehalten.

Auch Ricky musste sie erst von Charity absegnen lassen, bevor er im Haus arbeiten durfte. »Puerto Ricaner«, kommentierte Charity und gab einen Laut von sich, als würde

Luft aus einem Reifen mit Überdruck entweichen. Zwei Jahre lang hatte Ricky seinen sorgfältigen Dienst verrichten müssen, bis Charity schließlich zugab, dass er nicht faul war, und Noras Schmuckschatulle nicht mehr jedes Mal, wenn er wieder weg war, auf mögliche Diebstähle untersuchte. Dabei war es Nora schleierhaft, wie er überhaupt etwas stehlen sollte, wo doch Charity ständig wie eine Klette an ihm hing. Am Ende räumte Charity doch noch ein, dass er fleißig und vertrauenswürdig sei, erklärte dies aber damit, dass er eigentlich aus Südamerika stamme, was nicht ganz stimmte, obwohl er auch kein Puerto Ricaner war. Außerdem gab sie Nora Bescheid, als Ricky und seine Frau erst ein und dann noch ein zweites Kind bekamen. Nora hatte Kleider und Sportausrüstung, die früher den Zwillingen gehört hatten, an Rickys Söhne weitergereicht, die inzwischen acht und zehn waren und deren Fotos, aufgenommen vor einer bemerkenswert unechten Bergkulisse, am Armaturenbrett des Transporters klebten.

In der Straße herrschte ein Schattenkabinett, das über sämtliche Leichen im Keller Bescheid wusste, ein System, das auf gegenseitiger Abhängigkeit beruhte, weil die eine Partei Dienstleistungen und die andere Arbeit brauchte. Nora war sich nie ganz sicher, wie es um das Kräfteverhältnis bestellt war. Charity wusste, wann Nora sich neue Unterhosen kaufte und wann Rachel ihre Tage hatte. Sie bezog die Betten, also wusste sie auch, wann Nora und Charlie miteinander schliefen, was inzwischen nicht mehr besonders häufig vorkam. Sie holte ihre Medikamente ab. Sie kannte ihre Geheimnisse.

Nie würde Nora vergessen, wie sie an jenem Septembermorgen, als die Terroranschläge auf das World Trade Center verübt wurden, in der alten Wohnung nebeneinander auf dem Sofa gesessen und auf den Fernseher gestarrt hatten, was für Laute sie beide von sich gegeben hatten, als der erste Turm des World Trade Centers wie in Zeitlupe in sich zusammensackte. An diesem Tag hatte sie zum ersten Mal erlebt, dass Charity sich während der Arbeit hinsetzte. Es war das erste Mal gewesen, dass Charity über Nacht blieb, obwohl Nora und Charlie zu Hause waren. Am frühen Morgen hatte Nora sie in der Küche gefunden, wo sie Radio hörte, Sandwiches für die Besatzung der nahe gelegenen Feuerwache machte und sich mit der Hand, in der sie das Brotmesser hielt, die Tränen wegwischte. Ohne ein weiteres Wort hatte Nora ihr geholfen.

Danach hatte sie Charity nur noch einmal weinen sehen: beim Highschool-Abschluss der Zwillinge. Sie trug einen rosa Hut mit Seidenblumen und ein rosafarbenes Kostüm. Oliver war losgezogen und hatte ihr ein Ansteckssträußchen aus Orchideen besorgt. Und Nora hätte ihren Kopf darauf verwettet, dass Charity dieses Ansteckssträußchen aufbewahrt und gepresst hatte, vielleicht lag es ja zwischen den Seiten ihrer Bibel.

Als Nora am Montagmorgen Ricky begegnete, rief sie ihm ein möglichst fröhliches »Guten Morgen, Enrique!« zu, wie um die Stimmung rund um den Parkplatz zu heben.

»Brauchen Sie mich, Mrs. Nolan?«, fragte Ricky.

»Charity sagt, der Trockner funktioniert nicht mehr richtig.«

»Immer dieser Lüftungsschacht«, kommentierte Ricky kopfschüttelnd. »Ich kümmere mich drum. Wir wollen Charity ja nicht vergrätzen.«

»Nein, das wollen wir nicht«, sagte Nora.

An der Ecke wartete Linda Lessman auf ein Taxi, um zur Arbeit ins Strafgericht zu fahren. Ihr blondes Haar war morgens immer feucht, seit sie jeden Morgen vor der Arbeit ihre Bahnen zu schwimmen versuchte. Sie war früher Kapitänin der Schwimmmannschaft ihrer Uni gewesen, wovon ihre breiten Schultern und schmalen Hüften bis heute zeugten. Als die Nolans in die Straße gezogen waren, hatte Nora sich ein wenig vor Linda gefürchtet – insbesondere vor ihren unverblümt-bestimmten Äußerungen und ihrem direkten Blick –, aber im Lauf der Zeit war sie ihr sympathisch geworden.

Der Legende nach hatten sich die Bewohner der Straße früher im Supermarkt und im Drugstore ausgetauscht, aber der Supermarkt war längst einem zwanzigstöckigen Wohnhaus gewichen und der Drugstore einer Bankfiliale, und inzwischen wurde sowieso alles angeliefert: die Lebensmittel, die Wäsche aus der Reinigung, das Essen. Wenn die Zwillinge zu Hause waren, ließen sie sich sogar das Frühstück liefern, Kaffee in Einwegbechern und Pancakes aus der Styroporschachtel. Um zwei Uhr morgens orderten sie dann Tikka Masala und Pommes mit Käsesauce, Sushi und Baklava.

»Haben die Damen Ricky gesehen?«, rief George ihnen entgegen. Linda und Nora starrten ihn an, während er näher kam. Er hatte sich eine Babytrage umgeschnallt, von der Art wie die, in denen Nora und Charlie früher die Zwillinge getragen hatten. Sie hatten ihre jeweilige Last regelmäßig getauscht, denn Oliver trug sich wie ein Sack Mehl, während man beim Tragen von Rachel eher an einen Sack voller Frettchen dachte.

George hatte seinen neuesten Findelmops in der Trage, der Nora mit seinen Glupschaugen waidwund anglotzte. Möpse sahen nach ihrem Empfinden immer waidwund aus.

»Sie hat eine Angststörung«, erklärte George mit Blick auf den Hund. »Der Tierarzt meint, das könnte helfen.«

»Ach?«, sagte Linda. Eine Silbe nur, und es gelang ihr mühelos, Skepsis und Abscheu hineinzulegen. Für unfähige Anwälte musste sie ein echter Albtraum sein.

»Wenn George Ricky blöd kommt, ramme ich ihn unangespitzt in den Boden«, brummte Linda, als George sich wieder entfernte.

»Den Ausdruck habe ich ja seit Jahren nicht mehr gehört.«

»Ich fand ihn immer sehr treffend. Ich suche schon lange nach einem Weg, ihn vor Gericht einzusetzen.« Ein Taxi hielt am Straßenrand. »Willst du mitfahren?«, fragte Linda.

»Ich laufe«, sagte Nora.

Sie lief fast jeden Morgen zur Arbeit, das machte sie schon seit Jahren. Alle taten immer so, als wollte sie dadurch fit bleiben, dabei betrachtete sie es eigentlich eher als spirituelle Übung. Als Nora neun Jahre alt war, hatte ihre Mutter sie mit in die Stadt genommen, zum Mittagessen und zur Weihnachtsshow in der Radio City Music Hall. Sie waren aus der Grand Central Station auf die Straße hinausgetreten, Nora hatte sich umgedreht, um an der Fassade emporzuschauen, und es kam ihr so vor, als blickte die Statue des Merkur oben auf dem Giebel sie direkt an. Als sie wieder zu Hause waren, streifte ihre Mutter im Wohnzimmer ihre schwarzen Pumps ab, die einen zornig-roten Abdruck auf ihrem schmalen Spann hinterlassen hatten, und seufzte: »Was bin ich kaputt!« Dann ging sie nach oben. Doch Nora hatte sich noch nie im Leben so lebendig gefühlt.

Sie hatte lange Zeit nicht gewusst, was einmal aus ihr werden sollte. In der Literaturzeitschrift ihrer Highschool wurde ein Gedicht von ihr veröffentlicht, aber als sie das Gedicht und zwei Kurzgeschichten auf dem College für ein sagenumwobenes Seminar einreichte, bekam sie alles mit dem Vermerk »Abgelehnt« zurück. Abgelehnt, nicht gut genug. Sie hatte einen juristischen Vorbereitungskurs absolviert, war aber immer wieder gedanklich abgeschweift und wurde das Gefühl nicht los, dass ein weiterführendes Studium ewig dauern würde. Nur in einem Punkt war sie sich immer völlig sicher gewesen: dass sie nach dem Studium nach New York gehen würde. Und das hatte sie auch getan.

Es war ein anderes New York gewesen, anders als das, das sie zum ersten Mal mit ihrer Mutter besucht hatte. Fast alle Bewohner der Straße waren zu einer Zeit in die Stadt gekommen, als diese gerade anfing, sich aus einem tiefen Loch der Überschuldung und Kriminalität herauszuarbeiten. Und dennoch wollten alle unbedingt dorthin, obwohl sie sich die Schlüssel als improvisierte Waffe zwischen die Finger schieben und nach jedem mittelmäßigen One-Night-Stand eine Blutuntersuchung machen lassen mussten. Im Lauf der letzten zwei Jahrzehnte war New York nach und nach sicherer, sauberer und schließlich gänzlich unerschwinglich für alle geworden, die nicht sehr viel Geld hatten. Der Times Square, einst eine zerlumpte Zirkusnummer aus Frauen in Hotpants und Plastik-Stöckelschuhen, die sich für billiges Geld verkauften, buckligen, halb wahnsinnigen Obdachlosen, die Werbezettel für Peepshows verteilten, und rund um die Uhr geöffneten Cafés, die die Junkies um drei Uhr morgens mit Pancakes versorgten, war jetzt ein Fiebertraum aus Neonlicht und animierten Billboards, und es wimmelte dort derart von Touristen, dass New Yorker ihn um jeden Preis mieden. Die Stadt war wie die unangepasste Mitschülerin mit der wilden Stachelfrisur und der Lederjacke, die plötzlich beim Klassentreffen mit Föhnfrisur und im kleinen Schwarzen erscheint und deren Nasenpiercing so komplett verheilt ist, als wäre es nie vorhanden gewesen.

All das führte dazu, dass die Jugendlichen hier im Grunde kein Konzept von der Zukunft hatten. Im Sommer war Nora mit Rachel in ein Wellnesshotel nach Massachusetts gefahren, um sich massieren zu lassen und wandern zu gehen, und am ersten Abend hatte sie Rachel zum Abendessen erlaubt, ein Glas Wein zu trinken. Das hatte sämtliche spätpubertären Schleusen geöffnet. »Manchmal habe ich echt Angst«, erklärte ihre Tochter, deren Wangen rosig waren – von der verjüngenden Gesichtsbehandlung oder auch vom Chardonnay.

»Ach, Mäuschen, aber wovor denn?«, fragte Nora.

»Dass ich nicht erfolgreich bin und Daddy und dich nicht stolz machen kann«, antwortete Rachel mit Tränen in den Augen.

»Wir sind immer stolz auf dich, egal, was du machst.«

»Im Ernst, Mom, ich hasse es, wenn du so was sagst. Das ist wie mit den Medaillen, die man im Sommerlager kriegt, nur weil man da ist. Man will doch nicht, dass andere wegen nichts auf einen stolz sind. Man will, dass sie stolz sind, weil man tatsächlich etwas macht, worauf sie stolz sein können.«

Am nächsten Morgen war Rachel wieder ganz die Alte, schnitt während der Barre-Workout-Stunde ununterbrochen Grimassen und verkündete, dass das Waxing der Achseln garantiert schmerzhafter sei als eine Geburt. »Wenn ich mal Kinder kriege, lasse ich mich auf jeden Fall betäuben!«

»Das ist eine Mühsal, die man aus Liebe auf sich nimmt«, sagte Nora.

»Verschon mich«, meinte Rachel, aber sie beugte sich dabei vor und gab ihrer Mutter einen Kuss.

Auch Noras Fußweg zur Arbeit war eine Art Mühsal, die sie aus Liebe zu dieser Stadt auf sich nahm, einer Liebe, die häufig schwankte oder schwächer wurde, aber nie ganz verschwunden war. Meistens begegnete sie dabei denselben Leuten, dem Sikh auf seinem Fahrrad, mit den beiden kleinen Kindern im Kindersitz, dem Mann, der beim Joggen ganz beiläufig mit drei neongrünen Tennisbällen jonglierte. Es war, als würden sie sich alle kennen, ohne auch nur irgendetwas übereinander zu wissen, sodass Nora, wenn sie den Tennisball-Mann einmal ein, zwei Wochen nicht sah, sich fragte, ob er vielleicht in Urlaub gefahren oder in ein anderes Viertel gezogen war oder ob es etwas Schlimmeres sein könnte, eine gebrochene Hüfte, ein Herzinfarkt.

Veränderung war zwar das Leitmotiv von New York, und doch gab es für die meisten New Yorker eine gleichbleibende

Struktur. Auf halber Strecke ihres Weges kam Nora praktisch immer an einer alten Frau vorbei, die Baguettekrumen ins Wasser warf, um die Gänse und die Möwen zu füttern. Manchmal überlegte Nora, woher das Baguette wohl stammte, ob es vielleicht wegen eines Verkehrsstaus zu spät für den Mittagsandrang eines Restaurants geliefert, teilweise zu Croutons und Brotpudding verarbeitet und dann in den Müll geworfen worden war, von wo die alte Frau es gerettet und in den Einkaufswagen geladen hatte, den sie immer vor sich herschob. Vielleicht hatte die Frau aber auch eine gute Rente und keine Familie und investierte das Geld, das ihr zur Verfügung stand, komplett in Brot für die Wasservögel. Nora grüßte sie jeden Tag. Die Frau schenkte ihr nie Beachtung.

Nora genoss diesen Teil ihres Tages, selbst bei schlechtestem Wetter, wenn der Wind, begünstigt vom breiten Fluss, an den Streben ihres Schirms riss und die Nylonhülle darüber flattern ließ. Selbst durch den bleichen Schleier aus Schnee oder Nebel konnte sie noch die Skylines der Städte von New Jersey erkennen, die immer wie der halbherzige Versuch wirkten, es der triumphalen Cousine jenseits des Hudson gleichzutun. Charlie ertrug New York, neigte aber dazu, jedes Mal, wenn er sich irgendwo anders befand, ob nun im Haus von Noras Vater in Connecticut oder in einem Landgasthof in der Toskana, die Arme auszubreiten und »Ach, diese Luft!« zu säuseln. Auch Nora mochte solche Orte, doch ihre Beziehung zur Stadt war ursprünglich und chemisch. Der Hudson hatte etwas Unwandelbares an sich, er war breit und grau, gemasert wie Moiré-Seide, während den Menschen, an denen sie auf dem Hin- und Rückweg vorbeikam, etwas

Demokratisches anhaftete. In ihrer Sportkleidung oder der Jacke, die sie rasch übergezogen hatten, um mit dem Schnauzer Gassi zu gehen, konnten sie alles sein, vom Lehrer bis zum Geschäftsführer.

Manchmal ging sie auch an dem Wohnhaus (ohne Aufzug) vorbei, in dem sie nach dem Studium zwei Jahre lang in einer Zweizimmerwohnung gelebt hatte. Jenny und sie hatten eine Münze geworfen, um zu entscheiden, wer im Wohnzimmer auf dem Futon schlafen musste, und Nora hatte verloren. Dabei hätte Jenny das Schlafzimmer eigentlich gar nicht gebraucht, angesichts der vielen Nächte, in denen sie gar nicht nach Hause gekommen war und Nora wach lag und überlegte, wie lange sie wohl warten solle, bevor sie die Polizei rief. Bis Jenny im Morgengrauen schließlich durchs Zimmer geschlichen war, mit maskaraverschmierten Waschbäraugen, die Strumpfhose in der Handtasche, in Richtung Küche und Kaffee.

Sie machte damals gerade ihren Doktor an der Columbia und blieb anschließend als Dozentin dort, obwohl man ihr, als es so weit war, fast die Festanstellung verweigert hätte. Sie hatte ihre Doktorarbeit über Matriarchate zu einem Buch erweitert, das eine Menge Aufmerksamkeit bekommen und Jenny in etliche Fernseh-Talkshows gebracht hatte, was bestens funktionierte, denn sie sah aus wie eine Schauspielerin, die eine schöne, junge Anthropologin spielt: Locken, riesige Augen, bohemehafter Kleidungsstil. Ihr Fachbereichsleiter hatte ihre Arbeit als »populärwissenschaftlich« bezeichnet, was durchaus abwertend gemeint war. Zwei Wochen später war ebendieser Fachbereichsleiter einem Schlaganfall erlegen, und eine weitere Woche später lud die Frau des Universitätsdirektors Jenny zu einem Vortrag in ihren Lesezirkel ein, was sich als günstig erwies, da sämtliche Teilnehmerinnen des Zirkels mit Verwaltungsbeamten oder Professoren verheiratet waren. Am Fachbereich Anthropologie arbeitete sonst keine Frau, die Universität hatte bereits ein Verfahren wegen geschlechterspezifischer Diskriminierung am Hals, und so bekam Jenny ihre Festanstellung und später sogar noch eine Stiftungsprofessur. »Einfach eine Verkettung glücklicher Zufälle«, kommentierte sie das grinsend. »Vor allem der Schlaganfall.«

Hin und wieder, wenn Nora eine Besprechung hatte, kam sie auch an den schmalen Fenstern des Lokals vorbei, in dem sie Charlie kennengelernt hatte. Inzwischen hieß es *Fourteen Carrots* und hatte eine vegane Speisekarte, doch damals hieß es noch *The Tattooed Lady*. Nora erinnerte sich gut, dass sie an dem Abend gar nicht ausgehen wollte. Ihr New Yorker Liebesleben war im Vergleich zu dem ihrer Freundinnen recht unspektakulär, schwankte also irgendwo zwischen kläglich und katastrophal. Als sie in die Stadt kam, war sie immer noch sehr verliebt in ihren Ex-Freund aus dem Studium gewesen und hatte das Pech gehabt, bei einer ersten Verabredung mit einem Börsenmakler, der gut und auf den ersten Blick kein bisschen nach Psychopath aussah, an einem Tisch am anderen Ende des Restaurants plötzlich James zu entdecken, der sich mit einer Hand durch das lockige, dunkle Haar strich, eine Geste, die ihr so vertraut war wie das Alphabet. Die Crème Brûlée auf der Dessertkarte hatte sie dann endgültig zum Weinen gebracht, weil das für James und sie immer

»ihr« Dessert gewesen war. (»Mein Gott, welches Paar hat denn ein gemeinsames Lieblingsdessert?«, kommentierte Jenny am nächsten Tag. »Einen Song, okay. Einen Ort. Aber ein Dessert? Und dann auch noch das langweiligste überhaupt. Gut, Grießpudding wäre vielleicht noch langweiliger, aber mein Gott, Nora, wenn schon, dann heul wenigstens wegen Lavakuchen.«) Unnötig zu sagen, dass der Börsenmakler sich danach nie wieder bei ihr gemeldet hatte.

Nora hatte längst keinen Überblick mehr, wer alles auf ihn gefolgt war, und im Rückblick gab sie sich selbst die Schuld daran. Über dem Ende ihrer großen Liebe lag ein so ungeheurer Schatten, dass sie praktisch jedem Mann, den sie traf, erst einmal mit Misstrauen begegnete. Jedes erste Date war ein einziges Zweifeln. Da war der allem Anschein nach wirklich nette Anwalt, der sie mit einem Picknick im Central Park überrascht hatte, mit ihr ins Museum The Cloisters gegangen war und von dem sie mehrere Wochen lang glaubte, er lege es auf etwas Dauerhaftes an. Dann war er plötzlich verschwunden, und als ihre Freundin Jean-Ann, ebenfalls Anwältin, seinen Namen hörte, berichtete sie, in ihrem Umfeld werde er nur »das Phantom« genannt, weil er jeder Frau, die er umwarb, erst einmal den Atem raubte, nur um dann spurlos zu verschwinden. Was Noras Argwohn nur noch mehr anfachte.

Jenny war es gewesen, die sie schließlich in die *Tattooed Lady* geschleppt hatte. Es gebe da diesen Assistenten von der Columbia, den Nora unbedingt kennenlernen müsse, nicht, wie Jenny versicherte, für eine echte Beziehung, sondern für regelmäßigen Sex. Jenny erklärte immer gern, sie habe keine

Beziehungen, sie gehe nur mit den Leuten ins Bett, und wenn sie ein paar Gläser Wein getrunken hatte, verwendete sie auch andere Ausdrücke dafür. Am Nachmittag hatte sie Nora zum Kauf ihrer allerersten Lederjacke überredet, jetzt überzeugte sie sie, die Jacke auch anzuziehen und außerdem die Haare offen zu lassen. »Zum Teufel mit dem Pferdeschwanz, Nor«, sagte sie und zog bereits am Haargummi. »Wenn du mal vierzig bist, fallen dir alle Haare aus.« Vierzig, das klang damals wie ein fremdes Land, so, als müsste man sich einen Reisepass besorgen und Sprachunterricht nehmen, um dort leben zu können.

Der Assistent von der Columbia war auf diese missmutigätherische Art attraktiv, die Jenny aus irgendwelchen Gründen bevorzugte, und er trug ein ironisches Outfit, eine Collegejacke aus dem Secondhand-Laden und braun-schwarze Sattelschuhe. Charlie war so etwas wie ein Freund von ihm, vom Bowdoin College, den er, wie er ihnen mehrfach zuraunte, habe mitbringen müssen, nachdem sie sich zufällig über den Weg gelaufen seien. Der Assistent plauderte mit Jenny, musterte Nora währenddessen von der Seite und hielt den Zeigefinger auf eine Weise vor den Mund, die man nur missbilligend nennen konnte. Charlie hingegen bezahlte Noras Drink und erzählte ihr von einem Fall, den er gerade honorarfrei übernommen hatte. Dabei ging es um eine Schule, die von der Kirche, in deren Räumlichkeiten der Unterricht stattfand, enteignet werden sollte. Er war direkt aus der Kanzlei gekommen und griff in seine Aktentasche, um ihr das Bild zu zeigen, das die Erstklässler ihm gemalt hatten: »Danke Mr. Nolland das sie unserer Kasse geholfen haben!« – »Hast du der Schule Geld gespendet?«, erkundigte sich Nora, doch Charlie strich nur mit der Hand über das Blatt und sagte: »Nein, das soll Klasse heißen und nicht Kasse. Die Kinder können noch nicht richtig schreiben. Ich heiße auch Nolan, mit einem ›l‹ und ohne ›d‹.« In seiner Armbeuge klebte ein Pflaster, und als Nora ihn danach fragte, zog er es ab, rollte es zusammen und sagte: »Da hatte ich gar nicht mehr dran gedacht. Blutspendeaktion in der Firma.«

Charlie ging immer noch einmal im Jahr zur Blutspende, vielleicht, weil Nora ihm zwei Monate nach diesem Abend erzählt hatte, dass sie ihm nicht zuletzt wegen seiner Teilnahme an der Blutspendeaktion überhaupt ihre Telefonnummer gegeben hatte. Sie konnte ihm ja schlecht verraten, dass nach all den klugen jungen Männern, die beinahe manisch nur von sich selbst redeten, während sie danebensaß und nickte, nach den Männern, die allen Ernstes sauer wurden, wenn sie nicht als Gegenleistung für Coq au Vin und Cabernet mit ihnen schlafen wollte, und jenen, mit denen sie dann doch geschlafen hatte, darunter auch der, der ihr die Geschlechtskrankheit angehängt hatte, die sie noch heute, so viele Jahre später, auf praktisch jedem medizinischen Fragebogen erwähnen musste – dass nach alldem Charlie Nolan, mit einem »l« und ohne »d«, prosaisch und harmlos (lauter Dinge, für die sie ihn später oft am liebsten angebrüllt hätte), ihr an jenem Abend, in dieser Stadt, das Gefühl gab, als hüllte er sie in ein Handtuch, nachdem sie gerade mit klappernden Zähnen und Gänsehaut von den Schultern bis zu den Knöcheln aus dem Meer gelaufen kam. Es war nur ein einfaches

Handtuch, normal und alltäglich, doch in diesem Moment fühlte es sich an wie ein Pelzmantel, nein, besser als jeder Pelzmantel: wie Geborgenheit, Fürsorge, wie das einzig Richtige. Und auf dem Weg zurück zu der winzigen Wohnung im ersten Stock in einem überhaupt nicht angesagten, aber zumindest nicht schrecklich gefährlichen Viertel, die sie gerade bezogen hatte, war Charlie an der Straßenecke stehen geblieben und hatte zu ihr gesagt: »Du bist toll.« Als Rachel bei der Geschichte einmal die Augen verdrehte, hatte Charlie es einfach abgestritten, aber genauso war es gewesen.

Du. Bist. Toll.

Natürlich schien das inzwischen alles ewig zurückzuliegen. Was war bloß mit ihnen geschehen, seit sie sie hinter sich gelassen hatten, die kleinen, schäbigen Wohnungen mit ihren entmilitarisierten Zonen aus weißlicher Borsäure in den Grenzgebieten rund um Schränke und Abstellkammern, die die Kakerlaken fernhalten sollten? Als Nora Charlie damals in der Bar kennenlernte, wollte er sich auf Umweltrecht spezialisieren, war dann aber stattdessen zum Juniorpartner im Bereich Unternehmensrecht aufgestiegen und hatte schließlich seine Klienten aus der Finanzbranche aufgegeben, um einer von ihnen zu werden. Und Nora hatte es auf Umwegen zu ihrer Stelle im Museum und damit wohl an eine Art Spitze gebracht.

Die Identität all ihrer Bekannten war Illusion: Sie hielten sich für New Yorker, kamen aber allesamt woandersher. Und viele von ihnen waren zu Menschen geworden, die es genossen, die Stadt, in der sie lebten, zu verabscheuen. Aber Nora hatte nie aufgehört, sie zu lieben. Sie hörte es immer noch gern, wenn jemand laut auf der Straße schimpfte, wenn einer jemanden anschrie, der die Hinterlassenschaften seines Hundes nicht aufgesammelt hatte, wenn zwei Autofahrer um einen Parkplatz stritten, den sie beide mit dem Blinker beansprucht zu haben glaubten, oder einfach nur, wenn jemand auf der Straße wirr vor sich hin redete, obwohl das heutzutage mit den ganzen Handys manchmal schwer zu unterscheiden war. Wenn früher Leute auf der Straße redeten, waren sie entweder verrückt oder Schauspieler, die fürs Vorsprechen übten. Heute konnte es ebenso gut sein, dass sie über die Freisprechanlage an einer Telefonkonferenz teilnahmen. Nora fand das alles immer noch merkwürdig beruhigend, den Gedanken, dass sie hier sicher im Warmen saß, ihren Tee trank und den *New Yorker* las, während draußen irgendeine Frau ihren Freund anbrüllte, weil er ihr nie, aber auch wirklich *nie* zuhörte, wenn sie ihm etwas erzählte (was wiederum Nora in Versuchung brachte, das Fenster aufzureißen und »Sag bloß!« in die raue Regennacht hinauszurufen). Es gefiel ihr, dass sie diese Frau hören und die Frau das Licht in ihrem Fenster sehen konnte und dass sie trotzdem getrennt voneinander blieben, einander nicht kannten.

Aber so sehr sie New York auch liebte, manchmal hatte Nora doch das Gefühl, dass es wie die Liebe zu einer alten Freundin war, die sich im Lauf der Jahre sehr verändert und kaum noch Ähnlichkeit mit ihrem früheren Ich hatte. Sicher, auch Nora und Charlie hatten sich verändert. Es war, als hätten die Nolans und ihre Freunde es der Stadt, die florierte und dabei immer weniger schmutzig, weniger schräg, weniger hart und schroff geworden war, gleichgetan, all ihre Ecken und Kanten, ihre Eigenheiten abgeschliffen, um sich dem gängigen New Yorker Erfolgsstandard anzupassen. Gedächtnisverlust war der Preis, den sie für ihren Wohlstand zahlten. Sie hatten vergessen, wer sie einmal gewesen waren.

Manchmal dachte sich Nora, wenn sie durch irgendeinen Zaubertrick des Raum-Zeit-Kontinuums, das sie zwar nicht begriff, über das Oliver und seine nerdigen Freunde aber ein geschlagenes Highschool-Schuljahr lang diskutiert hatten, wenn sie durch einen Zaubertrick plötzlich auf ihrem morgendlichen Weg ihrem jüngeren Ich begegnen würde, dann würden sie einander kaum noch wiedererkennen. Die alte Nora hätte für die neue nur Verachtung übrig. Die frühere Nora würde sich einen Hotdog mit allem kaufen, am Broadway, nicht weit von ihrem Haus, einem Bollwerk der Normalität in einer Welt der Fünf-Dollar-Latte-Macchiatos, während die jetzige Nora mit einem soeben erstandenen Salat an ihr vorbeistapfen und sich Gedanken über Nitrate und Sodbrennen machen würde.

»Das weltbeste Mittel gegen Kater ist so 'n Hotdog mit gekochten Zwiebeln«, hatte Oliver im letzten Jahr an der Highschool verkündet.

»Wie bitte?«, fragte Nora.

»Kindheit ist vorbei, Mommy. Alles hat ein Ende, nur die Wurst hat zwei«, kommentierte Rachel. Das fiel Nora jetzt jedes Mal ein, wenn sie an dem Hotdog-Stand vorbeikam, ja, dieser Satz bannte selbst die Gedanken an die Nitrate. Alles hat ein Ende, nur die Wurst hat zwei. Oder die eingelegten Gurken vor dem letzten verbliebenen Deli der Lower East Side, einer Gegend, die komischerweise genauso cool geworden war wie das Deli. Oder das Gyros, das den Moment markierte, an dem sie um die Ecke bog, hinter der das Museum über der schmalen Straße dräute. Das Gyros wurde aus einem Wagen heraus verkauft, der ab zehn Uhr morgens blecherne griechische Musik dudelte. Im Vorbeigehen nickte Nora dem Verkäufer hinter dem Fenster zu.

»Da kommt sie ja!«, rief Phil, der im Schneidersitz auf dem Gehweg saß. Sein Schlafsack war schmutzig-braun, sein T-Shirt grau, das Schild aus hellbrauner Pappe mit schwarzem Filzstift beschrieben: »Kriegsveteran braucht was zu essen. Gott segne Sie.« Der Himmel war so grau wie seine Decke.

»Heute Nachmittag soll es regnen«, sagte Nora.

»Hat mir der Fahrer von der großen Chefin schon erzählt«, sagte er. Die große Chefin war Bebe. Nora war einfach nur die Chefin.

Nora konnte sich nicht bei Charlie über die Hundekotbeutel vor der Tür beschweren, weil sie wusste, dass er dann nur wieder damit anfangen würde, dass sie besser aus der Stadt wegziehen sollten, was inzwischen zu seiner Standardantwort geworden war, ob es nun um ein verstopftes Abflussrohr auf dem Parkplatz ging, um die Erhöhung der Grundsteuer oder um Noras Treffen mit Bob Harris. Manchmal sagte er säuerlich: »Wenn du dann deinen neuen Job antrittst ...«, egal, wie oft sie ihm erklärte, dass sie nicht die Absicht habe, ihren jetzigen aufzugeben. Charlie klammerte sich an seine kleinen Kümmernisse. Er hatte sich jede einzelne Eigentumswohnung gemerkt, deren Makler arrogant gewesen war, jedes einzelne Restaurant, in dem sie zu lange an der Bar hatten sitzen müssen, während andere sofort an einen Tisch geführt wurden.

Deshalb erzählte Nora von den Kotbeuteln nur bei ihrer mittäglichen Frauenrunde. Dabei hätte sie ahnen können, dass die anderen nicht sonderlich viel Mitgefühl aufbringen würden. Sie wohnten alle in großen Häusern, wo die Portiers mit jedem kurzen Prozess machten, der auch nur ein Taschentuch vor der Tür fallen ließ, geschweige denn einen Beutel mit Hundehinterlassenschaften. »Um Himmels willen, doch nicht beim Essen«, sagte Elena und wedelte abwehrend mit der Hand.

»Kennst du übrigens einen Architekten namens James Mortimer?«, wollte Suzanne von Nora wissen. »Ich statte gerade ein Haus aus, das er entworfen hat, und als ich ihm erzählt habe, dass eine meiner Freundinnen auch am Williams war, hat er mir erzählt, ihr wärt im Studium befreundet gewesen.«

»Das stimmt«, sagte Nora.

»Eng befreundet?«, fragte Suzanne.

»Was für ein Haus ist es denn?«, fragte Nora statt einer Antwort.

»Was soll ich sagen, ein absoluter Albtraum. Einer dieser Hedgefonds-Typen mit zweiter Ehefrau hat sich Downtown zwei alte Häuser gekauft und sie abreißen lassen, um sich dafür etwas Neues mit zehn Zimmern, begrüntem Dach und einem Sportschwimmbecken zu bauen. Aus Aluminium.«

»Was will man denn mit einem Sportschwimmbecken aus Aluminium?«, fragte Jenny.

»Nicht das Schwimmbecken, sondern das Haus. Hochmodern, kein einziger rechter Winkel, genau die Sorte Haus, die es später in irgendeine Zeitschrift schafft. Die Frau hat Kunstgeschichte studiert und glaubt zu wissen, was sie da tut. Sie läuft nur deswegen nicht völlig aus dem Ruder, weil sie, wie mir scheint, in deinen Freund James verknallt ist. Ich hoffe nur, dass sie nicht mit ihm ins Bett geht und dann die ganze Sache abbläst. Für mich ist dieser Auftrag in vielerlei Hinsicht gut. Er wird eine Menge Aufmerksamkeit auf sich ziehen, und die Auftraggeber scheren sich nicht um die Kosten. Und die Zusammenarbeit mit James …«

»Jetzt will ich aber ganz genau wissen, wie du dieses Haus einrichtest«, sagte Jenny, obwohl sich keine von Noras Bekannten weniger für Möbel interessierte als sie, aber sie wollte Suzanne auch nur dazu bringen, von Strukturtapeten und Glasziegeln zu schnattern anstatt von James Mortimer, und das gelang ihr. Als sie später gemeinsam nach draußen gingen, raunte Jenny: »Mein Gott, diese Stadt ist das reinste Entenhausen. Jeder kennt jeden, vor allem aber die Leute, von denen man gar nicht will, dass sie sich kennen. Wie dieser vermaledeite James Mortimer.«

»Lass gut sein, Jen«, sagte Nora. »Wie geht's Jasper?«

»Prima. Er hat jetzt eins meiner Seminare belegt.«

»Im Ernst?«

»Das über Fruchtbarkeit und Schwangerschaft in unterschiedlichen Kulturen. Er hat natürlich keine Zeit, zu den Veranstaltungen zu kommen, aber er liest alle Texte und sagt, er wolle unbedingt eine Seminararbeit schreiben. Fällt dir ein besserer Beziehungskiller ein? ›Tut mir leid, Schatz, aber das hier ist bestenfalls eine Zwei minus.‹«

»Du bist tatsächlich in einer Beziehung?«

»Ich glaube fast, ja. Komisch, oder? Und du? Du wirkst ein bisschen angespannt.«

»Mir geht's gut. Ich wünschte nur, es lägen nicht ständig Hundekotbeutel vor meiner Tür.«

»Das ist wirklich seltsam und irgendwie gruselig, und das sage ich, die ich nie Hundebesitzerin war. Ist das überhaupt das richtige Wort? Besitzen wir Hunde noch, oder ist das so was wie Artendiskriminierung? Und falls ich nicht mal mehr sagen darf, dass ich Hundebesitzerin bin, heißt das dann, dass wir alle hochoffiziell einen Knall haben? Das ist doch so, oder? Wir haben alle einen totalen Knall. Früher war ich radikale Feministin, und neulich hat mich eine meiner Studentinnen als Vertreterin des heterosexuellen Establishments abgetan.«

»Ich habe manchmal eher das Gefühl, Homer ist unser Besitzer«, sagte Nora. »Wenn er nicht wäre, würden wir wahrscheinlich nicht mal mehr da wohnen, wo wir wohnen.«

Das stimmte: In gewisser Weise war Homer der Grund, dass sie noch in der Straße wohnten. Er war in einer Phase zu ihnen gekommen, als Charlie glaubte, er wäre auf dem besten Weg, ein hohes Tier zu werden, ein Macher, ein Entscheider, einer von denen mit einer ganz dicken Hose (je nach Betrunkenheitsgrad). Sie wohnten in einer wirklich passablen Vierzimmerwohnung, und durch einen substanziellen Einbruch des Immobilienmarkts hatte sich ihr investiertes Eigenkapital verdoppelt. Dazu noch der Bonus eines besonders erfolgreichen Jahrs, und schon war Charlie von der Idee besessen, an einen Ort zu ziehen, der sich besser für Partys und Essenseinladungen eignete. Ein paar Mal hatte er sogar das Wort »Abendgesellschaft« verwendet.

Aber dann waren in praktisch allen Eigentumswohnungen, die sie besichtigten, Hunde verboten, und irgendwann hatte die Maklerin ihnen das Haus gezeigt. »Keine Genehmigung durch Eigentümergemeinschaften nötig, kein Kreditwürdigkeitsnachweis«, sagte sie zu Charlie, so, als wären sie Drogendealer, doch der endlose Blick durch den riesigen Wohnraum im ersten Stock entsprach genau Charlies Vision von rauschenden Cocktailpartys. Im zweiten Jahr, als sie dort wohnten, hatten sie tatsächlich einmal eine Party gegeben, und die Frau des Mitinhabers einer Anwaltskanzlei, mit der Charlie damals beruflich viel zu tun hatte, sah sich um, das Weinglas in der Hand, und sagte seufzend: »In so einem Haus wollte ich auch immer wohnen.« Charlie war vor Noras Augen gewachsen, als hätte die Frau eine Fahrradpumpe angesetzt und, eins, zwei, drei, einen breitschultrigeren, stolzeren, größeren Mann aus ihm gemacht.

Während man Noras Ehrgeiz als kaum vorhanden bezeichnen musste, hatte Charlie immer schon eine äußerst starke Vorstellung von dem gehabt, was er wollte, auch wenn das Leben nach Noras Einschätzung sicher einfacher gewesen wäre, hätte sein Ziel auch eine klare Berufsbezeichnung gehabt wie Richter oder Seniorpartner. Stattdessen hatte sie schon früh feststellen müssen, dass Charlie einfach nur »Jemand« sein wollte. Sein Vater, der als Steuerberater für die Einwohner seiner abgelegenen Kleinstadt tätig war und zu Hause arbeitete, in einem Büro im Souterrain mit eigenem Seiteneingang, hatte einen älteren Bruder, der ein Stahlwerk leitete, eine legendäre Figur in der Familie Nolan, die von ihm sprach, als fehlte bei ihm nicht viel zu größtem Reichtum und Ansehen. Und Charlie war klar geworden, dass Onkel Glenns Leben sehr viel erstrebenswerter war, als die Abgabefrist für die Steuererklärungen des Highschool-Direktors und des Polizeichefs am 15. April einzuhalten.

Nora war Onkel Glenn exakt zwei Mal begegnet, einmal bei ihrer Hochzeit und dann noch einmal bei einem Familientreffen. Es wurde als Sensation betrachtet, dass Glenn, der doch immer so viel zu tun hatte, tatsächlich von Pittsburgh nach Albany gekommen war. Nach dem dritten Wodka-Gimlet hatte er Nora gestanden, er habe eigentlich immer Schriftsteller werden wollen, sich aber »nach Lage der Dinge« verpflichtet gefühlt, seinen College-Abschluss in Betriebswirtschaft zu machen. »Und was soll ich sagen«, setzte er mit der buddhistischen Bescheidenheit hinzu, für die er im weiteren Familienkreis so oft gepriesen wurde, »es hat sich auch alles bestens gefügt.« Nora hatte immer den Verdacht gehabt, dass seine Stellung weit weniger führend war, als man es sich in der Familie erzählte, auch wenn es für Urlaube in Europa und alle drei Jahre für einen neuen Cadillac reichte, was in der damaligen Zeit, in Kombination mit dem Nerzmantel der Ehefrau, ganz klar für Wohlstand sprach. Doch die Legende hatte sich tief in das Erbgut ihres Mannes eingegraben. Nora fragte sich, ob das wohl zu den Dingen gehörte, die Charlie an der Straße zu schätzen wusste: Hier, in dieser Straße, war er bekannt, er wurde geachtet, er war »Jemand«.

Ihr selbst hatte es dort von Anfang an gefallen. Als sie einzogen, war Homer noch jung und Fremden gegenüber aufgeschlossener, und bei den Spaziergängen mit ihm lernte Nora fast alle Nachbarn kennen. Die Fisks hatten vor dem Rottweiler eine Dogge gehabt. Die Fenstermachers besaßen einen Pudel, eine rothaarige Hundedame namens Elizabeth II., nicht, wie Nora bald erfuhr, nach der Queen benannt, sondern nach Elizabeth I., deren Vorgänger Charles geheißen hatte. George hatte immer schon mindestens einen Findelmops gehabt, wie er immer sagte, als wäre er der globale Fürsprecher dieser kleinen, glupschäugigen Hunde. Oft waren es auch zwei oder drei, die schnaufend und knurrend auf ihren Stecknadelbeinchen um Homer herumtanzten, während er den Blick aus den eisblauen Augen in die Ferne gerichtet hielt, als dächte er: Was sind denn das für Viecher, und warum glauben sie, dass ich sie zur Kenntnis nehmen sollte?

Homer war ein australischer Hütehund mit scheckigem Fell, einem spatenförmigen Kopf und einem stabilen Körper, dessen Haltung klar signalisierte, was er war: ein Arbeitshund, nüchtern und bodenständig. Rachel hatte schon im ersten Schuljahr angefangen, um einen Hund zu betteln, als jede Verabredung zum Spielen in einer Maisonette-Wohnung samt Labrador stattfand. »Das fehlt uns gerade noch«, lautete Charlies immer gleicher Kommentar, als käme ein Hund einer zweiten Hypothek oder einem Bankrott gleich. Aber dann hatte er es auf einer Grillparty bei einem der Seniorpartner in Pound Ridge selbst vermasselt. Die Frau des Seniorpartners war Hundezüchterin – »und genauso sieht sie auch aus«, stichelte Nora auf der Rückfahrt, obwohl die Frau auf ihre raubeinig-kollegiale Weiße-Oberschicht-Art durchaus nett gewesen war –, und als Charlie den Hütehund betrachtete, der mit intelligentem Blick zu ihm aufsah, immer darauf gefasst, das Häppchen in Charlies dicklichen Fingern könne womöglich herunterfallen, da sagte er zu seinem Gastgeber: »Also, wenn es um so einen Hund ginge, hätte ich in null Komma nichts einen.«

Charlie hatte nicht mitbekommen, dass Rachel hinter ihm stand und das gleiche Glitzern in den Augen hatte, wie es Nora immer bei Leuten sah, die am Kiosk Lotterielose kauften. So kam es, dass sie ein halbes Jahr später mit einem ferkelgroßen Welpen aus Westchester County zurückkehrten. Nora staunte, wie gewaltig ihre Zuneigung zu Homer war, selbst wenn er in einer eisigen Nacht rausmusste, um am Bordstein ein kleines Pfützchen zu hinterlassen, das umgehend zu gelblichem Eis gefror. Charity hingegen ließ sich nicht von Homer um den Finger wickeln, genauso wenig, wie sie es Rachel und Oliver abnahm, dass sie sich um den Hund kümmern würden. Und selbstverständlich erwies sich Charity darin als ebenso weitsichtig wie in allen anderen Dingen. »Sauerei«, knurrte sie immer wieder, wenn der Welpe aufs Parkett pinkelte. »Riesensauerei.«

»Du warst doch auch schon auf Jamaika«, sagte Jenny bei einem ihrer Telefonate. »Da hält man keine Hunde im Haus. Das sind wilde Tiere, die durch die Straßen streifen.«

Insofern war es durchaus eine Überraschung, als Homer in Charitys Erzählungen zu einer ebenso einzigartigen und triumphalen Figur avancierte, wie es die Zwillinge schon immer waren. Homer habe im Park eine Ratte aufgestöbert und totgebissen. (Das mochte sogar stimmen, auch wenn

Nora nur mit Schaudern daran denken konnte.) Homer sei in die Luft gesprungen und habe sich eine Taube geschnappt. (Das klang zweifelhaft, erwies sich aber als zutreffend, wie Nora feststellen musste, als sie am Tag danach ein mit Federn gespicktes Häufchen aufsammelte.) Homer sei das Objekt der Begierde eines Football-Profis, der in einem Wolkenkratzer wohne und ihr mehrere Tausend Dollar für den Hund geboten habe. (Das war mit ziemlicher Sicherheit erfunden, obwohl in einem der benachbarten Hochhäuser tatsächlich ein Profispieler lebte.)

»Wenn sie dir als Nächstes erzählt, Homer habe mehrere Kinder aus einem brennenden Haus gezerrt, wirst du ihr dann auch noch glauben?«, fragte Charlie eines Morgens, nachdem Charity steif und fest behauptet hatte, es sei jedenfalls nicht Homer gewesen, der das Stück Cheddarkäse von der Anrichte geklaut habe.

(»Was lässt der Mann auch Käse draußen rumliegen?«, wollte sie später von Nora wissen – sie bedachte Charlie gern mit eher abfälligen Bezeichnungen. Als Charity zum Vorstellungsgespräch gekommen war, hatte Nora sie gefragt, ob sie verheiratet sei. »Wer braucht denn den Stress?«, hatte Charity mit verächtlichem Schnauben erwidert.)

»Wenn es sie glücklich macht«, sagte Nora.

Charity blieb auch ungerührt angesichts der Hundekotbeutel, die ihnen vor die Haustür gelegt wurden. Eines Morgens hatte Nora sich an der Straßenecke Linda Lessman anvertraut. »Das kommt mir ausgesprochen feindselig vor«, erwiderte Linda. »Wenn jemand das mit mir machen würde, wäre ich sehr versucht, die Behörden zu informieren.«

»Danke. Genauso empfinde ich das auch. Es geht ja nicht nur um den Dreck. Das ist doch eine Botschaft, oder?« Nora blickte zu dem altersschwachen Transporter hinüber, der in zweiter Reihe am Straßenrand parkte. »Ich werde Ricky mal fragen, ob er irgendwas gesehen hat«, sagte sie.

Am Morgen war Nora aus der Haustür getreten und mitten in eine Auseinandersetzung zwischen einer Politesse und einem von Rickys Männern geraten, dessen Englischkenntnisse sich offenbar auf »Señora! Nein! Señora!« beschränkten.

»Kommen Sie mir nicht mit ›Señora‹«, entgegnete die Politesse, eine breitschultrige Frau, die ihren Stift wie eine todbringende Waffe über dem Block mit den Strafzetteln schwang.

Dann kam mit wedelnden Armen Ricky angerannt. »O nein, bitte nicht!«, schrie er und schaute zwischen dem in zweiter Reihe geparkten Transporter und der Politesse hin und her. Auf deren Gesicht lag ein Ausdruck der Konzentration, wie man ihn sonst nur bei Teenagern sieht, wenn sie über einem Englischaufsatz brüten. Es war in ganz New York bekannt, dass es kein Zurück mehr gab, sobald die Spitze des Stifts einer Politesse auch nur das Papier berührt hatte. Jack Fisks Lieblingssatz lautete: »Ich kenne den Bürgermeister persönlich!« Es nützte nie etwas.

Ricky war immer schon der magere, schlaksige Typ gewesen, der nie ein Gramm zunahm, doch jetzt schlackerten seine Hosen, und es sah aus, als nähme er immer mehr ab. Es machte Nora traurig, das zu sehen, denn sie hatte einmal einen anderen Enrique Ramos erlebt, den hier in der Straße niemand kannte. Sie war ihm erst vor ein paar Monaten begegnet, als das Wasser in der Spülmaschine plötzlich nicht mehr abfloss, egal, wie viel sie abschöpfte, und sie am Ende gezwungen war, den Abfluss mit dem Apfelentkerner zu reinigen. Zwei Mal bat sie Charity, Ricky zu holen, bis Charity schließlich sagte: »Den kriegt diese Woche keiner zu fassen. Sein kleiner Sohn ist furchtbar krank.«

Nora ließ den Apfelentkerner in die trübgraue Brühe auf dem Boden der Spülmaschine fallen. »Was hat er denn?«

»Das, was Ollie auch hatte, wie heißt es noch?« Und Charity gab ein Geräusch von sich, als wollte sie ihre Lunge hochhusten.

»Pseudokrupp?«, riet Nora.

»Genau«, sagte Charity.

»Sagen Sie mir Bescheid, wenn Sie ihn sehen, dann gebe ich ihm unseren Luftbefeuchter. Der hat damals sehr geholfen. Er steht doch noch unten im Keller, oder?«

»Oben. Rachel braucht ihn manchmal, um die Poren zu öffnen oder irgend so ein Quatsch.«

Da Ricky sich nicht blicken ließ, beschloss Nora, ihm den Luftbefeuchter selbst vorbeizubringen. Für die U-Bahn war er allerdings zu sperrig. »Der Mann kann sich ja wohl noch einen Luftbefeuchter leisten, bei dem, was wir ihm zahlen«, sagte Charlie, als er an einem Samstagmorgen ins Büro aufbrach, weil offenbar irgendein Abschluss zu scheitern drohte.

Bis heute hatte Nora diesen Tag als in jeder Hinsicht katastrophal in Erinnerung. Sie hatte sich schwergetan, den Wagen durch die enge Einfahrt des Parkplatzes zu manövrieren, und musste sich von George rauswinken lassen, der die

Gelegenheit genoss, sie herablassend zu behandeln. Dann hatte sie die Beschilderung falsch gelesen, war auf die George Washington Bridge nach New Jersey geraten und hatte Probleme, eine Stelle zu finden, wo sie wenden und in die richtige Richtung weiterfahren konnte. Wegen Bauarbeiten in der Bronx war die Ausfahrt, die sie laut Wegbeschreibung nehmen musste, gesperrt, und der indische Tankwart, den sie nach dem Weg fragte, nickte nur immer wieder lächelnd und wiederholte »Grand Concourse«, bis ihr schließlich klar wurde, dass sie tatsächlich schon auf der Straße war, nach der sie so händeringend suchte. Sie lenkte den Wagen in eine Parkbucht vor einer Bodega und schloss den Wagen ab, während zwei halbwüchsige Jungs, aus deren Jeansbund mindestens sechs Zentimeter Boxershorts hervorschauten, fassungslos den halben Meter Abstand zwischen ihrem Auto und dem Bordstein beäugten. Sie hörte die beiden lachen, als sie mit dem Luftbefeuchter im Arm loszog. Er war tonnenschwer.

Vor ihr stapfte ein Mann die Straße entlang und grüßte die alten Leute, die vor den Wohnhäusern saßen, um so viel Licht und Luft abzubekommen, wie das in einer Seitenstraße der südlichen Bronx eben möglich war. Ein Kind beugte sich aus einem Fenster und rief dem Mann etwas zu, und er winkte, ging aber weiter. Er trug eine Lederjacke und enge Jeans, und sein Gang war federnd, als hätte er Musik im Kopf, so wie Nora es auf ihren Spaziergängen zur Arbeit häufig hatte, auch wenn sie genau wusste, dass sie sich nie so bewegen könnte. An einem Klapptisch auf dem Gehweg saßen vier ältere Männer in für die Witterung viel zu warmen Mänteln und spielten Domino. Als der jüngere Mann vorbeiging, hoben sie die ledrigen Hände zum Gruß.

Nora fragte eine Frau im Rollstuhl, über deren Beinen eine Decke der New York Yankees lag, nach der Nummer 1214. Die Frau deutete auf den Mann. »Folgen Sie einfach ihm«, sagte sie. Nora ging am nächsten Haus vorbei, an dem ein Schild mit der Aufschrift »Unrechtmäßiger Aufenthalt verboten! Bei Zuwiderhandlung droht strafrechtliche Verfolgung« hing. Der Mann vor ihr bückte sich, hob eine leere Bierdose auf und warf sie in einen Abfalleimer am Straßenrand. Erst als sie schon vor den Eingangsstufen des Eckhauses stand, drehte er sich um, und sie sah, dass es Ricky war – ein ganz anderer Ricky allerdings, ein privater Ricky, in seiner heimischen Umgebung, ohne Uniform, ohne Maske, womöglich sogar mit seinem wahren Gesicht, der leichtere und fröhlichere Vetter des Ricky, den sie kannte, und praktisch nicht wiederzuerkennen, bis er bemerkte, dass Nora Nolan hinter ihm stand. Nora war betrübt zu sehen, wie seine Miene sich veränderte, als hätte sie allein durch ihr Auftauchen diesen lebensfrohen Menschen in das bleierne Abbild verwandelt, als das er jeden Tag nach Manhattan zur Arbeit fuhr.

»Madam, was machen Sie denn hier?«, fragte er und nahm ihr den Karton ab.

»Es tut mir leid«, sagte Nora, der erst in diesem Moment schmerzlich klar wurde, dass die Grenzen zwischen Menschen genauso klar gezogen waren wie der Mittelstreifen auf der Park Avenue oder der schmalere auf dem Grand Concourse, den sie fast übersehen hätte, und dass man diese Grenzen respektieren musste.

»Aber nein«, sagte Ricky. »Kein Problem.« Dabei war es das. Es war ein Problem.

»Ich habe gehört, Ihr Sohn hat Pseudokrupp. Oliver hatte das auch, als er fünf war – es war einfach furchtbar, ihn so husten zu hören. Ich weiß noch, wie ich die ganze Nacht mit ihm im Bad saß und eine Stunde lang die Dusche habe laufen lassen, bis der ganze Raum voller Dampf war. Es war das Einzige, was geholfen hat, und dann sagte unser Kinderarzt, kaufen Sie sich einen guten Luftbefeuchter, einen richtig guten, keins dieser Billigteile aus dem Kaufhaus, den haben wir ihm dann ins Zimmer gestellt, und ich bin mir ziemlich sicher, das hat ihm über den Berg geholfen, der Dampf die ganze Nacht, der das Zeug im Brustkorb gelockert hat ...«

»Rico!«, brüllte eine Stimme über ihnen. »Was zum Geier?«

Eine Frau beugte sich aus einem Fenster. Sie hatte die Arme auf dem Fensterbrett verschränkt und stützte sich darauf, sodass ihr Dekolleté gewaltig wirkte. Ihr Mund war ebenso verkniffen, wie ihr Blick feurig war.

»Das ist Mrs. Nolan«, sagte Ricky.

»Nora!«, rief Nora hinauf und winkte. »Und Sie müssen Nita sein. Ich habe schon so viel von Ihnen gehört.« Charity hatte ihr erzählt, dass Nita als ambulante Pflegekraft arbeitete und von einem alten Einwohner der Bronx zum nächsten wechselte, wenn der vorherige gestorben war. Als Nora jetzt ihre Flammenwerfer-Miene sah, fragte sie sich, ob Nita wohl am Ableben ihrer Patienten beteiligt war.

»Du lässt dir ja ganz schön Zeit«, sagte Nita.

»Ich habe Ihnen einen Luftbefeuchter gebracht«, erklärte

Nora. »Mein Sohn hatte auch Pseudokrupp, das hat sehr gut geholfen.«

»Vielen Dank«, sagte Ricky.

»Bist du taub, Rico?«, keifte Nita.

»Ich muss los«, sagte Nora.

»Der Luftbefeuchter hat wirklich geholfen«, sagte Ricky, als er am Montagmorgen kam, um die Spülmaschine zu reparieren, jetzt wieder der Handwerker Ricky und nicht mehr der Mann, der in Lederjacke die Straße entlangstolzierte. Nora hätte sich gar nicht einmischen dürfen. Auf dem Heimweg fiel ihr wieder ein, wie Cathleen beim Mittagskränzchen erzählt hatte, dass sie früher, in den Sommerferien, einmal zufällig einer der Nonnen aus ihrer Highschool am Strand begegnet war, in einem schwarzen Badeanzug. Ein Einteiler samt Rock, aber trotzdem. Der Nonne und Cathleen war es gleichermaßen peinlich, und bei Schulbeginn taten beide so, als wäre es nie passiert.

Nora hatte den anderen Ricky, der so cool und locker war, mit seinem federnden Gang, den engen Jeans und den knöchelhohen Sneakers, in Verlegenheit gebracht. Der Ricky aus ihrer Straße zog sich nicht so an, bewegte sich nicht so, redete nicht einmal so. Er war ganz geschäftsmäßig, nüchtern und ordentlich, aber wahrscheinlich war er das nur, wenn er arbeitete, so wie er sich dann auch anders bewegte und kleidete. Nora dachte daran, wie sie einmal bei einer Weihnachtsfeier von Charlies Firma gewesen war und von einer der Verwaltungsassistentinnen zu hören bekam, es müsse ja eine reine Freude sein, Charlie zum Ehemann zu haben, weil er doch so ordentlich und gut organisiert sei. Nora hatte sich ein ungläubiges Prusten verkneifen müssen. Diesen Charlie gab es ganz offensichtlich nur im Büro mit dem großen Schreibtisch aus Kirschholz und dem dazu passenden Aktenschrank, dem hellbeige bezogenen Sofa und den Landschaftsbildern an der Wand. Bei ihr zu Hause wohnte ein dauerhaft chaotischer Charlie. Vielleicht war es bei Ricky ja auch so: offene Zahnpastatuben, Kaffeetassen mit eingetrockneten Resten auf dem Tisch, Socken auf dem Fußboden. Vielleicht war das ja der Ricky, den Nita kannte, während der, der für Nora arbeitete, nie auch nur ein Werkzeug herumliegen ließ und immer mit Schaufel und Handfeger sauber machte, wenn er mit einer Reparatur fertig war, obwohl Charity mit gerunzelter Stirn danebenstand, schnaufend und den Handstaubsauger schon im Anschlag.

Jetzt musste Nora zu alldem, was in der Straße nicht rundlief, auch Ricky hinzuzählen. Die ockerfarbenen Schatten unter seinen schwarzbraunen Augen wurden immer dunkler und tiefer, und er entwickelte diese typischen Marionettenfalten, die nicht wenige von Noras Bekannten beim Dermatologen aufpolstern ließen. Er sagte weiterhin jedes Mal »Morgen, Madam«, wenn sie ihn auf der Straße traf, aber er hatte sein Strahlen verloren. Wenn sie ihm früher abgelegte Sachen von den Zwillingen für seine Kinder weitergegeben hatte, Fußballtrikots oder Bilderbücher, hatte er sie immer in seinen schartigen Händen gehalten und lächelnd begutachtet. Jetzt nicht mehr. Als sie Linda Lessman erzählte, dass sie beobachtet habe, wie er einen Strafzettel bekam, seufzte Linda tief. »Frag mich jetzt bitte nicht, ob ich das mit dem Strafzettel regeln kann«, sagte sie.

»Natürlich nicht, aber der arme Kerl! Wenn das so weitergeht, kann er bald überhaupt nicht mehr arbeiten.«

Später am Abend drehte Nora eine Runde mit Homer. Als sie am Haus der Rizzolis vorbeiging, kam Ricky gerade heraus, und sie blieb stehen, um mit ihm zu reden. Der Ofen der Rizzolis hatte allem Anschein nach den Geist aufgegeben, doch Ricky hatte die Selbststeuereinheit gereinigt, und danach war der Ofen wieder heiß geworden. Homer schnüffelte an Rickys Hosenbeinen, doch Nora zog ihn zurück, worauf Homer sich bedächtig umdrehte und ihr einen vorwurfsvollen Blick zuwarf. Allein der Gedanke, er könnte jemals an ein menschliches Bein pinkeln, war eine Beleidigung.

»Kein Problem, Madam.« Ricky nahm den Werkzeugkasten in die andere Hand. »Er riecht bestimmt nur meinen Hund. Ich habe einen Pitbull-Mischling, eine Hündin, Rosie heißt sie.«

»Rosie klingt so gar nicht nach Pitbull«, sagte Nora.

»Ach, die ist richtig lieb. Pitbulls haben einfach nur einen schlechten Ruf.«

»Seiner Frau geht's gar nicht gut«, erzählte Charity später und schüttelte den Kopf dazu. Als sie Noras erstaunte Miene sah, fuhr sie fort: »Sie hat Brustkrebs. Und das heißt ...« Sie machte eine Handbewegung, von der Nora annahm, dass sie ein Skalpell darstellen sollte.

Nora musste unwillkürlich an die gewaltigen Brüste auf dem Fensterbrett zurückdenken, die sie gesehen hatte, als sie den Luftbefeuchter in die Bronx brachte, und an den Wutanfall, den Nita auf ihrem Logenplatz bekommen hatte. Es war nicht anzunehmen, dass sie eine fügsame Patientin abgeben würde.

»Vielleicht kann ich ja einen guten Arzt für sie finden«, sagte Nora. »Ich kenne ein paar Leute im Vorstand der großen Krebsklinik.«

Charity schüttelte den Kopf, und dann brach es aus ihr heraus: »Sorgen Sie dafür, dass die Leute ihn wegen der Parkerei in Ruhe lassen! Mr. Fisk brüllt ihn an, dieser dumme Mensch von gegenüber auch« – selbst Charity hatte für George nur Verachtung übrig – »und sogar Mr. Nolan. Ricky arbeitet so hart für alle, Tag und Nacht und am Wochenende. Für Mr. Lessman hat er sogar den Gottesdienst verpasst!«

Einen solchen Ausbruch hatte Charity zum letzten Mal gehabt, als Rachel bei der Schulaufführung von *Der Zauberer von Oz* nicht die Rolle der Dorothy bekommen hatte. »Dabei hat die gute Hexe doch so ein schönes Kleid«, hatte Nora gesagt, als ihre Tochter an ihrer Schulter schluchzte, doch Charity polterte los: »Aber das ist nicht die Hauptrolle! Und nicht die von dieser Judy Gartner oder wie die heißt, in der Verfilmung!«

Zum wiederholten Mal fragte sich Nora, was wohl aus ihnen werden sollte, falls Charity jemals kündigte. Es gab immer wieder Gerüchte über weibliche Wilderer in Gestalt von Zugezogenen in jenen Hochhäusern, die wie ein abschreckender Zaun rund um die Straße aus dem Boden schossen, Frauen, die die Parks und Lebensmittelläden nach Kinderfrauen und Haushaltshilfen abklapperten, um diese dann mit höheren Gehältern und weniger anstrengenden Tätigkeiten fortzulocken. Da es Charity schon von Anfang an in Fleisch und Blut übergegangen war, Oliver und Rachel für die bemerkenswertesten Kinder zu halten, die je in einem New Yorker Krankenhaus zur Welt gekommen waren, hatte Nora jahrelang fest auf ihr Bleiben vertraut. Als sie anfing, sich mit dem Gedanken zu befassen, dass die Zwillinge aufs College gehen würden, fand sie sich plötzlich am Rand eines düsteren Abgrunds voller Trauer und Unsicherheit wieder, weil sie die beiden so schrecklich vermissen würde – und weil sie überzeugt war, dass Charity dann kündigen würde.

»Bestimmt nicht, Mom«, sagte Oliver.

»Homer«, ergänzte Rachel. »Charity bleibt auf jeden Fall, bis Homer tot ist.«

»Sag so was nicht!«, rief Oliver.

»Und danach arbeitet sie für mich«, fuhr Rachel fort.

»Kannst du dir Charity denn leisten?«, fragte Nora.

»Nein, aber ihr«, erwiderte Rachel grinsend. »Und bis dahin kann ich sie mir vielleicht sogar selber leisten. Homer wird schließlich noch sehr, sehr lange leben.«

»Und Charity bleibt sowieso wegen uns«, setzte Oliver noch hinzu und machte sich über seine Portion mariniertes Hähnchen her. Charity kochte nicht zuletzt deswegen so gern für die Kinder, weil Oliver Unmengen vertilgte, und zwar so, als würde er sein Essen nicht nur verzehren, sondern müsse es zuvor noch töten. Als Kind war er ein schwieriger Esser gewesen, der sich hauptsächlich von Reis, Cheerios und Bananen ernährte, und den Umschwung schrieb sich Charity auf die Fahne. Sie behauptete immer – eine gute Möglichkeit anzugeben, ohne angeberisch zu wirken –, ihre beiden Schwestern, die erwartungsgemäß auf die Namen Faith und

Hope hörten, hätten sie zur besten Köchin unter ihnen gekürt. Und Vance teilte diese Meinung offenbar. Vance war der einzige Sohn, das Goldkind der Familie, dessen Kurse am Abend-College zu einer Stelle bei irgendeiner städtischen Behörde geführt hatten, wo er mit Zahlen jonglierte. Bei praktisch jedem Thema von der Nahostpolitik bis hin zur Parkettpflege zog Charity die Meinung ihres Bruders heran und erklärte sie zum letzten und besten Wort in der jeweiligen Sache. Offenbar gab es Anlass zur Besorgnis, dass Vance bisher noch keine Frau gefunden hatte, gleichzeitig herrschte aber Einigkeit darüber, dass keine Frau, nicht einmal die hochgeschätzte Mavis Robinson, die in der Kirche Orgel spielte, seiner Aufmerksamkeit wahrhaft würdig sei. In der Kirche nannten sie Vance auch bei seinem vollen Namen, Perseverance, doch Charity erklärte, bei der Arbeit fände er das doch etwas übertrieben.

»Das arme Schwein«, lautete Charlies Kommentar, nachdem er die Unterhaltung mit angehört hatte.

»Könnt ihr bitte alle mal Ricky in Ruhe lassen?«, sagte Nora abends zu Charlie, gegen Ende des in fast völligem Schweigen verzehrten Abendessens, das sie beim Thailänder bestellt hatten – wobei das Schweigen selbstverständlich der Bob-Harris-Problematik geschuldet war, wie Nora das inzwischen für sich nannte.

Charlie räumte seinen Teller ab. »Arbeiten diese Leute eigentlich für uns oder umgekehrt?«, fragte er.

»Diese Leute?«

»Du weißt schon, was ich meine. Wir zahlen für die Stellplätze auf der Brachfläche, nicht Ricky. Wenn ihm das nicht passt, gibt es in dieser Stadt sicher zahllose andere Handwerker, die seine Arbeit gern übernehmen. George hat erzählt, in der Seventy-Fourth Street arbeitet einer, der billiger und besser ist.«

»Oh, nicht schon wieder. Der letzte Billigere und Bessere war dieser Baumpfleger, der sämtliche Bäume verunstaltet hat.«

»Du kannst George eben einfach nicht leiden«, erwiderte Charlie.

»George nicht. Ricky schon.«

»Diese Hähnchenspieße schmecken echt nicht besonders«, sagte Charlie und stand auf, um sich noch ein Bier zu holen.

WICHTIGER HINWEIS!

Ein Schlüssel für das Vorhängeschloss an der Absperrung vor dem Parkplatz steht ausschließlich zahlenden Benutzern zu.
UNTER KEINEN UMSTÄNDEN DÜRFEN ZWEITSCHLÜSSEL ANGEFERTIGT UND IN UMLAUF GEBRACHT WERDEN.
Die Absperrung ist stets verschlossen zu halten, wenn nicht gerade jemand ein- oder ausparkt.

George

Es gibt Geräusche, die man nie vergisst. Charlie Nolan behauptete, er höre immer noch, wie die Erde auf den Sargdeckel seines Vaters gefallen sei, während Nora dieses Geräusch insgeheim eigentlich ganz beruhigend fand, wie besonders starken Regen auf einem besonders stabilen Dach. Ollie konnte sich, wenn er die Augen schloss, an den explosionsartigen Knall des allerersten Home Runs erinnern, den er erzielt hatte, damals in der Middleschool auf dem Spielfeld auf Randall's Island. Bei Rachel war es das unwillkürliche Quieken, das sie ausgestoßen hatte, als sie einen nicht weiter auffälligen Umschlag öffnete und einen Scheck über fünfhundert Dollar darin vorfand, weil sie im zweiten Studienjahr einen Essay-Wettbewerb gewonnen hatte.

Und Nora würde nie das gellende, übellaunige Geschrei vergessen, das ihre Kinder im Kreißsaal von sich gegeben hatten, erst Oliver, dann Rachel, auch wenn Rachel Nora schon vor Ewigkeiten das Zugeständnis abgerungen hatte, sie hätten beide gleichzeitig geschrien. Nora hatte sich erweichen lassen, und Charlie hatte diese kleine Lüge inzwischen so oft gehört, dass er allen Ernstes glaubte, es sei tatsächlich so gewesen, obwohl er doch dabei war und es besser wissen musste.

Im Nachhinein wurde Nora klar, dass das Geräusch, das sie an jenem Morgen im Dezember hörte, bis an ihr Lebensende in dieselbe Kategorie fallen würde: Einmal gehört, ließ es sich nie wieder aus der Erinnerung löschen. Am Anfang war nur ein durchdringendes Hämmern zu hören, hinter dem sie zunächst einen Pressluftbohrer vermutete, dann etwas wie schwere Sandsäcke, die aus dem oberen Stockwerk eines Gebäudes auf nassen Asphalt geworfen wurden. Erst als sie näher kam und die Schreie einsetzten, Schreie, die immer weiter und weiter und weiter gingen, bis sie sich am liebsten wie ein Kind die Ohren zugehalten hätte, wurde ihr klar, was dieses letzte Geräusch gewesen war: Jack Fisk, der Ricky mit einem Golfschläger seitlich ans Bein hieb.

»Herrgott, Jack!«, hörte Nora Charlie brüllen, während sie schon die Straße entlang zum Parkplatz rannte.

Die Auslegung dessen, was an diesem Tag passiert war, hing später sehr davon ab, wer die Geschichte erzählte. Nur drei Menschen waren tatsächlich dabei gewesen: Jack, Ricky und Charlie. Selbstverständlich erzählte George, der das ganze Wochenende durch die Straße streifte, aller Welt, er habe direkt danebengestanden und alles mit eigenen Augen gesehen. Daran hielt er so lange fest, bis die Polizei eine offizielle Aussage von ihm wollte, worauf sich zeigte, dass er in Wahrheit mit den Findelmöpsen bei der Hundepflege gewesen war, um ihnen die Krallen schneiden zu lassen.

»O Gott, o Gott, Charlie, tu doch was!«, schrie Nora, als sie schon fast am Eingang zum Parkplatz war.

Sie hatte gerade ihre lange Laufrunde beendet, die Samstagmorgenrunde durch den Central Park, bei der sie sich auf dem Rückweg einen Bagel mit allem gönnte. Knapp unter zwölf Kilometer in knapp unter neunzig Minuten. Sie mochte das Gefühl etwa auf der Hälfte, wenn sie unter dem Thermooberteil ein Rinnsal Schweiß zwischen den Schulterblättern spürte und gleichzeitig ihre Nase nicht mehr fühlte, weil sie völlig durchgefroren war. Danach das Bibbern, wenn sie wieder aus dem Bagel-Laden kam, und der gemächlichere Weg bis nach Hause. Bei kürzeren Runden blieb ihr Zeit für das Gedankenkarussell, was die Zwillinge wohl nach dem Studium machen würden, ob sie weg- oder wieder bei ihnen einziehen würden, ob Jenny nicht angerufen hatte, weil sie wegen irgendetwas sauer auf Nora war oder weil sie beruflich unterwegs war – immer war es Letzteres –, wohin Charlie und sie in Urlaub fahren sollten und ob sie überhaupt mit Charlie in Urlaub fahren wollte.

Aber aus irgendeinem Grund brachte die längere Strecke das Karussell zum Stehen und reduzierte ihr Gehirn auf die rein mechanischen Funktionen des Kortex. Manchmal kam sie nach Hause und stellte fest, dass sie sich an keinen einzelnen Moment des Laufs erinnern konnte, sondern wie ein selbstfahrender Wagen einer voreingestellten Route gefolgt war, obwohl niemand hinterm Steuer saß. In dieser Leere hatte sie sich gerade befunden, als das Geschrei einsetzte.

Als sie endlich bei ihrem Mann war, sah sie Ricky neben dem Transporter liegen. Das kakigrüne Hosenbein war pechschwarz vom Blut und das Knie so seltsam verdreht, dass Nora fürchtete, ihr würde gleich schlecht werden, nachdem sie hin- und sofort wieder weggeschaut hatte. Seine Schreie waren zum heiseren Keuchen geworden, sein Gesicht hatte einen scheußlichen Mörtelton angenommen. Neben ihm lag der Golfschläger. Nora kniete sich hin. Sie wollte Ricky eine Hand aufs Bein legen, fürchtete aber, die Berührung könnte ihn zurückschrecken lassen und die Verletzung verschlimmern, falls das überhaupt noch ging.

»Ich höre ein Martinshorn«, sagte Charlie.

»Habt ihr den Notarzt gerufen?« Nora warf einen Blick über die Schulter. Jack Fisk stand mit dem Rücken zu ihr vorgebeugt über dem Rinnstein und hatte die Hände auf die Knie gestützt. »Jack, habt ihr den Notarzt gerufen?«

Charlie schüttelte den Kopf.

»Was hast du bloß gemacht?«, brüllte Nora Jack an. »Bist du völlig übergeschnappt? Was hast du gemacht?« Hinter Jack sah sie Linda Lessman, die aus ihrem Haus gerannt kam, dann auf dem Gehsteig gegenüber stehen blieb und zum anderen Ende der Straße hinüberschaute. Erneut hatte Nora das entsetzliche Geräusch im Ohr, das Schwere, das mit aller Kraft auf das Nachgiebige traf, und sie wandte sich wieder Ricky zu, der angefangen hatte zu schluchzen. Tränen rannen ihm zu beiden Seiten übers Gesicht. »Sie kommen«, sagte sie. »Sie kommen.« Das Martinshorn wurde lauter.

»Das Bein ist er los«, brüllte einer der Männer aus dem Wohnheim durch ein offenes Fenster herunter. »Das ist doch total im Eimer, Mann. Das Bein ist er garantiert los.«

»Steh auf, Bun«, sagte Charlie mit zitternder Stimme. Er bückte sich, um sie auf die Füße zu ziehen. Im Hintergrund rotierten die kirschroten Lichter zweier Einsatzwagen. Mit einem Mal waren sie von Männern in Uniform umringt. Nora wich zurück und wandte sich zu Jack, der bereits mit zwei Polizisten stritt. »Beruhigen Sie sich, Sir«, sagte der eine zu ihm.

»Der war's!«, brüllte der Mann aus dem Wohnheim, und als Nora wieder nach oben blickte, sah sie, dass mindestens fünf Bewohner an ihren Fenstern standen und hinunterstarrten. »Polizei! Der hat ihn geschlagen. Er hat richtig fest zugehauen.«

»Jetzt lassen Sie mich Ihnen doch erst mal meine gottverdammte Visitenkarte geben!«, schrie Jack die Polizisten an. Charlie legte ihm die Hand auf den Oberarm, redete erst auf ihn und dann auf die beiden Polizisten ein, die mit zusammengekniffenen Augen vor ihnen standen. Linda und Nora waren noch weiter zurückgewichen und standen jetzt Schulter an Schulter, als würden sie sich gegenseitig stützen. »Gütiger Himmel«, sagte Linda und reckte den Hals in Richtung Ricky. »Soll ich Sherry holen? Wo ist sie denn? Sie sollte doch hier sein.«

Sie alle, selbst die Polizisten, atmeten heftig in der kalten Winterluft, und um sie her war es so neblig-weiß wie auf dem Bahnsteig in einem alten Film. Ein Rettungswagen kam, zwei Sanitäter eilten zu Ricky. Der Mann am Fenster des Wohnheims wiederholte immer wieder: »Er hat ihn geschlagen! Richtig fest zugeschlagen hat er! Officer! Officer! Das war ein Angriff mit einer tödlichen Waffe.«

»Halt die Klappe, du Schwachkopf«, brüllte Jack zu ihm hoch. »Es war ein gottverdammter Golfschläger!« Die Polizisten, beide kaum älter als Noras Kinder, wollten etwas sagen, und einer von ihnen legte Jack die Hand auf den Arm. Da wirbelte Jack herum, und es sah aus, als wollte er den jungen Polizisten niederschlagen. Ein weiterer Streifenwagen bog in raschem Tempo in die Straße ein.

»Die lassen den laufen!«, brüllte der Mann aus dem Wohnheim und beugte sich aus dem Fenster, damit die anderen Beobachter ihn ebenfalls hören konnten. »Die lassen den laufen, weil der Typ, der am Boden liegt, ein Schwarzer ist und der andere Typ ein Weißer. Und Geld hat er auch.«

»Das ist kein Schwarzer!«, schrie ein anderer. »Der ist Puerto Ricaner.«

»Du weißt doch gar nicht, ob er Puerto Ricaner ist. Nur, weil er braune Haut hat? Könnte doch auch 'n hellerer Schwarzer sein, so wie Lena Horne oder der Dings, dieser Baseballspieler.«

»Er spricht Spanisch, Kumpel«, gab der andere Mann zurück und lehnte sich dabei so weit zu seinem Kollegen hinüber, der ein Stockwerk über ihm und zwei Fenster weiter stand, dass Nora schon glaubte, er werde abstürzen.

»Das macht ihn noch lange nicht zum Puerto Ricaner, Mann. Er kann auch aus Mexiko sein oder vielleicht aus Panama oder einem anderen solchen Land.«

»Officer!«, brüllte ein dritter Mann. »Officer!«

»Was denn?«, brüllte der jüngere Polizist nach oben.

»Ich war einundsiebzig beim Gefangenenaufstand im Attica.«

»Ach, Herrgott, Benny, jetzt komm uns nicht schon wieder mit dem Attica«, kommentierte ein anderer Mann aus dem Wohnheim.

»Fassen Sie mich verdammt noch mal nicht an!«, brüllte Jack plötzlich, und einen Augenblick später stand er auch schon an den Streifenwagen gedrückt, das Gesicht am Fenster, während die Polizisten ihn festhielten und ihm Handschellen anlegten. Linda griff nach Noras Hand und flüsterte: »Ich hole Sherry. Geh nicht weg. Und halt Charlie auf jeden Fall davon ab, sich da einzumischen. Er soll kein Wort zu den Polizisten sagen.«

»Jetzt nehmen sie ihn doch mit«, sagte der Mann aus dem Wohnheim zu den anderen. »Weiß hin oder her, sie nehmen ihn mit. Er hat sich mit den Bullen angelegt.«

»Der kommt trotzdem davon, Mann, weißt du doch. Diese Typen, Mann, die bestechen die Bullen, die holen sich 'nen Anwalt, und dann kommen sie davon. Und der Arbeiter, der kommt in den Knast.«

»Ich war einundsiebzig beim Gefangenenaufstand im Attica.«

»Schnauze, Benny. Du bist viel zu jung fürs Attica. Du bist bloß ein Spinner.«

Es war unfassbar, wie schnell alles wieder vorbei war. Der Rettungswagen setzte rückwärts aus der Sackgasse, und durch das erleuchtete Fenster sah man, wie sich ein Sanitäter über die Trage beugte. Auch die Streifenwagen fuhren davon, zwei mit leerem Rücksitz, einer mit dem vorgebeugt dasitzenden Jack im Fond. Obwohl Nora ihn nicht hörte, sah sie doch, wie er sich ereiferte. Die Sehnen an seinem Hals traten hervor wie Stahlträger, die seinen Kopf stützten. Linda kam zu ihr zurückgelaufen. »Bei den Fisks macht keiner auf.«

»Ich muss nach Hause und mich hinsetzen«, sagte Nora. »Du hast sein Bein nicht gesehen. Mir ist richtig übel.«

»Habt ihr gesehen, was passiert ist?«, wollte Linda wissen. Nora schüttelte den Kopf. Charlie nickte.

»Ich telefoniere mal herum und komme dann bei euch vorbei«, sagte Linda. Nora sah auf ihre linke Hand, die immer noch die weiße Bagel-Tüte umklammert hielt. Das Gebäck war ganz zerdrückt, die Hand mit zerlaufener Butter beschmiert.

Charlies Version war die erste, die Nora später zu hören bekam, erst danach hörte sie von Sherry, die beruflich auf einer Konferenz in Boston war und den nächsten Zug nach Hause nehmen musste, wie Jack die ganze Sache erzählt hatte. Die beiden Versionen lauteten folgendermaßen:

Jack war mit einem Klienten in seinem Wochenendhaus in Bedford verabredet. Es war ein wichtiger Klient. Jack war spät dran. Rickys Transporter stand in der Einfahrt der Brachfläche, und zwar wie immer so, dass laut Ricky genügend Platz blieb, damit jeder an ihm vorbeikam: die hintere Hälfte des Transporters kurz vor der Grundstücksgrenze, die vordere Hälfte ein kleines Stück auf dem Gehweg.

Jack hatte versucht, sich vorbeizuschlängeln. Dabei hatte sich die Oberseite seines Seitenspiegels mit der Unterseite des Spiegels an Rickys Wagen verhakt, just in dem Moment, als Jack in den anderen Seitenspiegel schaute und Gas gab.

(Nora sah es vor sich, sie hörte es förmlich, das scheußliche gellende Geräusch, als der Spiegel abriss, und das scheußlich gellende Geräusch, das im Moment des Geschehens aus Jacks sehniger Kehle drang.)

Jack fuhr weiter, bis sein Wagen auf der Straße stand. Die Seitenspiegel der beiden Autos hingen nur noch an einem Wust aus bunten Drähten. Wutentbrannt sprang er aus seinem Wagen, öffnete den Kofferraum, in dem seine Golfschläger lagen, und schnappte sich das Dreiereisen. Offenbar waren sich alle darin einig, dass es ein Dreiereisen gewesen war.

»Ich wollte ihn noch am Arm festhalten«, erzählte Charlie, was, wie Nora wusste, an einen tollkühnen Akt grenzte, wenn Jack Fisk in Wut geriet.

»Charlie kann von Glück sagen, dass Jack ihm nicht den Schädel eingeschlagen hat«, kommentierte Sherry hinterher.

Das Geräusch, das Nora als Pressluftbohrer interpretiert hatte, war entstanden, als Jack mit seinem Dreiereisen seitlich auf den Transporter eindrosch. Charlie berichtete, dass in dem Moment auch die Männer aus dem Wohnheim ans Fenster gekommen seien und angefangen hätten herumzuschreien. Bei dieser Geräuschkulisse und dem Lärm des Golfschlägers, der den Transporter traf, habe laut Charlies Aussage niemand Rickys laute Rufe gehört. »Aufhören! Bitte, Mr. Fisk, hören Sie auf!«, habe Ricky gerufen, bis er schließlich direkt hinter Jack stand und sich auf ihn stürzen wollte, um ihn am Arm zu packen. Die vormals nach außen gewölbte Seitenwand des Transporters war zu diesem Zeitpunkt bereits völlig eingedellt.

Wer wollte sagen, was wirklich stimmte? Jack behauptete, Ricky sei direkt auf ihn zugerannt, und er habe ihn versehentlich erwischt, obwohl er eigentlich nur den Transporter treffen wollte. Ricky erzählte der Polizei, Jack habe gar nicht mehr aufgehört, auf ihn einzudreschen, was weniger nach Unfall als vielmehr nach Körperverletzung klang. Genau das warfen die Polizisten Jack auch vor, als sie ihn mitnahmen.

»Weißt du noch, wie Jack Ollie damals erklärt hat, er solle sich kooperativ und höflich verhalten, falls er jemals von der Polizei festgenommen würde?«, sagte Charlie. »Da hätte er mal besser seinen eigenen Ratschlag beherzigt.«

Rickys Bein war doppelt gebrochen, oder auch drei- oder vierfach, je nachdem, wer die Geschichte gerade erzählte. Jack hatte die Nacht in einer Untersuchungszelle verbracht, einer seiner Kollegen aus der Kanzlei hatte ihn umgehend wieder freibekommen, man hatte ihn ins Gefängnis nach Rikers Island überstellt, oder er versteckte sich zu Hause – je nachdem, wer gerade erzählte. Den ganzen Tag über fing Nora immer wieder unvermittelt an zu zittern, hatte ständig dieses Geräusch im Ohr, jetzt, da sie wusste, was es war und was es angerichtet hatte. »Es war ein Unfall«, wiederholte Charlie nach dem zweiten Wodka, doch Nora hob die Hand und erwiderte: »Sag das nie wieder in meiner Gegenwart. Nie wieder.«

»Du bist die Einzige, die so rücksichtsvoll gewesen ist, mich nicht mit tausend Fragen zu bombardieren«, sagte Sherry, als Nora sie drei Tage später an der Straßenecke traf. »Du und Alma. Sie hat mir einen großen Topf Spaghetti Tetrazzini vorbeibringen lassen, das fand ich wirklich nett, auch wenn es sich angefühlt hat wie nach einem Todesfall. Das meiste davon hat Jack gegessen. Seit es passiert ist, hat er das Haus nicht mehr verlassen.«

»Hat er sich freigenommen?«

»Sie haben ihn sozusagen frei gestellt, bis sich alles wieder sortiert hat, wie der geschäftsführende Partner das so hübsch formulierte. So etwas haben sie überhaupt erst zum zweiten Mal gemacht. Das andere Mal war, als einer der Partner angeblich seine Frau verprügelt hat. Er ist nie zurückgekommen.«

Nora wusste nicht weiter. Schließlich sagte sie: »Wollen wir uns eine Pediküre gönnen?« Mehr fiel ihr beim besten Willen nicht ein. Rachel sagte das immer zu ihren Freundinnen, wenn sie niedergeschlagen waren. Aber kaum hatte sie es ausgesprochen, kam es ihr bereits albern vor.

Sherry lächelte traurig. »Ich komme schon klar. Die gute Nachricht ist, dass es hier in der Stadt genügend Fisks gibt und bisher offenbar keiner meiner Patienten auf die Idee gekommen ist, ich könnte mit dem Schläger verheiratet sein. Zumindest hat mich noch keiner geschasst.«

Kaum waren die Streifenwagen verschwunden, hatte Charlie sich in Jacks Auto gesetzt und es rückwärts wieder in seine angestammte Parklücke auf der Brachfläche gefahren. Nora hatte registriert, dass er ohne Probleme an Rickys Transporter vorbeikam, sich aber auch gefragt, ob dieser durch die eingeschlagene Seitenwand und den herabhängenden Seitenspiegel nicht einfach weniger Platz einnahm.

»Großer Gott!« Charlie hatte Jacks Autoschlüssel gemustert und ihn dann eingesteckt. »Soll ich Sherry einen Zettel schreiben, dass der Schlüssel bei mir ist?«

»Denk dran, dass wir noch den Autoschlüssel haben«, sagte Nora jetzt zu Sherry. »Ich kann ihn dir auch vorbeibringen.«

»Den brauche ich nicht«, erwiderte Sherry. »Ich habe ja meinen Wagen, und von mir aus kann seiner da gern verrotten. Ich hoffe, ich muss ihn nie wieder sehen.« Ihre Stimme zitterte leicht, sie presste die Lippen zusammen. »Hast du die Schlagzeilen gesehen?«, fragte sie.

Das hatte Nora. Das hatten alle. Es gab in Manhattan nicht so viele Sackgassen, und wer die Nolans kannte, der kannte auch die Straße, in der sie wohnten. Jenny hatte angerufen, die anderen Frauen aus dem Mittagskränzchen ebenfalls, selbst Bebe hatte sich aus Florida gemeldet. Nora hatte sich bei allen kurz angebunden gegeben, nur nicht bei Jenny, die um Noras »Straßenfreundschaft«, wie sie das nannte, mit Sherry Fisk wusste und sagte: »Ich wollte nur anrufen, um dir zu sagen, dass ich dir zuhöre, wenn du darüber reden willst. Es ist aber auch völlig okay, wenn du nicht darüber reden willst.«

»Und genau darum bist du die beste Freundin der Welt«, sagte Nora, die nicht darüber reden wollte.

Und mit der Presse wollte sie erst recht nicht darüber reden, obwohl es einige entsprechende Versuche gegeben hatte. Als Nora nach der Arbeit mit Homer Gassi ging, kam ein junger Mann in Daunenjacke auf sie zu und bückte sich, um ihn zu streicheln. »Cooler Hund«, sagte er. »Solche Augen habe ich noch nie gesehen.«

»Das ist ein australischer Hütehund«, erklärte Nora.

»Und Sie sind Nora Nolan«, sagte der Mann. »Vom Museum of Jewelry.«

»Kennen wir uns?«

»Nein, aber ich habe Sie auf den Fotos erkannt. Kann ich vielleicht kurz mit Ihnen reden? Ich schreibe einen Artikel über den Angriff mit dem Golfschläger, und soweit ich informiert bin, waren Sie dabei.«

»Und Sie haben so nett gewirkt«, sagte Nora betrübt, wandte sich ab und ging mit Homer ins Haus zurück. Als sie eine Viertelstunde später wieder aus dem Fenster schaute, sah sie den Reporter erwartungsgemäß im Gespräch mit George.

»Ihr seid wirklich das Letzte«, sagte sie laut.

Charlie und Nora waren übereingekommen, den Zwillingen nichts von der Sache zu erzählen, was im Grunde nur bewies, wie naiv sie manchmal waren. Als Noras Handy um acht Uhr morgens klingelte und auf dem Display »Rachel« stand, griff Nora so hektisch danach, dass es ihr entglitt und in Homers Wassernapf landete. »Nein!«, kreischte sie, fischte es wieder heraus und schüttelte es trocken. Erstaunlicherweise funktionierte es zunächst noch, erst am Abend fing es an zu knattern und zu knistern wie ein Stück experimenteller Musik, und am nächsten Morgen war es tot, trotz einer Nacht in einer Plastiktüte mit Reis.

»Ich fasse es nicht, dass Mr. Fisk Ricky umbringen wollte!«, rief Rachel.

Die beiden New Yorker Boulevardzeitungen hatten mit der Story aufgemacht, und beide berichteten überraschend einmütig. Jack Fisk (der mit richtigem Namen offenbar Joshua hieß – wer hätte das gedacht?) war der vermögende Teilhaber einer führenden Anwaltskanzlei, Ricky der schwer geplagte Handwerker aus dem Viertel, der mit seiner Frau und zwei kleinen Söhnen in der Bronx lebte. Der Zwischenfall hatte in einer Sackgasse an der Upper West Side stattgefunden. Etliche Jahre zuvor war in einer der beiden Zeitungen ein Artikel über die innerstädtischen Sackgassen veröffentlicht und ihre Straße darin als so nachbarschaftlich geschildert worden, dass dort an Halloween die Gaben für die jugendlichen Süßigkeitensammler auf den Treppen vor den Häusern platziert würden. Jetzt war aus »nachbarschaftlich« »abgeschottet« geworden, »isoliert«, eine Straße, die »zusammenrückte«, was im Reporter-Jargon so viel hieß wie: »Die Anwohner wollten nicht mit uns reden.« Jack war reich, Ricky stammte aus einem der ärmeren Stadtteile New Yorks. Keine der beiden Beschreibungen war ganz präzise, da war sich Nora sicher, aber so wurde genau die richtige Geschichte daraus. Rickys Bein war durch Jacks Golfschläger »zertrümmert« worden, das Verb verwendeten beide Zeitungen. Seine Frau Nita wich ihm nicht von der Seite und erklärte, Ricky könne sich nicht äußern, weil die Schmerzen zu groß seien, wobei die Publikation mit den blumigeren Formulierungen angab, er leide Höllenqualen. Auch Jacks Anwalt Marcus King wurde zitiert: »Wenn erst einmal alle Fakten bekannt sind, wird mein Klient in allen Punkten freigesprochen werden.« Nita wurde mit der Aussage zitiert: »Irgendwer muss das alles zahlen.«

»Dein Vater war dabei. Er sagt, es war ein Unfall«, sagte Nora zu Rachel.

»Also bitte, Mom. Was soll das denn für ein Unfall sein, bei dem einer dem anderen mit einem Golfschläger das Bein bricht? Das ist doch alles nur wegen diesem beknackten Parkplatz, oder? Hast du Ricky schon besucht? Wird er wieder gesund?«

Dieselbe Frage hatte Nora bereits Charity gestellt, die eine direkte Antwort allerdings verweigerte.

»In Rachels Bad tropft der Wasserhahn«, sagte sie finster.

»Die Lüftung vom Trockner lässt nach. Und der Abfluss zieht hinten nicht richtig.«

Charity neigte generell zu einer knappen Ausdrucksweise – Charlie hatte sich einmal erkundigt, ob sie ihr nicht ein paar Nebensätze zu Weihnachten schenken sollten –, und als sie am Montag zur Arbeit erschien, hatte sich diese Neigung deutlich verstärkt. Es klang so, als fielen die Reparaturen, für die sie Ricky sonst im Lauf eines halben Jahres zu Hilfe rief, jetzt, da er und seine Männer fort waren, alle auf einmal an. Darüber hinaus berichtete sie, Ricky sei noch im Krankenhaus.

»In welchem?«, fragte Nora.

»Dem großen«, antwortete Charity. »Im Norden.« Offenbar machte sie Nora zumindest teilweise für Rickys Verletzung verantwortlich.

»Charity wird außer sich sein«, hatte Nora zu Rachel gesagt.

»Sollte sie auch. Mr. Fisk ist ein Drecksack. Wir haben immer so getan, als wäre er das nicht, obwohl er seine Frau die ganze Zeit nur anbrüllt, aber jetzt mal ehrlich. Er hat Ricky ins Krankenhaus gebracht. Und Dad verteidigt ihn auch noch? Also, sorry, aber wenn Dad den Eingang zum Parkplatz blockiert hätte, dann wäre Mr. Fisk zu ihm gekommen und hätte mit ihm darüber geredet. Er hätte ihn nicht gleich mit einem Golfschläger verdroschen. Und Charity wird natürlich sowieso nicht kündigen, wegen mir und Ollie. Aber eigentlich sollte sie. Das ist doch alles nur, weil Ricky arm ist und eine andere Hautfarbe hat.«

Nora schwieg. Vor langer Zeit hatten Charlie und sie vereinbart, vor den Kindern immer eine geschlossene Front zu zeigen, egal, worum es ging. Nie war sie so sehr in Versuchung gewesen, diesen Pakt in den Wind zu schießen und zu Rachel zu sagen: Ja, dein Vater hat unrecht, Jack Fisk ist ein grauenhafter Mensch, der eine grauenhafte Tat begangen hat, und ich kann deinem Vater kaum noch in die Augen sehen, wenn er ihn verteidigt.

»Mom?«, hakte Rachel nach.

»Ich überlege die ganze Zeit, wie es Ricky wohl geht«, sagte Nora.

»Dann besuch ihn eben und find's raus. Sag ihm, Ollie und ich machen uns Sorgen um ihn. Sag ihm, dass keiner von uns diese alberne Geschichte mit dem Unfall glaubt. Ich muss jetzt Schluss machen.«

Eine Stunde später hatte sie Christine an der Strippe. »Hast du die Zeitungen gesehen?«, fragte sie.

»Natürlich habe ich die Zeitungen gesehen. Ich bin außer mir. Und völlig fix und fertig wegen der Zeitungen.«

»Fix und fertig? Ich find's super! Unsere Leute werden Doppelschichten einlegen müssen, um der Nachfrage entsprechen zu können.«

»Wovon redest du eigentlich?«, fragte Nora.

»Die First Lady! Hast du's denn nicht gesehen? Die First Lady hat eine Fitnessstunde gegeben, und sie hat dabei die *Candide*-Hose und das Oberteil dazu getragen. Wir werden uns nicht mehr retten können.«

Nora besaß beide Kleidungsstücke. Auf dem Bund der Hose stand: »Die beste aller Welten«, und auf dem Oberteil:

»Unser Garten muss bestellt werden.« Manchmal fragte sich Nora, was der wiederauferstandene Voltaire wohl davon halten würde, aber das Oberteil war schmal geschnitten und hatte Raglanärmel, und die Hose saß toll und ließ sich hervorragend waschen, und so hatte sie beschlossen, sich wegen eines toten französischen Philosophen nicht allzu sehr den Kopf zu zerbrechen.

»Was hast du denn gedacht, wovon ich rede?«, wollte Christine wissen.

»Vom Angriff mit dem Golfschläger.«

»Keine Ahnung, was du meinst, Non.« Nora war erleichtert. Zumindest in die überregionalen Nachrichten hatten Jack, Ricky und die Straße es also noch nicht geschafft. Sie berichtete, und weil es ihre Schwester war, erzählte sie ihr auch, dass sie Jacks Version für eine eigennützige Lüge hielt und dass es ihm ganz recht geschähe, wenn er ins Gefängnis müsste.

»Jack Fisk, ist das dieser unangenehme Mensch mit der lauten Stimme?«, fragte Christine. »Der seine Frau angebrüllt hat, weil er ihretwegen zu spät ins Restaurant oder sonst wohin gekommen ist?«

»Er ist schrecklich«, sagte Nora.

»Findest du?«, sagte Christine.

»Sie sollen Mrs. Alma anrufen«, sagte Charity.

»Ich soll Mrs. Fenstermacher anrufen?«, fragte Nora.

»Sag ich doch.«

»Da habe ich mir wohl ein schlechtes Wochenende für den Besuch bei meinen Enkeln ausgesucht«, sagte Alma Fenstermacher, während sie den Tee ausschenkte. Nora hätte ahnen können, dass es, wenn Alma zum Tee bat, nicht mit heißem Wasser und einem Beutel im Becher getan sein würde. Es gab für jeden ein Tassensieb, winzige Gurken-Sandwiches, Scones und Clotted Cream. Nora fühlte sich an den Nachmittagstee erinnert, den sie einmal in einem Hotel in Oxford erlebt hatte. »Das *Randolph*«, sagte Alma, als Nora den Gedanken aussprach. »Der beste Nachmittagstee auf den Britischen Inseln. Manchmal fahren wir mit dem Zug von London aus hin, einfach nur, um zwischen den Colleges herumzuschlendern und dort unseren Tee zu trinken.«

Erst die Tatsache, dass die Fenstermachers Details hören wollten, machte Nora die Tragweite der Geschehnisse in der Straße so richtig klar. Alma tratschte nicht, nie stand sie mit ihrem Hund auf dem Gehweg und flüsterte: »Hast du mitgekriegt, was die Neuen aus der Vier-Fünfundvierzig im Garten treiben?« Nora schilderte, was sie gesehen hatte, und Alma entgegnete seufzend: »Ein Jammer, dass es so weit kommen musste. Ich hoffe, Rickys Verletzungen sind nicht allzu gravierend. Wir haben ihn nie viel beansprucht, aber er war immer ganz reizend.« Nora war bereits aufgefallen, dass die Fenstermachers selten auf Rickys Dienste zurückgriffen, sie hatte aber angenommen, dass bei ihnen einfach nichts kaputtging.

Außerdem hatte sie immer angenommen, dass sie keine Boulevardzeitungen lasen. Die *New York Times*, das *Wall Street Journal* – keine davon hatte über den Vorfall berichtet, doch die Boulevardpresse schlug ihre Fangzähne in die Geschichte und ließ nicht mehr los. Zum Teil hatte es auch mit schlechtem Timing zu tun. Nur zwei Wochen zuvor hatten Polizisten im Norden Manhattans einen Mann angehalten und sechs Mal auf ihn geschossen, weil er, wie sie behaupteten, eine Waffe gezogen habe. Die Waffe entpuppte sich in der Folge als Handy, und es hatte daraufhin in der 125th Street eine Demonstration gegeben, bei der mehrere Tausend Menschen ihre Handys in die Höhe reckten. Durch das erhöhte Verkehrsaufkommen infolge des Demonstrationszugs war auf der George Washington Bridge ein Unfall passiert, bei dem eine dreifache Mutter aus Westchester County eine Querschnittslähmung davontrug.

Der Geschichte vom »Rauchenden Handy«, wie die *New York Post* sie getauft hatte, war erst wenige Tage zuvor die Puste ausgegangen. So wie die Natur verabscheute auch die Boulevardpresse jegliche Form von Vakuum. Da war die Straße eine willkommene Zielscheibe. War ihnen denn wirklich nie aufgefallen, dass alle, die dort lebten, jeder und jede Einzelne, ja, sogar die Mieter weiß waren, während alle, die für sie arbeiteten, jeder und jede Einzelne, schwarz oder südamerikanischer Herkunft waren? Nora musste daran denken, wie sie ihrer Schwester erzählt hatte, dass sich auf die Suchanzeige nach einer Kinderfrau nicht *eine* Weiße gemeldet habe. »Sekunde mal, hast du dir damals etwa Sorgen gemacht, als du Charity eingestellt hast, weil du dachtest, es könnte rassistisch sein, einer Schwarzen eine gute Stelle anzubieten?«, hatte Christine nachgefragt. »Was ist denn das für eine Logik? Vor allem, wenn sie die Stelle selbst haben will?«

»Alle Kinderfrauen sind Schwarze und alle Kinder Weiße. Was ist das für eine Logik?«

»Irgendwie leuchtet es schon ein«, meinte Christine. »Charity ist doch Einwanderin, oder? Einwanderer arbeiten hart für uns, damit sie eines Tages so werden wie wir. Irgendwann stellen ihre Kinder dann selbst Kinderfrauen ein. Und außerdem, wenn diese Frauen Arbeit brauchen, hast du doch kein Recht, sie dafür zu kritisieren. *Das* wäre rassistisch.«

»Arbeiten bei dir in der Firma viele Leute mit anderer Hautfarbe?«

Es blieb einen Moment still. »Na ja, es ist ja eher eine kleine Firma«, sagte Christine schließlich.

»Also nein?«

»Zählen Asiaten?«

»Nein«, sagte Nora.

»Warum machst du dir deswegen auf einmal solche Sorgen?«, fragte Christine. »Genau wie damals, als ihr in eurem Mittagskränzchen diese Riesendiskussion hattet, ob es falsch sei, Charity als *deine* Haushälterin zu bezeichnen anstatt einfach nur als Haushälterin.«

(»Ich verstehe das gar nicht«, hatte Suzanne erklärt. »Ich bezeichne Hal Bancroft doch auch als meinen Anwalt und Dr. Cohen als meinen Gynäkologen.«

»Mein Personal Trainer«, sagte Jean-Ann.

»Meine Enthaarerin«, fiel Elena ein.

»Deine Enthaarerin?«, fragte Jenny.

»Ihr Blondinen habt ja keine Ahnung«, erwiderte Elena.

»Im Ernst, Nora, du bist mir lieb und teuer, aber du machst dir einfach viel zu viele Gedanken«, schloss Jean-Ann.)

»Oder«, fuhr Christine fort, »als du Charity einmal als Afroamerikanerin bezeichnet hast und sie total eingeschnappt war, weil sie keine Afrikanerin ist, sondern Jamaikanerin, und du ihr vor lauter schlechtem Gewissen eine Gehaltserhöhung von fünfzig Dollar gegeben hast.«

»Ich versuche nur, ein guter Mensch zu sein!«, rief Nora.

»Also, erstens bist du schon ein guter Mensch. Und zweitens, was hat das alles denn damit zu tun, ob man ein guter Mensch ist? Und drittens glaube ich sowieso, du zahlst Charity viel mehr, als die meisten unserer Designer kriegen.«

»Besitzer gegen Besitzlose«, titelte die *Post*. »In der Sackgasse des Todes.« Charity war verärgert darüber, als Besitzlose bezeichnet zu werden. Charlie beklagte sich, dass »Sackgasse des Todes« ja so klinge, als sei Ricky umgebracht worden. Er ereiferte sich auch über die *Daily News*, die irgendwo ein Foto von Jack auf einem Golfplatz ausgegraben und es mit der Bildunterschrift »Schläger in Aktion« veröffentlicht hatte.

»Dabei ist das gar nicht der Schläger, um den es geht«, schimpfte Charlie beim Frühstück, nachdem er das Bild gesehen hatte.

»Glaubst du wirklich, Charlie, dass sich irgendwer dafür interessiert, ob er einen Schläger aus Eisen oder aus Holz verwendet hat, um einen Menschen halb tot zu schlagen?«, fragte Nora.

»Er hat ihn nicht halb tot geschlagen. Er hat auf den Lieferwagen eingedroschen. Und er hat Ricky nur getroffen, weil der sich davorgestellt hat.«

»Das ist seine Version, und an der hält er ja wohl fest.« Nora warf die Zeitung auf den Tisch, sodass sie fast in Charlies Müslischale landete und etwas Milch auf sein Hemd spritzte.

»Ich war dabei, Nora. Ich hab's gesehen.«

»Und dann lässt er sich von einem der Asse aus seiner Kanzlei verteidigen und wird am Ende sogar noch freigesprochen.«

»Wenn es ein Unfall war, muss er auch freigesprochen werden.«

»Solange wir nicht so tun müssen, als würden wir glauben, dass es so passiert ist.«

»Es ist so passiert. Das habe ich der Polizei gesagt, und wenn nötig, bezeuge ich es auch vor Gericht.«

»Spinnst du? Du kennst doch Jack Fisk. Er ist so jähzornig, dass er schon einen Wutanfall kriegt, wenn ein Taxifahrer ihn vorn an der Ecke nicht winken sieht. Er hat monatelang, bevor es passiert ist, ständig wegen Ricky und seinem Lieferwagen herumgebrüllt. Ein Unfall? Ich habe mich am Telefon mit unserer Tochter an diese Sprachregelung gehalten, und hinterher war es mir schrecklich peinlich.«

»Ich weiß, was ich gesehen habe, Nora.« Charlie zog seine Anzugjacke über. »Nur weil du eine andere Version davon hast, heißt das noch lange nicht, dass sie stimmt.«

»Das ist keine andere Version«, sagte Nora, als die Haustür hinter ihm zuknallte. »Es ist die Wahrheit.«

Seit vielen Jahren war das Januarfest bei den Fenstermachers eine lieb gewordene Tradition in der Straße. Es fand immer am zweiten Samstag im Januar statt und zeichnete sich durch Speisen aus, die alle liebten, die aber kein Mensch mehr selbst zubereitete: Backofenschinken, Scones, Nudelauflauf, der noch richtig nach Käse schmeckte und nicht so, als hätte der Wanderzirkus aus aufrechten Ernährungsberatern und Gluten-Puristen, der New York längst im Sturm erobert hatte, ihm jeglichen Geschmack entzogen. Die Gästeliste beschränkte sich fast ausschließlich auf Anwohner aus der Straße: eine Richterin, eine Psychiaterin, ein paar Börsenmenschen, ein paar Anwälte, zwei Ärzte, ein freier Autor, eine freie Grafikdesignerin, eine freie Künstlerin und eine Museumsdirektorin. Schullehrer oder Polizisten waren keine darunter, aus dem einfachen Grund, weil alle Anwesenden – nach jeder vernünftigen, nicht von Manhattan geprägten Einschätzung – als das gelten konnten, was man früher einmal »reich« nannte. Reich waren sie in der Tat, aber sie hatten kein Geld: Das steckte alles in ihren Häusern.

An der Tür sagte Harold Lessman zu Nora: »Ich höre, du wirst demnächst auch für den legendären Bob Harris arbeiten.«

»Das hört man überall«, warf Charlie ein.

»Dabei stimmt es gar nicht«, sagte Nora, und während ihr Mann sich schon auf die Suche nach dem Eggnog machte, hoffte sie inständig, dass der Abend jetzt nicht für sie beide verdorben war.

Wenn sie ehrlich war, hatte es sie ein wenig überrascht, dass Alma das Fest nicht abgesagt hatte. Der »Parkplatz-Vorfall«, wie er straßenintern inzwischen hieß, soweit man überhaupt darauf zu sprechen kam, lag erst einen Monat zurück, und obwohl die Reporter längst weitergezogen waren, blieb doch ein seltsam unbehagliches Gefühl zurück, als wären sie alle irgendwie am Geschehen beteiligt gewesen. Andererseits wäre eine Absage des Fests ein ungeheures Zugeständnis gewesen, ein düsterer Wendepunkt. Anscheinend fand es schon seit Jahrzehnten statt, lange bevor die Nolans in die Straße gezogen waren. Es war nicht direkt schwierig, eine Einladung zu bekommen, doch die Gästeliste war sehr exklusiv und setzte sich aus dem zusammen, was Alma früher als ihr »Stammpublikum« bezeichnet hatte. Mieter schafften es kaum, einbezogen zu werden, wenn sie nicht schon einige Jahre dort wohnten. Meistens waren auch Kinder und ein freundlicher Umgangston ausschlaggebend, und ein Hund war fast immer unerlässlich. Selbst bei neuen Käufern, die eines der Sandsteinhäuser erstanden hatten, mussten zunächst ein bis zwei Jahre verstreichen. Angeblich hatte es einmal ein Ehepaar gegeben, das fünf Jahre in der Straße gewohnt und nie eine Einladung bekommen hatte, weil Alma irgendwie herausgefunden hatte, dass der Mann noch eine Wohnung am Riverside Drive besaß, in der seine Freundin mit dem gemeinsamen kleinen Sohn lebte, und so etwas konnte sie unmöglich dulden.

Im ersten Jahr nach dem Einzug der Nolans, als Nora das Gefühl hatte, noch auf der Bewerberliste um einen Platz im straßeneigenen Stammpublikum zu stehen, hatte sie Edward Fenstermacher gefragt, ob sie denn je ein Jahr ausgesetzt hätten, und er antwortete: Nein, niemals. Anfang 2002 hätten sie erwogen, das Fest abzusagen, doch dann sei Alma zu dem Schluss gekommen, dass nach dem Anschlag auf das World Trade Center und angesichts des Leichentuchs, das er über die Stadt und ihre Bewohner geworfen hatte, das Fest nur umso nötiger gebraucht werde. In dem Jahr hatten sie die gesamte Belegschaft der nahe gelegenen Feuerwache eingeladen, die sieben ihrer Leute beim Einsturz der Twin Towers verloren hatte, und sie waren auch fast alle gekommen. »Ich gebe ganz offen zu – ich habe Rotz und Wasser geheult, als ich sie gesehen habe«, erzählte Linda Lessman. Vor fünf Jahren hatte es in der Nacht vor dem Fest einen Schneesturm gegeben, stundenlang waren die Flocken wie riesige Federn herabgefallen, bis von den Autos auf beiden Straßenseiten nur noch weiche, geschwungene Silhouetten zu erkennen waren. Der Caterer sagte ab, doch Ricky war mit zwei Männern angerückt, um die Gehwege zu räumen, und Edward Fenstermacher hatte sie beauftragt, Pizza zu holen. Zusammen mit den vielen Plätzchen und anderen Süßigkeiten, die Alma vor Weihnachten gebacken hatte und die zwischen den Weihnachtssternen auf dem langen Tisch standen, war es richtig gemütlich geworden. Als Nora und Charlie das Fest verließen, war die Straße immer noch nicht wieder befahrbar gewesen. Still und schön wie eine Kirche lag sie da, die Bäume neigten sich unter ihrer Schneelast verschwörerisch einander zu, von den belebteren Verkehrsstraßen drang das Brummen der Schneepflüge herüber, Oliver und Rachel und die anderen Kinder zogen sich gegenseitig auf Schlitten, mitten auf der Fahrbahn, und sie waren sich alle einig gewesen, dass es ein ganz besonderer Anlass war, der perfekte Abschluss der Feiertage.

Wie so vieles in der Stadt waren auch die Weihnachtsferien ebenso schön wie sonderbar. Die meisten New Yorker beklagten sich in einem fort über den Verkehr und die vielen Menschen, die die Fifth Avenue verstopften und vor den weihnachtlichen Schaufenstern stehen blieben, und doch waren all ihre Unternehmungen fast schon unbewusst von einem weihnachtlichen Geist erfüllt: Sie schmückten ihre Christbäume, hängten Girlanden und Kränze an ihre Türen. Die Stadt hielt ihre Bewohner im üblichen finanzwirtschaftlichen Würgegriff und verwandelte die Weihnachtszeit in eine regelrechte Bonusrunde: Zuwendungen für den Postboten, den Hausmeister, die Haushaltshilfe, den Portier. Nora überreichte Ricky alljährlich einen dicken Umschlag mit der Auflage, den Inhalt nach Gutdünken an seine Männer zu verteilen. »Das ist doch naiv«, kommentierte Jack Fisk. »Der behält das alles selber.« Charity, die jedes Jahr zwei Wochen zusätzlich bezahlt wurde und einen Geschenkkorb für ihre Familie zugeschickt bekam – das Eintragen von Charitys Adresse auf dem Bestellformular war stets Noras größte Annäherung an einen persönlichen Besuch bei ihr –, konnte über diese Bemerkung nur verächtlich schnauben. »Der Mann kennt Ricky nicht«, sagte sie.

Eines Tages war Nora vor Phil, dem Pseudo-Obdachlosen, stehen geblieben und hatte sein neues Schild betrachtet: »Kein Platz in der Herberge. Frohe Weihnachten!«

»Sie sind wirklich schamlos«, sagte sie, und er grinste.

»Ach, kommen Sie – immerhin bin ich kreativ, das müssen Sie zugeben«, sagte er.

»Nützt es denn was?«

»Schwer zu sagen.« Er putzte sich die Nase. »Alle erzählen, dass sie zwischen Thanksgiving und Weihnachten mehr verdienen.«

»Wegen der Feiertagsstimmung?«

»Nein, wegen der Schuldgefühle«, sagte Phil.

»Haben Sie mitbekommen, dass drüben an der Ecke jetzt auch jemand sitzt?«, fragte Nora.

»Ja, hab ich. Das ist okay.«

»Ist das ein echter Obdachloser?«

»Wenn Sie wissen wollen, ob er in einem Obdachlosenheim wohnt: ja. Wenn Sie wissen wollen, ob er sein ganzes Geld für Schnaps ausgibt: auch das. Aber falls Sie damit meinen, dass Sie es lieber hätten, wenn ich auch so einer wäre, dann muss ich passen. Sie sollten sich mal fragen, warum Ihnen das eigentlich so wichtig ist.«

»Wegen der Authentizität?«, sagte Nora.

Phil schnaubte verächtlich. »Wir sind hier in New York«, sagte er. »Wenn Sie's authentisch wollen, sollten Sie nach Des Moines ziehen.«

»Sie glauben, in Iowa sind die Leute authentischer?«

»Nee, eigentlich nicht. Das gehört doch auch nur zu den Dingen, die wir uns einreden, oder?«

Nora blickte die Straße entlang. Der Mann an der Ecke sah aus wie ein Haufen alter Kleider, die man als Abfall entsorgt hatte. Zwischen all den Jogginghosen, Flanellhemden, Jacken und Mützen konnte man kaum den Menschen ausmachen.

»Der friert sich doch zu Tode«, sagte sie und schaute zum Himmel hinauf, der die Farbe eines alten T-Shirts hatte, eines von denen, die Charlie zum Auftragen von Möbelpolitur umfunktionierte. Es kostete Mühe, zum Himmel hinaufzuschauen. Man musste regelrecht nach einer Öffnung suchen – Kräne, Wassertürme, Wolkenkratzer, Mauerbrüstungen ... ach ja, da war er.

»So kalt ist es doch noch gar nicht«, sagte Phil, »und er hat eine gute Daunenjacke. Sie hat zwar einen Riss, aber den hat er mit Klebeband geflickt. Euereins wirft ganz schön gute Sachen weg.«

»Unsereins?«

»Exakt.«

Charity dachte genauso. Zwei Mal im Jahr fing sie an, darüber zu knurren, wie voll es schon wieder im Keller sei, man könne ja kaum noch auftreten, geschweige denn ordentlich bügeln. Das war Noras Stichwort, die Kleider zusammenzulegen, die nicht mehr gebraucht wurden, meistens ihre und meistens deshalb, weil sie schon von Anfang an ein Fehlkauf gewesen waren. Oft fragte sie sich dann, wie sie überhaupt auf die Idee gekommen war, sie könnte jemals Rosa oder Hellblau tragen. Es war, als würde sie sich hin und wieder als völlig anderen Menschen sehen und nicht als die, die sie wirklich war, in ihrem gewohnten Schwarz und gelegentlichen Grau. Selbst ihr Hund war schwarz und grau, nur ein sporadischer weißer Fleck hellte das Dunkel auf. Sie hatte immer gleich viel gewogen, war schmal und um die Hüften ein wenig breiter, sodass ihre Blusen eine Größe kleiner ausfielen als ihre Hosen, und sie trug seit dreißig Jahren die gleiche Frisur, schulterlang, gerade geschnitten, Pferdeschwanz oder Knoten. Einmal, vor Jahren, hatte sie sich einen kürzeren Stufenschnitt zugelegt, und als sie danach Rachel von der Schule abholte, war ihre Tochter in Tränen ausgebrochen. Den Fehler hatte sie nicht noch einmal gemacht, und trotzdem kaufte sie sich immer wieder etwas zum Anziehen, das perfekt für eine Frau gewesen wäre, die anderswo lebte, an einem Ort, an dem man Pastellfarben trug.

Charity brachte diese fehlgeleiteten Käufe in ihre Kirche, wo es in der Woche vor Weihnachten offenbar ungewöhnlich geschäftig zuging und alle Welt eine große Schwäche für lebhaftes Gelb oder Querstreifen hegte. Charity ignorierte die allermeisten Feiertage, selbst Thanksgiving, aber die letzten beiden Dezemberwochen nahm sie sich grundsätzlich frei. Bevor sie sich verabschiedete, brachte sie immer zwei ihrer traditionellen Früchtekuchen mit, die ein geschlagenes Jahr in irgendeinem Schrank in ihrer Wohnung gezogen hatten: Mit der Herstellung wurde begonnen, sobald das aktuelle Weihnachtsfest vorbei war. Einmal im Monat wurde ein Schluck Rum darübergegossen und der Kuchen sodann wieder in seinen Dauerschlaf versetzt, und obwohl Charity darauf beharrte, der Alkohol sei »gleich wieder weg«, wie sie das formulierte, dufteten die Kuchen doch so stark, dass es in der Küche nach ihrem Eintreffen eine Woche lang roch wie in einer Tiki-Bar. Die große weihnachtliche Mahnpredigt, die die Nolans ihren Kindern hielten, umfasste nicht nur die Warnung vor den fürchterlichen Konsequenzen, die sie erwarteten, falls sie ihren jüngeren Cousins verrieten, dass es keinen Weihnachtsmann gab, sondern auch den Hinweis, dass sie Charity sagen mussten, wie lecker der Früchtekuchen sei, ungeachtet der Tatsache, dass er seit dem ersten Jahr, als Charlie und Nora ihn probiert und direkt wieder auf den Teller gespuckt hatten, immer sofort im Müllschlucker landete. Nicht im Hausmüll, denn Nora schrieb Charity magische Fähigkeiten zu und war überzeugt, sie würde just die Mülltüte entdecken, in der der Kuchen steckte.

»Wie wär's, wenn wir den Früchtekuchen mit zu den

Fenstermachers nehmen?«, hatte Charlie vorgeschlagen, als sie das erste Mal zum Januarfest eingeladen waren, und Nora hatte geantwortet: »Bist du noch zu retten?« Seither wiederholte er es alljährlich als Witz.

»Und schon ist wieder ein Jahr vorbei«, sagte Alma, die in einem grünen Samtkleid mit edelsteinbesetzter Ilex-Brosche auf der Schulter am Fuß der Mahagonitreppe stand und die Arme ausbreitete. Sie kam immer frisch vom Friseur, und obwohl ihre Frisur bereits seit dreißig Jahren aus der Mode war, sah sie an Alma großartig aus. Noras Mutter hatte einen speziellen Ausdruck dafür gehabt: »Wie aus dem Ei gepellt.« Nora hatte sich immer gefragt, wo dieser Ausdruck eigentlich herkam, aber es war nicht abzustreiten, dass er auf Alma genau zutraf.

Seltsam, wie anders es war, Menschen, die man tagtäglich auf der Straße traf, plötzlich auf einer Party zu erleben. Angedeutete Küsse wurden verteilt, mal auf eine, mal auf beide Wangen. Menschen, die in Kansas City aufgewachsen waren, begrüßten einander wie die Pariser, wenn sie sich in New York begegneten. In Charlies Firma gab es einen Mann, der sogar drei Küsse verteilte: erst die eine Wange, dann die andere, dann noch einmal die erste. Man wusste nie genau, was einen erwartete.

Überall standen große Vasen mit Kiefernzweigen, am Treppengeländer und an den Kaminsimsen hingen Girlanden. Vor das Frontfenster hatten die Fenstermachers einen Weihnachtsbaum gestellt, der seinen Reiz bis auf die Straße hinaus verströmte, seine Sternbilder aus weißen Lichtchen glitzerten durch die Scheibe, und in der Mitte des endlos langen Esstischs war eine Phalanx aus Weihnachtssternen aufgereiht.

»Wir sollten über die Feiertage auch ein Fest geben«, sagte Charlie jedes Jahr von Neuem, doch Nora beachtete das nicht weiter. So ein königliches Wir hieß immer: Ich finde die Idee gut, kümmer du dich darum. Wir sollten uns ein neues Sofa zulegen. Wir sollten die Mülltonnen austauschen. Außerdem wussten alle, die bei den Fenstermachers zu Gast waren, dass es an Hybris grenzen würde, ein eigenes Fest zu wagen.

Nora hatte das Fest immer sehr genossen, und sie fand es bezeichnend, dass auch die Zwillinge sich über ihre Stundenpläne beklagten, die verhinderten, dass sie kommen konnten. Selbst während ihrer Highschool-Zeit, als sie häufig genug den Eindruck erweckten, lieber Glasscherben kauen zu wollen, als ihre Eltern irgendwohin zu begleiten, hatten sie beim Fest der Fenstermachers doch immer vorbeigeschaut, auch wenn sie selbstständig kamen und gingen.

»Du musst dir das Rezept für diesen Nudelauflauf geben lassen, Mom«, hatte Ollie einmal gesagt.

»Ach, Schätzchen, das Essen kommt komplett vom Caterer.«

»Echt?«, fragte Rachel. »Schmeckt gar nicht so.« Was das größte Lob war, das ein in Manhattan geborenes und aufgewachsenes Kind über eine Mahlzeit äußern konnte.

»Na, Miss Marathon?« George stellte Nora am Tisch mit den Getränken, der dummerweise in einer Ecke stand, sodass Nora in der Falle saß. Die erzwungene Nähe zu George war der große Nachteil des Januarfests.

»Ist Betsy auch hier?«, fragte Nora.

Georges Frau Betsy galt in der Straße fast als eine Art Fabelwesen. Sie arbeitete als Thoraxchirurgin und befasste sich offenbar vor allem mit Lungentransplantationen bei Kindern mit Mukoviszidose, genau die Sorte Beruf, bei der Nora sich immer herzlich dafür schämte, wie sie ihren Lebensunterhalt verdiente. Hin und wieder, wenn sie wegen eines Frühstückstermins früh laufen ging oder sehr spät von einer Abendveranstaltung nach Hause kam, sah sie Betsy auf der anderen Straßenseite und winkte ihr zu. Und jedes Mal stellte sie sich anschließend drei Fragen:

> Wie schwer mag es sein, eine Lunge zu finden, die man einem Kleinkind transplantieren kann?
> Wächst eine transplantierte Lunge mit dem Kind, oder muss man sie irgendwann durch eine größere, erwachsenentaugliche ersetzen?
> Wie kommt eine Thoraxchirurgin dazu, mit einem so nervtötenden und offenbar völlig planlosen Mann wie George verheiratet zu sein?

»Leider nicht«, sagte George, wie jedes Mal. »Einer ihrer Schützlinge hat hohes Fieber bekommen. In ihrem Metier kann so was zur Frage auf Leben und Tod werden.«

Niemand wusste genau, was eigentlich Georges Metier war. Wie die meisten Menschen in New York mit unklarer beruflicher Tätigkeit bezeichnete er sich selbst als Berater. Aber niemand hatte ihn je in Anzug und Krawatte gesehen, und seine beraterische Tätigkeit beschränkte sich allem Anschein nach auf die Belange der Straße.

Im Interesse eines einheitlichen Erscheinungsbilds ist vorgeschlagen worden – von wem genau, wusste niemand –, dass die Beete rund um die Bäume an der Straße durchgängig mit den gleichen Bepflanzungen versehen werden. Ein Gartencenter aus Westchester County – vermutlich Freunde von George, soweit George überhaupt Freunde hatte – **hat sich bereit erklärt, Fleißige Lieschen und Semperflorens-Begonien tranchenweise zu Großhandelspreisen abzugeben, die von Ricky abgeholt und zu moderaten Preisen von ihm gepflanzt werden können.**

Dieses Schreiben würde Nora nie vergessen. Sie war noch am selben Tag losgezogen, hatte Unmengen rosa Geranien gekauft und sie dicht an dicht rund um den Baum gepflanzt, der direkt vor ihrer Tür stand.

»Da hat wohl jemand das Rundschreiben nicht bekommen«, bemerkte George am nächsten Morgen, und anstatt zu tun, als wüsste sie von nichts, hatte Nora nur knapp erwidert: »Ich hasse Begonien.«

Das Januarfest gehörte zu den wenigen Gelegenheiten, bei denen sie George nicht aus dem Weg gehen konnte. Sie wollte sich schon mit ihrem Glas Eggnog entfernen und gab sich alle Mühe, den Schnurrbart aus Zimt und Muskat über Georges Oberlippe zu ignorieren, doch George versperrte ihr den Weg. »Haben Sie Jonathan schon begrüßt?«, fragte er. »Jonathan!«, rief er quer durchs Esszimmer der Fenstermachers. »Jon! Hier ist Mrs. Nolan! Komm mal Guten Tag sagen.«

»Er war länger nicht zu Hause, stimmt's?«

»Ist halt zu beschäftigt mit seinem Traumleben«, sagte George, während Jonathan sich mit ein paar Karotten- und Selleriesticks in der Hand einen Weg zu ihnen bahnte.

»Wie schade, dass Ollie und Rachel nicht hier sind«, sagte Nora zu ihm. »Sie lieben dieses Fest. Ollie schwört vor allem auf den Nudelauflauf.«

»Tierische Fette und Kohlenhydrate«, brummte Jonathan. »Fett und Kohlenhydrate.«

»Das stimmt wohl«, sagte Nora. »Aber das ist es doch wert.«

»Nee, Mann«, sagte Jonathan. Er trug das T-Shirt einer Band namens Municipal Waste und Flipflops. Nora fand diese Aufmachung erschreckend, nicht so sehr, weil die Temperatur nur knapp über Null lag und es bald schneien würde, sondern weil Jonathan an einem Ort lebte, wo die Temperatur um diese Jahreszeit vermutlich immer unter null lag und es ständig schneite.

»Wie ist es denn in Colorado?«, fragte sie, um sicherzugehen, dass er nicht inzwischen in die Tropen gezogen war.

»Ein Traumleben«, sagte George. »Er macht ganz auf Wellness und körperliche Fitness. Clean Eating. Clean Living.«

»Man muss Pflanzen essen«, erklärte Jonathan. Nora war sich ziemlich sicher, dass die Zwillinge richtiglagen und Jonathan seine Pflanzen mindestens ebenso oft rauchte, wie er sie aß.

»Er war die halbe Nacht auf und hat mit seiner Mutter geredet, stimmt's, Mr. Bergbezwinger? Hast dir den Mund fusselig geredet mit deiner Mom.«

»Und wenn.« Jonathan schlurfte weiter zum Buffet, vermutlich, um auch über den Schinken und die Scones den Stab zu brechen, tierische Fette und Kohlenhydrate. Nora wollte sich gar nicht ausmalen, was er von dem Bûche de Noël mit

Schokoladen- und Toffeefüllung hielt, den sie fotografiert und anschließend den Zwillingen als MMS geschickt hatte.

»Hör auf, Mommy«, hatte Rachel zurückgesimst.

»Er macht ja einen guten Eindruck«, sagte Nora, weil die geteilten Mühen des Elternseins ihr selbst bei George noch Freundlichkeit abrangen.

»Betsy hat ihn überredet zu kommen. Sonst hat er immer zu viel zu tun, um uns zu besuchen, und er ist auch kein Stadtmensch. Ein echter Naturbursche, wissen Sie? Wandern, Skifahren, Abseilen, das volle Programm.« Nora musterte Jonathan, der gerade eine Kirschtomate beäugte, als wäre sie eine Kristallkugel. Irgendwie hatte sie da ihre Zweifel.

»Ich wollte Sie auch noch was fragen«, fuhr George fort. »Was genau haben Sie Ricky immer gezahlt?«

»Sie wollen wissen, was ich Ricky zahle?«, fragte Nora zurück. »Was ich Ricky wieder zahlen werde, wenn er wieder arbeiten kann?«

»Wie Sie meinen«, sagte George. »Hab schon verstanden. Alles klar. Ihre bessere Hälfte hat mir schon erzählt, dass Sie zum Team Ricky gehören.«

»Ich gehöre zum Team ›Schlag deine Mitmenschen nicht mit einem Golfschläger‹«, gab Nora zurück und ließ den Blick unauffällig durch den Raum schweifen.

»Sie sind nicht hier«, sagte George. »Keine Sorge.«

»Ich mache mir keine Sorgen«, erwiderte Nora, obwohl sie das durchaus tat. Sie wollte Sherry nicht kränken, die ihrer Ansicht nach schon mehr als genug um die Ohren hatte.

»Sie weichen meiner Frage aus«, sagte George.

»Zahlen wir Ricky nicht alle das Gleiche?«, fragte Nora.

Wobei sie im Grunde wusste, dass das nicht ganz stimmte. Manche Bewohner der Straße, darunter auch die Nolans, bezahlten Ricky in bar, weil es ihm so lieber war und sich für sie kein Nachteil daraus ergab. Charlie meinte, selbst wenn man ihn zum stellvertretenden Finanzdirektor im Bürgermeisteramt berufen würde – »Im Ernst?«, hatte Nora darauf einmal erwidert, als sie sich über die Haushaltsausgaben stritten, dann aber gleich wieder geschwiegen, als sie seine Miene sah –, könnte er immer noch sagen, dass Nora für Rickys Bezahlung zuständig gewesen und er davon ausgegangen sei, dass dabei alles mit rechten Dingen zugehe. Nora hatte Bebe gefragt, ob sie wegen der Stelle im Museum jetzt anfangen müsse, Rickys Honorare offiziell anzugeben. »Wollten Sie sich in nächster Zeit um ein politisches Amt bewerben?«, hatte Bebe zurückgefragt und dabei eine Augenbraue über den Rand ihrer knallroten Lesebrille gehoben wie ein exotisches Satzzeichen.

Die Lessmans gaben Ricky immer Schecks, weil Linda Richterin war, und wenn die Fenstermachers doch einmal auf ihn zurückgriffen, taten sie das Gleiche, weil ihre Haushaltsausgaben über irgendein obskures Familienunternehmen liefen. Bei denen, die auf dem »staatlichen Quatsch« beharrten, wie Charity das nannte, berechnete Ricky immer einen kleinen Zuschlag.

»Ich glaube ja, dass er manchen höhere Preise berechnet als anderen«, fuhr George kopfschüttelnd fort. »Darum versuche ich, mir ein Bild davon zu machen, was ihm jeder in der Straße so gezahlt hat, damit ich sicher sein kann, dass er seine Stellung hier nicht ausgenutzt hat.«

»Was denn für eine Stellung? Der Mann erledigt kleinere Reparaturarbeiten für uns, zu allem Anschein nach sehr fairen Preisen. Es ist doch nicht so, als täten wir das ihm zuliebe. Vor allem nicht unter den gegebenen Umständen.«

George schenkte ihr keine Beachtung. »Also, ich weiß, was Ihre Haushälterin bekommt …«

»Was?«, unterbrach ihn Nora, und George, der das offenbar als Frage und nicht als fassungslosen Ausruf auffasste, nannte eine Summe, die weit über dem lag, was sie Charity zahlten, was Nora zu der Vermutung führte, dass sie mit Charitys Gehalt entweder weit unter dem aktuellen Kurs blieb oder Charity es in der Öffentlichkeit aufstockte, um ihr Ansehen in der Straße zu verbessern.

Alma Fenstermacher, taktvoll wie immer, trat neben Nora und führte sie weg. »Danke«, hauchte Nora. »Was sind Sie doch für ein netter Mensch, dass Sie ihn jedes Jahr wieder einladen.«

Alma lächelte. »Oh, ich finde, jede gute Party braucht einen entsetzlichen Langweiler«, erklärte sie. »Und Betsy ist wirklich reizend.«

»Sie hat einen Notfall in der Klinik.«

»Sie hat immer einen Notfall in der Klinik. Ich glaube, ich habe seit fast zwei Jahren nicht mehr persönlich mit ihr geredet. Eine Zeit lang hatte ich sogar die Vermutung, er hätte sie umgebracht und unter der Terrasse verscharrt.«

»Haben die denn überhaupt eine Terrasse?«, fragte Nora. George wohnte gegenüber von den Nolans, direkt neben den Fenstermachers.

»Ja, und zwar mit ganz grauenvollen Steinplattenimitaten.

Leider Gottes sehe ich vom Schlafzimmer direkt in ihren Garten.« Kein Mensch hatte Georges Haus je betreten, doch man ging gemeinhin davon aus, dass dort ein heilloses Chaos herrschte. George heuerte immer wieder Handwerker an und versuchte dann, den Auftrag selbst zu Ende zu bringen, was ihm nicht gut gelang. In New York war es gang und gäbe, die Leute, die für einen arbeiteten, übers Ohr zu hauen, die meisten waren aber schlau genug zu warten, bis die Arbeiten beendet waren, um dann nur die Hälfte des vereinbarten Honorars zu zahlen. George war offenbar dumm genug, sich mit den Arbeitern zu überwerfen, bevor sie fertig waren, sodass sie die bevorstehende Betrügerei witterten. An seinem Haus war das ursprüngliche Mauerwerk halb freigelegt, während die andere Hälfte unter einer gallig-rötlichen Farbschicht verschwand; George hatte den Bauarbeitern derart zugesetzt, dass ihr Vorarbeiter sie irgendwann angehalten hatte, das Gerüst wieder abzubauen und zu verschwinden. Jack Fisk hatte einmal geäußert, Georges Name sei auf sehr viel mehr Gerichtsdokumenten zu finden als der des Justizministers.

Das Haus der Fenstermachers hingegen war erwartungsgemäß wunderschön. Sämtliche Originaldetails waren restauriert worden und erstrahlten in stiller Pracht, und die Einrichtung war viktorianisch inspiriert, ohne sich sklavisch an diesen Stil zu halten. Wer in New York ein altes Haus besaß, schlug meist eine von zwei Richtungen ein: Museum oder Tabula rasa, beides womöglich aus übermäßigem Respekt vor der Macht der Geschichte. Nora wusste noch, wie – kurz nachdem sie den Kaufvertrag für das neue Haus unterschrieben hatten – der Versicherungssachverständige zu ihnen gekommen war, um den Wiederbeschaffungswert zu ermitteln. »Ihnen ist schon klar, wie absurd das ist?«, hatte er gefragt und mit gerunzelter Stirn auf sein Klemmbrett geschaut. Es war Nora durchaus klar. Ein solches Haus ließ sich nicht ersetzen. Die Leute taten ihr Möglichstes: alte Mauersteine von irgendeinem sagenumworbenen Ort mitten in Pennsylvania, Bodendielen aus Eiche, die von den Amish gerettet wurden, neuer Stuck nach dem Vorbild des alten, Kaminsimse aus anderen Häusern. Aber irgendwie sah man es trotzdem immer.

Wenn man in einer Stadt wie New York, die ständig im Fluss war, ein Haus hatte, das so alt war wie ihres, bekam die Vorstellung, es wirklich zu besitzen, etwas Relatives. Vielleicht war das der Grund, warum manche einfach alles herausrissen und durch saubere, glatte Wände, stählerne Treppengeländer und Stufen aus Blaustein ersetzten, über die sie, anders als über eine angestoßene Wandvertäfelung, deren Farbe im Lauf der Jahre von Toffee zu Karamell wechselte, unbestreitbar geboten. Ein Kurator, der auf Stadtgeschichte spezialisiert war, hatte Nora einmal bei einer Buchpremiere erzählt, dass das Haus der Lessmans früher ein Bordell gewesen sei und das Haus der Dicksons eine nicht weiter bekannte Hutfabrik, während das Haus, in dem die Nolans lebten, neunzig Jahre lang im Besitz ein und derselben Familie gewesen sei. Er sprach nur vom »Taylor-Haus«, als wollte er die flüchtige Präsenz der Nolans betonen. Die Taylors: Vater, Mutter und deren Mutter, drei Töchter, ein Sohn. Anscheinend fand man sie alle noch fein säuberlich in einem schweren, ledergebundenen Einwohnerverzeichnis aufgelistet. Die drei

Töchter hatten geheiratet und waren aufs Land gezogen, das den heutigen Vororten entsprach. Die Eltern waren verstorben. Der Sohn blieb allein im Haus zurück und verkleinerte seinen Lebensradius immer mehr, bis er schließlich nur noch in dem Raum gelebt hatte, der heute Olivers Zimmer war, mit einer Kochplatte, einer Katze und sechs Schlössern an der Tür. Erst als der Kauf längst über die Bühne war, erfuhr Nora, dass er dort auch gestorben war, eine Information, die sie nie einer Menschenseele verraten wollte.

»In jedem dieser alten Häuser ist schon einmal jemand gestorben«, hatte Alma Fenstermacher bei ihrer ersten Begegnung von sich aus gesagt, als wollte sie den Fluch beseitigen, und Nora fragte sich, ob Alma den letzten Taylor womöglich noch gekannt hatte.

Elizabeth II., die Pudeldame, schnüffelte an Noras Hand beziehungsweise an der kleinen Serviette mit den Senfresten, die Nora festhielt. »Aus!«, sagte Alma. Sofort nahm Elizabeth Abstand und setzte sich wieder hin.

»Eine Sache noch.« George war hinter sie getreten, doch Alma sagte: »Ach, George, ich glaube, Edward wollte Sie noch etwas fragen«, und zog, zusammen mit Nora, zum Tisch mit den Desserts weiter.

»Haben Sie eigentlich überlegt, das Fest abzusagen?«, fragte Nora und nahm sich ein Plätzchen.

»Wir haben darüber gesprochen«, sagte Alma. »Wäre es näher an dem Vorfall gewesen, hätten wir es wohl wirklich abgesagt. Hier hat doch eine eher gedrückte Atmosphäre geherrscht, finden Sie nicht? Aber dann dachte ich mir, eine Absage verschlechtert die Atmosphäre nur noch mehr.«

»Das habe ich mir auch gedacht«, sagte Nora.

»Wie schön, dass Sie dieser Meinung sind. Ich glaube, Linda war nicht ganz einverstanden, aber sie ist auch immer schnell mit einem Urteil bei der Hand. Was, rein professionell gesehen, bei einer Richterin ja sehr sinnvoll ist. Sie und ihr Mann sind auch hier irgendwo.«

»Und die Fisks?«

Alma seufzte, und dabei hob und senkte sich ihre Brosche und funkelte im Licht des Kronleuchters und der Kerzen. »Mir scheint, da bin ich etwas ins Fettnäpfchen getreten. Ich habe Sherry angerufen, um sie zum Kommen zu überreden. Sie sieht so mitgenommen aus, die Arme. Also habe ich zu ihr gesagt: Bitte, Sherry, wir möchten Sie auf jeden Fall dabeihaben. Darauf hat sie gefragt: ›Und was ist mit Jack?‹ Und ich habe kurz geschwiegen.«

»Sie kann doch nicht ernsthaft überlegt haben, ihn mitzubringen.«

»Bestimmt nicht – ich glaube, es war eine Art Lackmustest. Den ich wohl nicht bestanden habe. Aber wie dem auch sei, sie sind gar nicht da. Irgendwer hat mir erzählt, sie seien für eine Weile in ihr Wochenendhaus in Bedford gezogen, vielleicht ist auch nur er dort, und sie fährt von Zeit zu Zeit hin.« Alma seufzte erneut. »Ich schätze es gar nicht, wenn in der Straße eine solche Schieflage herrscht«, sagte sie. »Lassen wir das Thema lieber ruhen. Ich habe etwas von dem Essen für Ihre Kinder eingefroren. Sie haben das Fest immer so genossen, und ich weiß ja, dass sie über kurz oder lang wieder zu Besuch kommen werden.«

»Sie haben das Fest regelrecht geliebt«, stimmte Nora zu

und legte damit mehr als die für Manhattan übliche Partyhöflichkeit an den Tag. Sie war immer noch überzeugt, dass Rachel ihren Entschluss, sowohl Hanukkah als auch Weihnachten zu feiern, nicht zuletzt der Strahlkraft des Fenstermacher-Fests wegen nach nur einem Jahr wieder aufgegeben hatte. In großen Teilen der Stadt war Weihnachten ein seltsam religionsloses Fest, auch wenn Nora jedes Mal, wenn sie an Heiligabend mit Homer spazieren ging, wieder leicht erstaunt und offen gestanden auch beseelt war beim Anblick der vielen Menschen, die die katholische Kirche in der Parallelstraße betraten. Die Fenstermachers hatten sogar eine Krippe, die sie aber im Familienwohnzimmer oben aufgestellt hatten, wo sie nur wenige Gäste zu Gesicht bekamen. Noras Kinder hatten bei einem Januarfest angefangen, damit zu spielen, als handele sich um ein ungewöhnliches Spielzeugdorf, und als Alma sie dabei entdeckte, sagte sie ihnen, sie sollten ruhig weitermachen.

»Ich habe mich immer schon gefragt, was Sie mit dem ganzen übrig gebliebenen Essen anfangen«, sagte Nora.

»Das meiste geht an das Wohnheim. Dort wird am Tag nach unserer Party auch ein Fest veranstaltet. Das Dekor lässt leider etwas zu wünschen übrig, aber das Essen scheint ihnen immer zu schmecken.«

»Sie sind wirklich zu gut für diese Welt«, sagte Nora.

»Nun ja, wir müssen alle unser Scherflein beitragen.« Alma nahm sich ein Petit Four. »Ich hoffe, dass Sherry nächstes Jahr wieder dabei ist. Aber ihr Mann nicht. Da ist für mich eine Grenze erreicht.«

»Ich hasse den Februar«, sagte Nora beim Frühstück zu Charlie.

»Wir könnten auch an einem der vielen Orte leben, wo es selbst im Februar noch warm ist«, erwiderte Charlie, und Nora nahm sich vor, diesen Fehler nicht noch einmal zu machen.

»Ich hasse den Februar«, sagte sie bei ihrem Mittagskränzchen, und Elena verdrehte die Augen. »Alle hassen den Februar«, sagte sie und brach einen Grissino in der Mitte durch. »Oder kennt ihr Leute, die sagen, sie lieben den Februar? Und falls doch, wollt ihr mit denen dann noch irgendwas zu tun haben?«

»Meine Güte, du hast ja tolle Laune«, sagte Suzanne.

»Ich hasse den Februar«, entgegnete Elena und zwinkerte Nora zu.

»Die gute Nachricht ist, dass vor meiner Haustür keine Hundekotbeutel mehr liegen, auch wenn ich immer noch nicht weiß, wer das war«, sagte Nora.

»Das schon wieder?«, rief Elena. »Wie oft habe ich dir schon gesagt: Nicht beim Essen, Schätzchen. Nicht. Beim. Essen.«

»Jetzt klingst du schon wie Charlie«, sagte Nora.

»Das ist jetzt aber gemein«, gab Elena zurück, und alle lachten.

»Und die *wirklich* gute Nachricht«, fuhr Nora fort, »ist, dass meine Assistentin gekündigt hat.«

»Das ist eine gute Nachricht?«, fragte Jenny.

»Oh, ich verstehe dich«, sagte Elena, die eine PR-Agentur leitete. »Ich hatte mal einen Jungen, bei dem habe ich mich mehr gefreut als seine Eltern, als er die Zulassungsprüfung zum Jurastudium bestanden hat und wegging. Ich konnte es kaum erwarten, ihn von hinten zu sehen.«

»Ich schwöre euch«, meldete sich Jean-Ann zu Wort, »einer meiner Teilhaber macht nichts lieber, als junge Mitarbeiter in sein Büro zu rufen und ihnen zu sagen: ›Ich glaube, Sie sollten über eine andere Anstellung nachdenken.‹ Ich hatte noch nie ein Händchen für so was. Deswegen bin ich auch immer sehr erleichtert, wenn sie von selbst beschließen zu kündigen und ich sie nicht feuern muss. Du hast wirklich Glück, Nora.«

»Ich finde dieses Gespräch ziemlich deprimierend«, meinte Jenny.

Noras neuer Assistent kam von einer Zeitarbeitsfirma und hieß Richard. Er war so dünn, dass alles, was er anhatte, aussah, als hinge es noch am Kleiderbügel. Als sie an diesem Morgen ins Büro gekommen war und nach den Unterlagen für das Meeting mit einem Wodkahersteller griff, der sich als Sponsor einer Ausstellung der dänischen Kronjuwelen angeboten hatte, hob Richard die Hand. »Ihre Tochter ist am Telefon. Sie meint, es sei wirklich dringend«, sagte er, und als er Noras Miene sah, setzte er hinzu: »Typisch Mädchen eben.«

»Haben Sie eine Schwester?«, erkundigte sich Nora auf dem Weg in ihr Büro.

»Ich habe sechs Schwestern«, antwortete Richard.

Nora hatte den Eindruck, dass immer dann, wenn sie zu einem Termin musste und ohnehin schon spät dran war, das Telefon klingelte und Rachel sie sprechen wollte. Dabei ging es immer um irgendeine Krisensituation, die so tief greifend und flüchtig zugleich war, dass es direkt dem Beschwerdekonto gutgeschrieben wurde, wenn Nora ihr keine Beachtung schenkte. Nahm sie die Krise hingegen ernst, warf Rachel ihr später, wenn Nora erneut darauf zu sprechen kam, vor, sie würde immer gleich alles so aufbauschen. Typisch Mädchen eben, dachte sie bei sich. Richard arbeitete erst seit drei Wochen für sie und war ihr schon jetzt unendlich lieber, als Madison es jemals gewesen war.

»Ich hab solche Schmerzen«, jammerte Rachel, als könnte Nora etwas dagegen tun, obwohl Rachel sich vier Stunden Fahrt entfernt in Williamstown befand.

»Ach, Mausezahn«, sagte Nora – eine relativ unverfängliche Antwort.

»Weißt du, ich bin doch gestern in dieses Rugby-Gedränge gekommen ...«

»Ein Rugby-Gedränge? Wie kommst du denn in ein Rugby-Gedränge? Von allem anderen mal abgesehen ist doch gar nicht Rugby-Saison.« Keine unverfängliche Antwort.

»Mom, warum stellst du immer gleich Fragen? Hör mir einfach mal zu! Ich will, dass du dir anhörst, was ich sage, und stattdessen verhörst du mich, als wäre ich kriminell oder so. Ich weiß echt nicht, warum ich dich überhaupt anrufe.«

Das wusste Nora auch nicht so genau. Wahrscheinlich sollte sie sich darüber freuen, dass Rachel sie immer noch anrief, wenn sie mit den Nerven am Ende war, wenn sie in ihrem Hauptfach nur ein »Gut« für die Seminararbeit bekommen, sich mit ihrem aktuellen Freund gestritten oder sich beim Rugby-Spielen eine Zerrung geholt hatte – es klang nach einer Muskelzerrung im Oberschenkel, obwohl Rachel natürlich gleich von einem komplizierten Bruch ausging. Manchmal rief Rachel wegen solcher Dinge Christine an, was Nora durchaus kränkte, auch wenn sie das den beiden gegenüber niemals erwähnen würde. Oliver rief so gut wie nie an, und wenn doch, dann immer nur in Notfällen, die er nicht als Notfälle anerkennen wollte. Typisch Junge eben, vermutete Nora. »Mom, weißt du, wo mein Pass ist?«, hatte er sie etwa eine Woche vor Antritt eines Auslandssemesters in Oslo gefragt. Zum Glück war Nora bestens vertraut mit einer Stelle, die gegen entsprechende Bezahlung innerhalb von achtundvierzig Stunden einen neuen Pass ausstellte. Sie hatte diesen Service bereits zwei Mal für Oliver, einmal für Rachel und sogar einmal für Charlie in Anspruch genommen, als er wegen eines möglichen Geschäftsabschlusses kurzfristig nach Tokio musste und feststellte, dass er irgendwie nicht daran gedacht hatte, seinen Pass zu verlängern. In New York bekam man alles. Es gab sogar Frauen, die den Kindern die Nissen aus den Haaren klaubten, wenn es wieder einmal, wie so oft, eine Läuse-Epidemie in der Schule gab. Als sie Christine davon erzählte, hatte die erst geglaubt, Nora nehme sie auf den Arm. Entlauser. Inzwischen gab es die auch in Seattle.

Als Rachel Nora das letzte Mal bei der Arbeit angerufen hatte, war Bebe im Türrahmen erschienen und hatte ungeduldig mit der Spitze ihres schwarzen Slingback-Stilettos auf den Boden getippt. Es gab Menschen, die darauf achteten, ihre Missbilligung nicht allzu offen zu zeigen, insbesondere nicht einer Mutter gegenüber – Bebe gehörte definitiv nicht dazu. Ihr ganzer Körper war ein einziges Warnsignal: Hören Sie auf zu telefonieren, das ist doch lächerlich, wofür bezahle ich Sie eigentlich?

»Kinder«, sagte Nora und legte achselzuckend den Hörer auf.

»Es gibt jede Menge Gründe, warum ich keine bekommen habe«, sagte Bebe. »Und nie welche wollte. Die meisten Männer halten auch nicht viel davon.«

»Und doch werden etliche von ihnen Vater«, entgegnete Nora frostig.

Bebe winkte ab. Sie trug einen klobigen Smaragd am Finger, so groß, dass ihn ganz bestimmt niemand stehlen würde, weil praktisch »Achtung, Fälschung!« daraufstand. Er hatte einmal irgendeinem indischen Herrscher gehört und war Bebes Verlobungsring gewesen, weswegen sie »aus sentimentalen Gründen« (»Die Frau ist so sentimental wie ein Krokodil«, hatte Nora zu ihrer Schwester gesagt) beschlossen hatte, ihn nicht dem Museum zu überlassen. »Erst wenn ich tot bin«, hatte sie ganz unsentimental hinzugesetzt.

»Sie werden Vater, weil ihre Frauen unbedingt Mutter werden wollen. Wobei die meisten, die ich kenne, dann nur eins bekommen, um später sagen zu können, dass sie es getan haben. Sie wissen schon: Die kleine Lindsay hat mein ganzes Leben verändert, blablabla, Nachtschwestern, Kinderfrauen.«

Bebe war dankenswerterweise gerade unterwegs. Sie hörte nicht, wie Nora mit Rachel redete, und sah auch nicht, dass Phil an einer Stelle saß, die die Haustechniker mit der Schneefräse freigeräumt hatten. Das letzte Mal hatte Bebe ihn kurz vor Weihnachten bemerkt, als sie vor ihrer Reise in den Süden noch einmal im Museum vorbeigeschaut hatte.

»Hauen Sie ab!«, hatte sie ihn angebrüllt.

»Guten Morgen, Mrs. Pearl«, erwiderte er. »Schöner Morgen heute.«

»Es ist eiskalt«, entgegnete Bebe und zog ihren Nerzmantel enger um sich.

»Nehmen Sie sich denn nie schneefrei?«, hatte Nora Phil gefragt, als sie am Morgen ins Museum gekommen war.

»Ich habe Allradantrieb«, antwortete er.

»Wie sind Sie eigentlich dazu gekommen, hier zu sitzen?«

»Ach, wissen Sie ... Wie die meisten Dinge hat auch das Myriaden von Ursachen«, sagte er.

»Myriaden von Ursachen?«

»Was denn? Nur weil man obdachlos ist, muss man noch lange nicht dumm sein.«

»Aber Sie sind gar nicht obdachlos. Sie haben ein Zuhause.«

»Vielleicht habe ich ja nur ein Zuhause, weil ich hier sitze.« Er grinste. »Dafür muss man ein Land doch einfach lieben, dass es Regeln fürs Armsein hat, die von Reichen aufgestellt werden.«

»Ich bin nicht reich«, sagte Nora.

»Ich bin sogar geneigt, Ihnen das zu glauben«, sagte er. »Sie gehören zu den wenigen Leuten hier, die mir in die Augen schauen. Selbst von den Leuten, die mir Geld geben, schauen mir die wenigsten in die Augen.«

»Und was waren nun die Myriaden?«

»Eine Scheidung, ein wirtschaftlicher Abschwung. Diverse Gesundheitsgeschichten. Ein Alkoholproblem. Ich hab's wieder auf die Reihe gekriegt, aber das hat ein paar Jahre gedauert. Als ich anfing, war ich eher so ... wie Sie denken, dass ich sein sollte.«

»Das setzt mich ja in ein schreckliches Licht.«

»Nee, Sie sind schon okay. Wie gesagt, Sie schauen mir in die Augen. Und nicht zu vergessen, Sie reden gerade ganz normal mit mir.«

»Überlegen Sie sich denn nie ...?«

»Was soll ich mir überlegen? Ich sitze mit einem Schild auf dem Gehweg rum. Sie finden das vielleicht demütigend, aber das ist es nur, wenn ich mich gedemütigt fühle, und das tue ich nicht. Wie hat Eleanor Roosevelt gesagt? ›Man kann niemandem ein Minderwertigkeitsgefühl aufzwingen, der nicht dazu bereit ist.‹ Außerdem stimmt doch alles, was auf dem Schild steht.«

»Ich brauche Essen?«

»Hey, Essen braucht jeder. Was ist mit Ihnen? Brauchen Sie nichts zu essen? Sind Sie bei dieser Kälte den ganzen Weg zu Fuß gegangen?«

So war es. Der Müll im Rinnstein war in den qualvollsten Posen festgefroren, als wären die Chipstüten und Trinkhalme allesamt an Unterkühlung gestorben. Bei diesem Wetter blieben selbst Georges Möpse im Haus und durften sich im

Garten erleichtern, weil George behauptete, sie litten entsetzlich unter dem Streusalz, das in die empfindlichen Falten ihrer Pfoten drang. Aber Nora ging weiter zu Fuß und wartete darauf, dass die Kälte nachließ. Wenn es dann wärmer wurde, empfand sie Verachtung für die Fahrradfahrer, die plötzlich wieder auftauchten, die Jogger, die drinnen auf ihren Laufbändern trainiert hatten, während Noras Ohrläppchen vor Kälte ganz taub wurden. Trotzdem fiel ihr auf, dass sie sich bei wärmeren Temperaturen sicherer durch die Welt bewegte, die Gebäude und die Menschen ringsum genauer wahrnahm. Sobald der Winterwind den Hudson entlangfegte, senkte sich ihr Kopf, und die Schultern wanderten nach oben. Im Grunde fiel ihr das gar nicht auf, bis sie irgendwann im März plötzlich spürte, wie ihr Körper wieder lockerließ, obwohl die Leute – man war ja schließlich in New York – selbst diesen Effekt bereits pathologisierten. »Er leidet unter entsetzlichen saisonal-affektiven Störungen«, hatte einmal eine Frau über ihren Mann gesagt, der Dichter war und dem eine entsprechend höhere Sensibilität unterstellt wurde. (»Der ist auch im Juni ein echter Arsch«, kommentierte Jenny, als Nora ihr von der Unterhaltung berichtete.)

Bis dahin kaufte sie sich laufend neue Handschuhe und schlug auf der Straße die Hände aneinander, um ihre tauben Finger wieder zum Leben zu erwecken. An der Ecke sah sie Linda im grauen Mantel auf ein Taxi warten und fragte sich, wo Sherry wohl steckte, ob sie wirklich fort war oder ihnen nur aus dem Weg ging. Die beruflichen Ichs in eleganten Schuhen und maßgeschneiderten Jacken waren merkwürdig abgekoppelt von ihren Alltags-Ichs hier in der Straße. Diese

Ichs waren die großen Gleichmacher, ganz normale Männer und Frauen in Sweatshirts, die sich fragten, warum die Müllabfuhr immer den halben Plastikmüll auf der Straße verstreuen musste und wer sich so beharrlich weigerte, den Müll ordentlich in Tüten zu packen. (George hatte bereits angekündigt, eine versteckte Kamera zu installieren, aber das hatte er entweder nicht getan, oder aber die Kamera hatte nicht funktioniert beziehungsweise den Schuldigen nicht eingefangen.) Sie hätten alles Mögliche sein können: Germanistikprofessorinnen, Nierenfachärzte, Bildhauerinnen. Dass Linda Richterin war, hatte Nora nicht beim Januarfest oder auf der Straße erfahren, wo sie ihre Hunde ausführten, sondern weil sie in einer der Boulevardzeitungen einen Artikel über eins von Lindas Urteilen gelesen hatte. Sie war davon überzeugt, irgendwann einmal mit Linda darüber gesprochen zu haben, wie man sich der Geschworenenpflicht entziehen konnte, aber da hatte Linda in keiner Weise durchblicken lassen, dass sie das womöglich nicht statthaft fand. Man konnte den Eindruck gewinnen, als wären sie alle mindestens zwei verschiedene Menschen. Einmal hatte Nora scherzhaft gemutmaßt, dass Alma Fenstermacher CIA-Agentin sein könnte. »Wenn, dann ist das eine der besten Tarnungen, die ich bisher erlebt habe«, entgegnete Sherry Fisk.

»*Bisher?*«, quiekte Nora.

All das unterschied sich grundlegend vom Leben ihrer Eltern, die beide, soweit Nora das beurteilen konnte, immer nur ein einziger Mensch gewesen waren. Ihre Mutter war immer schon die Hausfrau aus Connecticut, mit einer Schwäche für Bridge-Runden und für die Sellerie mit Frischkäsefüllung, die sie dazu servierte, und ihr Vater war zu Hause kein anderer Mensch als bei der Arbeit. Er wartete nur darauf, bis er wieder dieser Mensch sein durfte, so wie eine Aufziehpuppe, der man den Schlüssel aus dem Rücken zieht. Als er einmal einen Blinddarmdurchbruch hatte, musste er nach dem Krankenhausaufenthalt noch eine Woche zu Hause das Bett hüten, und Nora und Christine waren immer so rasch wie möglich an der angelehnten Tür vorbeigehuscht, als würde sie, wenn sie aufblickten, der schändlichste Anblick erwarten: Douglas Benson an einem Dienstagnachmittag im Schlafanzug.

Ihre Mutter schien das Muttersein immer als eine Art Zeitvertreib zu betrachten, wie Bridge oder Tennis. Meistens forderte sie ihre Töchter abends beim Essen dazu auf, ihr schönstes Erlebnis des Tages zu erzählen, und morgens beim Frühstück blätterte sie ihre Schulhefte durch, wobei nicht ganz klar war, was sie, jenseits von eklatanten Rechtschreibfehlern, die auf der Stelle verbessert werden mussten, darin suchte. Aber manchmal, wenn sie nachmittags im Wohnzimmer in eine Zeitschrift vertieft war und sie plötzlich vor ihr standen, musterte sie sie mit leicht erstaunter Miene, als wären sie Nachbarn, von denen ihr entfallen war, dass sie sie zum Kaffee eingeladen hatte.

Manchmal glaubte Nora, für ihre herzliche, aber zerstreute und stets unbeteiligt wirkende Mutter im Grunde dankbar sein zu müssen. Jenny hatte sie mit ihren beiläufigen Berichten schockiert, wie ihre Mutter sie immer geohrfeigt, sie zur Strafe auf Diät gesetzt oder mit ihren Freunden geflirtet hatte, und wie ihr einziger Kommentar angesichts der Absage eines Colleges gelautet hatte: »Ich habe ja nie kapiert, wieso du überhaupt geglaubt hast, die würden dich nehmen.« Das hatte bei Nora zu der Ansicht geführt, dass gar keine Spuren immer noch besser waren als Krallspuren. Am längsten hallte in ihr kurioserweise das Bild ihrer Mutter vor dem Badezimmerspiegel nach, wie sie sich das Gesicht mit einer hellrosa Puderquaste abtupfte, immer und immer wieder, als wollte sie sich damit trösten.

Während viele ihrer Freundinnen sich endlos damit quälten, auf bezahlte Hilfe mit den Kindern zurückzugreifen, sich ans Kreuz der Mutterschaft nagelten und dabei schon bald einen Groll auf ihre Kinder entwickelten, hatte Nora keine Sekunde gezögert, eine Kinderfrau einzustellen – wegen ihrer eigenen Kindheit und wegen Mary. Mary war für die Kekse nach der Schule zuständig, für die Hilfe beim Bleistiftspitzen, für die Suppe an winterlichen Ferientagen und für das Eis im Sommer. Mary machte ihnen Zimttoast, wenn sie krank waren, nähte ihnen die Abzeichen an die Pfadfinderinnen-Halstücher und stapelte die Baumwollunterhosen in der obersten Schublade ihrer Kommoden. Und zum Kuscheln unter der Bettdecke und zum Reden über dies und das hatten die beiden Schwestern ja einander. »Du weißt gar nicht, was für ein Glück du hast«, hatte Nora eines Abends zu Rachel gesagt, als sie sich zusammen unter das lavendelfarbene Plumeau kuschelten und sich über die gemeine Neue aus der vierten Klasse unterhielten. »Ich glaube, meine Mutter hat sich nie zu mir oder meiner Schwester ins Bett gelegt.«

»Ich wünschte, ich hätte eine Schwester«, seufzte Rachel, die sich ungern sagen ließ, was für ein Glück sie hatte. »Ich liebe Tante Christine.«

Nora hielt ihre Schwester für die bessere Mutter oder zumindest für die von Natur aus geeignetere, und sie wusste auch genau, warum. Als Nora zehn war und ihre Schwester erst sechs, war ihre Mutter gestorben. Das hatte sie auf die gleiche halbherzige Weise getan, auf die sie auch Mutter gewesen war, im Lauf einiger weniger Wintermonate war sie einfach dahingewelkt, aufrecht im Bett, in einem lilafarbenen Morgenmantel, umgeben von Zeitschriften. »Sie gehört ins Krankenhaus«, befand Mary, und dort war sie in den letzten Wochen dann auch, sodass sie praktisch über Nacht und, nachdem Mary ihre Schränke ausgeräumt hatte, auch ansonsten komplett aus dem Leben ihrer Töchter verschwunden war. Zurück blieb ein handkoloriertes Hochzeitsfoto, das im ersten Stock ganz hinten im Flur hing und auf dem die Eltern beide sehr steif wirkten, ein klein wenig befremdet, fast so, als hätte man sie einander noch gar nicht richtig vorgestellt.

Nora war immer der Ansicht gewesen, dass ihre Geschichte das genaue Gegenteil aller anderen Geschichten um verstorbene Mütter war, die sie seither gehört hatte. Ein Jahr nach dem Tod der Mutter war der Vater beim Elternabend von Christines Schule gewesen, und ein halbes Jahr später, nach Beginn der Sommerferien, heiratete er die Klassenlehrerin der zweiten Klasse. Natürlich war es überall Gesprächsthema, wie aus der allgemein beliebten Miss Patton scheinbar von einem Moment auf den anderen die zweite Mrs. Benson geworden war. Wenn Nora und ihre Freundinnen in den Aufenthaltsraum des Tennisklubs kamen, um sich etwas zu trinken zu holen, verstummten mitunter alle, und dann wusste sie, dass die Leute beim Kartenspielen darüber geredet hatten. Und natürlich hatte Nora ihr Bestes getan, die neue Stiefmutter zu drangsalieren. Sie war schließlich elf und stand am Anfang einer Zeit, in der junge Mädchen, wie sie inzwischen aus Erfahrung wusste, gemein wie Graupelregen wurden und eigentlich am besten eingefroren aufbewahrt und erst später wieder aufgetaut gehörten. Noch monatelang hatte sie »Miss Patton« zu ihr gesagt.

Sie hatte sich standhaft geweigert, die Realität anzuerkennen, bis zu dem Tag, als sie später als sonst vom Hockeytraining nach Hause kam. Das Haus war erfüllt von einem schweren, bräunlichen Duft, der, wie sich herausstellte, von einem Schmorbraten stammte, und im Wohnzimmer saßen ihre Schwester und deren ehemalige Lehrerin eng aneinandergeschmiegt auf der Ledercouch und lasen *Anne auf Green Gables*. Auf dem Couchtisch standen ein Teller mit Brownie-Krümeln und zwei Becher mit Kakao. Kakao mit Marshmallows – und zwar nicht mit den großen, die im Becher zu einem unangenehmen Klumpen wurden, sondern mit den ganz kleinen, die zu weichen, schwimmenden Zuckerbäuschchen zerschmolzen. Mary arbeitete inzwischen nur noch halbtags, der Braten, die Brownies und der Kakao mussten also von Miss Patton stammen, die Carol mit Vornamen hieß. »Ihr könnt auch Carol zu mir sagen«, hatte sie erklärt, als der Vater »Mutter« als Anrede vorschlug. Aber Christine sagte längst Mommy zu ihr. Carol war sehr viel mütterlicher, als ihre leibliche Mutter es je gewesen war. Als Nora auf der Highschool war, hörte sie einmal, als sie abends nach unten kam, um sich eine Banane aus der Obstschale zu nehmen, die inzwischen immer auf dem Küchentisch stand, wie Carol und ihr Vater sich unterhielten. »Ist dir das wirklich nie aufgefallen?«, hörte sie Carol sagen, und der Vater antwortete: »Ich glaube, das ist Zufall. Für so was war Stella doch gar nicht belesen genug.« Der Satz hatte keine Bedeutung für Nora, bis sie auf dem College war und eine ihrer Mitbewohnerinnen, die Theaterwissenschaft studierte, zu ihr sagte: »Echt komisch – deine Schwester und du, ihr heißt genau wie die zwei weiblichen Hauptfiguren aus *Ein Puppenheim*.«

»Hältst du es für möglich, dass unsere Mutter uns nach den Figuren aus einem Ibsen-Stück benannt hat?«, hatte sie ihre Schwester in den Semesterferien gefragt.

»Du hast sie doch viel besser gekannt als ich«, antwortete Christine mit Bedauern. Das sagte sie jedes Mal. Christine machte sich Sorgen, Nora könnte ihr die Nähe zu Carol neiden, den Umstand, dass sie in gewisser Weise verschiedene Mütter hatten.

»Ich glaube, das stimmt nicht«, sagte Nora.

Vermutlich hatte das ihre Einstellung zur Ehe und auch zur Mutterschaft geprägt. So, wie es alle Kinder tun, wenn nicht gerade Geschrei und Schläge im Spiel sind, hatte sie ihre Eltern für absolut glücklich gehalten, wenn sie zusah, wie ihr Vater ihrer Mutter eine Nerzstola um die schmalen Schultern legte, wenn sie mitbekam, wie ihre Mutter ihrem Vater auf den Arm tippte, weil sie fand, dass er jetzt schon lange genug über die Arbeit redete. Aber dann hatte ihr Vater Carol geheiratet, und sie hatte erlebt, was Glück wirklich war. Als kleines Mädchen hatte Nora auf einem Fest einmal etwas geschenkt bekommen, ein winziges, nicht weiter auffälliges Stückchen Schwamm. Der Gebrauchsanweisung zufolge sollte sie ihn in eine Flasche geben und diese dann mit Wasser füllen, und tatsächlich wuchs er daraufhin, schwoll an und wurde zu einem klar erkennbaren Bären. So war es auch mit ihrem Vater gewesen. Carol war das Wasser. Als ihr Vater beim Fest zu ihrer Silberhochzeit aufstand, um eine kleine Rede zu halten, hatten seine Töchter ihn zum ersten Mal überhaupt weinen sehen.

Wenn ihre Freundinnen jetzt über Seniorenheime und Demenz diskutierten, schwieg Nora. Niemand wollte hören, dass ihr Vater und seine Frau, die gerade fünfundsiebzig beziehungsweise knapp fünfundsechzig waren, eine Kreuzfahrt auf der Donau machten und Rachel und Oliver SMS-Nachrichten wie »Wien ist umwerfend!« oder »Alles Liebe aus Budapest!« schickten. Zweimal im Jahr kamen sie für ein verlängertes Wochenende in die Stadt, wohnten immer im Hotel und führten Charlie und Nora und, wenn sie Zeit hatten, auch die Zwillinge zum Abendessen oder zum Brunch aus. Nora erinnerte sich, wie sie einmal, als die Zwillinge noch klein und leicht mit Karamellsoße und Gratisballons zu locken waren, nach dem Eisessen bei *Serendipity* alle zusammen durch den Central Park spaziert waren und sie gesehen hatte, wie Carol nach der Hand ihres Mannes griff und sie sanft hin und her schwang. Das gab Nora einen solchen neiderfüllten Stich, dass ihr fast schwindelig davon wurde.

Es war eine der wenigen Ehen, in die sie Einblick hatte, die ihr kein völliges Rätsel waren. Das schloss ihre eigene mit ein. Wenn Paare sich scheiden ließen, erstaunte sie das oft, und wenn sie zusammenblieben, manchmal sogar noch mehr. Sie war der Ansicht, dass Menschen nach einer Ehe strebten, weil das bedeutete, dass sie die Wimperntusche, die Prahlerei, die schönen Kleider, die guten Manieren endlich beiseitelassen und ganz sie selbst sein konnten – was immer das heißen mochte –, sich nicht mehr so viel Mühe geben mussten. Faktisch hieß das aber offenbar, dass sie sich gar keine Mühe mehr gaben. Am Anfang brachten alle so viel Zeit damit zu, einander kennenzulernen, stellten Fragen, erzählten Geschichten, wollten unter die Oberfläche dringen. Aber dann heiratete man, und es wurde ganz selbstverständlich davon ausgegangen, dass man sich gegenseitig bis ins Letzte kannte, also hörte man auf zu fragen, zu antworten, zuzuhören. Es war ja auch albern, sich nach fünfzehn Jahren plötzlich am Frühstückstisch vorzubeugen und zu fragen: Sag mal, bist du eigentlich glücklich? Gefällt dir dieses Leben? Vertrautheit erzeugt Verachtung, hatte Nora einmal irgendwo gelesen, oder zumindest Unachtsamkeit, aber oft kam es ihr doch eher vor wie ein Waffenstillstand, dem kein Krieg vorangegangen war: Das sind die Bedingungen, so ist es jetzt, lass uns nicht vertiefen, was alles fehlt. »Wollen, was man hat«, so stand es im Hosenbund eines von Christines Bestsellern, einer gemusterten Dreiviertelhose, und das klang ungeheuer lebensbejahend, bis man anfing, richtig darüber nachzudenken; dann klang es auf einmal eher nach Kapitulation.

Manchmal musterte Nora Charlie von der anderen Seite des Zimmers und hatte das gleiche Gefühl wie beim Anblick ihres alten Rollschreibtischs aus Eichenholz. Sie wusste noch genau, wie aufgeregt sie gewesen war, als sie ihn in der großen, staubigen Halle einer Antiquitätenmesse entdeckt hatte, auch wenn sie inzwischen hauptsächlich über seine schwergängigen Schubladen und splittrigen Ecken schimpfte. So schafften es wohl die meisten, verheiratet zu bleiben: neun Zehntel Trägheit und ein Zehntel von diesen Momenten, wenn sie ihren Mann auf der anderen Seite eines von Kerzen erhellten langen Tisches sah, wie er den Kopf zu der blonden Pianistin neigte, die neben ihm saß, ihn so zu ihr neigte, als hätte er größtes Interesse an ihrer Ansicht, wie entsetzlich sich die Juilliard doch verändert habe und dass Vitaminpräparate völlig überflüssig seien, wenn man sich nach der Sears-Diät ernähre. So, wie er den blonden Kopf einmal an einem Tisch in Montreal, an dem sie nebeneinandersaßen, zu ihr geneigt und gesagt hatte: »Ändere dich nie, Bunnylein. Ändere. Dich. Nie.« Jetzt neigte er ihn allerdings auch, weil er nicht mehr so gut hörte. Die Männer wirkten bei großen Abendessen inzwischen alle aufmerksamer, weil sie eigentlich Hörgeräte brauchten, sich aber keine zulegen wollten. Man könne ihnen auch erzählen, dass man den Nobelpreis gewonnen habe, berichteten Noras Freundinnen, sie würden gar nicht darauf reagieren, weil sie es einfach nicht gehört hätten.

»Wobei mir sowieso schleierhaft ist, welche Frau noch an ihrer Ehe festhalten würde, wenn sie den Nobelpreis gewonnen hätte«, meinte Cathleen aus Noras Mittagskränzchen.

Wer redete vom Nobelpreis? Charlie war immer noch sauer, weil Bob Harris mit seiner Frau über eine Stelle gesprochen hatte. Der Himmel wusste, was er tun würde, wenn er mitbekommen hätte, dass Bob Harris Nora erst vorgestern wieder angerufen und ihr eine lange Nachricht hinterlassen hatte, diesmal auf dem heimischen Anrufbeantworter: »Ich habe mich wegen dieser Stiftung jetzt mit einem Haufen Anwälte getroffen, die alle nur ihren Stundensatz hochtreiben wollen. Ich glaube, es wäre gut, wenn wir uns bald noch mal unterhalten und Ihre Bedingungen und Ihre genaue Position festklopfen. Kommen Sie schon – legen wir endlich los.«

Ein gespenstisch zinngraues Licht bahnte sich den Weg durch die dünnen Gardinen ins Schlafzimmer, und als Nora ins Bad ging, sah sie den Schnee, der sich auf dem Giebel des Nachbarhauses türmte und eine perfekte Parabel bildete. Unten musste sie feststellen, dass Charlie noch keinen Kaffee gemacht hatte. Stattdessen stand er tropfend mitten in der Küche, seine Daunenjacke lag auf dem Boden, und er trug eine alte Skihose, deren Reißverschluss und Knöpfe nicht geschlossen waren. Nora überlegte, ob er sie gerade aufgemacht hatte oder ob er sie nicht zukriegte. Über Weihnachten legte er immer zu, und wenn er unglücklich war, auch.

»Keine schlauen Sprüche, bitte«, sagte er mit rotem Gesicht.

»Worüber denn?«, fragte Nora, schob sich an ihm vorbei und zuckte zusammen, als das kalte Wasser von Charlies Hosenbund ihr Nachthemd von hinten durchnässte.

Sie brauchte morgens immer einen Moment, um sich zu erinnern, welcher Tag gerade war, und auch die Schlagzeilen in der Zeitung verstand sie nicht auf Anhieb. Es war ein Albtraum für sie gewesen, als die Zwillinge noch klein waren und die Stunde, bevor sie zur Schule aufbrachen, von Dingen erfüllt war, die ihre volle Aufmerksamkeit verlangten: Einverständniserklärungen, die unterschrieben werden mussten, verschwundene Hausaufgaben, Snacks für eine Exkursion, die sie beisteuern sollte, ohne sich jemals dazu bereit erklärt zu haben. Während die Kaffeemaschine zischte, wurde Nora klar, dass Charlie das Auto ausgegraben hatte. Der Parkplatz war immer noch geschlossen, die Kette vor der Zufahrt mit einem nagelneuen Vorhängeschloss gesichert, doch George behauptete, er werde schon bald wieder geöffnet, und bis dahin hatte er Charlie überredet, mit ihm auf der Straße zu parken, als käme es einer Niederlage gleich, zum Platz in der Tiefgarage zurückzukehren. Charlie kippte ein weiteres Glas Wasser hinunter, als wäre er gerade einen Marathon gelaufen.

»Dir ist schon klar, dass du nur wegen George um sieben Uhr morgens Schnee schippst?«, bemerkte Nora.

»Ich bin mir deiner Meinung dazu vollkommen bewusst.« Charlie trocknete sich das Gesicht mit einem Küchentuch ab. »Trotzdem muss ich zu einer Fortbildung nach New Jersey.«

»Ehrlich? Eine Fortbildung?« Zu den Dingen, die Nora besonders daran schätzte, ihr eigener Chef zu sein, gehörte, dass sie nicht mehr an Wochenendseminaren, Teambuilding-Tagen oder Fortbildungen teilzunehmen brauchte. Ihr letzter Arbeitgeber hatte zwei Fortbildungen pro Jahr organisiert, bei denen sie den endlos langen Reden irgendwelcher Managementgurus lauschen, Übungen zum Stressabbau machen und Gruppensitzungen absolvieren musste, die darin bestanden, die eigenen Ängste auf Karteikarten zu schreiben und sich dann anzuhören, wie die Moderatorin sie mit der Stimme einer Fernsehsprecherin verlas: andere enttäuschen (eindeutig von einer Frau), keine Beförderung bekommen (eindeutig von einem Mann), sterben (bei dem Stichwort hatten alle einander gemustert).

»Nicht von uns. So was hält der Alte für Zeitverschwendung. Das ist auf Einladung von …« Hier nannte Charlie einen Namen, der vermutlich zu einem Kunden gehörte und den Nora offensichtlich kennen sollte, also nickte sie und machte sich an die Zubereitung des Porridges. Nicken war immer gut. Es wirkte aufmerksam, loyal. Charlie betrieb mit seinen Kunden ein Namedropping, als wären es Prominente – wobei er die meisten Prominenten wiederum nicht kannte, es glich sich also am Ende alles aus.

Die Zwillinge waren gerade wieder ans College zurückgekehrt, nachdem sie über den Presidents' Day ein paar Tage frei gehabt hatten. »Ich hab keinen Bock auf Uni«, hatte Rachel am Tag der Abreise gejammert, während sie in der Küche stand und Eis aus der Packung löffelte.

»Ich auch nicht«, sagte Oliver. Er war nahezu genauso gekleidet wie seine Zwillingsschwester, obwohl Nora sich damals beim Anblick des Ultraschallbilds geschworen hatte, ihnen das nie anzutun.

»Ich auch nicht«, sagte Charlie.

Es blieb lange still. Nora wusste, dass Rachel auf so etwas normalerweise mit einer blöden Bemerkung reagiert hätte, doch seit dem Vorfall mit Ricky behandelte sie ihren Vater merklich kühl. »Wenn mir Mr. Fisk über den Weg läuft, kann ich echt für nichts garantieren«, hatte sie beim Abendessen verkündet.

»Ich hoffe doch, du hast gelernt, dass man zu Erwachsenen immer höflich sein soll«, sagte ihr Vater streng.

»Aber nicht zu Erwachsenen, die unschuldige Menschen angreifen«, entgegnete Rachel.

Auch dafür machte Charlie Nora verantwortlich.

Am Ende erbarmte sich Oliver: »Typischer Dad-Witz. Ha, ha.«

Rachel strafte ihren Vater weiterhin mit Nichtachtung und gab die Eispackung samt Löffel an ihren Bruder weiter.

»Da sind ja gerade mal noch zwei Löffel drin«, sagte Ollie.

»Und die habe ich extra für dich aufgehoben, Bruderherz. Weil ich dich so lieb habe.«

»Und ich kriege nichts?«, fragte Charlie, der nie wusste, wann es genug war, doch Rachel verschwand einfach nach oben.

»Frauen«, sagte Ollie, der ewige Wogenglätter.

Jetzt war das Haus von der schrecklichen Stille erfüllt, die auf lärmende Betriebsamkeit folgt. Nora wollte sich gar nicht ausmalen, wie es in Rachels Zimmer aussah. In der Küche herrschte akute Lebensmittelknappheit, die Schränke wirkten wie geplündert. Sie war sich sicher, dass etliche Müslitüten ihren Weg in die ein oder andere Reisetasche gefunden hatten. Ob wohl noch Rosinen da waren? Es waren noch Rosinen da. Charity sei Dank.

»Es wird also vermutlich spät«, schloss Charlie, und Nora nickte wieder. Erdnussbutter mit Marmelade zum Abendessen, ihr heimliches Laster. Sie konnte es kaum erwarten.

Sie zog ihre wasserdichten Stiefel an und steckte die Büroschuhe in ihre Umhängetasche. Womöglich würde sie die Stiefel auch den ganzen Tag anlassen, ein rebellischer Akt, weil sie wusste, dass Bebe sie nicht ausstehen konnte. Bebe brauchte keine Stiefel, weil sich ihre Beziehung zu Gehwegen auf den geräumten Zugang zum Museum, den geräumten Zugang zu ihrem Wohnhaus sowie den geräumten Zugang zu den Drehtüren des *Bergdorf Goodman* beschränkte. Nora würde ihre Stiefel anlassen, weil Bebe bis Ostern in Palm Beach war. »Ich höre, bei euch schneit's!«, trompetete sie triumphierend ins Telefon, als sie später am Tag anrief, so, wie es Leute aus Florida immer machten, als ließen sich das Lincoln Center, die Broadway-Stücke, die zahllosen Museen, die hervorragenden Restaurants und das *Saks* nur bei milden Temperaturen genießen. Wobei Bebe immer meinte, das *Saks* in Palm Beach sei auch sehr gut sortiert, was nach Noras Vermutung bedeutete, dass sie dort nur die richtig teuren Stücke vorrätig hatten.

Nora wusste, dass es ihr schon in einer paar Stunden wieder reichen würde mit dem Schnee und dass sie es satt haben würde, durch die riesigen grauen Schneematschpfützen an den Straßenecken zu waten und den Rollsplitt, den die Schneepflüge verteilten, in die Diele zu tragen, während Charity die Augen verdrehte und den Putzeimer holte. Aber als sie mit Homer das erste Mal vor die Tür ging, war sie hingerissen, wie schön die Straße aussah, wie massiv die mickrigen Bäume mit ihren pelzigen Schneemänteln wirkten. Die Straße stand immer ganz am Ende der Liste der Stadtreinigung, was ja auch logisch war, da es sich um eine Sackgasse handelte. Dabei tönte George jeden Winter von Neuem, er werde das mit dem zuständigen Stadtrat klären, und Jack Fisk verkündete, er könne jemanden im Bürgermeisterbüro anrufen, der sie so (hier folgte ein Fingerschnippen) an den Anfang der Liste befördern würde. Doch jetzt waren die Tage des Fingerschnippens für Jack wohl vorbei, seine Anrufe blieben unbeantwortet. Jack Fisk? Den habe ich kaum gekannt.

»Ist das nicht schön?«, rief Alma von der anderen Straßenseite herüber, während der Fenstermacher'sche Pudel, mit Schottenkaro-Mäntelchen, im Rinnstein herumschnüffelte. Nora kam häufig der Gedanke, dass sie alle sehr viel sorgsamer mit ihren Hunden umgingen als mit ihren Ehemännern, sie war sich aber nicht ganz sicher, ob das daran lag, dass die Hunde sie bedingungslos liebten und nicht in Diskussionen verwickelten, oder schlicht und einfach daran, dass sie nicht so lange lebten. Sherry Fisk sagte immer, die Monogamie habe besser funktioniert, als die Leute noch mit fünfzig starben. Wenn einer der Hunde eingeschläfert werden musste, war das immer ein Großereignis in der Straße. Sie tauschten sich oft über ihre Hoffnung aus, dass die Hunde, die nach und nach ein Alter von zwölf oder fünfzehn oder im Fall von Georges abscheulichen kleinen Kläffern sogar achtzehn Jahren erreichten, weil die schlimmsten Hunde nun einmal am längsten leben, im Schlaf sterben würden. Aber das geschah nie, und nach dem letzten Gang zum Tierarzt kam immer der Moment, wenn eine Nachbarin ohne Hund zurückkehrte. Umarmungen, leise Beileidsbekundungen. In ihrem Alter gab es Eltern, die deutlich unzeremonieller starben.

Und bei einer dieser Pausen, in der sie dastanden und die Hunde einander beschnüffeln ließen, fragte Linda Nora nach Charlies Treffen mit einem Immobilienmakler. Linda wusste es von ihrem Mann Harold, der es wiederum von George wusste. (Von wem auch sonst?) Nora hatte bis dahin überhaupt nichts davon gewusst. »Ich wollte einfach mal den Marktwert ausloten«, sagte Charlie, leicht, aber doch nicht allzu sehr betreten. »New York ist eine Stadt für junge Leute.«

»Wir sind fast die Jüngsten hier in der Straße«, sagte Nora.

»Du weißt schon, was ich meine. All die Gründe, hier zu leben – die gelten für uns doch gar nicht mehr. Wie oft waren wir letztes Jahr im Theater? Oder im Museum?«

»Ich leite ein Museum.«

»Ich meine ein echtes Museum«, sagte Charlie. »Oder nein, du weißt schon – eins von den wichtigen Museen. Ach nein, du weißt doch, was ich meine – ein großes Museum.«

»Du hörst jetzt besser auf«, sagte Nora. Es war, als hätte er ihren Schwachpunkt erkannt und beschlossen, sie genau dort mit einem spitzen Stock zu traktieren. Am liebsten hätte sie es ihm heimgezahlt und ihm gesagt, sie sei durchaus bereit, das neue Projekt mit Bob Harris anzupacken. Natürlich würde sie ihm jetzt nicht mehr davon erzählen, wie sie am frühen Nachmittag von ihrem Büro in den zweiten Stock zur neuen Ausstellung hinaufgestiegen war, die »Türkise des Südwestens« hieß. Bisher erfreute sich die Ausstellung keiner großen Beliebtheit, aber darum ging es auch gar nicht: Sie war Teil der regelmäßigen Bemühungen, als Museum ernst genommen zu werden. Nora hatte ein pädagogisches Programm für Kinder ins Leben gerufen, das eine Vorführung ihrer Gemmologin sowie einen Vortrag über Edelsteine als Teil der Geologie umfasste. Außerdem hatte sie einen Lesekreis gegründet, für den sich inzwischen so viele Frauen angemeldet hatten, dass er in drei Untergruppen unterteilt werden musste. Bei den regelmäßigen Treffen wurde beispielsweise ein Sachbuch über die Schmucksammlung der

Duchess of Windsor oder ein Roman über einen Diamantschleifer aus Amsterdam gelesen. Bebe bezeichnete ihn verächtlich als das »Herz-Schmerz-Kränzchen«.

Die Türkisausstellung war für die Kuratoren der wichtigen und großen Museen entwickelt worden, die dem Museum of Jewelry größtenteils mit offener Geringschätzung begegneten, und angesichts der Besucherzahlen, die bereits die des American Folk Art Museum überflügelt hatten und inzwischen sogar bis zur Frick Collection aufschlossen, war diese Geringschätzung nur noch gewachsen. Bebe war derart besessen davon, die Frick Collection zu übertrumpfen, dass man fast schon mutmaßen konnte, sie habe sich dort um einen Sitz im Aufsichtsrat beworben und sei abgewiesen worden. Manchmal beauftragte sie ihren Fahrer, am Wochenende auf dem Weg zu einem anderen Ziel – einem Restaurant im Süden Manhattans, dem privaten Flugplatz in New Jersey – an »ihrem Museum«, wie sie gern sagte, vorbeizufahren, und wenn dann eine Besucherschlange vor der Tür wartete, war sie die ganze folgende Woche bester Laune.

Eine Ausstellung über die Silberschmiede der Navajo würde die Kuratoren der alteingesessenen Museen vielleicht beeindrucken oder zumindest besänftigen. Und tatsächlich war sie wunderschön geworden – das National Museum of the American Indian aus Washington hatte ihnen Töpferarbeiten, Roben und Kopfschmuck als Leihgaben zur Verfügung gestellt, und nun erstrahlten die Schmuckstücke aus Türkis und Silber vor schwarzem, dick genopptem Stoff. Doch als Nora an diesem Nachmittag hinaufging, waren im Raum kaum Besucher – bis auf eine alte Frau mit Rollator.

Ihr langer schwarzer Mantel schleifte fast über den Boden, durch den krummen Rücken und die gebeugte Haltung war sie wohl mehrere Zentimeter kleiner als früher. An einer der Vitrinen auf der anderen Seite des Saals lehnte eine jüngere Frau in Stretchhose mit einer Daunenjacke über dem Arm. Die alte Frau und ihre Betreuerin: Sie waren in New York fast so omnipräsent wie Zwillinge. Jedes Mal, wenn Nora ein solches Pärchen sah, unzertrennlich wie der Skistock von den Skiern oder der Salz- vom Pfefferstreuer, sagte ein Stimmchen in ihrem Hinterkopf: Nicht mit mir. Und gleich danach ließ sich eine andere Stimme vernehmen, die sagte: Ich wette, das hat die sich auch mal gedacht.

Rumms! Rumms! Rumms! Die alte Frau rammte ihren Rollator gegen den Sockel einer Vitrine, mit einer Kraft, die man ihren sehnigen, altersfleckigen Händen gar nicht zugetraut hätte. Jedes Mal, wenn sie das tat, rief der Wärter »Ma'am!«, und die Betreuerin zuckte mit den Schultern. Nora konnte sich lebhaft vorstellen, wie die Betreuerin abends nach Hause kam, seufzend die schwarzen Schnürschuhe abstreifte, die ihren Hallux valgus einengten, und ihrem Mann, ihrer Schwester oder ihren Kindern erzählte: »Die Frau ist eine echte Landplage.« Wahrscheinlich hätte nicht einmal Rickys Frau Nita es geschafft, sie zu bändigen. Nora hatte durchaus Verständnis, dass der Wärter nichts weiter unternahm.

Als sie sich der älteren Frau näherte, drehte diese sich samt Rollator schwungvoll um, und Nora wich zurück. »Kann ich Ihnen helfen?«, fragte sie ruhig.

»Das ist meine!«, rief die Frau und deutete auf eine schwere Squash-Blossom-Halskette, die das Herzstück der

Ausstellung bildete. Sie war nicht sonderlich wertvoll, vor allem nicht im Vergleich zu den meisten übrigen Exponaten, doch der große Türkis in der Mitte war sehr rein und kunstvoll geschliffen.

»Und das.« Die Frau drehte den Rollator zu einer anderen Vitrine, während der Wärter von hinten näher kam. »Das auch.« Ein Armband. Ein weiteres Armband. Eine weitere Kette. Sie stammten allesamt aus Bebes persönlicher Sammlung, auch wenn Nora sich beim besten Willen nicht vorstellen konnte, dass sie sie jemals getragen hatte. »Ich kann Silber nicht ausstehen«, hatte Bebe ihr einmal erzählt. »Es ist so gewöhnlich. Bei Löffeln und Gabeln, von mir aus. Aber Silberschmuck? Auf keinen Fall.«

»Das sind sehr schöne Stücke«, sagte Nora.

»Gott im Himmel«, brummte die Betreuerin hinter ihr.

»Sie stammen aus Santa Fe«, sagte die Frau. »Da werden auch jede Menge billige Kopien verkauft. Aber die sind echt.« Ihre Stimme klang wie eine Tür, deren Scharniere dringend geölt werden mussten.

»Gehen wir doch in mein Büro. Dann können Sie mir mehr erzählen.«

Jetzt sah die Frau Nora zum ersten Mal direkt an. Das Weiß ihrer Augen hatte sich zu einem blassen Gelb verfärbt, während die Iris milchig-braun war, als hätten die Farben vor, sich in der Mitte zu treffen, wenn die alte Dame nur lang genug lebte. Ihr Blick war wissend, fast provokativ, und Noras erste Vermutung, dass die Frau senil sei und den ausgestellten Schmuck mit Stücken verwechselte, die sie einmal besessen hatte, verflüchtigte sich.

»Sie leiten den Laden?«, fragte die Frau.

»Ja«, antwortete Nora lächelnd.

»Schämen Sie sich«, sagte die Frau, ihre Hände schlossen sich um die Griffe des Rollators wie die Krallen eines Papageis um seine Sitzstange, und sie stapfte mit schleifendem Mantel aus dem Ausstellungsraum. »Dem Himmel sei Dank«, sagte die Betreuerin im Gehen.

Später, als Nora gerade die bevorstehenden Veranstaltungen durchging – ein Seminar zur Bewertung von Edelsteinen für Männer auf der Suche nach einem Verlobungsring und den Vortrag einer Historikerin zum Schmuck von Marie Antoinette –, meldete sich Richard über die Gegensprechanlage.

»Hier ist eine Dame, die kurz mit Ihnen sprechen möchte«, sagte er. »Sie heißt Deborah Messer und sagt, ihre Mutter war vorhin hier.« Nora warf einen Blick auf ihren Bildschirm. In der Chat-Funktion hatte Richard geschrieben: »Mutter hat in der Türkisausstellung randaliert.«

Deborah Messer entpuppte sich als attraktive Frau, etwa zehn Jahre älter als Nora. Wie ihre Mutter entsprach sie einem Typ, wenn auch von einer anderen Sorte: gepflegt in perfekt maßgeschneiderten Kleidern, die entweder nagelneu waren oder schon seit Jahrzehnten in ihrem Kleiderschrank hängen mochten, so klassisch, dass sie sich einem kein bisschen einprägten und absolut salonfähig waren.

»Meine Mutter war heute hier«, sagte sie. »Ich habe gehört, sie hat ein gewaltiges Tohuwabohu veranstaltet.«

»Das Wort hört man ja auch nicht mehr oft«, erwiderte Nora, aber die Frau lächelte nicht einmal.

»Falls sie einen Sachschaden verursacht haben sollte, würde ich das gern regeln.«

»Es ist kein Sachschaden entstanden«, sagte Nora. »Sie war einfach verwirrt. Offenbar war sie der Ansicht, dass einige Exponate in unserer Ausstellung zum Navajo-Silberschmuck ihr gehören.«

»Das stimmt auch.«

»Wie bitte?«

»Wahrscheinlich sollte man eher sagen, dass sie ihr gehört haben. Meine Mutter war die erste Frau von Norman Pearl. Ich bin seine Tochter.«

Hätte Nora nicht schon so viele Jahre Übung im diplomatischen Umgang mit betagten Stifterinnen und Museumskuratoren gehabt, sie hätte wohl ausgesprochen, was sie dachte: Ach du Scheiße! Bebe hatte ihr einmal auseinandergesetzt, die meisten Männer hätten am liebsten drei verschiedene Ehefrauen in ihrem Leben: die erste, die für das Heim und die Familie sorgte, die zweite, eine sexy Trophäenfrau, an der man sich erfreuen und die man dann abservieren konnte, wenn die Lust verblasste und starb, und schließlich die dritte Frau, die hingebungsvoll und trotzdem noch interessant war, die ihren Mann bewunderte, ohne sich ihm zu unterwerfen. Bebe selbst war eine solche dritte Frau gewesen. Nora wusste nicht, ob es eine zweite gegeben hatte, aber sie wäre trotzdem nie auf die Idee gekommen, dass Norman Pearls erste Frau überhaupt noch lebte.

»Ich habe mir das Museum kurz nach der Eröffnung angesehen«, fuhr die Besucherin fort. »Soweit ich das beurteilen kann, gehören sämtliche gezeigten Exponate ausnahmslos der letzten Frau meines Vaters.« An der Art, wie sie das sagte, merkte Nora, dass sie wohl immer so von Bebe sprach: die letzte Frau meines Vaters. Aus dem Mund dieser Dame würde man nie etwas wie »Liebste Bebe« hören, das stand fest. »Mein Vater hat erst nach der Scheidung von meiner Mutter Gefallen am Kauf von Schmuck gefunden. Ihren Verlobungsring und ein paar andere Dinge hat sie natürlich behalten, aber im Wochenendhaus gab es noch Stücke, an die sie entweder nicht mehr gedacht hat oder die sie nicht mehr holen durfte, je nachdem, wessen Aussage man glaubt.« Deborah Messer seufzte tief auf, als würde sie das Gift zahlloser Jahre aushauchen.

»Ich weiß gar nicht, was ich dazu sagen soll«, erwiderte Nora. Sie war sich schmerzlich bewusst, dass über dem Bürosofa ein vierfaches Siebdruckporträt von Andy Warhol hing, das Bebe erst kürzlich dort platziert hatte, um, wie sie es ausdrückte, »die Bude etwas aufzuhübschen«. Vier Mal die letzte Frau des Vaters, in Neonfarben.

»Sie müssen auch gar nichts sagen.« Deborah Messer stand da, den Kamelhaarmantel über dem Arm. »Ich wollte Ihnen wirklich kein schlechtes Gewissen machen. Ich war nur in Sorge wegen eines möglichen Sachschadens und bin erleichtert zu hören, dass es keinen gab.«

»Bitte richten Sie Ihrer Mutter aus, dass es mir leidtut.«

»Was denn? Sie war die erste Frau eines reichen Mannes, der nach der Scheidung noch um einiges reicher geworden ist. Das ist nichts Außergewöhnliches. Sie hat alles, was sie braucht. Ich habe keine Ahnung, wie sie von den Schmuckstücken erfahren hat, aber ich glaube, sie sind nur ein

Symbol.« Sie lachte freudlos. »Dieses ganze Museum ist doch ein Symbol, stimmt's?«, setzte sie hinzu, und für einen kurzen Moment fiel die Maske ab. In Noras Welt geschah das so selten, dass es noch um einiges schockierender war als alles Vorangegangene. Gleich darauf hatten die sanften Wellen der guten Manieren sich wieder über der Wut geschlossen und löschten sie aus, als hätte es sie nie gegeben, und doch war es, als hätten die Worte der Mutter kurz auch in der Miene der Tochter gestanden: Schämen Sie sich.

Ein richtiges Museum, hatte Charlie am Abend zu ihr gesagt. Es hätte keinen schlechteren Abend für diese Worte geben können. Nie hatte Nora sich in dem, was sie tat, so verunsichert gefühlt. *Schämen Sie sich,* klang es ihr immer wieder im Ohr, *schämen Sie sich.* Und sie wusste, wenn sie Bebe, der großen Chefin, davon erzählte, käme nur ein verächtliches: Ach, die. Die zwei. Die Überreste der Vergangenheit mit ihrem Silberschmuck und ihren Wollmänteln.

»Schlagen Ihnen die ganzen Smaragde aufs Gemüt?«, hatte Phil gefragt, als sie abends an ihm vorbeikam, und als sie ohne einen Blick oder Gruß weiterging, hörte sie ihn hinter sich murmeln: »So ein Tag also.«

Aber ihrem Mann erzählte Nora nichts davon. Es hatte Zeiten gegeben, da hatten Charlie und sie ihre jeweiligen Unsicherheiten miteinander erörtert, doch diesmal nicht. Stattdessen funkelte sie ihn aus zusammengekniffenen Augen an und sagte: »Ich werde dir jetzt mal sagen, worauf es hinausläuft, Charlie: Ich bleibe auf meiner unwichtigen Stelle in meinem unwichtigen Museum und wohne weiter in meinem unwichtigen Haus. Ich werde es nicht verkaufen. Und da auf der Kaufurkunde mein Name steht, kannst du es auch nicht. So einfach ist das. Ende der Diskussion.«

»Bun«, setzte Charlie an, doch Nora fiel ihm ins Wort.

»Ich hatte einen langen Tag. Und jetzt gehe ich schlafen.«

Das Gelände bleibt bis auf Weiteres als Parkplatz geschlossen. Entsprechende Gebühren werden zum Monatsende anteilig erstattet. Jeder auf dem Grundstück abgestellte Wagen wird abgeschleppt.

Sidney Stoller

Mit den New Yorker Krankenhäusern verhielt es sich wie mit den Telefongesellschaften: Sie hatten klein und örtlich begrenzt angefangen, dann fusioniert und immer weiter fusioniert, bis sie zu wahren Kolossen geworden waren. Der größte Koloss von allen war das Krankenhaus, in dem Nora die Zwillinge zur Welt gebracht hatte. Von der Brücke aus konnte man es für eine Kleinstadt halten, und wenn man drin war, fühlte es sich genauso an. Als Nora sich dort von ihrem Kaiserschnitt erholte, hatte Charlie sich in den Gängen verlaufen und war versehentlich auf der Neuroonkologie gelandet, was ihm erst auffiel, nachdem er in zwei Krankenzimmern Patienten mit rasierten Köpfen gesehen hatte, über die sich regelrechte Bahngleise aus Heftklammern zogen. Es hatte der Wegbeschreibungen zweier Krankenschwestern und eines Pflegers bedurft, um ihn wieder auf die Geburtsstation zurückzuführen.

Wie sich herausstellte, erholte sich just in diesem Krankenhaus jetzt auch Ricky von einer weiteren Operation, was Nora durch Charitys missbilligende pantomimische Gesten erfuhr. Sie schämte sich, dass sie ihn bisher nicht besucht hatte. Jetzt stand sie wie gelähmt im Krankenhausladen: Blumen? Luftballons? Einen Teddybären, der ein T-Shirt mit der Aufschrift »Unent-Bär-lich« trug? Sie entschied sich für eine große Schachtel Pralinen. Selbst wenn Ricky keine Süßigkeiten mochte, würden seine Kinder sie zu schätzen wissen.

»Acht-Null-Zwei B?«, fragte sie in einem der endlosen Flure, und jemand, der aus der Richtung kam, wies ihr den Weg.

Es war ein Doppelzimmer, doch nur das eine Bett war besetzt. Ricky hatte das Bein bis zur Hüfte in Gips und war bewegungsunfähig durch Gerätschaften, die den Stahlträgern der Brücke draußen vor dem Zimmerfenster gar nicht unähnlich waren. Im surrend-grellen Schein der scheußlichen Deckenlampen sah er wächsern und ein wenig grau aus. Nora wusste noch, wie die Ärzte Rachel nach der Geburt ein paar Tage dabehalten wollten, weil sie meinten, das Baby habe Gelbsucht. »Woher wollen Sie das bei dem Licht denn wissen?«, hatte Nora ihnen erwidert. »Da sieht doch jeder gelbsüchtig aus. Sie sehen auch gelbsüchtig aus.« Sie sagten, es gehe aus der Blutuntersuchung hervor, aber Nora hatte Rachel trotzdem mit nach Hause genommen, obwohl sie tatsächlich ein wenig gelblicher aussah als Oliver.

Ricky atmete flach, schien aber tief und fest zu schlafen. Auf dem Frühstückstablett stand noch ein Plastikbecher mit der Sorte Orangensaft, die sich oben wässrig absetzt und unten unappetitlich dunkel wird. »Wie der Sonnenuntergang an einem nuklear verseuchten Himmel«, hatte Ollie einmal am Besuchstag im Speisesaal seines Colleges befunden und dabei ein Glas mit dem Zeug hochgehalten. »Das ist ja wohl leicht übertreiben«, hatte Nora gesagt, die Formulierung aber trotzdem nie wieder vergessen.

Sie dachte daran zurück, wie fuchsteufelswild sie gewesen war, als Charlie sich im Krankenhaus verlaufen hatte, weil sie so furchtbar hungrig war und er versprochen hatte, ihr ein Pastrami-Sandwich und einen Schokoladenpudding zu besorgen. Als er schließlich wieder ins Zimmer kam, wo die Stillberaterin ihr gerade erklärt hatte, wie man Zwillinge stillte – nacheinander, was sie während der Monate, in denen sie es tat, beinahe umgebracht hätte –, bekam Nora den schönsten postnatalen Tobsuchtsanfall, bis Charlie eine fettige, weiße Papiertüte öffnete und einen Donut mit Zuckerglasur herausholte. Es war einer dieser ganz frischen Donuts, die schmecken wie eine Wolke aus Zucker und Fett. Nora biss hinein und brach in Tränen aus. »Ich kann gar nicht fassen, dass du mir den gebracht hast«, stieß sie mit vollem Mund hervor.

»Das Sandwich und den Pudding habe ich auch besorgt«, sagte Charlie.

»Nein, nein, das ist perfekt. Er schmeckt so gut. Das ist womöglich das Beste, was ich jemals gegessen habe.«

»Deine Hormone spielen verrückt«, sagte Charlie und machte sich daran, das Sandwich auf dem Klapptisch auszupacken.

»Ich liebe dich«, nuschelte Nora und schob sich den restlichen Donut in den Mund.

»Ich liebe dich auch.«

Beim Anblick von Rickys Frühstückstablett konnte sie den Donut förmlich schmecken. Irgendwer hatte ihr erzählt, dass es anderswo im Krankenhaus Zimmer mit luftigen

Vorhängen, hübschen Bildern und einer Speisekarte gebe, aus der man sich sein Abendessen zusammenstellen konnte. Aber das deckte Rickys Versicherung garantiert nicht ab. Früher hatte sie Krankenhäuser immer für große Gleichmacher gehalten, doch in New York waren selbst die noch in Schichten unterteilt, sodass Leute mit Geld sich an einem ganz anderen Ort aufhielten als Leute ohne, geschweige denn Leute mit noch weniger. Einmal hatte sie sich beklagt, wie lang sie in der Notaufnahme warten mussten, als Ollie sich am Badewannenrand das Kinn aufgeschlagen hatte. Daraufhin entgegnete eine andere Mutter aus der Schule: »Sie waren mit ihm in der Notaufnahme? Mein Kinderarzt sagt immer, man soll sie mit Codein-Tropfen ruhigstellen und am nächsten Morgen zu einem guten Schönheitschirurgen bringen.« Jetzt, da Oliver einen Kopf größer war als sie, bemerkte Nora manchmal den kleinen rosa Streifen, wo er mit fünf Stichen genäht worden war, und fragte sich, ob es wohl doch gut gewesen wäre, bis zum nächsten Morgen zu warten und ihn dann zu einem guten Schönheitschirurgen zu bringen. Den fand man in Manhattan sicher genauso schnell wie einen guten Latte macchiato. Man musste einfach mit gezückter Geldbörse um die nächste Straßenecke biegen.

Sie legte die Pralinen neben das Frühstückstablett, blieb schweigend stehen und betrachtete Rickys Gesicht. Er hatte einen Dreitagebart, wie ihn Models und Filmschauspieler heutzutage trugen. Vermutlich war Rasieren gerade Nebensache. In seinem Arm steckte ein Infusionsschlauch und führte zu einem der kleinen Kästchen, mit deren Hilfe man sich, wie Nora vom Besuch bei Jean-Ann nach deren

Brustamputation wusste, selbst mit einer Dosis Morphium versorgen konnte. Sie dachte gerade daran, wieder zu gehen, da schlug Ricky die Augen auf. Er schien einen Moment zu brauchen, um seinen Blick scharf zu stellen.

»Ich wollte Sie nicht aufwecken«, flüsterte Nora.

»Nein, nein, schon in Ordnung. Setzen Sie sich doch. Schön, dass Sie da sind. Charity hat schon gesagt, Sie würden vielleicht kommen.«

Nora zog sich einen Stuhl heran. »Haben Sie große Schmerzen?«, fragte sie.

»Jetzt ist es schon besser. Aber am Anfang …« Ricky verzog das Gesicht.

»Es tut mir so leid, Enrique.«

»Sie können ja nichts dafür, Mrs. Nolan«, sagte er. »Wie geht's Mr. Nolan?« Nora überlegte, ob Ricky wohl wusste, dass Charlie vor den Behörden Jacks Fassung nachplapperte. Sie selbst war inzwischen dazu übergegangen, nur noch »Darüber sprecht ihr besser mit eurem Vater« zu sagen, wenn die Zwillinge etwas über den Vorfall wissen wollten.

»Gut. Er hat nach Ihnen gefragt. Und er lässt Ihnen ausrichten, dass es auch ihm leidtut.« Unwahr, aber angebracht. »Alle in der Straße vermissen Sie ungeheuer.« Absolut wahr. Die Wettervorhersage hatte für Ende der Woche einen besonders schweren Eissturm angekündigt, und Nora wusste, dass sich alle fragten, wer jetzt wohl Salz auf die Gehwege streuen würde, als handelte es sich dabei um ein komplexes Ritual, das keiner von ihnen bewältigen konnte, weil man dafür immerhin eine Tüte Streusalz brauchte und die Fähigkeit, es mit der Hand zu verteilen.

»Was macht der Lüftungsschacht vom Trockner?«

»Der Lüftungsschacht?«

»Charity kriegt die Wäsche nicht mehr so trocken wie sonst. Das letzte Mal, als das passiert ist, habe ich den Lüftungsschacht mit dem Nasssauger gereinigt. Die meisten Leute denken ja, es reicht, wenn man das Flusensieb säubert, aber viele Flusen geraten auch in den Schacht, und dann funktioniert der Trockner nicht mehr so gut.« Ricky lächelte, die Lider auf halbmast. Nora fragte sich, ob er wohl ein bisschen high von den Medikamenten war und ob sie womöglich damals in der Wohnung einen vollkommen intakten Trockner entsorgt hatten, der nur dem Anschein nach nicht mehr richtig funktionierte, anstatt dem Lüftungsschacht mit einem Nasssauger zu Leibe zu rücken.

»Davon hat sie mir gar nichts erzählt. Vielleicht hat es sich ja gebessert. Oder sie wartet einfach, bis Sie wiederkommen und den Trockner für sie reparieren. Sie kennen doch Charity. Sie hält nicht viel von Veränderungen.«

»Vielleicht kann ich einen von meinen Männern vorbeischicken. Aber ich muss erst klären, wie es denen damit geht, verstehen Sie? Und wie sie überhaupt hinkommen. Es gibt da einige Probleme.« Ricky wandte den Blick ab und verzog wieder das Gesicht.

»Ach, das hätte ich jetzt fast vergessen.« Nora griff in die Handtasche und zog einen Umschlag hervor. »Ihr Weihnachtsbonus. Den konnte ich Ihnen gar nicht mehr geben.« Sie legte den Umschlag zu den Pralinen auf den Klapptisch. »Ich wollte damit nicht warten, bis Sie wieder zur Arbeit kommen.«

»Ach, das hätten Sie doch nicht tun brauchen. Aber ich weiß es zu schätzen. Es ist schon hart, wissen Sie? Die Arbeit fehlt mir. Wenn Charity vorbeikommt und mir Sachen wie das mit dem Trockner erzählt, habe ich ein schlechtes Gewissen. Charity braucht doch einen funktionierenden Trockner. Man will doch nicht, dass sie Probleme mit dem Gerät hat.«

»Was soll das, verdammt?«, ertönte eine laute Stimme von der Tür her. Dort stand eine kleine, runde Frau in stylish verwaschenen Jeans und T-Shirt, und Nora wurde klar, dass sie Rickys Frau bisher nur vom Busen aufwärts und aus der Ferne kannte.

»Hallo, Nita«, sagte Nora. »Ich wollte mal nach Ihrem Mann sehen. Ich habe Pralinen mitgebracht.«

»Was wollen Sie? In dem Zustand reden Sie mit ihm darüber, dass er Ihren beschissenen Trockner reparieren soll? Sehen Sie ihn sich doch mal an. Der Mann kann vielleicht nie wieder laufen, und Sie interessieren sich nur für Ihren beschissenen Trockner!«

»Schatz, das ist Mrs. Nolan, die uns damals den Luftbefeuchter vorbeigebracht hat. Sie hat den Jungs alle möglichen Sachen geschenkt, das Fußballtor, das Damespiel. Charity arbeitet für sie, und sie haben da ein Problem …«

»Die haben überhaupt kein Problem, Rico. Du hast die Probleme, mit deinem total kaputten Bein. Sie haben ihm Pralinen mitgebracht? Reparieren Sie ihm vielleicht auch den Transporter? Zahlen Sie ihm das Geld, das er verdienen würde, wenn er nicht hier im Krankenhaus rumliegen müsste? Zahlen Sie mir die Miete?«

Eine Krankenschwester schaute plötzlich zur Tür herein. »Mrs. Ramos, Sie stören schon wieder die anderen Patienten.«

»Ich gehe jetzt besser«, sagte Nora. »Sie brauchen ja auch Ruhe, Enrique.« Nita stellte sich ihr mit verschränkten Armen in den Weg. Ihr Dekolleté war auch jetzt gewaltig. Nora fiel auf, dass sie auf der einen Wange eine lange, wulstige Narbe hatte, als hätte vor langer Zeit jemand an ihr geübt, der sich noch nicht recht mit dem Vernähen von Wunden auskannte. Um den Hals trug sie ein goldenes Kreuz, eine Christophorus-Medaille und einen Namensanhänger mit der Aufschrift »Juanita«. Sie folgte Nora auf den Gang hinaus, der gleißend hell, von unvorteilhaften Neonröhren erleuchtet und lindgrün gestrichen war. Eigentlich konnten sämtliche Krankenhausflure im Notfall auch als Operationssäle herhalten.

»Ich wollte wirklich nur wissen, wie es ihm geht«, sagte Nora.

»Vielleicht klären Sie das besser im Zimmer?«, warf die Krankenschwester ein, die an der Tür zum Schwesternzimmer stand.

Doch Nita schenkte ihr und ihrer nervösen Miene keine Beachtung. »Leute wie Sie«, sagte sie. »Da kann ich doch nur lachen! Wie's ihm geht? Er hat einen doppelten Beinbruch und Nägel im Bein. Sie haben ihn jetzt schon mit zwanzig Stichen genäht, dabei haben sie ihn noch nicht mal wieder aufgeschnitten, um die Nägel rauszuholen. Außerdem zwei Bänderrisse, von denen die Ärzte sagen, die könnten in Zukunft noch ein echtes Problem werden. In Zukunft, sagen sie, kann er das Knie vielleicht nie wieder beugen. Dürfte schwierig werden, Ihren Trockner zu reparieren, was?« Sie hatte in fast normaler Lautstärke begonnen, aber inzwischen brüllte sie. Die Schwester war näher gekommen. Offenbar kannte die Belegschaft Nita schon.

»Es tut mir alles so leid, was passiert ist.«

»Klar, Ihnen tut's leid. Aber was ist mit dem Mistkerl, der das gemacht hat? Tut's dem auch leid? Zahlt er für irgendwas? Für die Reha, den Verdienstausfall, für die Schmerzen und das ganze Leid? Eine Entschädigung?« Sie klang wie eine Anwältin für Personenschäden, wie man sie manchmal in der Fernsehwerbung sah. Nora fragte sich, ob sie wohl schon jemanden engagiert hatte.

»Ich hoffe, Ihren Söhnen geht es halbwegs gut«, sagte sie.

»Was glauben Sie denn, wie's denen geht? Wollen Sie ihnen vielleicht erklären, wieso ein Irrer ihren Vater dermaßen verprügelt hat, dass er ins Krankenhaus muss?«

Es klang, als wäre Nora irgendwie auf die falsche Seite einer Gefechtslinie geraten. »In unserer Straße mögen wir Enrique alle sehr«, sagte sie. »Er fehlt uns.«

Nita drängte sich an Nora vorbei und kam ihr dabei viel zu nahe, stieß sie mit dem Ellbogen beiseite, obwohl der Gang sehr breit war. »Wie viele nichtsnutzige Arschlöcher aus Ihrer Gegend werden denn noch hier aufkreuzen und so tun, als würden sie sich einen Dreck darum scheren, ob er lebt oder stirbt?«, fauchte sie über die Schulter.

»Er macht ja wirklich einen netten Eindruck«, sagte die Krankenschwester hinter Nora leise. »Aber sie hat echt Haare auf den Zähnen.«

Nora fuhr mit der U-Bahn nach Downtown Manhattan

zurück. Sie erinnerte sich, wie oft sie diese Strecke während ihrer Schwangerschaft gefahren war, um einen Arzttermin wahrzunehmen oder sich das Krankenhaus zeigen zu lassen. Es waren angsteinflößende Fahrten gewesen. Nicht nur, weil ihr Bauch so groß war, dass sie fürchtete, auf dem Bahnsteig vornüberzukippen und auf den Gleisen zu landen. Damals war es in der U-Bahn auch einfach noch gefährlicher. Die Zwillinge und ihre Freunde fuhren inzwischen zu allen Tages- und Nachtzeiten damit. »Hin und wieder packt mal einer seinen Schwanz aus, aber wenn du dann das Handy zückst, um ein Foto zu machen, hört der meistens wieder auf«, hatte eine von Rachels Freundinnen einmal erzählt.

Inzwischen war die U-Bahn der große Gleichmacher, nicht mehr das Krankenhaus und auch nicht mehr einzelne Stadtviertel – so wie früher, als Nora nach New York gekommen war. Damals wohnten in der Upper West Side Studentinnen und alte Leute, Puerto Ricanerinnen und orthodoxe Juden, man sah Kinderwagen, aber auch Einkaufswagen mit den Pseudohabseligkeiten derjenigen, die auf der Straße hausten. Jetzt sah man schwarze Limousinen, die am Straßenrand auf irgendwelche Firmentransporte warteten, und teure Mountainbikes im Park. Niemand versuchte mehr, Autoradios zu klauen, und niemand hatte Angst, man könnte ihm oder ihr das Fahrrad stehlen. Wahrscheinlich war das eine Verbesserung. Im U-Bahn-Waggon stand Nora zwischen Medizinstudenten, die noch ihre Krankenhauskluft trugen, und Hipstern in engen Hochwasserhosen eingezwängt, zwischen Menschen, die vermutlich an der Columbia unterrichteten und mit großen Ledertaschen voller Bücher unterwegs waren, braunhäutigen Mädchen, schwarzen Jungs und einem mundharmonikaspielenden Mann, der verkündete, er sammle für die Obdachlosen, dabei selbst aber ziemlich obdachlos aussah. Als hätte eine Casting-Agentin sich überlegt: ein bisschen was von allem. Wie ein Diorama des Lebens in New York. Ein junges Mädchen mit Cornrows und einem Sweatshirt des City College bot Nora ihren Sitzplatz an, doch Nora schüttelte den Kopf, fühlte sich alt wegen dieses Angebots und kam sich blöd vor, weil sie überhaupt ins Krankenhaus gefahren war.

In ihrer Straße sah sie einen jungen Mann, der vor dem Haus der Fisks einen schwarzen Müllsack schulterte. »Durchsucht die Presse jetzt schon den Hausmüll oder was?«, fauchte sie wutentbrannt, während der junge Mann erstaunt hinter seinen Brillengläsern hervorblinzelte. »So weit ist es also mit dem Journalismus gekommen? Haben Sie und Ihresgleichen denn keinen Funken Anstand mehr?«

»Das ist meine Wäsche«, sagte er leise.

»Bitte?«

»Es ist meine Wäsche. Ich bringe meine Wäsche zum Waschsalon.« So machten das die Mieter. Wäsche in Müllsäcken, kistenweise Leergut nach den Partys.

»Na, meinetwegen«, sagte Nora, während er sie noch zweifelnd musterte. Sie war seit Jahren nicht mehr so unhöflich gewesen. Nita hatte ihr wirklich zugesetzt. Was würde es sie freuen, wenn sie das wüsste!

»Spinnst du?«, fragte Charlie am Abend, als sie ihm von dem Besuch im Krankenhaus erzählte. »Diese Leute wollen die Fisks verklagen, und du gehst hin und erkundigst dich nach ihrem Befinden?« Sein normalerweise rosiges Gesicht war jetzt regelrecht puterrot.

»Das ist ein Mensch, der hier in unserem Haus für uns gearbeitet hat«, sagte Nora. »Er ist ein guter Mensch, und ich mag ihn. Jack ist ein schlechter Mensch, und ich mag ihn nicht. Also, ja, ich bin hingefahren, um mich nach Rickys Befinden zu erkundigen. Sein Befinden ist übrigens ziemlich schlecht. Das Bein ist völlig im Eimer, aber das ist wohl ganz normal für ein Bein, auf das man mit einem Golfschläger mehrfach eindrischt.«

»Nora, Ricky hat hin und wieder ein paar Reparaturen für uns erledigt. Er ist kein Freund von uns, er ist der Handwerker aus dem Viertel. Jack ist unser Freund.«

»Mein Freund ist er nicht. Ich halte ihn für einen grauenvollen Menschen, der alles verdient hat, was ihm jetzt geschieht.«

»Was willst du eigentlich? Versuchst du, Partei gegen unsere Nachbarn zu ergreifen?«

»Hast du denn gar kein Interesse daran, das Richtige zu tun, Charlie? Du redest die ganze Zeit von Jacks Version des Vorfalls. Interessiert dich die Wahrheit denn nicht? Was ist mit der Wahrheit?«

»Ach, Herrgott, Nora, du sitzt bei der Sache auf einem dermaßen hohen Ross, dass ich wirklich nicht weiß, wie du da je wieder runterkommen willst. Fang jetzt bloß nicht an, mich in diese verrückte liberale Schuldnummer reinzuziehen, die du da abziehst.«

»Ich ziehe keine verrückte liberale Schuldnummer ab«, sagte Nora. »Ich ziehe eine Menschlichkeitsnummer ab.«

Auch Sherry Fisk war verärgert. Ihre Reaktion traf Nora deutlich mehr als die von Charlie, wenn auch nicht genug, um zu bereuen, was sie getan hatte. »Ich hätte mir einfach gewünscht, du hättest uns vorher davon erzählt, Nora«, sagte Sherry, als sie sich auf der Straße begegneten. »Anscheinend hat Rickys Frau dem Anwalt gesagt, du seist der Meinung, Jack sei schuld an der Sache.«

»Das habe ich ganz sicher nicht gesagt, nicht einmal annähernd.«

»Sie sagt, du hättest ihr erzählt, es tue dir leid, was Jack getan hat.«

»Ich habe gesagt, dass es mir leidtut. Jacks Namen habe ich dabei nicht erwähnt, und auch sonst bin ich auf keine Einzelheiten des Vorfalls eingegangen.«

»Außerdem hat sie gesagt, du hättest ihnen Geld gegeben.«

»Ich habe ihm eine Weihnachtskarte mit seinem Weihnachtsbonus gegeben, Sherry. Mehr nicht. Er muss doch nicht auch noch auf seinen Weihnachtsbonus verzichten.«

»Tja.« Sherry seufzte. »Es ist einfach etwas unglücklich. Wir stecken mittendrin, etwas mit ihnen auszuhandeln, was die ganze Geschichte im Keim erstickt. Vor dem Hintergrund dieser Gespräche war der Zeitpunkt deines Besuchs nicht besonders gut gewählt.«

»Es tut mir leid, dass dich das so aufregt«, sagte Nora. »Seine Frau klang, als wäre ich nicht die Einzige, die dort aufgetaucht ist.«

»Stimmt«, sagte Sherry Fisk. »George war da und hat Ricky anscheinend erzählt, wenn er nicht bestätige, dass alles nur ein Unfall war, werde er nie wieder hier in der Straße arbeiten. Das war auch nicht sonderlich hilfreich.«

Noras Gesicht glühte. Es war ein scheußliches Gefühl, mit George in einen Topf geworfen zu werden.

»Anscheinend ist Rickys Frau hereingekommen und hat George mit einer Krücke versohlt. Das ist das einzig Gute, was bei dieser ganzen traurigen Affäre bisher herausgekommen ist.« Sherry lachte ein wenig zaghaft, als hätte sie das länger nicht mehr getan und müsste den Lachmotor erst wieder testen. »Ich muss gestehen, die Vorstellung, dass George mit einer Krücke verhauen wird, hat mir den Tag gerettet. Dich hat sie aber nicht geschlagen, oder?«

Nora schüttelte den Kopf, obwohl Nita sie bestimmt gern verprügelt hätte. Als sie eilig – am liebsten wäre sie gerannt – auf die Doppeltüren zugegangen war, die zu den Aufzügen führten, hatte sie hinter sich Schritte gehört.

»Hey!«, rief Nita. Nora drehte sich um und sah Nita mit der Pralinenschachtel herankommen. »Haben Sie die dagelassen?«

»Das Essen hier ist ziemlich schauderhaft, oder?«

»Nicht so schlecht, dass man die hier essen müsste«, sagte Nita und rammte ihr die Schachtel gegen den Brustkorb. »Und wissen Sie was? Das ganze Zeugs, das Sie Rico für die Kinder mitgegeben haben, das verkauft er immer auf eBay. Schlittschuhe? Im Ernst, Lady! Schlittschuhe?«

Ein bisschen ungewohnt war es schon für Nora und Charlie, gemeinsam zu einer Dinnerparty zu gehen, aber immerhin ersparte ihnen das, nur zu zweit zu essen, was schwierig geworden war, seit sie kaum noch miteinander sprachen, und außerdem handelte es sich um eine Einladung, die man nicht ablehnen konnte. Charlie hatte immer noch die Hoffnung, eine weitere Sprosse der Karriereleiter bei Parsons Ridge zu erklimmen, und das Essen fand bei Jim DeGeneris statt, einem der einflussreichen Männer in Charlies Firma. Fast hätte der Abend im Chaos geendet: Charlie hatte zwar auf Datum und Uhrzeit, nicht aber auf die Anschrift geschaut, und bis zum Nachmittag des Einladungstags hatten Nora und er noch vorgehabt, sich direkt bei den DeGeneris zu treffen, in deren karg möblierter, aber riesiger Wohnung mit edlen Stuckaturen und offenen Kaminen unweit der Fifth Avenue. Zum Glück hatte seine Sekretärin ihn daran erinnert, dass Jim und seine Frau inzwischen getrennt lebten und Jim in ein Loft in Tribeca gezogen war. Charlie hatte weder das eine noch das andere gewusst. Umso wichtiger war es, bei der Dinnerparty zu erscheinen. »Ein Loft in Tribeca«, bemerkte Nora. »Was reiche Männer so machen, wenn sie ihre erste Frau abservieren. Und wenn er dann eine Jüngere heiratet, zieht er nach Madison Park.«

»Vielleicht kannst du den Zynismus für heute Abend mal auf Eis legen«, sagte Charlie am anderen Ende der Leitung. »Diese Einladung könnte wirklich wichtig für mich sein.« Nora hatte längst aufgehört zu zählen, wie oft ihr Mann das schon zu ihr gesagt hatte. Beide fanden sie den Beruf des anderen belanglos, aus ganz unterschiedlichen Gründen. Doch ihrer machte sich besser in der Öffentlichkeit. Charlie interessierte sich immer dann für Noras Tätigkeit, wenn er womöglich einen beruflichen Vorteil daraus ziehen konnte oder es ihn zumindest besser dastehen ließ. Diese Karte musste er ausspielen können. Er befürchtete, niemals einer der großen Namen zu werden, die im *Forbes Magazine* oder im *Wall Street Journal* auftauchten. Meistens wurde er den wichtigen Kunden im Konferenzzimmer erst als Dritter vorgestellt.

»Kocht Jim selbst?«, wollte Nora wissen.

»Ich habe keinen blassen Schimmer«, sagte Charlie. Er hatte im Leben noch nie selbst gekocht. Wenn Nora ihm etwas zum Aufwärmen hinstellte, weil sie abends mit einer potenziellen Mäzenin oder einer Freundin verabredet war, bekam sie grundsätzlich eine SMS mit der Frage: »Wie lang bei wie viel Grad?« Vor einigen Jahren hatte sie einmal »30 Min. bei 160°« auf die Tafel in der Küche geschrieben. Das stand da immer noch. An irgendeiner Inspirationswand – »Bitte erschieß mich, falls ich mir jemals eine Inspirationswand zulege«, hatte sie am Telefon zu ihrer Schwester gesagt, die darauf mit einem langen Schweigen reagierte, woraus Nora nur schließen konnte, dass Christine eine Inspirationswand besaß – hatte sie ein Zitat gelesen: »Wahnsinn besteht darin, immer wieder das Gleiche zu tun, aber ein anderes Ergebnis zu erwarten.« Manchmal kam ihr das wie die passende Definition einer Ehe vor.

»Alle Welt schreibt dieses Zitat Einstein zu«, sagte Jenny inmitten der Trümmerlandschaft, die einmal ihre alte Küche gewesen war und bald ihre neue sein würde. »Es ist aber gar nicht von Einstein. Vielleicht ja von seiner Frau.«

»War Einstein verheiratet?«

Jenny nickte. »Kannst du dir das vorstellen? Nicht mit

einem Mann verheiratet zu sein, der sich für Einstein hält, sondern mit einem, der tatsächlich Einstein *ist?*«

»Meine Güte, sieht das toll aus«, sagte Nora, als Jenny ihr die Muster für die Küchenschränke zeigte. »Die Lackierung ist wunderschön. Jasper scheint sein Handwerk wirklich zu verstehen, auch wenn du vermutlich eine Sonderbehandlung bekommst.«

»Das sind eben die Vorteile, wenn man dem Handwerker einen bläst«, sagte Jenny.

»Jen! Lieber Himmel!«, sagte Nora.

»Süß, dass man dich noch so schocken kann. Aber im Ernst, er ist wirklich sehr begabt. Und nicht nur im naheliegenden Bereich. Er liest ununterbrochen. Und kochen kann er auch.«

»Oh, bitte, erspar mir diese Männer, die angeblich kochen können!«

»Bei ihm ist das völlig anders, Nor. Er ist keiner von den Männern, die ständig vom Kochen reden oder sich einen Herd für zehntausend Dollar kaufen und dir weismachen wollen, man brauche so was, um ein ordentliches Ossobuco hinzubekommen. Er ist ein Mann, der die Vorräte sichtet, zum Metzger geht und ein ordentliches Essen kocht, das toll schmeckt, ohne ein Riesentheater darum zu veranstalten oder von dir zu erwarten, dass du so tust, als hätte er gerade das Allheilmittel gegen Krebs gefunden.«

Jim DeGeneris gehörte zur erstgenannten Sorte. Er war ein Mann, der sich benahm, als grenze das Zubereiten einer Mahlzeit an eine Kernspaltung, und fabrizierte Gerichte, die entweder nach nichts schmeckten oder viel zu stark nach etwas Undefinierbarem, das niemand besonders gut fand. Nora ahnte, dass seine neue Wohnung eine grandiose Küche haben würde, und so war es auch. Das Loft in Tribeca war riesengroß und modern, seltsamerweise aber mit antiken schwedischen Möbeln ausstaffiert, ganz in Weiß und Blau. Genau die Art von Manhattaner Wohnung, die in den ersten paar Jahren nach dem 11. September nie einen Abnehmer gefunden hätte. Alle, die jenseits der Canal Street wohnten, waren traumatisiert, und alle, die in Erwägung gezogen hatten, dort etwas zu kaufen oder zu mieten, hatten sich umorientiert. Und obwohl alle nur zu gern äußerten, New York und die New Yorker seien durch die Terroranschläge für immer verändert worden, dauerte dieses »für immer« aus Immobilienmaklersicht nur knapp zweieinhalb Jahre. Dort, wo die Twin Towers in sich zusammengestürzt waren, erhob sich jetzt ein strahlender neuer Wolkenkratzer, und der Immobilienmarkt Downtown hatte sich erholt. Nora rechnete fest damit, dass Jim irgendwann verkünden würde: »Ich will euch ja nicht erzählen, was ich für die Wohnung hier bezahlt habe«, um dann genau das zu tun.

»Nora!«, rief Jim. »Du hast die Haare kürzer!« Kein guter Anfang: Im Lauf der Jahre hatte Nora begriffen, dass es eher einem Vorwurf als einer Beobachtung gleichkam, wenn Männer einem sagten, man habe die Haare kürzer. Sie beschloss, mit einem Allgemeinplatz zu kontern, nicht zuletzt, weil sie ihre Frisur seit mindestens zehn Jahren nicht verändert hatte: »Wir haben uns viel zu lange nicht gesehen, Jim. Ich hoffe, du kochst selbst?«

»Aber klar«, sagte er. (Zum Glück hatte sie üppig zu

Mittag gegessen.) »Du hast dich wirklich kein bisschen verändert.«

Warum versicherten sie sich das bloß alle dauernd gegenseitig? Tatsache blieb doch, dass es offenkundig nicht stimmte. Wenn Nora sich die Wimpern tuschte, betrachtete sie sich im Badezimmerspiegel und stellte fest, dass ihre Haut inzwischen wie gewaschene Seide wirkte, nach wie vor brauchbar, aber ohne Glanz. Sie war nie eitel gewesen und hatte auch nie geglaubt, einen Grund dafür zu haben. Ständig wurde sie von Wildfremden gefragt, ob man sich aus der Schule kenne oder aus der Werbeagentur oder aus diesem oder jenem Vorort, weil sie einfach wie die prototypische, in die Jahre gekommene Frau aussah. Selbst diejenigen unter ihren Bekannten, die vorbeugende Maßnahmen zum Erhalt ihres Äußeren unternommen hatten, veränderten sich durchaus. Und das betraf ja nur das Äußere. »Ich habe Jim früher sehr gemocht, aber er ist ein ganz anderer Mensch geworden«, hatte Charlie auf dem Weg nach Tribeca zu ihr gesagt. So wie Charlie selbst natürlich. Und wie Nora.

»Was macht das Schmuckgeschäft?«, fragte Jim.

»Sie arbeiten in einem Schmuckgeschäft?«, fragte eine dünne Blondine, die hinter ihm stand.

»Nicht direkt«, sagte Nora.

»Ich will alles darüber hören, was da in eurer Straße passiert ist«, sagte Jim. »Was für eine Geschichte! Alle Welt redet darüber.« Und Nora wurde plötzlich klar, dass sie genau aus diesem einen Grund eingeladen worden waren. Zum Glück bestellte sich Charlie gerade einen Drink beim angemieteten Kellner und hatte die Bemerkung nicht gehört.

»Charlie, mach mir den Souschef!«, rief Jim. Und Charlie zog sein Sakko aus, streifte die Krawatte ab und krempelte die Ärmel hoch, bis er genauso aussah wie Jim. Nora trug ihre Dinnerparty-Uniform: schwarzes Kleid, ausdrucksvolle Kette. »Sind die echt?«, fragte die Blondine und beäugte die Steine.

»Wenn sie echt wären, bräuchte ich einen bewaffneten Bodyguard«, sagte Nora, doch die Blondine starrte nur weiter auf die Kette und zeigte nicht mal ein Lächeln.

Es waren noch zwei andere Männer da, der eine in der Hackordnung über Charlie, der andere jung, aber offenbar vielversprechend. Sein Partygeplauder war geschmeidig und einprägsam, ein paar Bonmots hier, die Empfehlung eines Artikels aus dem *New Yorker* dort, genau die Art von aufgewecktem jungen Mann, die Charlie früher unter seine Fittiche genommen hätte und heute fürchtete und verabscheute. Seine Frau war Anwältin »im Halbruhestand«, wie sie sagte. Sie hatte gerade ihr zweites Kind bekommen und wollte über nichts anderes reden als über die Aufnahmebedingungen an Privatschulen. Nora war nachsichtig. So eine Phase hatte sie selbst durchgemacht, bis die Zwillinge schließlich auf einer Schule waren, die kurz nach der Amerikanischen Revolution gegründet worden war und, wichtiger noch, vom Kindergarten bis zum Highschool-Abschluss alles abdeckte. Die Anwältin im Halbruhestand bekam ganz leuchtende Augen, als Nora die Schule erwähnte. Hieß sie Jennifer? Jessica? Der Mann hieß jedenfalls Jason, da war Nora sich sicher. Es fiel ihr schwer, sich Namen zu merken. Wenn sie ein Mittagessen für die Spenderinnen gab, musste ihre jeweilige Assistentin (oder ihr Assistent) immer Spickzettel für sie vorbereiten, die sie auf dem Schoß unter ihre Serviette schieben konnte, damit sie die Namen behielt.

»Charlie, ist das die erste Zwiebel, die du hackst?«, hörte sie Jim in einem scherzhaften Ton sagen, in den sich schon erster Ärger mischte. Brummel, brummel, brummel. Vermutlich behauptete Charlie gerade, dass er nicht mehr so viel koche wie früher. Nora entfernte sich von der offenen und ganz in Edelstahl gehaltenen Küche, die so aussah, als wäre sie einem dieser Restaurants entsprungen, deren Grundriss allein schon zum Bewundern der Künste des Chefkochs zwang.

Seit Nora in New York lebte, hatte die Häufigkeit der Dinnerpartys merklich nachgelassen. Anfangs hatte es jede Woche ein Essen gegeben, lauter kleine Kochwettkämpfe. »Von wem ist das?«, hatten sie einander gefragt, so, wie sie jetzt nach einem besonders eleganten Mantel oder einem Paar Stiefel fragten. Marcella Hazan. Julia Child. Eine Vertrautheit mit Kochbüchern, die als Freundschaft durchging. Am Ende eines jeden Abends waren sie dann fix und fertig vom eigenen Drang nach Perfektion und dem mutmaßlichen Urteil der anderen.

Dann hatten sie angefangen, Geld zu verdienen, und waren zum virtuellen Kochen übergegangen. Nora stellte fest, dass sie zwar durchaus selbst kochen konnte, es aber vorzog, wenn andere das für sie taten, ähnlich wie bei der Maniküre oder Pediküre. Sie hatte als eine der Ersten *HomeMade* entdeckt, eine Firma, die Gerichte anlieferte und kleine Kärtchen mit der Zubereitung beilegte. Wie Modedesigner, die Kleider für große Galas zur Verfügung stellten, führten auch die

Betreiberinnen der Firma eine digitale Kartei über die Bestellungen der einzelnen Kundinnen, um unselige Doppelungen zu vermeiden. Wenn Nora ihre Gästeliste schickte, sagte eine der Inhaberinnen vielleicht: Wenn die Roysters kommen, sollten Sie lieber nicht das Huhn à la Marengo bestellen, das gab es dort erst letzte Woche. Ein bisschen wie Schummeln war es schon, doch Nora hielt sich zugute, dass sie wenigstens nicht log und so tat, als wäre das *HomeMade*-Essen tatsächlich hausgemacht. Das taten anfangs noch viele, aber es wurde zunehmend unmöglich, weil der Speiseplan einfach zu bekannt war. Nur Sherry Fisks Schwägerin schwor Stein und Bein, das Rezept für ihr Apple-Crumble stamme von ihrer Großmutter, dabei hatten sie doch alle das gleiche Dessert in den gleichen Auflaufförmchen längst anderswo gegessen.

»Sie behauptet ja auch, ihre Nase sei echt«, hatte Sherry kommentiert.

Schließlich waren sie dazu übergegangen, sich im Restaurant zu treffen, damit niemand mehr die Tablettenpackungen im Badezimmerschränkchen vor neugierigen Gästen zu verstecken brauchte. Inzwischen gingen sie eigentlich nur noch zu Dinnerpartys, wenn einer der Männer das Kochen übernahm. Und dann taten alle so, als hätte er wie Jesus bei der Hochzeit zu Kana Wasser in Wein verwandelt.

»Risotto!«, riefen die Frauen freudig, als Jim mit einer riesigen, flachen Servierschüssel an den Tisch trat, was, wie Nora wusste, bedeutete, dass das Essen darauf schon halb kalt sein würde, wenn es bei ihr ankam. Aber das spielte keine Rolle. Es war ja auch sehr bissfest, sie würde also ohnehin nicht viel davon essen.

»Du musst dringend an der Schneidetechnik deines Mannes arbeiten«, sagte Jim und deutete mit der Gabel auf Nora. Schneidetechnik: das neue Ehrenabzeichen, ein Statussymbol für Männer, die es endlich – endlich! – satthatten, immer nur über Wein zu reden. Auch etwas aus der Art geschlagene Ehepartner waren Statussymbole. Der Mann, der kochte. Die Frau, die Golf spielte. Der Mann, der die Kinder zur Schule brachte. Die Frau, die eine eigene Firma hatte. Bei den Frauen war das natürlich sehr viel riskanter als bei den Männern. Man durfte es nicht zu weit treiben. Die Frau, die Marathon lief und Teilhaberin ihrer Kanzlei wurde – gerade noch im Rahmen. Die Frau, die ihr eigenes Körpergewicht stemmte und es auf die Titelseite der *Fortune* schaffte – eine Gefahr für die Männlichkeit. Die Männer hingegen zogen grenzenlos Profit daraus, sogenannte Frauenaufgaben zu erledigen, solange sie dazu noch über ein substanzielles Nettoeinkommen und eine Respekt einflößende Visitenkarte verfügten. Manchmal gab es eine Frau, die von ihrem Mann berichtete: »Er ist Hausmann und Vater«, worauf alle lächelten und im Stillen dachten: Er hat keine Stelle.

Jims Frau war solch eine Respekt einflößende Dame gewesen, eine Ärztin, die sich mit den verschiedensten Formen von Suchterkrankungen befasste, was vermutlich auch erklärte, warum er Weinliebhaber war. Nora stellte sich vor, was Polly jetzt wohl zu ihrem Mann gesagt hätte: »Nora hat sicherlich Besseres zu tun, als an der Schneidetechnik ihres Mannes zu arbeiten.« Früher einmal waren Charlie und Nora mit Jim und Polly eng befreundet gewesen. Sie hatten in ganz ähnlichen Vierzimmerwohnungen gelebt, nah beieinander, und ihre Kinder waren etwa im gleichen Alter. Ein paar Jahre lang hatten sie sich einmal im Monat sonntags in einer der beiden Wohnungen getroffen und Essen vom Lieferservice bestellt. Die Kinder schmissen nebenan mit Legosteinen um sich, während die Erwachsenen Pekingente oder Sashimi verspeisten. Es gab nur eines, worum Charlie und Nora Jim und Polly beneideten, und das war der offene Kamin, von dem Polly behauptete, er mache so viel Arbeit, dass es sich kaum lohne, ihn anzuwerfen. »Schon Stunden, bevor der Besuch kommt, müssen wir das Feuer anzünden, weil es erst mal das ganze Zimmer vollqualmt«, sagte sie. »Riecht ihr das nicht?«

An Jims Miene erkannte Nora, dass es in diesem Punkt wohl eine der kleineren Meinungsverschiedenheiten gab, wie sie zwischen Ehepaaren so häufig vorkommen. »Wozu soll ein Kamin gut sein, wenn man kein Feuer darin macht?«, fragte er.

Nora hatte diese Abende genossen. Die Männer sprachen von der Arbeit, und die Frauen plauderten über ihre Kinder. Aber dann sagte erst die eine Partei ab, dann die andere, und auf einmal war Jim eine größere Nummer als Charlie, was Nora erst auf der Cocktailparty mitbekam, die Jim und Polly zur Einweihung ihrer neuen Wohnung veranstalteten, einem so kühlen Ort, dass auch die größte Alkoholmenge nicht ausreichte, um damit warm zu werden, mit Marmordiele und einer höchst ausgefeilten Fensterdeko. Als die Nolans nach Hause gingen und Charlie bereits ungeduldig die Aufzugtür offen hielt, hatten Polly und Nora vereinbart, sich bald zum Mittagessen zu treffen, ganz bestimmt, es dann aber nie in die Tat umgesetzt. Und jetzt war Nora dieser Weg verschlossen.

Ein Mittagessen mit der Noch-Ehefrau eines Mannes, bei dem der eigene Mann Eindruck schinden wollte, das kam überhaupt nicht infrage.

Charlie hatte Polly nie gemocht. Er behauptete immer, er finde sie schwierig. Und nicht gerade sexy. Jetzt hatte er die dünne Blondine neben sich. Alison? Alyssa? Das Tischgespräch war ein Gewirr, dissonant wie moderne Musik, mit sporadischem Blöken zwischendurch und keiner erkennbaren Melodie. In New York hörte man einander eigentlich nie richtig zu, sondern wartete nur auf eine Lücke im Geschehen, um selbst loszureden, das eigene Boot in den Strom der Unterhaltung hineinzusteuern.

»Ihre Frau arbeitet also in einem Schmuckgeschäft?«, hörte Nora die Blondine zu Charlie sagen.

»Wie hoch ist denn Ihr Kapital?«, erkundigte sich der junge Jason, der offensichtlich genauestens wusste, was Nora machte – er war der Typ Mann, der vor einer Abendeinladung Recherchen über die anderen Gäste anstellte.

»Relativ hoch für ein Museum dieser Größe«, sagte sie. »Außerdem ist das Gebäude komplett in unserem Besitz, was natürlich einen großen Vorteil darstellt.«

»Und Ihr Jahresbudget?«

Nora klopfte mit der Dessertgabel auf den Tisch und lachte. »Interessiert Sie das wirklich?«

»Ich interessiere mich für Gremienarbeit. Im Augenblick versuche ich noch zu entscheiden, was für mich infrage käme.«

»Spannend. Normalerweise sind die Leute da sehr viel zurückhaltender als Sie.«

»Sollte ich besser zurückhaltender sein?«

Nora lachte wieder und sah, dass Charlie von der anderen Tischseite mit zusammengekniffenen Augen herübersah. Offenbar musste sie besser aufpassen und Jason freundlich behandeln, ohne zu vertraut mit ihm zu wirken.

»Ich will ganz offen zu Ihnen sein«, sagte sie. »Unser Aufsichtsgremium hat hauptsächlich dekorative Funktion. Die Museumsgründerin wählt die Mitglieder strikt nach ihrem gesellschaftlichen Einfluss aus. Sie trifft alle Entscheidungen selbst.«

»Dann will ich auch offen sein«, erwiderte Jason. »Ich würde mich für die Stiftung von Bob Harris interessieren.«

»Darüber weiß ich nichts«, sagte Nora.

»Nicht? So, wie er redet, scheint er aber sehr sicher zu sein, dass Sie sie leiten werden.«

»Was wirst du leiten?«, fragte Charlie von der anderen Tischseite. Zum Glück wurde in diesem Moment das Dessert aufgetragen, Zitronentarte mit Himbeeren, und Jim tippte ihr auf den Arm, sodass sie sich von Jason abwenden konnte. »Jetzt will ich aber alles über diese wilde Geschichte bei euch in der Straße hören«, sagte er. »Ich kenne Jack Fisk zwar nicht, dafür aber viele Leute, die ihn kennen, und die sagen alle, er muss komplett durchgedreht sein. Und ich habe zu ihnen gesagt: Ich habe Bekannte, die mir alle Einzelheiten verraten können.«

Später, als sie sich das Nachthemd anzog, erkundigte sich Nora bei Charlie: »Hat Jim dich auch wegen Jack Fisk gefragt?«

»Er wollte von nichts anderem reden«, antwortete Charlie

säuerlich. »Im Büro ist es genauso. Jemand kommt rein, ich denke, ich werde bei einer Besprechung oder einer Konferenzschaltung gebraucht, und dann heißt es wieder nur: Was zum Teufel war denn da eigentlich los? Außerdem denken alle, es wäre ein Wagenheber gewesen. Warum zum Geier sollte Jack mit einem Wagenheber um sich schlagen?«

»Leuchtet ein Golfschläger etwa mehr ein?«

»Und was lief da überhaupt zwischen dir und Jason?«, fragte ihr Mann, ohne auf ihre Antwort einzugehen. »Das ist mal ein gewieftes Kerlchen. Er hat einen zweiten Vornamen, den er mit M. abkürzt. Ich glaube, es steht für Michael, aber wir sagen immer alle, dass es eigentlich für ›machtgeil‹ steht. Einer dieser Jungs, denen man besser nie den Rücken zukehrt. Er ist so was wie Jims Schützling, deswegen war er auch da. Und anscheinend weiß er Dinge über dich und Harris, die ich nicht weiß.«

»Ach du lieber Gott, Charlie, er ist einfach nur ehrgeizig, so wie jeder in dieser Stadt. Er weiß überhaupt nichts. Und Jim sollte wirklich mal lernen, wie man Risotto macht. Das war ja, als würde man Rollsplit kauen. Und wie er Polly gegen diese Wie-hieß-sie-noch eintauschen konnte …«

»Hat er nicht«, sagte Charlie im Dunkeln, als sie unter die Decke gekrochen war. »Einer der anderen aus dem Büro hat mir heute Morgen erzählt, dass Polly ihn verlassen hat. Anscheinend hat sie schon seit Jahren was mit einem Arzt, und als die Jüngste aus dem Haus war, hat sie sich gedacht: Was soll das jetzt noch? Nach allem, was ich höre, geht es ihm eigentlich richtig schlecht.«

»So hat er aber nicht gewirkt.«

»Klar, glaubst du, er bricht vor versammelter Mannschaft am Tisch zusammen? Letzte Woche hat er sich in einer Zigarrenbar die Kante gegeben und einem Kollegen erzählt, dass er ständig mit dieser neuen Frau schläft, denn wenn er nicht mit ihr schläft, redet sie, und er hält es kaum aus, ihr zuzuhören.«

»Er wird schon jemanden finden«, sagte Nora. »Er ist reich, er sieht gut aus. Vielleicht lernt er sogar noch kochen.«

»Ich wette, Jason kann auch kochen«, sagte Charlie. »Wahrscheinlich hat er nach seinem Rhodes-Stipendium noch am Cordon bleu gelernt.«

Es ist eine Petition in Vorbereitung, die sich dafür einsetzt, den Parkplatz wieder zu öffnen, und zwar zu denselben Konditionen wie bisher. Wer unterschreiben möchte, melde sich bitte bei George.

Das Gelände bleibt bis auf Weiteres geschlossen. Dennoch dort abgestellte Wagen werden auf Kosten des Halters abgeschleppt.

Sidney Stoller

Die Brachfläche wurde zur ständigen Erinnerung an das, was vorgefallen war. Wie auch die Tatsache, dass in den Häusern nichts mehr funktionierte. Der tropfende Wasserhahn in der Küche der Nolans tropfte einfach weiter. Harold Lessman stolperte über eine Terrassenplatte, die nach Winterfrost und Frühlingstauwetter in die Höhe stand, und verstauchte sich den Knöchel. Die Fisks waren fast nur noch in ihrem Haus auf dem Land, doch Grace, ihre Haushälterin, erzählte Charity, dass das Oberlicht lecke und sie einen Eimer im Flur aufstellen müsse. Ricky hatte sich unentbehrlich gemacht. Und sie fühlten sich allesamt hilflos.

»Ich höre, Sie kennen diesen Typen mit dem Golfschläger«, sagte Phil, der mit einem neuen Schild vor dem Museum saß: »Still Crazy After All These Years.«

»Glauben Sie nicht, das schreckt die Leute eher ab?« Nora deutete auf das Stück Pappe.

»Ach, kommen Sie, alle in unserem Alter lieben doch diesen Song. Ich werde von jetzt an nur noch Songtitel nehmen. Vielleicht ja auch *Born in the U.S.A.* Wann kommt die große Chefin aus Florida zurück?«

»Sie sind ja wirklich auf dem Laufenden«, sagte Nora.

»Ich studiere einfach mein Umfeld«, erwiderte er. »Wer ist eigentlich der Neue? Der Magere?«

»Er kommt von so einer Zeitarbeitsfirma«, sagte Nora. »Meine Assistentin hat gekündigt.«

»Die große, hochnäsige? Ist mir schleierhaft, warum Sie sich mit der überhaupt abgegeben haben. Die hat mich nie gegrüßt, nicht ein Mal. Der Neue ist ein Guter. Und schlau noch dazu. Glauben Sie, Sie werden ihn behalten?«

»Ich denke darüber nach«, sagte Nora. Streng genommen arbeitete Richard immer noch für die Zeitarbeitsfirma, doch nachdem er Noras Dateien neu geordnet hatte, sodass sie jetzt alles viel leichter fand, hatte sie sich zu einem Gespräch mit ihm zusammengesetzt.

»Meine Eltern stammen von den Philippinen«, hatte er ihr erzählt. »Sieben Kinder, und sie wollten nur eins für sie: einen Studienabschluss und danach eine Stelle, bei der sie sich nicht die Hände schmutzig machen müssen. Ich habe ihnen nur erzählt, dass ich gerade in einem Museum arbeite. Das ist ja nichts Schmutziges, oder?«

»Ein Museum, aber kein Schmuckmuseum?«, fragte Nora.

»Ich weiß nicht, ob sie das verstehen würden«, sagte Richard. »Ehrlich gesagt weiß ich selbst nicht, ob ich es ganz verstehe. Aber ich arbeite gern für Sie. Darf ich fragen, wo Ihre letzte Assistentin hingegangen ist?«

Ans Metropolitan natürlich. Dem Gipfel aller New Yorker Museen. Madison hatte Nora geschrieben, auf Briefpapier, das mit ihren Initialen versehen war. »Ich habe so viel von Ihnen gelernt«, schrieb sie als treue Anhängerin der

Philosophie, bloß keine Brücke abzubrechen. Offenbar hatte sie Bebes Assistentin erzählt, sie sehe keinen ausreichenden Entfaltungsspielraum für sich, das Museum sei doch die klassische One-Woman-Show. Und diese eine Frau war nicht Nora.

»Da ist ein Mann am Telefon«, sagte Richard, während Nora noch den Mantel auszog. »Er will seinen Namen nicht sagen, aber ich soll Ihnen ausrichten ...« Er warf einen Blick auf seinen Notizblock. »Schau mir in die Augen, Kleines«.«

»*Ich* schau *dir* in die Augen, Kleines«, sagte Nora. »*Ich dir*. Das ist ein Filmzitat. Aus *Casablanca*. Es wird aber ständig falsch wiedergegeben.«

»Ich war mir sicher, er hätte es so gesagt.«

Hatte er nicht.

»James?«, sagte sie, nachdem sie im Büro gleich zum Hörer gegriffen hatte.

»Moneypenny!«, rief er.

So hatte James Mortimer sie immer schon genannt, seit sie im ersten Monat nach ihrem Kennenlernen drei James-Bond-Filme in Folge gesehen hatten. Sie war Moneypenny, er James. Nicht Jimmy oder Jim oder, Gott behüte!, wie er es einmal auf einer überlaufenen Party voller Lacrosse-Spielerinnen gehört hatte, Jimbo. »Du kannst dich glücklich schätzen«, hatte er damals zu ihr gesagt. »Aus Nora kann man beim besten Willen nichts anderes machen.«

»Meine Schwester sagt Nonnie zu mir«, erwiderte sie.

»Das ist etwas anderes«, sagte er. »Meine Schwester nennt mich Kindskopf. Abkürzung Kindy.«

Seine Schwester lebte in London, seine Eltern in einem Vorort von Philadelphia – zumindest bezeichnete er das so, und Nora hatte sich weiter nichts dabei gedacht, bis sie schließlich von einer gewundenen Straße, von deren Gehweg aus man die angrenzenden Wohnhäuser nicht sehen konnte, in eine lange Auffahrt abbogen. Nora war damals noch zu jung gewesen, um zu wissen, was sie inzwischen wusste, dass es nämlich am Rand jeder amerikanischen Stadt Gebiete gab, in denen man die Häuser von der Straße aus nicht sah, und dass dort die richtig reichen Leute wohnten. Grosse Pointe, Bel Air, Buckhead: In den Jahren, als sie noch Fundraising für Museen und Schulen betrieb, hatte sie sie fast alle besucht. Die Mortimers wohnten in Gladwyne. Sie waren die prototypischen unfähigen Eltern, fast schon wie wandelnde Klischees aus einem Film, und vielleicht war das ja mit ein Grund, warum ihr Sohn Filmklassiker so liebte. Sie trank, er ging fremd. Sie shoppte, er kümmerte sich um die Kapitalanlagen. Beim Abendessen im Frühstückszimmer, dessen Tapete ein überwuchertes Pflanzenspalier zeigte und dessen Tisch nur sechs Personen Platz bot (anders als der im Esszimmer, an den zur Not auch zwanzig passten), waren sie beide durchaus freundlich gewesen, obwohl Mr. Mortimer die Augen verdrehte, als Nora erzählte, James und sie hätten sich in einem Kunstgeschichtsseminar kennengelernt. Er meinte, die Stadt, in der Nora aufgewachsen war, habe einen passablen Golfplatz, was Nora bestätigen konnte, und Mrs. Mortimer erkundigte sich, ob ihre Eltern denn an der Küste lebten, was Nora mit Bedauern verneinte. Aus irgendeinem Grund schmeckte das ganze Essen nach Gemüsesuppe aus der Dose, sogar der Salat. Es war schauderhaft und nicht einmal genug.

Nora wurde ein Gästezimmer mit gelben Wänden und weißen Möbeln direkt neben James' Zimmer zugewiesen (über seinem schmalen Bett hing noch der Wimpel seiner alten Jungenschule), und sie lag kaum im Bett, da schlüpfte er schon zu ihr herein. Auch im Gästezimmer standen nur zwei schmale Betten, aber das waren sie von ihren Wohnheimen gewöhnt. Nora erinnerte sich noch so gut an all das, während sie schon jetzt kaum mehr wusste, was sie gestern getan hatte. Seine glatte, warme Haut an ihrer. Inzwischen war ihr klar geworden, dass das Leben eben so war, dass bestimmte, kurze Momente auf ewig wie Werbetafeln an der Schnellstraße der eigenen Erinnerung standen. Durch die Vorhänge fiel ein Streifen Mondlicht herein und wanderte über James' Rücken – von der Taille zum Schulterblatt, und erneut von der Taille zum Schulterblatt, mit jeder seiner Bewegungen. Und dann, plötzlich, hörte sie einen Knall, glaubte für einen Moment, sie hätten das Bettgestell zum Einsturz gebracht, und er hielt inne. Sie vernahm Geschrei, Türenknallen und andere Geräusche, die nicht unmittelbar zu identifizieren waren, aber doch genauso klangen wie die überkandidelten Streitigkeiten in den alten Filmen, die sie durch ihn schätzen gelernt hatte, *Mein Mann Godfrey* oder *Die Nacht vor der Hochzeit*, der laut James eine Familie zum Vorbild hatte, die früher ganz in der Nähe seiner Eltern wohnte. Der Streit dauerte ziemlich lange, und danach war James die Lust vergangen, und er kehrte in sein Zimmer zurück.

»Jetzt weißt du, warum ich niemals heiraten werde«, sagte

er, nachdem sie eine Stunde lang schweigend im Auto gesessen hatten. Nora blickte starr aus dem Beifahrerfenster, Tränen tropften auf ihre Barbour-Jacke, doch tief im Innern dachte sie: Ich werde ihn umstimmen.

Fast zwei gemeinsame Jahre, drei weitere grauenvolle Besuche bei seinen Eltern und ein Besuch seiner Schwester bei ihnen am College. Ihre entgeisterte Frage »Du hast sie mit nach Hause genommen?« klang, als hätte James Nora wissentlich einer ansteckenden Krankheit ausgesetzt. Mehrmals waren sie zum Abendessen bei Noras Vater, Carol und Christine gewesen, die alle von ihm hingerissen waren. »Kein Wunder, dass du so bist, wie du bist«, sagte James nach dem ersten dieser Abende. »Wie bin ich denn?«, fragte Nora, in der Hoffnung, etwas wie »wunderbar« oder »unwiderstehlich« zu hören. »Unkompliziert«, antwortete James, und irgendwie klang es wie eine Beleidigung. So fühlte es sich bis heute an, wenn Nora ab und zu daran zurückdachte. Kein Mensch in New York würde jemals über jemanden sagen: Ach ja, die So-und-So ist ganz unkompliziert.

»Was für ein beschissener Kommentar«, hatte Jenny einmal gemeint, als Nora ihr betrunken davon erzählt hatte und auch von James und allem, was danach kam, während Jenny die Schachtel mit den Taschentüchern hielt.

Aber es stimmte ja, sie war unkompliziert gewesen. Und naiv. Nicht einmal heute, fast dreißig Jahre später, war sie sich sicher, ob sie im Voraus wüsste, dass sich ein attraktiver junger Mann, der mit zwanzig schon auf französische Manschetten schwor, einen Großteil der Zeit nur mit Zitaten aus alten Filmen kommunizierte und den ganzen Text von *I'll Be Seeing*

You auswendig konnte, womöglich gar nicht als Freund für sie oder überhaupt für irgendeine Frau eignete. Schon wenn sie sich nur vorstellte, Rachel würde von so jemandem erzählen und ihn mit nach Hause bringen, gingen in ihrem Kopf sämtliche Alarmglocken los, als stünde das Haus in Flammen. Aber das kam wahrscheinlich nur von ihren eigenen Erfahrungen. Oder von den vielen Klischees.

Er hatte sein Studium beendet, war nach New York gezogen und hatte sie im Lauf des Sommers zwei Mal ausgeladen, obwohl die Besuche fest vereinbart waren. Sie erinnerte sich noch genau an den Tag Anfang August, als er mit seinem VW-Cabrio angefahren kam und sie in ein unspektakuläres Lokal zum Mittagessen ausführte, statt in den Gasthof, wo sie am Valentinstag zu Abend gegessen hatten. Am liebsten hätte sie gleich abgelehnt, denn es kam ihr vor, als schlüge er ihr mit der Wahl dieses Restaurants die Tür vor der Nase zu. James hingegen strahlte. Als er schließlich mit der Wahrheit herausrückte, klang es nicht nur, als hätte er sich die Worte vorher zurechtgelegt, sondern auch, als wäre er überglücklich, sie endlich auszusprechen.

»Ich liebe dich, Moneypenny«, sagte er. »Ich werde dich immer lieben.« Selbst im Alltag klang James, als wäre man in einem Film, einem mit Ray Milland vielleicht oder mit Dana Andrews. *Laura* hatten sie mindestens ein halbes Dutzend Mal gesehen.

Dann setzte er hinzu: »Und ich schlafe wirklich gern mit dir. Aber eigentlich will ich mit Männern schlafen.«

»Woher willst du das denn wissen, wenn du es noch nie gemacht hast?«, fragte sie schluchzend.

Das lange Schweigen, das darauf folgte, deutete so vieles an, was sie gar nicht wissen wollte, dass es Jahre dauern sollte, bis sie sich über sämtliche Zusammenhänge klar geworden war. Eine schreckliche Erkenntnis nach der anderen, hier ein Verdacht, dort ein flüchtiger Bekannter, hier ein alter Schulfreund, dort jemand aus der Schwimmmannschaft. Schließlich sagte James: »Ich weiß es einfach.«

Natürlich war sie danach ebenfalls nach New York gezogen, und von Zeit zu Zeit begegnete sie ihm, hörte von ihm. Wie hatte sie damit rechnen können, dass sie drei Jahre nach dem Studienabschluss mit Freunden von Freunden auf einer Party an der Schlafzimmerwand eines Künstlerlofts ein Schwarz-Weiß-Foto von James an der Wand entdecken würde, mit freiem Oberkörper, lachend, bildschön? Wie sich herausstellte, passierten solche Dinge in New York ständig. Und auch Dinge, wie sie dem Künstler bald darauf widerfuhren, passierten damals, in ihrer Jugend, ständig: erst ein Riesenerfolg, dann keine neuen Werke mehr und schließlich die Todesanzeige, mit einundvierzig an Aids gestorben. Als Nora den Nachruf in der New York Times las, hatte sich etwas in ihr unwillkürlich und auf seltsame, schändliche Weise gefreut: Ihr Nachfolger war aus dem Weg. Dann hatte auch sie sich testen lassen, und das Ergebnis war negativ gewesen, was sie immerhin davon überzeugte, dass James nicht zur gleichen Zeit mit ihr und dem Künstler geschlafen hatte. Jenny und sie waren Freundinnen, die sich alles erzählten, und doch hatte Nora fast zwei Flaschen Champagner und davor noch zwei Margaritas gebraucht, bis sie es über sich brachte, Jenny davon zu berichten. »Ach, Süße«, sagte

Jenny und streichelte ihren Arm. »Es ist doch so: Er hat gar nicht mit dir Schluss gemacht. Er hat mit der Lüge Schluss gemacht, die sein Leben bis dahin bestimmt hat.«

»Ich habe nichts gemerkt. Was bin ich bloß für eine Frau, dass ich nichts gemerkt habe?«

»Viele Frauen, die ich kenne, haben während des Studiums mit schwulen Männern geschlafen, die noch nicht wussten, dass sie schwul sind. Oder es noch nicht zugeben wollten. Eine meiner Kolleginnen meint, es wäre der beste Sex ihres Lebens gewesen.«

»Na, vielen Dank auch, Jen. Das macht ja wirklich Hoffnung für die Zukunft«, sagte Nora, die damals gerade frisch mit Charlie zusammen war.

Im Rückblick schien es ihr, als wären amerikanische Colleges das genaue Gegenteil von englischen Internaten, wo Jungs, die schließlich Frauen heirateten und zahllose Kinder bekamen, angeblich alle eine Zeit lang mit anderen Jungs herumexperimentierten. Inzwischen erzählten Noras sämtliche Freundinnen von Männern, die sie am Williams, an der Columbia oder am Oberlin gekannt hatten und die alle während dieser Zeit Freundinnen gehabt hatten, ehe ihnen klar wurde oder ehe sie zugeben konnten, dass sie sich in Wahrheit gar nicht auf diese Weise für Frauen interessierten. Manchmal dachte Nora, wenn sie und James bloß fünfzig Jahre früher jung gewesen wären, dann hätten sie geheiratet, Kinder bekommen und wären genauso glücklich geworden wie die meisten anderen auch, und sie hätte sich nur hin und wieder gefragt, warum ihm sexuell so schnell die Luft ausging und er so viele Geschäftsreisen unternahm (was sich tatsächlich kaum von der Ehe mit einem heterosexuellen Mann unterschied). Stattdessen hatten sie das Glück – oder, aus ihrer Sicht, das Pech – gehabt, sich am Beginn eines aufgeklärteren Zeitalters kennenzulernen. Doch als sie das an einem weiteren alkoholseligen Abend Jenny erzählte, sah ihre Freundin sie streng an und sagte: »Jetzt reiß dich aber mal zusammen, Nor. Das ist doch Blödsinn. Es hat schon seine Gründe, dass solche Arrangements aus der Mode gekommen sind.«

Rachel hatte ihr erzählt, dass manche ihrer Freundinnen und Freunde vom College sich als »sexuell flexibel« bezeichneten, was wohl bedeutete, dass sie alles mitnahmen. James nahm nicht alles mit. Auf den Künstler war ein Architektenkollege gefolgt, dann ein Schauspieler. Nach allem, was Nora von ihren gemeinsamen Freunden hörte, hatte keine dieser Beziehungen so lange gehalten wie ihre. Sie überlegte, ob James wohl einen dieser Männer mit nach Gladwyne genommen hatte. Vermutlich nicht. Wenn sein Vater schon für Kunstgeschichte nur Verachtung übrig hatte, war die Wahrscheinlichkeit gering, dass er einen jungen Mann, der in einem Off-Broadway-Stück spielte und sich dafür die Haare blond färben musste, allzu überschwänglich begrüßen würde.

Im Lauf der Jahre war Nora James mehrmals zufällig begegnet: bei einer Dokumentarfilm-Premiere, als sie mit den Zwillingen schwanger war, in einem Restaurant in Midtown, wo sie zum Mittagessen verabredet war und das er gerade verließ. »Wie geht es deiner Schwester?«, fragte Nora. »Du hast eine Schwester?«, fragte der Mann, den er bei sich hatte. Nora entging nicht, dass James zwar mit großer Würde älter wurde, die Männer an seiner Seite aber immer im selben Alter blieben, kaum älter, als James selbst bei seiner Trennung von Nora gewesen war. Was während des Studiums noch reizend ungekünstelte Weltläufigkeit gewesen war, verhärtete sich allmählich zu einer Art Rolle. Nora war auch ohne Jennys Hinweis darauf gekommen, dass sie sich unter anderem deswegen zu Charlie hingezogen fühlte, weil er der Anti-James war. Als Nora und Charlie sich zum ersten Mal begegneten, kannte er nicht einmal *Casablanca*.

Es regte Nora auf, dass James Mortimers Stimme am Telefon, ein Wort von ihm, immer noch genügte, um dieses verräterisch-peinliche Schaudern bei ihr auszulösen. Nora hatte Charlie geheiratet, um über etwas anderes hinwegzukommen, etwas Tiefgreifendes und Unmögliches, das irgendwann vermutlich genauso alltäglich geworden wäre wie alles andere auch. Sie wusste, hatte immer gewusst und sich immer wieder eingeschärft, dass sie die richtige Entscheidung getroffen hatte. Selbst heute noch sagte oder tat Charlie manchmal etwas, meistens im Zusammenhang mit den Kindern, was ihr in Erinnerung rief, warum sie sich für ihn entschieden hatte. Er war immer ein guter Vater gewesen, keiner von der Sorte, der das Baby gleich abgab, wenn der Geruch einer vollen Windel den Potpourri-Duft im Wohnzimmer auslöschte. Er hatte echte Freude am Karussellfahren, an den Zeichentrickfilmen am Samstagmorgen, an den endlosen Frisbee-Spielen. Er genoss es, sich an den Väter-und-Söhne-Turnieren zu beteiligen, die dann zu Väter-Söhne-und-Töchter-Turnieren erweitert und am Ende in Eltern-Kind-Turniere umbenannt worden waren, weil schließlich nicht jedes Kind einen Vater hat. In den höheren Klassen waren dann einige Mädchen zu dem Schluss gekommen, dass auch das Wort »Kind« im Grunde abwertend sei, aber zu dem Zeitpunkt interessierten sich die Sprösslinge ohnehin nicht mehr für Sportveranstaltungen, an denen ihre Eltern teilnahmen. Schlimm genug, wenn sie am Spielfeldrand standen. »Mama, ich hab dich schon wieder gehört!«, hatte Rachel einmal nach einem Basketballspiel gesagt, bei dem Nora sich nach eigenem Ermessen relativ ruhig verhalten hatte.

Jetzt, mit dem Hörer in der Hand, sah sie James förmlich vor sich, obwohl er seit ihrer letzten persönlichen Begegnung vermutlich schon wieder etwas verwitterter wirkte. »Das ist ja mal eine Überraschung«, sagte sie und fand selbst, dass es ein wenig barsch klang.

»Na, na«, sagte er. »Was würde denn dein reizender Ehemann denken, wenn ich dich ständig anrufen würde?«

»Kein Sarkasmus bitte«, sagte Nora. Charlie war genau der Typ Mann, für den James am College nur Verachtung übrig hatte – der Typ Mann, für den sich Nora besser damals schon interessiert hätte.

Eines Abends, am Ende einer langen Arbeitswoche, war Charlie angetrunken nach Hause gekommen, und sie wusste gar nicht mehr, wie sie bei diesem Thema gelandet waren, vielleicht hatte in der Schule jemand sein öffentliches Coming-out gehabt, jedenfalls erklärte er den Zwillingen, die damals Teenager waren, nuschelnd: »Hey, so was kann man nie wissen. Der Freund eurer Mutter am College war auch 'ne Schwuchtel.« Später, als er schon das Licht ausgemacht hatte, aber noch nicht schnarchte – sein Suffschnarchen, wie Nora es im Stillen nannte –, hatte sie zu ihm gesagt: »Ich schwöre bei Gott, wenn ich so etwas noch einmal von dir höre, dann verlasse ich dieses Haus und komme nie mehr zurück.« Und angesichts der Miene ihrer Mutter hatten auch die Zwillinge nicht weiter nachgefragt, nicht einmal Rachel.

»Ich rufe an«, sagte James, »weil ein guter Freund von mir Journalist ist. Er sitzt gerade an einer Titelgeschichte für eine Zeitschrift über die Straße, in der du wohnst, und ich habe ihm versprochen, dich zu fragen, ob du mit ihm redest.«

»Ach Gott, das ist doch schon Monate her. Die Sache ist längst vorbei, und aus meiner Sicht ist das nur gut. Selbst die Boulevardzeitungen haben sich ewig nicht mehr gemeldet.«

»Das verstehe ich voll und ganz, aber ich glaube, ihm schwebt etwas Größeres, Umfassenderes vor. Der Vorfall als Aufhänger für eine echte New Yorker Fin-de-Siècle-Erzählung. Die Wirtschaftsgrößen. Die Arbeiter. Der Golfschläger. Man fragt sich doch, ob die Sache ohne diesen Golfschläger überhaupt so viel Aufmerksamkeit bekommen hätte.«

»Ich versuche, nicht allzu oft an den Golfschläger zu denken. Und ich habe bisher mit keinem Reporter geredet.«

»Das verstehe ich ja, aber er ist ein sehr talentierter Autor, und ich glaube, er hat etwas Größeres im Sinn als die bisherigen Zeitungsberichte. Wahrscheinlich eher etwas Literarisches.«

»Ein guter Freund, sagst du? Welche Sorte Freund denn?«, fragte Nora.

»Kein Sarkasmus, bitte«, entgegnete James. »Es ist doch eine spannende Idee, oder nicht? Kulturkampf. Das Leben der anderen. Er sagt, eure Straße habe eine *Brigadoon*-Atmosphäre. Hermetisch abgeriegelt. Das vergessene Land.«

»Falls du mir die Idee damit schmackhaft machen willst, scheiterst du gerade aufs Kläglichste«, sagte Nora. »Ich lebe gern dort, und ich mag die anderen Leute, die dort leben. Warum sollte ich sie für irgendeinen Zeitschriftenartikel verraten?«

»Ich habe ihm schon gesagt, dass du vermutlich so reagieren wirst, aber ich hatte versprochen zu fragen.« Nora überlegte, als was James sie wohl bezeichnet hatte. Als Kommilitonin? Als alte Freundin? Sie notierte den Namen des Journalisten auf ihrem Block, schrieb darunter »James Mortimer« und unterstrich es zwei Mal.

»Was macht das Haus aus Aluminium?«, fragte sie.

»Ah, dann hat deine Freundin Suzanne also von dem Kreuz erzählt, das wir gemeinsam zu tragen haben. Aber es läuft prima. Es passt überhaupt nicht in seine direkte Umgebung, der Bauunternehmer beklagt sich pausenlos, vor was für Probleme der Auftrag seine Leute stellt, und der Kunde ist schrecklich schwierig. Aber es bekommt viel Aufmerksamkeit.«

»Und darum geht es ja.«

James seufzte. »Hat dir schon mal jemand gesagt, Moneypenny, dass sich deine Missbilligung eins zu eins in deine Stimme überträgt?«

»Ja. Meine Tochter.«

»Wie geht es ihr denn?«, fragte James.

»Rachel macht demnächst ihren Abschluss am Williams«, sagte Nora.

»Großer Gott«, sagte James. »Ist dir damals, vor all den Jahren, je der Gedanke gekommen, dass irgendwann mal deine Tochter dort studieren würde?«

Sie schwieg lange, während sie versuchte, eine Antwort darauf zu finden. Doch alle möglichen Antworten waren so unaussprechlich, so lahm oder so demütigend, dass sie schließlich einfach sagte: »Ich muss jetzt aufhören. Sag deinem ›Freund‹« – selbst sie hörte die Anführungszeichen, in die sie das Wort setzte – »wenn ich mich nicht bei ihm melde, heißt das, ich bin an einer Zusammenarbeit nicht interessiert.«

Sie beendete das Gespräch und drückte dann rasch entschlossen eine Kurzwahltaste.

»Was ist?«, fragte ihre Tochter.

»Ich wollte einfach mal Hallo sagen, Mäuschen. Wie geht es dir?«

Es war eine Weile still in der Leitung, während Rachel versuchte, die Lage einzuschätzen. »Alles okay mit dir, Mommy?«, fragte sie schließlich. Rachel mochte aggressiv, egozentrisch, unmöglich sein. Doch Noras Ton konnte sie besser deuten als jeder andere, sogar besser als Charlie. Vor allem besser als Charlie.

»Alles prima«, antwortete Nora.

»Bei mir auch. Mir geht's sogar richtig gut. Weißt du noch, die Seminararbeit, von der ich dir erzählt habe, über die britischen Suffragetten, wegen der ich solche Angst hatte, weil die Dozentin wahnsinnig streng ist? Ich habe ein ›Sehr gut‹ bekommen, und sie hat sogar noch ›hervorragende Leistung‹ unten drunter geschrieben.«

»Du Schlauköpfchen!«

»Ja, nicht? Ich hab mich voll gefreut. Und damit bin ich für dieses Jahr fast schon durch. Noch eine Klausur in Politik und eine weitere Seminararbeit, aber keine so wichtige, das war's eigentlich. Ich glaube, alles in allem kriege ich ein knappes ›Sehr gut‹ hin und kann mit Auszeichnung abschließen. Sicher weiß ich das erst in ein paar Wochen, aber es sieht gut aus.«

»Mein Schlauköpfchen. Ich bin so stolz auf dich!«

»Außerdem ist Oliver hier, und heute Abend kochen wir ganz groß für meine Freunde. Spaghetti Bolognese und Salat, und Ollie meint, er will noch Brownies machen, aber da hab ich schon ein bisschen Angst, weil er die noch nie gebacken hat. Und bevor du fragst, es sind keine Hasch-Brownies.«

»Auf den Gedanken wäre ich nie gekommen«, schwindelte Nora. »Wie schön, dass er dich besucht und offenbar seine Schwester vermisst.«

»Von wegen. Der vermisst Lizzie. Weißt du, die mit den Locken, die in den Ferien mal bei uns war? Du kanntest ihre Mutter, weil sie mit dieser Freundin von dir befreundet ist.«

Erstaunlicherweise wusste Nora tatsächlich genau, wen Rachel meinte, eine zierliche junge Frau mit riesigen graugrünen Augen und einem Lachen, das besser zu einer viel größeren, vielleicht sogar männlichen Person gepasst hätte. »Hahahaha«, schallte es aus dem Wohnzimmer, wo sie alle vor dem Fernseher hockten.

»Ich wusste gar nicht, dass Lizzie und er zusammen sind«, sagte Nora.

»Ach Gott, Mommy, zusammen, ich bitte dich – was heißt

das überhaupt genau? Anfangs haben sie nur ein bisschen rumgemacht, dann haben sie beschlossen, dass sie weiter rummachen, aber nur noch miteinander, und jetzt sind sie wohl ein Paar oder so was in der Art.«

»Wow! Kann ich mich darüber freuen?«

»Absolut. Nett, klug, nicht klammerig, nicht durchgeknallt.«

Nora lachte. »Na, dann ist ja alles geklärt.«

»Sie hat nur dieses echt nervige Lachen. Aber sonst ist sie richtig cool.«

»Oliver und Lizzie«, sagte Nora wehmütig.

»Bist du sicher, dass alles okay ist? Du klingst irgendwie nicht so.«

»Es ist alles okay«, sagte Nora. »Mach dir keine Sorgen, Mäuschen. *Still crazy after all these years.*«

»Hä?«

»Vergiss es«, sagte Nora. »Hab dich lieb.«

Alle werden gebeten, sich wegen des Straßen-Grillfests mit mir in Verbindung zu setzen.

George

»Ich dachte, ihr richtet dieses Jahr das Grillfest aus«, sagte Nora, als sie Linda Lessman am Abend beim Spazierengehen mit ihrem Cockerspaniel traf.

»Stimmt. Wollten wir auch, aber ich habe mit Sherry gesprochen, und wir finden beide, dass wir es entweder verschieben sollten, vielleicht auf kurz vor dem Labor Day, oder es ganz absagen.«

»Oh, wow«, sagte Nora. »Das ist keine Kleinigkeit. Wir hätten es diesmal sowieso verpasst, weil es mit einer der College-Abschlussfeiern zusammenfällt. Aber sogar die Zwillinge meinten, vielleicht schaffen wir es ja rechtzeitig zurück und kriegen wenigstens noch die letzte Stunde mit.«

»Ich weiß, aber was sollen wir machen? Stell dir nur die Zeitungsberichte vor. Sherry hat erzählt, ihr Anwalt sagt, Ricky sei wieder im Krankenhaus und müsse erneut operiert werden. Ich stelle mir gerade ein Foto seiner Frau vor, wie sie an seinem Krankenbett sitzt, und daneben wir alle, quietschvergnügt mit Hamburgern in der Hand, am Ort des Geschehens.«

Es war der bisher deutlichste Hinweis, dass die Straße

durch Jack Fisks Tat Schaden genommen hatte. Zusammen mit dem Januarfest bei den Fenstermachers gehörte das Grillfest für alle zu den wichtigsten gemeinsamen Aktivitäten. Als die Nolans das erste Jahr in der Straße wohnten, hatten sie an einem Wochenende Charlies Eltern besucht, was immer eine extrem verkrampfte Angelegenheit war. Am Montag danach hatte Nora Sherry Fisk mit ihrem damaligen Hund Nero getroffen. »Sie haben das Grillfest verpasst!«, rief Sherry.

»Was denn für ein Grillfest?«, wollte Nora wissen.

So war es in der Straße immer schon gewesen, man setzte voraus, dass jeder quasi osmotisch wusste, wie man sich um einen Stellplatz auf der Brachfläche bewarb, dass man an Weihnachten (beziehungsweise »an den Feiertagen«, wie sie aus Rücksicht auf die jüdischen Anwohner alle sagten) die Haustür schmückte und sich den letzten Samstag im Mai (Sonntag, falls es regnete) für das Grillfest freihielt. Während Sherry Fisk noch erzählte, wurde Nora klar, dass sie am Abend zuvor, als sie wach im Bett lag, während draußen jemand ohne übermäßige Textkenntnis *America the Beautiful* sang, ein gewisses Aroma in der Luft bemerkt hatte, von dem sie jetzt wusste, dass es die Reste von Grillkohle gewesen sein mussten. Offenbar wurden am Ende der Straße fünf große Grills aufgestellt: Es gab Hotdogs, Burger, Hähnchen, Kebab und alles an vegetarischen Alternativen, was sich als Grillgut eignete. Die Kinder aus der Straße tobten auf einer dieser großen Hüpfburgen herum, die jemand angemietet hatte, und die Erwachsenen saßen auf den umliegenden Vortreppen, aßen und plauderten, als sähen sie sich nicht sowieso fast täglich. Seitdem hatten die Nolans das Grillfest nie wieder verpasst.

Die Verantwortung für das Grillfest wanderte jährlich von einem Haus zum nächsten, wobei »Verantwortung« in diesem Fall wirklich nur hieß, die Menschen anzurufen, die man dafür engagierte, das Fest auf die Beine zu stellen. Nicht einmal George war es gelungen, das Grillfest in den Sand zu setzen, auch wenn er einmal nah dran gewesen war, als er übereifrig am Beginn der Straße Sägeböcke aufstellte, um sie abzuriegeln, und damit die Aufmerksamkeit der Polizei erregte, die Genehmigungen sehen wollte. Da ohnehin so gut wie nie jemand in die Straße hineinfuhr, hatten sie seither beschlossen, sie auch beim Grillfest einfach offen zu lassen, und irgendwer half immer beim Zurücksetzen, falls doch einmal jemand falsch abgebogen war. Die Zwillinge fanden es besonders toll, zur Feuerwache zu gehen und den Feuerwehrleuten mitzuteilen, dass es nur an den fünf Grills liegen könne, wenn ihnen Rauchgeruch aus der Straße gemeldet würde.

Auch die Mieter waren eingeladen, und die meisten von ihnen kamen und verzehrten den ein oder anderen Hotdog. Da sie aber meist jünger als die Hausbesitzer waren, empfanden sie das Grillfest eher als eine Art Straßenmarkt.

In einem Jahr war eine Gruppe junger Schweden, die in einer Jugendherberge ein paar Straßen weiter einquartiert waren, in die Straße eingefallen und hatte gefuttert, als hätten sie seit ihrer Landung am Flughafen nichts mehr zu essen bekommen, und sie waren so fröhlich, dankbar und, wenn man ehrlich war, auch attraktiv gewesen, dass niemand es übers Herz brachte, ihnen zu sagen, dass es sich um ein privates Fest handelte. Hinterher allerdings hatte George eine seiner Verlautbarungen verteilt: Zum Grillfest sind ausschließlich Hausbesitzer zugelassen.

Nora hatte sich damals noch zu sehr als frisch Zugezogene gefühlt, um darauf zu reagieren, doch sowohl Sherry als auch Linda hatten George wegen dieser Engstirnigkeit zur Schnecke gemacht. Am nächsten Tag traf eine weitere Mitteilung ein: Vorherige Mitteilung bitte ignorieren.

Das Grillfest hatte auch Noras Straßenfreundschaft mit Linda Lessman befördert, die bis dahin nur eine Hundebekanntschaft gewesen war. Einige Jahre, nachdem die Nolans eingezogen waren, wurde ein städtisches Gesetz erlassen, das in dem üblichen Juristenkauderwelsch abgefasst war und auf Folgendes hinauslief: Grillen in großem Stil war auf der Straße künftig verboten, Ausnahmen galten für Restaurants und lizenzierte Catering-Unternehmen. Eine kleine Abordnung beschwerte sich bei den beiden Polizisten, die fast jeden Tag am Ende der Sackgasse im Streifenwagen ihren Mittagsimbiss einnahmen, und schließlich bat der Leiter des Polizeireviers sie in sein Büro.

»Ich wünschte mir ja auch, ich könnte Ihnen das genehmigen«, sagte er und beugte sich an seinem Schreibtisch vor. »Ich weiß ja, dass Sie es richtig machen, dass Sie aufräumen und nicht zu viel Lärm veranstalten. Und es geht ja auch gar nicht um Sie, es geht um die Leute, die so was ausnutzen – verstehen Sie, was ich sagen will? Sie sollten mal sehen, was die da unter der Autobahnbrücke an der 155th Street anstellen. Die Musik, die vielen Autos, alte Schrottkarren mit

Bierfässern im Kofferraum, überall Decken auf dem Rasen, Unmengen von Kinderwagen.«

»Und überall diese Hotdogs«, kommentierte Linda trocken.

»Sie müssen das gesehen haben, Euer Ehren, sonst glauben Sie es nicht.« Ach, dachte Nora bei sich, deswegen sind wir überhaupt hergebeten worden. Lindas Schultern versteiften sich, und Nora merkte, dass es ihr missfiel, in diesem Kontext mit ihrem Titel angesprochen zu werden, noch dazu von einem Polizisten.

»Wie ich höre, grillen sie da auch manchmal ein komplettes Schwein«, sagte sie.

»Stimmt genau«, bestätigte der Beamte, der Ironie anscheinend nicht einmal erkannte, wenn er direkt damit konfrontiert war. Im Gegensatz zu Nora. Sie hatte Linda anfangs als etwas kühl empfunden und nie recht gewusst, worüber sie mit ihr reden sollte, weil sie immer so ernst wirkte. Jetzt sah sie, wie sich Sherry, die auf der anderen Seite neben Linda stand, die Hand vors Gesicht hielt, um ihr Grinsen zu verbergen. Dann waren sie zu dritt vom Revier zurück in ihre Straße gelaufen. »Es ist ja nicht wegen uns«, stieß Linda zwischen zusammengebissenen Zähnen hervor. »Es ist wegen dieser Leute.«

»Wir könnten einen Caterer engagieren«, entgegenete Sherry. »Caterer bekommen eine Sondergenehmigung.« Ein Jahr lang hatten sie durchgehalten, in der Hoffnung, das Gesetz könne wieder aufgehoben werden, sie hatten Briefe geschrieben, Petitionen eingereicht. Aber ein Jahr ohne Grillfest war mehr als genug, und so hatte Sherry ein

Catering-Unternehmen namens *Charcoal Briquettes* beauftragt, das im Grunde nichts anderes tat, als Grillfeste zu bestreiten; nur im Winter benannten sie sich in *Church Supper* um und kochten Eintopfgerichte für Menschen, die mit so etwas aufgewachsen waren, es aber seit Jahren nicht mehr gegessen hatten. Sie mussten alle zugeben, dass die Grillfeste mit Caterer längst nicht so aufwendig waren und das Essen besser schmeckte, auch wenn es sich nicht mehr ganz so anfühlte wie die früheren Straßengrillfeste.

»Aber wenn das Grillfest ausfällt, warum haben wir dann die Mitteilung von George gekriegt, dass wir uns bei ihm melden sollen?«, fragte Nora, während Homer die Stelle markierte, an der Lady gerade gepinkelt hatte.

»Ach, der raubt einem wirklich den letzten Nerv«, sagte Linda. »Ich weiß, Betsy rettet angeblich Leben, aber ich schwöre dir, wenn ich mit ihm verheiratet wäre, würde ich auch dafür sorgen, dass ich so wenig wie möglich zu Hause bin. Als ich ihm erzählt habe, dass wir das Grillfest vorläufig auf Eis legen, hat er darauf beharrt, wir müssten das allen irgendwie brieflich mitteilen, und als ich darauf nicht gleich angesprungen bin, kam er mit einem grauenvollen selbst verfassten Text an, in dem es um den Unfall ging, um die Vorfälle und die ganzen Unannehmlichkeiten der letzten Zeit, mit anderen Worten genau das, wonach sich die Presse alle zehn Finger lecken und was sie wahrscheinlich im genauen Wortlaut abdrucken würde, sollte die Sache jemals vor Gericht kommen. Da bin ich ein bisschen ausgeflippt. Es ist doch wirklich ein denkbar schlechter Zeitpunkt, so zu tun, als wäre hier alles wie immer.«

Das war es tatsächlich nicht. Jack ließ sich in der Straße kaum noch blicken, erst recht nicht mehr seit dem Tag, als er sich einen Kaffee holen wollte und dabei Nora und Linda begegnet war. Es war das erste Mal, dass Nora ihn sah, seit er auf den Rücksitz des Streifenwagens befördert worden war, und sie war sich unsicher, wie sie reagieren sollte. Linda hingegen war alles andere als unsicher. »Guten Morgen, Jack«, sagte sie im frostigsten Ton, den man sich denken konnte, und machte keinerlei Anstalten, stehen zu bleiben und mit ihm zu plaudern, nicht einmal, als Jack sich vor ihr auf dem Gehweg aufbaute. Er hatte entweder vergessen, sich zu rasieren, oder ließ sich neuerdings einen Bart stehen.

»Du als Richterin solltest doch wissen, dass jede Geschichte zwei Seiten hat«, sagte er laut.

»Das weiß ich allerdings, Jack«, entgegnete Linda. »Aber ich habe im Lauf der Jahre auch gelernt, dass beide Seiten meistens nicht gleich schwer wiegen.«

Nora schwieg, bis sie fast an der nächsten Ecke waren. »Sherry tut mir so leid«, sagte sie. »Ich glaube, sie nimmt mir immer noch übel, dass ich Ricky im Krankenhaus besucht habe.«

»Das sollte ihr eigentlich egal sein«, sagte Linda. »Wer weiß schließlich besser als sie, wie er ist? Kennst du eigentlich die Geschichte, als sie Brutus gerade neu hatten? Jack wollte ihn nicht kastrieren lassen. Das sagt ja im Grunde schon alles. Eines Tages hat Sherry festgestellt, dass Brutus das Bein hebt und den ganzen Flur entlang die neu angebrachte Tapete markiert, nach der sie monatelang gesucht hatte. Sie ist noch am selben Nachmittag mit dem Hund zum Tierarzt gegangen, und Jack ist durchgedreht. Ich glaube, das war eins der Male, dass sie ihn verlassen hat. Rätselhaft ist nur, warum sie zurückgekommen ist. Aber vielleicht ist es ja auch gar nicht so rätselhaft. Mit zwei Kindern und alldem.«

Die Lessmans hatten keine Kinder. »Ist das Haus nicht ganz schön groß für zwei Personen?«, hatte vor Jahren einmal jemand auf dem Januarfest zu ihnen gesagt, das Mantra derjenigen, deren Kinder erwachsen und aus dem Haus waren, und Linda hatte Harold angesehen, Harold hatte ihren Blick erwidert, dann hatten beide gelächelt und gleichzeitig gesagt: »Ja, allerdings.« Charlie ließ sich gern darüber aus, die Lessmans seien so ein Paar, das sich zurückhaltend kleidet und benimmt, aber heimlich ein Sadomaso-Verlies im Keller hat. Vielleicht stimmte das sogar. Vielleicht waren sie aber auch einfach nur so, wie sie wirkten.

»Dann glaubst du also nicht, dass er Sherry schlägt?«, wollte Nora von Linda wissen.

»Erstaunlicherweise nein. Bis zu dem Vorfall mit Ricky war seine Aggression immer rein verbal. Außerdem ist er der Typ, der nach unten tritt. Taxifahrer, Kellner. Zu Chirurgen, Seniorpartnern und Geschäftsführern ist er einigermaßen höflich. Warst du schon mal mit den beiden im Restaurant? Ein Albtraum. Wenn der Fisch mal nicht Spitzenklasse ist, bricht gleich der Dritte Weltkrieg aus. Ich habe mir das jahrelang bieten lassen, aber jetzt ist es genug. Für mich war es das. Ich habe Harold schon gesagt, dass es mir reicht. Sherry jederzeit, aber Jack: nie wieder.«

»Du bist wirklich knallhart«, sagte Nora.

»Was? Ach, meistens ist das nur Berufspose. Aber diesmal

nicht. Ich meine das ganz ernst. Was er da gemacht hat, ist wirklich unverzeihlich.«

Dem musste Nora zustimmen. Wie auch sämtliche Hausangestellten aus der Straße. Grace, die Haushälterin der Fisks, hatte gekündigt. Sherry gegenüber hatte sie behauptet, sie sei es eben gewöhnt gewesen, allein im Haus zu arbeiten, während Sherry und Jack beide bei der Arbeit waren, und es treibe sie in den Wahnsinn, Mr. Fisk, wenn er nicht gerade auf dem Land war, den ganzen Tag um sich zu haben und sich anhören zu müssen, dass sie die Dampfdusche nicht richtig reinige und ihr Putzmittel die Böden stumpf mache. Außerdem habe Brutus sie schon zwei Mal angeknurrt. George hatte Charlie erzählt, Brutus bekomme Medikamente, weil ihm die Atmosphäre im Haus Beklemmungen bereite.

»Glauben Sie, die finden eine neue Haushälterin?«, hatte Nora Charity gefragt.

»Garantiert«, sagte Charity. »Arbeit brauchen die Leute doch immer.«

Graces Wut staute sich bereits seit Monaten auf, seit Sherry sie gebeten hatte, nicht mehr von Haus zu Haus zu gehen, um die anderen Haushälterinnen auf der Genesungskarte unterschreiben zu lassen. »Wir haben schließlich auch das Recht, unsere Meinung zu äußern, so wie alle«, hatte sie zu Charity gesagt.

»Bitte reden Sie nicht mit der Presse«, hatte Nora sie in dieser Zeit gebeten, und Charity hatte mit ihrem typischen explosiven Missfallenslaut reagiert, auch wenn Nora nicht recht wusste, ob sich ihr Missfallen gegen die Presse oder gegen Noras Bitte richtete. Besonders schrecklich war es gewesen, als die Enkelkinder der Rizzolis ausgefragt wurden, während sie auf dem Weg vom Schulbus nach Hause waren. Ihre Kinderfrau war kurz stehen geblieben, um mit Grace zu plaudern, und so hatte der Journalist, den James Nora gegenüber erwähnt hatte, ein paar Minuten, sich als freundlicher Passant auszugeben, während er die Unterhaltung mit dem Handy aufzeichnete.

»Als ich mal Halsweh hatte, hat Ricky mir Honigbonbons geschenkt, und danach war mein Hals viel besser«, hatte das kleine Mädchen angeblich gesagt.

»Meine Mutter sagt, Mr. Fisk muss lernen, seinen Zorn zu zügeln«, berichtete der Junge. »Sie sagt, ich soll daraus lernen, mich mit Worten zu wehren und nicht mit den Fäusten.«

Also sprach Sherry jetzt auch mit den Rizzolis nicht mehr. Der Frau hatte sie nahegelegt, ihre Kinder würden schlecht betreut, worauf Mrs. Rizzoli erwidert hatte, wenn hier jemand betreut werden müsse, dann ja wohl Jack Fisk. Und so weiter und so fort. Niemand konnte sich erinnern, dass in der Straße jemals zuvor so viel Unfrieden geherrscht hatte. Die Straße hatte die Ihren immer beschützt, die gegenüberliegenden Häuser schienen sich von Fenster zu Fenster, von Brüstung zu Brüstung einig zu sein, dass Vertrautheit und Privatsphäre Hand in Hand gehen konnten. Jahrelang war die ältere Mrs. Rizzoli sowohl auf dem Januarfest der Fenstermachers als auch beim Grillfest so betrunken gewesen, wie es einer Frau nur möglich war, wenn sie noch aufrecht stehen wollte, und kein Mensch hatte ein Wort gesagt. Und sie hatten es auch nicht kommentiert, allenfalls heimlich, als sie für mehrere Monate verschwunden war und nach ihrer Rückkehr ein

Jahr lang nur Mineralwasser mit Zitrone trank. Dann folgte das ein oder andere Glas Wein dazu, dann das Januarfest, bei dem sie in den Christbaum fiel, und darauf eine weitere Abwesenheit. Aufgrund ihrer gehobenen Stellung bei Gericht konnte Linda sich den August immer komplett freinehmen und ihn im Strandhaus verbringen. An den Donnerstagabenden fuhr Harold immer hin, doch kein Mensch erwähnte, dass er unter der Woche nur wenige Nächte zu Hause in der Straße verbrachte, was entweder daran liegen konnte, dass er in seinem Büro ein Schlafsofa stehen hatte (eher unwahrscheinlich) oder bei seiner Schwester in deren Stadthaus in Greenwich Village übernachtete (durchaus möglich). Vielleicht aber auch daran, dass der August, während Linda am Strand mit ihren Freundinnen Tennis spielte und ihre Nichten zu sich einlud, für Harold die Zeit war, um die Nacht bei seiner Geliebten zu verbringen, die sich, wie jede Geliebte auf der ganzen Welt, erhoffte, dass aus dem August irgendwann Dezember würde und aus ihr selbst die zweite Ehefrau.

Vielleicht war es aber auch gar keine Geliebte. Vielleicht war es ein Geliebter. Das ging sie alles gar nichts an. Nora dachte sich, dass ihre Freundinnen, die woanders wohnten, nach Lust und Laune über ihre Nachbarn lästern konnten, weil sie sie nicht kannten, und über ihre Freunde, weil sie sie zu gut kannten. Doch die Leute aus der Straße lebten diesbezüglich in einem sonderbaren Zwischenreich, was dazu führte, dass sie alle aufeinander aufpassen wollten. Und es war ihnen auch bestens gelungen, die Geheimnisse und Gebrechen der anderen zu übersehen, bis Jack Fisk das Dreiereisen aus dem Kofferraum gezogen hatte.

»Ich sage das ja wirklich ungern«, hatte Linda Lessman gemeint, »aber ich glaube, wir müssen uns jemand anders suchen, der die anfallenden Reparaturen erledigt.«

James' Freund, der Zeitschriftenjournalist, hatte einen abscheulichen Artikel über die Straße verfasst und sie als Bastion privilegierter Weißer dargestellt, die sich bedienen ließen und die Menschen, die für sie arbeiteten, häufig schlecht behandelten. Er hatte Charity gefragt, ob die Nolans sie schwarz beschäftigten. »Hau ab, du Clown«, hatte Charity erwidert und ihm mit dem Finger gedroht, »sonst kriegst du eine verpasst.« Besondere Freude bereitete es ihm offenbar, die Sammlung des Museum of Jewelry mit Charitys Handtasche aus dem Teleshop und ihrer Kunstlederjacke zu kontrastieren. Nora hingegen bereitete es Freude, wie Charity ihn abserviert hatte und dass die angebliche Titelstory letztlich nur zwei Seiten ganz hinten in der Zeitschrift einnahm.

»Junge, Junge, der Typ hat dich aber auf dem Kieker«, sagte Charlie und blickte von der Zeitschrift auf.

»Tut mir wirklich leid, Moneypenny«, sagte James, nachdem der Artikel erschienen war. »Ich hätte wissen müssen, dass er ein kleines Arschloch ist.«

»Jetzt ist er schon ein kleines Arschloch? Nach den paar Monaten? Bin ich womöglich die längste Liebesbeziehung, die du jemals hattest?«

Es blieb still in der Leitung, dann sagte James traurig: »Ich fürchte fast, das stimmt, aber ganz fair ist es trotzdem nicht. Am Anfang sind sie alle gestorben.«

»Und jetzt?«

»Jetzt sind sie alle so jung«, sagte er.

»Das könntest du doch ändern.«
»Ich fürchte fast, auch das stimmt.«

Beim Aufwachen hatte Nora einen dieser kurzen Momente, in denen sie nicht wusste, wo sie war. Ein scharfer Splitter silbrigen Tageslichts hatte sich durch die geschlossenen Vorhänge gebohrt und sich irgendwie über ihr Gesicht gelegt, vielleicht hatte sie ihr Gesicht auch irgendwie im Schlaf aus dem Dunkel heraus ins Grelle bewegt. Sie drehte sich auf die andere Seite und hörte Charlie im Bad singen. Lauthals. Dann fiel ihr wieder ein, dass sie sich in einem Hotelzimmer befand, und sie konnte nur hoffen, dass die Wände halbwegs schalldicht waren, nicht nur, weil Charlie jetzt so laut sang, sondern auch, weil sie in der Nacht zuvor Sex gehabt hatten und ihr Kopfweh und die Schmerzen in den Schenkeln nahelegten, dass sie auch dabei alle beide recht laut gewesen sein mussten.

Charlie hatte schon immer eine Schwäche für Hotels gehabt, vielleicht ja, weil er im vorletzten Schuljahr nach dem Abschlussball in einem *Holiday Inn* seine Unschuld verloren hatte. Nora musste daran denken, wie sie die Zwillinge das erste Mal ins College gebracht und sich dann in Boston ein Hotelzimmer genommen hatten, wo sie vögelten wie die Wilden und dabei beide weinselig heulten. Damals hatten sie sogar eine Lampe zertrümmert. Sie schaute zu den Nachttischen. Beide Lampen waren noch intakt. Daran hätte sie sich auch erinnert, obwohl sie einen Mordskater hatte. Auch Nora hatte eine Schwäche für Hotels, die sich allerdings grundlegend von der ihres Mannes unterschied. Manchmal gab sie sich kurz dem Traum hin, einfach nie wieder auszuchecken, auf ewig in diesem Zustand eines dauerhaften Provisoriums weiterzuleben, ohne Anschrift, ohne Glühbirnen oder Shampoo besorgen zu müssen, ohne Einkäufe, ohne Frühstückszutaten zu hacken und zu backen. Dafür Kaffee aus der French-Press-Kanne und ein Gemüse-Omelette auf einem Tablett und Butter in kleinen Löckchen dazu. Dann packte sie ihre Sachen und fuhr wieder nach Hause.

Asheville in North Carolina war berühmt für sein großes Wellnessresort rund um ein Privatanwesen, das früher einmal das größte von ganz Amerika gewesen war – als noch nicht alle Welt darauf erpicht war, das jeweils größte Privatanwesen von ganz Amerika zu erbauen. Bei ihrer Ankunft war Charlie auf die Terrasse getreten und hatte die Arme weit ausgebreitet. »Wie. Im. Paradies«, verkündete er mit tiefem, hörbarem Seufzen. »Gar nicht schlecht für diese Sorte Hotel«, hatte Bebe abfällig kommentiert, als Nora ihr erzählte, dass sie dort ein Wochenende verbringen würden. Und es war tatsächlich schön, mit Blick auf die Berge und einem riesigen Bett, bezogen mit Bettwäsche aus Baumwolldamast. Nora kam sich regelrecht albern vor, weil sie den Stoff so genau bestimmen konnte.

»War gut gestern, was?«, sagte Charlie, als er mit einem Handtuch um die Hüften aus dem Bad kam, und Nora wusste nicht genau, ob er das Essen, den Wein oder den Sex meinte. Wahrscheinlich alles zusammen. Zum Glück lagen in der Minibar auch Kopfschmerztabletten.

Am Tag zuvor, als Charlie mit dem Präsidenten einer hier ansässigen Bank, den er noch aus seiner Studentenverbindung kannte, beim Golfspielen war, hatte Nora einen langen

Geländelauf gemacht, sich eine Massage und eine Gesichtsbehandlung gegönnt und sich danach mit einem Smoothie für elf Dollar und einem Modemagazin voller Kleider, die keiner, den sie kannte, jemals tragen würde, auf besagte Terrasse gesetzt. Sie hatte Jenny angerufen, um ihr zu erzählen, dass ihr neuestes Buch, *Hexen und weise Frauen*, in dem Modemagazin erwähnt wurde.

»Warum liest du denn so was?«, fragte Jenny, und Nora erzählte ihr, wo sie waren.

»Ich finde Charlies Midlife-Crisis wirklich mühsam«, sagte sie und trank einen Schluck von ihrem Smoothie, doch Jenny reagierte merkwürdig mitleidlos.

»Ich würde der Midlife-Crisis gern mehr Respekt verschaffen«, sagte sie. »Von tödlichen Krankheiten und bipolaren Störungen wird immer so ehrfürchtig geredet. Und die Midlife-Crisis tun wir ab, als bestünde sie nur aus roten Cabrios und Haarverpflanzungen. Dabei ist sie doch eine völlig einleuchtende Reaktion auf die höhere Lebenserwartung und die Anforderungen des modernen Lebens.«

»Wird das dein neues Buch?«, fragte Nora. »Du klingst nämlich, als würde es dein neues Buch werden. Mir wäre es einfach nur lieber, wenn sich das alles nicht in ganztägiger schlechter Laune und dem hartnäckigen Versuch äußern würde, mich zu überzeugen, dass ich New York doch gegen das Panoramafenster an einem Golfplatz eintausche.«

»Tja, das wird nie passieren«, sagte Jenny. Sie hatten schon vor Jahren gemeinsam beschlossen, dass selbst ein Umzug einer von ihnen nach Brooklyn an geografischen Verrat grenzen würde. Irgendwann wollte die Emory University Jenny mit mehr Geld und einem Lehrplan, der praktisch keine Lehre umfasste, nach Atlanta locken. Der Dekan hatte sie in ein nach Jennys Worten hervorragendes Restaurant ausgeführt, doch als sie sie dann erneut einluden, um sie auf dem Campus herumzuführen und noch einmal mit ihr essen zu gehen, diesmal in Anwesenheit des Rektors, hatte Jenny doch beschlossen, dass es unaufrichtig wäre, das Ganze noch weiter zu treiben.

»Du ziehst es nicht mal in Erwägung?«, hatte Nora sie gefragt.

»So leicht wirst du mich nicht los, Süße«, hatte Jenny geantwortet.

Nachdem sie aufgelegt hatten, klopfte eine weiß gekleidete Frau mit einem Rollwagen voller Utensilien an die Tür des Hotelzimmers, und Nora bekam auf der Terrasse eine Pediküre, während der sie anfing, einen Krimi zu lesen. Sie war absolut zufrieden, würde sich allerdings hüten, das Charlie gegenüber zu erwähnen, weil er es nur als weiteren Beleg begreifen würde, dass sie hierher oder an einen anderen Ort dieser Art ziehen sollten. Nach der Pediküre blieb Nora allein auf der Terrasse sitzen. Als sie Charlie kennenlernte, fand sie ihn zum Teil auch deshalb so anziehend, weil sie in New York so schlecht allein sein konnte. In den Jahren seither hatte sie aber festgestellt, dass Alleinsein ein Zustand war, den sie durchaus schätzte.

Am Nachmittag gingen sie zu einem späten Mittagessen in ein typisch erstklassig-dünkelhaftes kleines Bistro, das die Teller mit essbaren Blüten verzierte. »Was ist das noch mal?«, fragte Charlie.

»Kapuzinerkresse«, sagte Nora. »Was bin ich froh, dass sie das in New York inzwischen nicht mehr machen!«

»Sie sind aus New York?«, fragte die Masseurin im Spa. »Ich liebe New York.«

»Sind Sie hier in Asheville geboren?«, fragte Nora.

»Nein, in Buffalo.« Die Frau schüttelte sich leicht. »Der Schnee fehlt mir kein bisschen.«

»Aber hier haben Sie doch inzwischen auch welchen, oder?«

»Das stimmt. Diesen Winter waren es an einem Tag fünf Zentimeter, und kein Mensch wusste, wie man damit umgeht. Aber am selben Tag hat meine Mutter mir erzählt, in Buffalo läge ein halber Meter Schnee. Also kein Vergleich, oder?«

Das Abendessen nahmen sie im Hotelrestaurant ein, und Charlie bestellte eine Flasche Wein, der so gut war, dass Nora bereits ahnte, die Essensrechnung könnte höher ausfallen als die für das ganze Zimmer. Sie plauderten entschlossen, vermieden aber beide die offensichtlichen Fallstricke: Bob Harris, Jack Fisk, den geschätzten Verkaufswert des Hauses, die fehlenden Parkplätze in der Straße, den hartnäckig tropfenden Wasserhahn in der Küche. Nora war klar, dass dieses Wochenende sie überzeugen sollte, wie wunderbar das Leben anderswo wäre, doch Charlie erwähnte nicht einmal, wie wunderschön das Wetter an diesem Tag gewesen war. Sie erzählte ihm von Oliver und Lizzie. Er erzählte ihr von dem alten Kommilitonen und seiner Frau. Als sie frisch verheiratet waren, hatten sie sich geschworen, nie eins dieser Ehepaare zu werden, die schweigend beim Essen saßen, weil sie sich nichts mehr zu sagen hatten. Sie waren fest entschlossen, sich niemals nichts mehr zu sagen zu haben. Entsprechend oft wiederholen sie sich.

Dann brachte ein Wagen des Hotels sie eine halbe Stunde Fahrt aus der Stadt hinaus, zu einer Hausbesichtigungstour. Etliche der Häuser, die sie sich ansahen, schienen eigens dafür gebaut worden zu sein, dem Hotel hinsichtlich der Grundfläche den Rang abzulaufen. Eine Küche verfügte über drei Spülbecken, zwei Kühlschränke, ein in die Kücheninsel eingelassenes Kochfeld, einen Herd mit acht Platten, einen Wandbackofen sowie zwei Mikrowellen. »Da sind die Caterer sicher ganz aus dem Häuschen«, bemerkte Nora.

»Sei nicht so zynisch«, sagte Charlie.

»Ich bin New Yorkerin«, sagte Nora. »Zynismus ist meine Religion.«

»Ach, ich liebe New York«, sagte die Frau, die sie durch die Häuser führte. Ihr Akzent war so schwer, dass die Konsonanten wie sämige Klümpchen im Karamellpudding ihrer Stimme wirkten. »Kommen Sie da beide her?«

»Niemand kommt da wirklich her … Carolyn«, antwortete Charlie. Er war immer bemüht, alles möglichst persönlich zu halten, bei der Autovermietung, mit den Aushilfen, die im Supermarkt die Einkäufe verstauten. Sobald jemand ein Namensschild trug, sprach Charlie die Betreffenden auch mit dem Vornamen an, was allerdings längst nicht mehr so beiläufig freundlich wirkte, seit er zunehmend schlechter sah und jedes Mal einen verräterischen Moment brauchte, um die Augen zusammenzukneifen und die einzelnen Buchstaben zu entziffern. »In New York kommen eigentlich alle von anderswo.«

Das brachte das Problem auf den Punkt. Seit dem horrenden Scheck, den Nora für die Kaution, die erste Miete und die anteilige Miete des Vormonats für ihre verlotterte Wohnung ausgestellt hatte, war sie New Yorkerin gewesen. Und wenn sie überlegte, was sie ihren Kindern Gutes mitgegeben hatte, dann gehörte dazu ganz eindeutig, dass sie für den Rest ihres Lebens auf jedem Formular unter Geburtsort »New York« schreiben konnten.

In New York gab es drei Arten von Menschen: solche wie Nora, die dort ihre Heimat gefunden hatten, solche, die ständig davon redeten, wie schrecklich sie es fanden, dann aber doch ihr ganzes Leben dort verbrachten und dort starben, und solche, die immer mit einem Fuß woanders waren, in Scarsdale oder Roslyn oder Boca Raton. Letztere hatten sich früher noch von Raubüberfällen und Kakerlaken vertreiben lassen. Heute gingen sie wegen fünfstelliger Monatsmieten, dreistelliger Rechnungen fürs Mittagessen im Restaurant und der heimlichen Erkenntnis, dass man hier zu den Verlierern zählte, wenn man nicht gerade unter den ganz großen Gewinnern war. Nora hatte den Verdacht, dass ihr Mann sich inzwischen unbewusst diesem letzten Lager zurechnete.

All die Qualitäten, die dafür sorgten, dass Charlie allseits geliebt wurde – »Charlie Nolan ist der Beste«, hörte man von so vielen –, garantierten zugleich auch, dass er nie zu den wichtigen Akteuren gehören würde. Also gab er der Straße, der Firma, der Stadt die Schuld. Wenn sie nur an einem anderen Ort wären, könnte auch er ein anderer sein.

Und damit hatte er recht. In New York wichtig zu sein war schwer. Manchmal hatte Nora Schuldgefühle, weil sie wusste, dass Charlie anderswo ein Ass hätte werden können, Vorstand einer kleineren Bank in einer Stadt irgendwo in North Carolina, der sich für die Kampagnen von United Way stark machte, Bürgermeister einer Stadt mit fünfzigtausend Einwohnern, der die Nachfragen der Bürger immer persönlich beantwortete. Einmal hatte sie ihm vorgeschlagen, es doch mit etwas anderem zu versuchen, beispielsweise Lehrer zu werden oder Trainer. »Klar, das deckt bestimmt die Unterhaltskosten für dieses Haus«, hatte er erwidert, aber Nora merkte ihm an, dass er beleidigt war. Man konnte durchaus behaupten, dass sie in ihren Entscheidungen, beruflich und in ihrer Ehe, vom Weg abgekommen waren. Aber in Wahrheit gab es gar keinen Weg. Es gab immer nur einen Tag nach dem anderen, die ganzen Kleinigkeiten, die sinnlosen Gespräche, die Planungen. Und dann, nach vielleicht zwei Jahrzehnten, summierte sich das zu etwas, im guten oder im schlechten Sinn oder auch beides zusammen.

Im Flieger legte Charlie seine Hand auf ihre und sagte: »Komm schon, Bun. Es gibt dort Kunstgalerien und Kammermusik und einen Marathon, bei dem du mitlaufen könntest. Und ich könnte das ganze Jahr Golf spielen. Bist du den Wahnsinn nicht auch längst leid?«

»Welchen Wahnsinn denn?«, fragte Nora. »Der einzige Wahnsinn sind die Reservierungen im Restaurant.«

»Aber selbst in der Straße tobt doch der Wahnsinn. An manchen Tagen kann man die schlechte Stimmung mit Händen greifen.« Das musste auch Nora zugeben. Menschen, die einander früher ganz offen begegnet waren und auf der Straße geplaudert hatten, gingen jetzt mit knappem, flüchtigem Gruß aneinander vorbei oder wechselten sogar die Straßenseite.

»In Charlotte gibt es einen Finanzdienstleister, der eine Zweigstelle in Asheville hat«, fuhr Charlie fort. »Die nähmen mich mit Kusshand.«

Nora lehnte sich in ihrem Sitz zurück und schloss die Augen.

»Denk wenigstens drüber nach«, sagte Charlie, als das Flugzeug startete, und wiederholte es später noch einmal, als sie mit der Rolltreppe nach unten fuhren, wo sich die vorbestellten Fahrer drängten und in ihren schwarzen Anzügen aussahen wie eine Versammlung von Bestattern. Auf einem der Schilder stand in Großbuchstaben *»NOLLAND«*.

»Nicht mal richtig schreiben können die hier«, knurrte Charlie.

»Jammern auf hohem Niveau« – so nannte Christine das immer, wenn Nora sich über das schlechte Essen in der Business-Class, ein eingerissenes Nagelhäutchen bei der Maniküre oder ein Luxushotel beklagte. »Wackliges WLAN und lange Wartezeiten beim Room-Service? Armer Schatz!«, sagte Christine dann. Der Erfolg war ihr nicht zu Kopf gestiegen.

Sie lehnten sich beide auf dem Rücksitz des schweren Wagens zurück. »Soll ich eine bestimmte Strecke fahren, Sir?«, fragte der Fahrer.

»Durch den Tunnel«, sagte Charlie, und Nora sagte gleichzeitig: »Über die Brücke.«

Nora musste lachen. Charlie nicht. »Es wird so oder so ein Albtraum«, sagte er.

Homer kam nicht angerannt, um sie zu begrüßen, als sie die Koffer in die Diele rollten. Er rappelte sich langsam, fast qualvoll in seiner Box hoch und blinzelte ins Licht. »Wie würde dir denn ein großer Garten gefallen?«, fragte Charlie ihn und kraulte ihn hinter den Ohren. »Wie würde es dir gefallen, für den Rest deines Lebens nicht mehr an die Leine zu müssen?«

»Ach, komm«, sagte Nora. »Im Ernst? Der Hund als Druckmittel?«

»Schon gut.« Charlie stapfte bereits die Treppe hoch. »Du kannst ja mit ihm rausgehen.«

Sie hätte diese Karte vermutlich auch ausgespielt, wenn sie unbedingt in eine bewachte Wohnanlage mit Tennisklub und Swimmingpool hätte ziehen wollen. Der letzte Weg mit dem Hund am Abend war immer einigermaßen unangenehm: Im Winter musste man Homers Hinterlassenschaften mit Handschuhen wegräumen, wenn es wärmer wurde, zusehen, wie er an irgendwelchem Abfall schnupperte und sich etwas daraus zu schnappen versuchte. Er war inzwischen dreizehn und viel langsamer als früher, erst recht am späten Abend. Der Weg bis zur Ecke und zurück dauerte sogar länger als damals, als er noch ein Welpe war und Nora sich komisch vorkam, weil sie ihm immer wieder sagte, was für ein guter, guter Hund er doch sei, weil er in den Rinnstein pinkelte und draußen kackte anstatt im Haus.

»Und du bist wirklich ein guter Hund«, sagte sie jetzt laut, während sie an diese Zeit zurückdachte, doch Homer drehte sich nicht einmal um, obwohl seine spitzen Ohren ein wenig zuckten. Kurz vor dem Haus der Lessmans zog er plötzlich rasant an der Leine, und Nora zerrte ihn zurück. »Was machst du denn?«, fragte sie und musste dann zusehen, wie eine große Ratte gemütlich aus dem Rinnstein über den Gehweg trabte und dann auf den schattigen Stufen in den Kellerschacht der Lessmans verschwand. Da drehte Homer sich dann doch um, denn Nora hatte ganz gegen ihren Willen gekreischt, ein Adrenalinschwall, der ihren Körper flutete und sich über die Stimme entlud. Unwillkürlich drückte sie eine Hand aufs Herz.

»Oh, großer Gott!«, sagte sie laut, und am Ende der Straße drehte sich ein Mann nach ihr um.

Zurück an ihrem Haus, beäugte sie die Stufen, die zu ihrem eigenen Keller hinunterführten, und überlegte, ob die Tür an der Schwelle wohl dicht genug schloss. Mit Grauen dachte sie an den Lüftungsschacht des Trockners, der in den Garten hinausging. Hatte Ricky ihn nicht mit Maschendraht abgedeckt, damit nichts hineinkam? Und was, wenn nicht? Wer würde das jetzt machen? In der Diele fragte sie sich, ob sie Linda Lessman von ihrer Beobachtung erzählen sollte. Oder Charity.

»Ich gehe jedenfalls nie wieder in den Keller«, sagte sie zu Homer, der bereits zu seinem Korb zurückgestapft war und sich mit einem tiefen Seufzen auf die Unterlage sinken ließ.

Mehrere Gebäude wurden wegen Ungezieferbefalls angezeigt. Die Anzeigen werden derzeit vor dem Gesundheitsministerium angefochten. Es ist dennoch unerlässlich, sämtliche Abfalltonnen mit dicht schließenden Deckeln auszustatten. Die Anzeigen können nur zurückgezogen werden, wenn sich alle Gebäude an diese Vorgaben halten. Am Dienstagmorgen um 9:00 Uhr wird ein Gesundheitsbeamter in die Straße kommen und alle interessierten Hausbesitzer darüber informieren, wie sich die Lage wieder eindämmen lässt.

Der Gesundheitsbeamte hieß Dino Forletti. Er trug eine Windjacke mit der Aufschrift *Department of Health* auf dem Rücken, Schuhe mit Stahlkappen und eine Schirmmütze der Mets, und er hatte einen Laserpointer dabei. Das übliche Knäuel besorgter Hausbesitzer hatte sich zu einer Perlenkette rings um ihn her formiert. George stand, mit einem recht betagten Mops auf dem Arm, ein wenig abseits, vielleicht ja, weil er sich irgendwie für zuständig hielt, und Sherry traf in letzter Minute ein, stellte sich aber nicht zu Nora und Linda, die einen der Rizzoli-Söhne und dessen Frau bei sich hatten. Nora hatte schon befürchtet, Jack Fisk würde auftauchen, um allen zu beweisen, dass er es konnte, doch er ließ sich nicht blicken. Auch einer der Vermieter war gekommen und hatte versucht, Anschluss zu finden, doch niemand biss an. Die vorherrschende Meinung besagte, dass die Mietshäuser mit mehreren Parteien und zu wenigen Mülltonnen die Ursache des Problems seien.

Der Gesundheitsbeamte gab eine Art ständiges Summen von sich, und das Grüppchen folgte ihm die Straße entlang wie eine Grundschulklasse ihrem Lehrer beim Schulausflug.

Er sagte nichts, nur manchmal wurde das Summen etwas lauter oder schneller, und jedes Mal sah Nora sich nach einem Anlass dafür um. Ursprünglich hatte sie gar nicht dazukommen wollen, weil sie fürchtete, der Beamte könne plötzlich eine Ratte aus ihrem Loch ziehen wie ein Zauberer das Kaninchen aus dem Hut, doch Charlie hatte erklärt, er habe auf der Arbeit zu viel zu tun und sehe das alles sowieso nicht ein, dafür gebe es doch schließlich Kammerjäger, und was könne man schon erwarten, wenn man in New York lebe?

Der Beamte schwieg, bis er an der Brachfläche war, die er von vorn bis hinten abschritt, dabei hin und wieder stehen blieb und sich bückte. Sie warteten vor dem Eingang auf ihn. Nora konnte nichts dagegen tun: Vor ihrem geistigen Auge sah sie einen Moment lang glasklar Ricky zerstört am Boden liegen.

»Hier parken Autos?«, fragte der Beamte und erntete damit einen kollektiven Seufzer.

»Inzwischen nicht mehr«, sagte Linda Lessman.

»Die Fläche wird bald wieder als Parkplatz geöffnet«, sagte George. »Sehr bald.«

»Ja, die kleinen Biester verstecken sich gern unter parkenden Autos«, sagte der Beamte. »Sie haben bestimmt schon gesehen, wie sie nachts manchmal am Straßenrand unter einem hervorkommen.«

Nora war sich nicht sicher, ob sie diesen Termin überstehen würde. Allein bei der Vorstellung spürte sie ein Gefühl zwischen Morgenübelkeit und Achterbahnfahrt im Magen.

»Aber wie auch immer, ich habe schon Schlimmeres erlebt«,

fuhr Dino Forletti fort. Er schaltete den Laserpointer ein und zeigte damit auf die Hinterseite des Wohnheims, auf die Milchkartons und die Bananentüten, die dort auf den Fensterbrettern standen. Einer der Bewohner schaute von oben auf sie herab. »Die Art der Aufbewahrung von Lebensmitteln hier ist natürlich ein Thema, zumal es aussieht, als würde immer wieder etwas auf das Grundstück herunterfallen.«

»Wusste ich's doch«, sagte George. »Das Ding ist ein Schandfleck.«

»Es ist aber beileibe nicht das größte Problem«, sagte der Beamte. »Ein entscheidender Faktor für die Zunahme ist das Gebäude gegenüber, am Ende der Straße, das gerade entkernt wird. Sobald sie die unterirdischen Abwasserleitungen erreichen und das Fundament ausheben ...«, er zuckte die Achseln, »... werden die Schadnager heimatlos.« Der Laserpointer zog seine dünne rote Linie am Rand des Parkplatzes entlang bis zum matten Mauerwerk des angrenzenden Gebäudes. Er folgte einem Streifen, den Nora bisher immer für Dreck gehalten hatte. »Hier sehen Sie Spuren«, sagte Dino Forletti. »Die Biester drücken sich gern an Mauern entlang. Ich war mal bei einem dieser hellen Häuser aus Kalkstein an der East Side, das sah aus, als hätte ihm jemand mit Kohlestift einen Streifen verpasst.«

»An der East Side?«, wiederholte die Rizzoli-Schwiegertochter.

»Die machen sich nichts aus Klassengrenzen, das können Sie mir glauben«, entgegnete der Beamte ernst. »Einmal sind wir sogar ins Büro des Bürgermeisters gerufen worden, weil eine in den Vorraum geraten war ...«

Nora wedelte unwillkürlich mit beiden Händen, sie zitterte am ganzen Körper. »Alles klar?«, flüsterte Linda.

»Oje, Sie ekeln sich«, sagte der Beamte zu Nora. »Machen Sie sich nichts draus – das geht vielen so. Meine Freundin ekelt sich auch. Sie erzählt allen, ich wäre beim Morddezernat, weil sie glaubt, dass die Leute das besser verkraften. Ich sage ihr immer, wenn sie nur ein bisschen mehr über die Viecher wüsste, eigentlich sind die nämlich hoch spannend, sie haben Familienstrukturen, Sozialgewohnheiten, sie sind gar nicht ...«

Nora wedelte wieder mit den Händen, die Augen weit aufgerissen. Es war ein Automatismus, wie Niesen oder Schluckauf, obwohl sie sonst nicht besonders zimperlich oder ängstlich war. Zum zwanzigsten Hochzeitstag hatten Charlie und sie eine Woche auf einem Weingut in der Toskana verbracht, und Nora war im Wald laufen gewesen und dort einem Wildschwein begegnet. Sie hatte keine Ahnung, wie man sich verhalten sollte, wenn man einem Wildschwein gegenüberstand: Weiterlaufen? Stehen bleiben? Auf den nächsten Baum klettern? Laut brüllen? Einen Moment lang glaubte sie auch, gehört zu haben, man solle ihm eins auf die Nase geben, wenn es näher kam, aber dann fiel ihr wieder ein, dass man diesen Rat immer für den Fall hörte, dass man einem Hai begegnete, was natürlich völlig absurd war. Wer hatte schon die Geistesgegenwart, einen Hai zu verhauen? Oder ein Wildschwein?

Der Keiler gab einen Laut von sich, der wie das Räuspern eines alten Mannes klang, und verschwand dann wieder im Unterholz, mit gewaltigem Getöse, das Nora reichlich spät vor Augen führte, wie groß das Tier eigentlich war. Die Besitzer des Weinbergs reagierten entsetzt, obwohl sie praktisch jeden Abend Wildschwein in verschiedensten Variationen auf den Tisch brachten. Pappardelle mit *cinghiale*. Cinghiale-Ragout. Sie wollten Nora verbieten, morgens laufen zu gehen.

»Na, dann viel Glück«, war Charlies einziger Kommentar.

»Solange es keine Ratten sind«, sagte Nora.

»Ratten?«, fragte einer der Besitzer, und sein Akzent verwandelte das Wort, sodass es kaum wiederzuerkennen war und längst nicht mehr so schrecklich klang.

»Oder Schlangen«, ergänzte Charlie.

Jetzt, am Durchgang zum Parkplatz, zitterte sie wieder, obwohl ihr die Sonne warm auf die Schultern schien. Dino Forletti schüttelte den Kopf.

»Ich habe ja viel darüber recherchiert«, sagte George. »Eine pro Einwohner von New York, stimmt's?«

»Sie ekelt sich«, wiederholte Dino und richtete den Laserpointer so auf Nora, dass er ihr einen Punkt auf die Brust malte. »Das ist vielleicht nicht das beste Gesprächsthema, wenn sich jemand ekelt. Außerdem hat bisher noch niemand eine Volkszählung durchgeführt, wenn Sie wissen, was ich meine. Wir können nur Vermutungen anstellen.«

Er steckte den Pointer wieder in die Gesäßtasche. »Unterm Strich ist es so, dass Sie alle einiges tun können. Ich sorge dafür, dass die Kästen mit dem Gift immer gut gefüllt bleiben. Und Sie können alle mit dem Müll aufpassen. Mülltüten, Deckel auf die Tonnen. Geben Sie ihnen keinerlei Zugang zu Lebensmitteln, okay? Sagen Sie Ihren Hausangestellten, sie sollen den Keller überprüfen und sicherstellen, dass es keine

Durchschlupfmöglichkeiten gibt. Ich persönlich bin ja ein großer Fan der Straßenkatze, aber das hat hier in New York einfach keinen Sinn. Ehe man sich's versieht, hat wieder irgendwer alle eingefangen, bringt sie ins Tierheim, lässt sie sterilisieren und sucht ihnen ein schönes Zuhause. Wenn Sie mich fragen, soll man streunende Katzen ruhig streunen lassen. Die beseitigen dann alle bis auf die ganz großen.«

»Was ist mit Hunden?«, fragte George.

»Ach, Hunden tun die nichts.«

»Nein, ich meine, was ist, wenn ein Hund eine jagt? Sollen wir das dann zulassen?«

Dino Forletti musterte den Mops. »Besser nicht«, sagte er. Dann wandte er sich wieder Nora zu. »Tut mir wirklich leid, ich wusste nicht, dass sich hier jemand ekelt«, sagte er.

Inzwischen war es so schlimm geworden, dass Nora sich abends kaum noch mit Homer nach draußen wagte, was sie Charlie natürlich nicht sagen konnte, weil sie ihm keine weitere Munition für sein Großes-Haus-im-warmen-Süden-Plädoyer liefern wollte. Selbst nachdem zwei von Dino Forlettis Leuten Gift in allen Gärten ausgelegt, den Bauarbeitern des entkernten Hauses eingeschärft hatten, keinen Abfall herumliegen zu lassen und alle Abflussrohre mit Abdeckungen zu versehen, und alle Vermieter mit zu wenigen oder zu wenig stabilen Mülltonnen verwarnt hatten, reagierte sie immer noch auf jedes Flugblatt, das durch den Rinnstein wehte, auf jeden Schatten auf dem Asphalt, als wäre es ein projektilförmiger Körper mit einem fadendünnen Schwanz. Als sie eines Samstags im Riverside Park laufen war und über ihr, stolz und gesprenkelt, ein riesiger Habicht kreiste, ruinierte ihr einer der Männer, die auf dem Spielplatz den Müll aufsammelten, den Anblick, indem er grinsend sagte: »Der Knabe frisst jeden verdammten Tag sein Körpergewicht in Ratten.«

»Langsam ist das wie bei den biblischen Plagen«, sagte sie am Telefon zu ihrer Schwester, ohne daran zu denken, dass Charity gerade in der Küche stand und die Schränke wischte. »Die Hundekotbeutel liegen wieder vor der Tür, auf den Gehwegen rennen die Ratten herum, und letzten Monat sind gleich zwei von den Männern aus dem Wohnheim gestorben. Ganz zu schweigen von der Sache mit Jack Fisk und Ricky.«

»New York ist selbst so eine Plage, Nonnie, weswegen viele nicht dort leben wollen. Aber es ist dein Ort. Es war immer schon dein Ort.«

»Manchmal begreife ich selbst nicht mehr, warum«, sagte Nora. »Und mein Mann begreift das erst recht nicht. Seine Versuche, mich zum Wegziehen zu bewegen, haben langsam eine kritische Masse erreicht.«

»Da müsste ich auch Einspruch erheben, selbst wenn er nach Seattle ziehen wollte. Du gehörst nach New York. Das ist wie Chemie. Entweder sie stimmt, oder sie stimmt nicht. Das lässt sich nicht erklären.«

»Genau das hat Rachel mich letztes Jahr gefragt. ›Mommy, kann sich die Chemie mit einem Mann entwickeln, wenn sie nicht von Anfang an stimmt?‹«

Christine lachte. »Ach ja, das. Der wahnsinnig nette Kerl, den man selbst etwa so aufregend findet wie den eigenen Unterarm. Ich hoffe, du hast ihr gesagt, nein, auf keinen Fall, wenn die Chemie nicht stimmt, dann stimmt sie nicht.«

»Was hätte ich denn sonst sagen sollen?«

»Aber gut, noch mal zurück zu der anderen Sache. Die Männer aus dem Wohnheim sind alt, sie werden alle irgendwann sterben, und die Beutel vor der Tür sind einfach nur lästig, auch wenn du immer klingst, als wären sie irgendwie bedrohlich.«

»Sie fühlen sich bedrohlich an. Feindselig, als hätte es da draußen jemand auf mich abgesehen.«

»Okay, von mir aus. Aber das andere …«

»Was?«

»Ich will es gar nicht aussprechen, sonst flippst du gleich wieder aus«, sagte Christine. »Weißt du, es ist ja nicht so, als könnte ich es nicht verstehen. Letzten Sommer hatten wir eine riesige Spinne in der Garage, und ich habe das Auto zwei Monate lang draußen stehen lassen. Die Jungs haben getan, als wäre ich ein Ungeheuer, weil ich wollte, dass sie mit einem Besen reingehen und das Netz zerstören. Jake sagte: ›Und wenn sie Babys hat?‹ *Wilbur und Charlotte* zu lesen hat ihm echt nicht gutgetan.«

»Und hast du sie umgebracht?«

»Irgendwann bin ich ganz schnell reingerannt und habe eine komplette Dose Insektenvernichtungsmittel auf sie gesprüht. Die Jungs sind immer noch sauer. Ich dachte, ich kann es heimlich machen, aber ich sage dir, der Geruch von dem Zeug hält sich dermaßen lang.«

»Von den biblischen Plagen gab es zehn«, bemerkte Charity gönnerhaft auf ihrem Weg in den Keller, nachdem Nora aufgelegt hatte. »Sie kommen von Gott. Um Ratten kümmern wir uns mit Gift. Um Mr. Fisk kümmert sich Gott.«

»Dann haben wir die Lage jetzt also im Griff«, verkündete George triumphierend, als er Nora am Morgen nach dem Besuch des Gesundheitsbeamten zufällig traf. Um sie zu provozieren, versuchte er noch, ihr zu erzählen, wie viele Nester es pro Jahr gebe und wie viele Junge pro Nest. Nora war längst an Georges Gerede gewöhnt, doch Dino Forletti hatte sie ernsthaft beunruhigt. Er hatte, was die Ratten betraf, deutlich abgeklärter gewirkt, als Nora erwartet hätte oder als ihr lieb war. Sie konnte sich nicht vorstellen, dass jemand so ausführlich erklären würde, wie Termiten ihren Bau errichteten oder was für zähe Burschen Kakerlaken seien. »Leben und leben lassen« – so lautete seine Abschiedsbemerkung.

Als Nora im Büro war, stieg sie ins unterste Stockwerk hinunter, in die Eingeweide des Gebäudes, zu dem fensterlosen Büro, wo Declan, der Verwalter, vor einer Wand mit körnigen Überwachungsbildschirmen saß. Declan war ein kleiner, höchst akribischer rothaariger Mann, der so offensichtlich an einen Kobold erinnerte, dass Bebes einziger Kommentar beim Unterschreiben seines Einstellungsvertrags lautete: »Ich hoffe nur, das Tourneetheater, wo Sie ihn gefunden haben, will ihn nicht für die nächste Inszenierung von *Der Goldene Regenbogen* zurück.«

»Declan, haben wir Ratten?«, fragte Nora. Schon das Wort ließ sie schaudern.

»Soweit ich weiß, hatten wir hier im Gebäude noch nie eine einzige Ratte«, antwortete Declan, und in seinem irischen Akzent klang das schauderhafte Wort nur wie ein kleines Räuspern.

»Gott sei Dank«, sagte Nora und wandte sich zum Gehen.

»Geht es um den Posten für den Kammerjäger in meinem Monatsbudget?«

»Was? Nein.«

»Der kommt nämlich trotzdem regelmäßig. Wir sind hier in New York. Nah am Fluss. Ich muss auf jeden Ernstfall vorbereitet sein. Wär ja eine Katastrophe, wenn eine von den Damen hier so ein Tierchen zu sehen kriegt.«

»Hören Sie auf«, sagte Nora.

Sie war hocherfreut festzustellen, dass auch Richard sich vor Ratten ekelte. »Nehmen Sie's mir nicht übel, Mrs. Nolan, aber können wir vielleicht über etwas anderes reden?«, sagte er. »Unbedingt«, entgegnete Nora. Auch Charity wollte das Thema nicht weiter diskutieren, bis auf die Anmerkung, dass es bei ihr auf der Insel keine Ratten oder Schlangen gebe, weil der Mungo sie alle töte, und dass es auch in der Straße keine Ratten gäbe, wenn Mr. Fisk, in Charitys Worten, nicht versucht hätte, »Ricky den Kopf einzuschlagen«.

»Ich war gerade mit Jack einen trinken«, erzählte Charlie eines Abends. »Er sagt, Charity hasst ihn. Er sagt, Charity ist schuld, dass Grace gekündigt hat.«

»Du warst bei Jack?«, fragte Nora. »Hat er dir auch erzählt, dass er sich geweigert hat, Grace nach einundzwanzig Jahren ein Zeugnis zu schreiben?« Was letztlich keine Rolle spielte, da Sherry ihr, laut Charity, ein fulminantes Zeugnis ausgestellt hatte und Grace längst wieder arbeitete, bei einem Ehepaar, das in Central Park South lebte und ihr, wiederum laut Charity, mehr Geld für weniger Arbeit zahlte.

»Fang jetzt keine Diskussion über Jack mit mir an. Und sag Charity, sie soll die Fisks in Frieden lassen.« Das würde Nora natürlich nicht tun, obwohl sie einen Anflug von Mitleid mit Sherry hatte. Charitys Zorn ausgesetzt zu sein, das war, als würde man mitten in ein Gewitter geraten.

Von den Männern aus dem Wohnheim wusste Charlie nichts, auch nicht von den Hundekotbeuteln, die den ganzen Winter über ausgeblieben waren, jetzt aber wieder auftauchten. Doch die Sache mit den Ratten hatte George ihm haarklein erzählt, und Nora hatte den Verdacht, dass Charlie sich über diese Neuigkeit freute. Er war überzeugt, dass es in einer Wohnanlage in North Carolina keine Ratten geben würde. »Aber jede Menge Schlangen, möchte ich wetten«, brummte Nora vor sich hin.

»Ihr zieht aber nicht ernsthaft um?«, hatte Rachel, die für ein paar Tage nach Hause gekommen war, Nora am Morgen gefragt.

»Was glaubst du denn?«, fragte Nora zurück, während sie ihre Handtasche bestückte und darauf wartete, dass Rachel ihre Jacke wiederfand, die aus irgendeinem Grund im Wohnzimmer unter dem Couchtisch lag und streng genommen eigentlich Noras Jacke war.

»Ich glaube, Daddy spinnt gerade ein bisschen. Vermutlich liegt es daran, dass er immer so tut, als würde er Mr. Fisks absurde Geschichte glauben. Und ich glaube außerdem, wenn ihr da hinzieht, wo er hinziehen will, werdet ihr mich kaum noch zu sehen kriegen. Was soll ich denn da?«

»Das hast du ihm hoffentlich gesagt«, meinte Nora, als sie aus dem Haus gingen.

»Nehmen wir kein Taxi?«, fragte Rachel.

»Ich laufe immer«, sagte Nora.

»Okay«, meinte Rachel.

»Es ist ganz schön weit«, ergänzte Nora, und Rachel zuckte nur die Achseln, woran Nora merkte, dass etwas im Busch war. Selbst wenn Rachel im Grunde nichts gegen einen Spaziergang hatte, verlangte die Tradition doch eigentlich, dass sie erst mal meckerte: Ein Taxi ist doch viel bequemer, warum nicht die U-Bahn, kein Mensch läuft zur Arbeit und dergleichen mehr.

»Weiß die nicht, dass sie eigentlich nur die Ratten füttert?«, fragte Rachel, als sie an der Frau mit den Baguettes vorbeikamen, die von einer Schar Gänse und einer Wolke aus gierigen Möwen umgeben war.

Nora schauderte. Sie sah immer noch die Ratte auf der Kellertreppe der Lessmans vor sich, den Schatten des langen, haarlosen Schwanzes. Rachel war fast so schlimm wie ihre Mutter, was Ratten betraf. »Ich versteh euch echt nicht«, hatte Oliver einmal gesagt, nachdem er einige Zeit mit Laborratten gearbeitet hatte. »Ich wette, wenn ihr mal eine auf den Arm nehmt und euch ein bisschen mit Ratten beschäftigt, könntet ihr das überwinden.«

»Bist du wahnsinnig?«, rief Rachel.

»Meine Rede«, ergänzte Nora.

»Okay, Mommy, jetzt spiel mal nicht die Coole«, sagte Rachel. »Das finde ich echt traurig.«

Die Baguettestückchen trafen die aufgewühlt-graue Wasseroberfläche und verschwanden unter flatternden Flügeln und gereckten Hälsen. Eine Frühlingsbrise wehte Nora das Haar ins Gesicht. Rachel hatte die Hände tief in die Taschen der Lederjacke geschoben, die sie trotz Noras Ermahnung angezogen hatte, sie werde eine dickere Jacke brauchen. Der wahre Frühling zeigte sich ein Stück weiter den Fluss entlang. Zwei Windsurfer in Wetsuits kamen vorbei und winkten ihnen zu. »Spinner«, bemerkte Rachel.

»Ist das eigentlich meine Jacke?«, fragte Nora.

Während der Highschool-Zeit hatte Rachel es sich zum Hobby gemacht, ihre Mutter zu kritisieren, vor allem, was Aussehen und Kleidung betraf. Nora hatte begriffen, dass alles, was sie anzog, aus Sicht ihrer Tochter in eine von zwei Kategorien fiel: Dinge, die viel zu lahm waren, um kommentarlos durchgelassen zu werden, und Dinge, die sich, im Rachel-Jargon, abgreifen ließen. Manchmal kaufte Nora eine Bluse, bei der sie förmlich spürte, wie sie aus der Einkaufstüte direkt in Rachels Reisetasche wandern würde. Normalerweise passierte das, noch ehe die Preisschilder vom jeweiligen Kleidungsstück entfernt waren, noch ehe Nora es selbst tragen und, so vermutete sie wenigstens, mit ihrer Lahmheit darauf abfärben konnte.

»Streng genommen ja.«

»Ich habe diese Jacke schon ewig«, sagte Nora. »Jenny hat sie vor Jahren für mich ausgesucht.«

»Siehst du, und du trägst sie gar nicht mehr.« Was so nicht stimmte, doch Nora nahm an, dass sie sie jetzt tatsächlich nicht mehr tragen würde. Sie stand Rachel gut, was dieser sicher nicht entgangen war. Ob Rachel jetzt wohl in die Retrophase eingetreten war und Noras Sachen übernehmen würde, sofern sie durch ausreichend verstrichene Zeit und das bumeranghafte Wesen der Modetrends sanktioniert waren? Mit Jenny hatte Nora bereits über einen Zeitschriftenartikel gestaunt, demzufolge die Bomberjacke aus Leder »zurück« sei. »Als ob die je weg gewesen wäre«, hatte Jenny abfällig kommentiert.

»Dann bist du mit deiner Arbeit also fast durch?«, fragte Nora jetzt ihre Tochter.

»Schon erstaunlich, wie wenig im letzten Semester eigentlich zu tun ist«, sagte Rachel.

Das wusste Nora auch noch. Sie selbst hatte dadurch endlose Stunden Zeit gehabt, an James zu denken und zu überlegen, ob er wohl noch umzustimmen wäre, was ihr heute lächerlich vorkam. Sie schob sich ein paar Haarsträhnen hinters Ohr.

»Bin ich froh, dass du nicht blond bist«, sagte Rachel.

»Bitte?«

»Die Mütter meiner Freundinnen werden alle blonder, je älter sie sind. Zumindest die von meinen Freundinnen hier in der Stadt. Wahrscheinlich so 'ne Art Vorstufe zum Grau. Gestern Abend habe ich Elizabeths Mutter gesehen, die war total blond. Das sieht doch komisch aus.«

»Ist die nicht Brasilianerin?«

»Sie sagt, sie ist aus Venezuela. Ist das ein großer Unterschied?«

»In Brasilien spricht man Portugiesisch. In Venezuela Spanisch, glaube ich. Ich kann sie mir überhaupt nicht blond vorstellen, aber sie hatte doch in eurem vorletzten Schuljahr auch diesen unglücklichen Eingriff.«

»Inzwischen sieht ihr Gesicht wieder entspannter aus«, sagte Rachel. »Aber darüber bin ich auch froh, dass du das nie gemacht hast.«

Bebe hatte einmal angedeutet, dass Noras Stirn ein kleines Lifting vertragen und man die Falten um ihren Mund durchaus verschwinden lassen könne, doch Nora hatte dem keine Beachtung geschenkt. Wahrscheinlich war es damit auch nicht anders als mit ihrem beruflichen Ehrgeiz: Sie hatte einfach nicht den inneren Drang nach einer klar konturierten Kinnpartie oder taufrischer Haut, der offenbar so viele andere Frauen antrieb, die sie traf. Teilweise lag das an Charlie. Es gab Unsicherheiten genug in ihrem Leben, doch seine körperliche Reaktion auf sie blieb unvermindert. Hatte er einmal keine Lust auf Sex, lag das eher daran, dass es ihm mit sich selbst nicht gut ging, und nicht an seinen Gefühlen für Nora. In so einer schlechten Woche sah er ihr dann beispielsweise beim Ausziehen zu, wenn sie duschen wollte, und sagte leicht trübsinnig: »Dein Hintern ist immer noch der Hammer.«

»Also, Mommy«, sagte Rachel nach kurzem Schweigen. »Das ist jetzt vielleicht ein guter Moment, darüber zu reden, was ich nach dem Studium vorhabe.« Oliver hatte sich bereits eine Stelle als Assistent in dem Labor gesichert, wo er schon als Student gearbeitet hatte. Nora war immer davon ausgegangen, dass Rachel in ihre Geburtsstadt zurückkehren und sich die Art von Job suchen würde, wie ihn Geisteswissenschaftsabsolventen typischerweise hatten, die Art von Job, der es erforderlich machte, dass die Eltern noch mindestens ein, zwei Jahre die exorbitanten Mieten zahlten, obwohl die jungen Menschen ihre winzige Wohnung, die eigentlich nur für einen gedacht war, mit zwei Mitbewohnern und einer provisorischen Trennwand im Schlafzimmer teilten.

»Ich habe ein Stellenangebot von einer ganz tollen Firma in Seattle mit hervorragenden Entwicklungsmöglichkeiten, und ich habe mich entschieden, es anzunehmen«, sagte Rachel so schnell, dass sie beim Sprechen fast über die Wörter stolperte, was wiederum hieß, dass da noch mehr war, als ihre Tochter ihr erzählte. Nora schwieg ein paar Minuten lang. Dann blieb sie stehen und sah Rachel an, und die Tatsache, dass sie dabei nach oben schauen musste, weil ihre Tochter acht Zentimeter größer war als sie, trieb ihr, zusammen mit dem auffrischenden Wind, die Tränen in die Augen.

»O mein Gott, nicht weinen«, sagte Rachel. »So weit ist das doch gar nicht. Es gibt jeden Tag Direktflüge.«

Nora musste lachen. »Das ist der Wind«, sagte sie. »Und der Umstand, dass du bei dieser Mitteilung das Wichtigste weggelassen hast, nämlich, dass du für Christine arbeiten wirst, stimmt's? Ich habe eben noch mit ihr telefoniert, und sie hat kein Wort gesagt.«

»Ich wollte es dir selbst sagen. Daddy bringt mich um, meinst du nicht? Über diese netten Leute, die damals unten an der Straße gewohnt haben, hat er auch immer gesagt, sie würden Klamotten verhökern, als wären sie Straßenhändler oder so was, dabei waren sie richtig reich.«

»Er wird das schon gut finden. Es ist eine tolle Möglichkeit. Mir ist klar, dass du das schon weißt, aber ich hielt die Idee für totalen Blödsinn, als meine Schwester mir zum ersten Mal davon erzählt hat, was nur beweist, wie schlecht ich in der Einschätzung der Zukunft bin. Ich konnte ja nicht ahnen, dass die Leute irgendwann in Yogahosen zur Arbeit gehen. Was ich übrigens immer noch für eine grauenvolle Idee halte.«

»Es ist nur ... ich weiß auch nicht, meine Freundinnen aus der Highschool und die meisten meiner Freundinnen vom College kommen jetzt wieder in die Stadt. Was übrigens auch ziemlich bescheuert ist, findest du nicht? Dass wir immer ›die Stadt‹ sagen? In einem meiner Seminare saß eine Frau aus Paris, die hat irgendwann zu mir gemeint: ›Weißt du, Rachel, es gibt auch noch andere Städte auf der Welt.‹«

»Kann gut sein.«

Rachel lachte. »Ich glaube, genau das habe ich auch gesagt. Jedenfalls ist mir klar geworden, dass irgendwie alle hier landen und wir alle in dieselben Bars und zu denselben Partys gehen werden, und dass es dann wie eine Fortsetzung meiner Kindheit ist. Und das will ich nicht. Du hattest das doch auch nicht. Als du hergekommen bist, war das für dich ein völlig neues Leben.«

»Ich sage ja gar nichts dagegen, Mäuschen. Das ist eine sehr kluge und reife Entscheidung. Ich bin baff und von den Socken.«

»Sehr gewählte Ausdrucksweise«, sagte Rachel.

»So, so«, sagte Nora.

»Bist du jetzt sauer auf Christine?«

»Warum denn? Weil sie dich wie einen erwachsenen Menschen behandelt? Du hast ja wirklich eine schlechte Meinung von mir. Wann fängst du an?«

»Zwei Wochen nach der Abschlussfeier. Ich wohne erst mal bei ihr, bis ich eine eigene Wohnung gefunden habe. Aber Anfang August kann ich hoffentlich umziehen.«

Die Abschlussfeiern von Rachel und Oliver fanden an zwei aufeinanderfolgenden Wochenenden statt. »Herrje, was für ein Wahnsinn«, hatte Charlie kommentiert. »Zwei Tage Veranstaltungen für den einen, zwei Tage Veranstaltungen für die andere. Der reinste Triathlon für Eltern.«

»Drei Tage Veranstaltungen«, sagte Nora. »Aber ich habe mich mal mit einer Frau unterhalten, die auch Zwillinge an zwei verschiedenen Colleges hatte, und deren Abschlussfeiern waren am selben Tag. Ich bin nur froh, dass wir uns nicht auch noch damit auseinandersetzen müssen.«

Nora und Rachel bogen Seite an Seite in die Straße zum Museum ein, einträchtig schweigend wie zwei Personen, von denen die eine etwas Folgenschweres zu sagen hatte, während die andere schon geahnt hatte, was sie gleich hören würde, und die es nun beide hinter sich gebracht hatten. Phil hatte seine Decke abgestreift und hielt das Gesicht mit dem Stoppelkinn in die Aprilsonne.

»Wunderschöner Tag«, sagte er zu Nora.

»Phil, das ist Rachel, meine Tochter. Rachel, das ist Phil.«

»Hallo, Phil«, sagte Rachel und gab ihm die Hand, und Nora war stolz auf sie.

»Das passt voll zu dir«, sagte Rachel, als sie weitergegangen waren. »Dass du einen Obdachlosen kennst.«

»Er ist gar nicht richtig obdachlos.«

»Das passt noch mehr zu dir, einen Pseudo-Obdachlosen zu kennen.«

»Hack nicht immer auf mir herum«, gab Nora zurück.

»Ich hacke gar nicht auf dir herum. Ich habe beschlossen, nicht mehr auf dir herumzuhacken.« Rachel umarmte Nora.

»Meine kleine Mommy«, sagte sie und stellte sich auf die Zehenspitzen, bis sie Nora das Kinn auf den Scheitel drücken konnte.

»Willst du mit raufkommen und meinen neuen Assistenten kennenlernen?«

»Richard?«, fragte Rachel. »Den liebe ich. Ich liebe ihn einfach. Wir sind Telefonfreunde. Die Trulla, die du vorher hattest, war echt schrecklich. Sag Richard, nächstes Mal lerne ich ihn gern persönlich kennen. Aber ich bin zum Brunchen verabredet und schon zu spät. Vielleicht gehe ich nachher noch shoppen.«

»Nettes Mädchen!«, rief Phil, als Rachel fort war.

»Stimmt«, sagte Nora und ging hinein, wo sie bereits von einer ihrer Kuratorinnen erwartet wurde, einer jungen Frau, die sie bei *Tiffany* abgeworben hatte. »Wir haben ein massives Problem«, sagte sie, noch ehe Nora das Foyer ganz durchquert hatte.

»Wir haben ein massives Problem«, sagte Nora später, als sie endlich Bebe erreicht hatte, die es strikt ablehnte, ein Handy bei sich zu haben. »Ich habe es doch nicht so weit gebracht, um dann selbst ans Telefon zu gehen«, lautete ihre Antwort, als Nora einmal wissen wollte, warum.

»Und das wäre?«, fragte Bebe. Im Hintergrund hörte Nora Geschirr klappern und folgerte, dass Bebes Assistentin sie wohl im *Breakers* in Palm Beach aufgestöbert haben musste. Bebe hatte Nora erzählt, das Hotel habe den besten Salade Niçoise der Welt, obwohl Nora vermutete, dass das ein oder andere Lokal in Frankreich da sicherlich Einspruch erheben würde.

»Der Stern von Kaschmir«, sagte Nora. »Als Annabelle ihn heute kontrolliert hat, fiel ihr auf, dass er leicht schief in der Vitrine lag. Sie hat ihn zur Gemmologin gebracht, die hat ihn sich angeschaut und festgestellt, dass es sich um eine Fälschung handelt. Eine hervorragende Fälschung, aber trotzdem eine Fälschung.«

Es blieb lange still. Nora glaubte schon, Bebe würde nachdenken, bis ihr klar wurde, dass sie kaute.

»Und?«, fragte Bebe.

»Und? Bebe, diese Kette gehört zu den wertvollsten Stücken unserer Sammlung. Der Versicherungswert wurde auf acht Millionen Dollar geschätzt, und zwar vor vier Jahren. Das fanden sie damals schon eher niedrig angesetzt.«

»War es auch. Norman hat immer gesagt, er liege bei mindestens zehn, und da war die Wirtschaftslage richtig flau.«

»Ich versuche Ihnen gerade zu erklären, dass die Kette weg ist und an ihrer Stelle eine Fälschung platziert wurde, was ein schweres Verbrechen ist und eine ebenso schwere Katastrophe für das Museum. Wir müssen umgehend die Polizei und den Chef der Sicherheitsfirma verständigen. Und wir müssen uns überlegen, wie wir vorgehen, damit die Berichterstattung in der Presse nicht zu desaströs wird. Ich dachte immer, wir hätten eine völlig störungssichere Alarmanlage.«

Das Thema Sicherheit war bei der Leitung eines Schmuckmuseums die größte Herausforderung, das hatte sie schon früh mitbekommen. Anders als beispielsweise ein bedeutender Vermeer oder das Skelett eines Tyrannosaurus Rex war eine kostbare Kette ebenso leicht zu transportieren wie auszutauschen. Wer sie stahl, konnte sie vielleicht nicht so, wie sie war, verkaufen, doch sie ließ sich einfach in eine Handvoll Edelsteine zerlegen, die immer noch ihren Wert hatten.

Zu Noras Freude hatten sie praktisch überall mit ihren innovativen Vitrinen Aufsehen erregt, die, wenn sie zerstört oder anders als durch ein hoch kompliziertes computergestütztes Autorisierungssystem geöffnet wurden, Stromstöße aussenden und damit einen Neunzig-Kilo-Mann außer Gefecht setzen konnten. Ein Fernsehjournalist hatte sogar vorgeschlagen, sich freiwillig von einer der Vitrinen einen Schlag versetzen zu lassen, was die Versicherungsgesellschaft des Museums aber für unklug hielt. »Es wäre ja schlecht, wenn vor laufender Kamera versehentlich jemand zu Tode kommt«, kommentierte der Sicherheitschef. »Aber Sie können mir vertrauen, wir haben es an einem unserer Leute ausprobiert, und es funktioniert.«

»Allerdings«, bestätigte ein breitschultriger Mann, von dem Nora vermutete, dass er früher im Football-Team seines Colleges gewesen war, und sein Tonfall sagte ihr, dass sie es wohl an ihm ausprobiert hatten.

Bebe hatte gnadenlos verhandelt und eine Klausel verlangt, die den Hersteller für alle Schäden haften ließ, falls jemand durch einen Stromschlag zu Tode käme. Sie war eine gewiefte Verhandlungspartnerin, nicht zuletzt, weil sie sich zu Beginn der Gespräche immer etwas begriffsstutzig gab. Das wog die Männer auf der anderen Tischseite fälschlicherweise im Gefühl von Sicherheit und Überlegenheit, bis sie schließlich ihr wahres Wesen aus dem Hut zog und ihnen auf den Tisch knallte. »Ich habe schließlich keine Lust, dass mich irgendein Einbrecher auf eine Million verklagt, weil ihm das Hirn verbrutzelt wurde«, kommentierte sie die Haftungsklausel, auf die sich der Hersteller am Ende eingelassen hatte.

»Die haben uns geschworen, dass die Vitrinen völlig störungssicher sind.« Nora tippte mit dem Kugelschreiber auf den Schreibtisch und starrte auf das Verzeichnis, das auflistete, wer die Autorisierungscodes verwaltete.

»Sekunde mal«, sagte Bebe, und Nora hörte, wie sie den Telefonhörer beiseitelegte. »Ich bekomme noch die Beeren, aber ohne Schlagsahne. Und ohne Brombeeren. Einfach nur Erdbeeren, Himbeeren und Blaubeeren. Aber vor allem keine Schlagsahne. Letztes Mal musste ich sie zurückgehen lassen.« Nora hörte, wie sie den Hörer wieder aufnahm. Der Oberkellner musste ihr wohl das Restauranttelefon gebracht haben, wie früher in den alten Hollywood-Filmen. »Sind Sie noch dran?«, fragte Bebe. »Jetzt machen Sie sich mal nicht ins Hemd. Die Kette liegt bei mir zu Hause im Safe.«

»Wie bitte?«

»Sie hat sentimentalen Wert. Sie war das letzte Stück, das Norman mir je geschenkt hat. Ich war doch bei diesem Galaempfang im Pierre, und für den einen Abend wollte ich mal das Original tragen. Nicht, dass die Figuren dort was davon gemerkt hätten. Eine Frau hatte einen Diamanten am Finger, der war so groß wie ein Tischtennisball, und ich sage Ihnen, wenn das ein echter Diamant war, bin ich Marilyn Monroe.«

»Das ist Monate her. Und wir hatten die ganze Zeit eine Quarzfälschung in der Vitrine?«

»Ich habe Ihnen schon vor Jahren erklärt, dass heutzutage kein Mensch mehr Quarz verwendet. Außerdem sind meine Nachbildungen die besten. Erstaunlich genug, dass es überhaupt wer gemerkt hat. Wenn ich aus Palm Beach zurück bin, lege ich die echte wieder rein.«

»Bebe, wir haben unseren Besuchern weisgemacht, sie hätten den Stern von Kaschmir vor sich.«

»Und kein Mensch hat den Unterschied bemerkt, oder? Also wen interessiert's? Wenn keiner den Unterschied zwischen echt und falsch erkennt, wen interessiert dann, was wir da zeigen?«

Agenturmeldung: Verteiler Regionalmedien

MUSEUM AUF DER SUCHE NACH NEUER LEITUNG

Das Museum of Jewelry in New York ist nach der Kündigung der aktuellen Geschäftsführerin auf die Suche nach einer neuen Leitung.

Wie von der Aufsichtsratsvorsitzenden Bebe Pearl zu erfahren ist, wird Nora Nolan, die das Museum seit seiner Eröffnung vor fünf Jahren geführt hat, zum Jahresende ausscheiden.

»Nora war das Herz und die Seele dieses großartigen Projekts«, kommentiert Mrs. Pearl aus ihrem Wohnsitz in Palm Beach. »Ich zähle sie inzwischen auch zu meinen engsten Freundinnen. Sie wird immer ein Teil meines Museums bleiben.«

Mrs. Pearl gründete das Museum of Jewelry nach dem Tod ihres Mannes Norman, eines Immobilienentwicklers, dessen privates Vermögen vom *Forbes Magazine* auf etwas über drei Milliarden Dollar geschätzt wurde, und hat ihm ihre umfangreiche Schmucksammlung fast zur Gänze zur Verfügung gestellt. Das als reines Prestigevorhaben betrachtete Projekt rief zunächst Skepsis unter Museumsbetreibern hervor, erwies sich aber unter Ms. Nolans Leitung als unverhofft erfolgreich. Gründe für ihren Rücktritt werden nicht genannt.

Liebe Freundinnen und Freunde,

Andrew, Josh und ich werden Jack in aller Stille beisetzen. Wir würden aber gern ein wenig Zeit mit euch allen bei uns zu Hause verbringen und werden daher am nächsten Dienstag von 18 bis 21 Uhr Besuch empfangen. Ich wäre froh, wenn ihr kommt und meinen Söhnen ein paar Geschichten über ihren Vater erzählt.

Sehr herzlich
Sherry

Gerüchtehalber hatte Jack Fisk sich erhängt. Der Bestatter hatte den Fehler gemacht, in dem bestellten Nachruf die Formulierung »plötzlich und unerwartet« zu verwenden, die rein technisch zwar zutraf, in den letzten Jahren aber zu einer Art verklausuliertem Hinweis auf Selbstmord geworden war. Es gab Spekulationen, er habe die Gewissensbisse wegen dem, was er Ricky angetan hatte, und die Sorge über den Ausgang des Verfahrens gegen ihn nicht mehr ertragen. Nora allerdings wusste, dass in Jacks emotionalem Baukasten, wie Sherry das nannte, so wenig Gewissensbisse enthalten waren wie bei kaum einem anderen Menschen, und Linda Lessman hatte über die Buschtrommeln im Gericht erfahren, es sei irgendein Deal ausgehandelt worden, dass Jack nicht gerichtlich belangt werde und sogar wieder als Anwalt würde arbeiten können. Anscheinend stimmten Rickys und Jacks Darstellungen der Geschehnisse inzwischen weitgehend miteinander überein.

»Was das wohl gekostet hat?«, meinte Linda.

»Ich wusste gar nicht, dass er Herzprobleme hatte«, sagte Charlie.

»Ich hätte nicht mal gedacht, dass er überhaupt ein Herz hat«, sagte Nora.

»Das reicht«, meinte Charlie.

Charlie war der Ansicht, Jack sei an Kummer gestorben. Nora glaubte, er müsse am Groll gestorben sein. Vielleicht auch an einer chemischen Reaktion aus beidem, so wie die Vulkane aus Backpulver und Essig, die die Kinder früher in der Schule hergestellt hatten. So oder so war es auf jeden Fall eine natürliche Todesursache. Wenn Nora sich eine Katastrophe ausmalte, war das immer hochdramatisch: Das Flugzeug, mit dem sie auf die Bermudas flogen, stürzte ab ins himmelblaue Meer, ein Taxi raste um die Ecke und schleuderte sie vor den entsetzten Augen ihrer Kinder durch die Luft. Als die Zwillinge noch klein waren und sie sie auf dem Arm herumtrug, malte sie sich immer aus, dass sie gleich stolpern würde. Endlos ging sie diesen Sturz durch, wie sie sich drehte, um die beiden zu schützen, damit nur sie selbst die volle Wucht abbekam. Doch dann waren die Krisenmomente nie wie gedacht und immer viel prosaischer: Ollie, der das Treppengeländer hinunterrutschte und sich dabei das Schlüsselbein brach, Charlie, der sich bei ihr beklagte, sie habe ihm verdorbene Krabben vorgesetzt, und sich dann den Blinddarm herausnehmen lassen musste. Anscheinend hatte Jack zu Sherry gesagt, er fühle sich nicht gut, hatte drei Schmerztabletten geschluckt, sich im oberen Wohnzimmer hingelegt und war dort irgendwann zwischen den Abendnachrichten und dem Ende des Yankees-Spiels gestorben, das *Wall Street Journal* noch offen auf der Brust.

»Ich weiß nicht, wie ich mich je mit der Vorstellung

versöhnen soll, dass ich die ganze Zeit unten saß und gelesen habe, während er entweder starb oder schon tot war«, erzählte Sherry am nächsten Morgen. Brutus zerrte unterdessen mit glitzernden schwarzen Augen stur an seiner Leine, und Homer saß geduldig neben Nora.

Alle in der Straße retteten sich in die Vorstellung, dass Jacks Tod ein guter Tod gewesen war, einfach im Lesesessel eingeschlafen, ohne monatelange Chemo oder endlose Krankenhausaufenthalte oder, was natürlich niemand aussprach, die Schande, auf ewig der Mann zu sein, der dem armen Handwerker so etwas Schreckliches angetan hatte. Sherry jedoch stimmte nicht in den Lobgesang ein. Sie hatte stundenlang nicht nach ihrem Mann gesehen, vielleicht, weil es ihr bereits in Fleisch und Blut übergegangen war, ihn zu meiden, und quälte sich mit dem Gedanken, er könne vielleicht nach ihr gerufen haben, ohne dass sie es gehört hatte, weil unten ein Klassik-Radiosender auf voller Lautstärke lief und sie in ihren englischen Krimi vertieft war. Während sie mit Nora sprach, wanderte ihr Blick immerzu vom einen Ende der Straße zum anderen, in der ständigen Befürchtung, die Boulevardpresse könne ihr Haus observieren. »Herz wird Golf-Schläger zum Verhängnis«. Doch so weit kam es nicht. Jack hätte durchaus noch einmal eine Schlagzeile auf Seite fünf abgeben können, aber der Bürgermeister war gerade von seiner Frau verlassen worden, wegen einer anderen Frau – »Ich kenne die persönlich, und du kannst mir glauben, sie ist um Längen netter und klüger als er«, hatte Jenny Nora am Telefon erzählt –, und eine höchst fotogene Theologiestudentin war überfallen worden, als sie mit dem Fahrrad zur Uni fuhr.

Bebe hatte Nora einmal erklärt, man müsse bei schlechter Presse immer auf genau das hoffen: dass etwas noch Schlimmeres passierte. Und damit lag sie durchaus richtig.

Sherry hatte sich sogar gegen eine öffentliche Trauerfeier entschieden. Die Trauerfeier war der neueste Beisetzungstrend in New York. Kein Sarg, keine Leiche. Die Verblichenen selbst waren längst im Krematorium, wenn an einem beliebigen öffentlichen Ort eine sogenannte »Gedenkfeier« oder ein »Fest des Lebens« für sie abgehalten wurde. Nora und Charlie kannten den Ablauf bereits bestens: eine knappe Stunde mit Anekdoten, literarischen Lieblingsstellen, ein paar Gedichten, vielleicht auch einem der literarisch wertvolleren Psalmen. Diashows galten als stillos, klassische Musik hingegen war selbst dann Pflicht, wenn man die Verstorbenen mit den Philharmonikern, dem Klassik-Sender WQXR und Mozart eigentlich jagen konnte. Gershwin oder ganz moderner Jazz waren unter Umständen auch noch akzeptabel, und etliche Bekannte von ihnen hatten zum Abschluss *New York, New York* gespielt. Gelegentlich dauerte so eine Trauerfeier auch mal zwei Stunden, dann konnte man beobachten, wie sich die Gäste frühzeitig von ihren Plätzen erhoben, zur Tür schlichen und sich dann draußen im Sonnenlicht darüber mokierten, wie wichtig es doch sei, auch die terminlichen Verpflichtungen der Lebenden zu respektieren.

Anschließend wurde meistens ein leichtes Mittagessen serviert.

Die Familie Fisk – Sohn, Mutter, zweiter Sohn sowie ein Bruder, den kein Mensch kannte – hatte sich zu beiden Seiten des offenen Kamins im Wohnzimmer postiert, im Esszimmer stand ein Buffet bereit. Alma Fenstermacher hatte ihren Caterer vermittelt, und Nora schämte sich ein wenig für den flüchtigen Gedanken, wie gut das Essen war. Sie sah sich nach George um. Das war doch ein Ereignis ganz nach seinem Geschmack, bei dem er händeschüttelnd die Trauernden abklappern konnte, während er denen, die er noch nicht kannte, erzählte, wie nahe er Jack immer gestanden habe, und denen, die in der Straße lebten, dass ihm Jacks Gesundheit ja schon seit Monaten Sorgen mache, er habe immer so bleich und hager ausgesehen. Um dann mit gesenkter Stimme im Bühnenflüsterton auf den »Vorfall« zu sprechen zu kommen: »Sie wissen schon, was ich meine.«

Aber er war nicht da. Stattdessen stieß Nora an dem skandinavisch-modernen Tisch auf Betsy, die mit den Fingern grünen Salat aß und dabei jedes einzelne Blatt zierlich in eine kleine Lache Balsamico-Vinaigrette auf ihrem Teller tauchte.

»Wie schön, dass Sie es einrichten konnten«, sagte Nora.

»Ich musste einfach kommen. Als George meinte, er schafft es nicht, er bringt es einfach nicht fertig, habe ich ihm gesagt, ich würde hingehen und unser Beileid aussprechen.«

»Trifft es ihn so hart?«

»Ganz schrecklich. Er sagt, er wisse gar nicht, wie er das ohne Charlie überstehen solle. Er sagt, Charlies Freundschaft sei ein Geschenk des Himmels.«

»Ach«, sagte Nora. Und hörte dabei selbst, wie sehr es nach »*Ach?!*« klang.

»Er ist ein wahrer Rettungsanker für George.« Betsy stellte ihren Teller ab und zog ein Handy aus der Tasche ihrer schwarzen Strickjacke. Dann zog sie ein weiteres aus der anderen Tasche. »Entschuldigen Sie mich bitte, Nora«, sagte sie.

Nora musste sich eingestehen, dass sie sich danach nur auf die Suche nach Charlie machte, um zu sticheln, um ihm zu sagen: Stell dir vor, du bist ein Rettungsanker, ein Geschenk des Himmels. Im Wohnraum oben hockten ein paar Männer, die nach Jacks Anwaltskollegen aussahen, vor einem Flachbildfernseher und schauten ein Spiel der Mets. Sie wussten vermutlich nicht, dass Jack in diesem Zimmer gestorben war. Einer saß sogar in Jacks Lesesessel, dem Ort, an dem es nach Noras Überzeugung passiert sein musste. Hinter der geschlossenen Tür des Schlafzimmers hörte sie Stimmen und klopfte leise. Alma und Sherry saßen nebeneinander auf dem kleinen Sofa unter dem Fenster, eine Schachtel Taschentücher zwischen sich. »Oh, Entschuldigung!«, sagte Nora.

»Nein, komm ruhig rein«, sagte Sherry. »Ich musste mich einfach ein paar Minuten zurückziehen. Ich fühle mich wie durch den Wolf gedreht. Mir ist nie der Gedanke gekommen, wie anstrengend diese ständige Anteilnahme sein kann.«

»Sehr anstrengend«, bekräftigte Alma und tätschelte Sherrys Hand.

»Heute Morgen stand dann doch ein Reporter vor der Tür«, erzählte Sherry. »Offenbar ist heute an der Nachrichtenfront nicht viel los. Ich hatte richtig Angst, dass Andrew auf ihn losgeht. Stellt euch mal vor, was das für eine Story geworden wäre.«

»Das ist ja schrecklich.« Nora griff nach Sherrys anderer Hand. Sherry fing an zu weinen. Alma tätschelte weiter ihre eine Hand, also tätschelte Nora die andere.

»In der Notaufnahme kam so ein junger Assistenzarzt zu mir und sagte, der Exitus sei eingetreten.« Sherry schluchzte. »Wer sagt denn so was? Als wäre Jack ein Gegenstand, der einfach nicht mehr funktioniert. *Exitus*. Wer sagt denn *Exitus*?« Ihre Nase lief, es tropfte bis auf die Oberlippe.

»Wie furchtbar«, sagte Alma.

»Verstorben«, sagte Sherry. »Er hätte doch auch sagen können: Ihr Mann ist verstorben.« Sie wischte sich das Gesicht, dann sah sie die rosigen Make-up-Schlieren auf dem zerknüllten Taschentuch. »O nein«, sagte sie.

Nora drückte ihre Hand. »Es könnte auch schlimmer sein. George könnte hier sein.«

Sherry stieß ein raues Lachen aus, das klang, als wäre es irgendwo im Brustkorb stecken geblieben. »Er hat mir einen langen Brief geschrieben«, sagte sie. »Darin spricht er davon, was für ein wunderbarer Mann Jack gewesen sei, und erzählt irgendeine ellenlange Geschichte darüber, wie Jonathan einmal an Halloween hier geklingelt und Jack ihn hereingebeten und ein Gespräch mit ihm geführt habe, an das Jonathan angeblich noch heute denkt.«

»Worum ging es denn?«, fragte Nora.

»Ich habe keine Ahnung. Ich weiß nicht mal, ob es stimmt. Soweit ich mich erinnere, hat Jack Jonathan immer nur ›die kleine Ratte‹ genannt, wenn wir ihm begegnet sind.«

»Ja, so war Jack«, sagte Alma.

»Und wahnsinnig anstrengend finde ich an der ganzen Sache auch, dass die Leute jetzt alle irgendeine mythische Version von Jack heraufbeschwören, die absolut nichts mit ihm zu tun hat. Seine Kollegen haben ihn hingestellt, als wäre er Mutter Teresa persönlich, bis einer auf seine Golfbegeisterung zu sprechen kam, da waren sie plötzlich alle still, und der Mann ist knallrot geworden. Und eine der Kollegen-Ehefrauen hat mir lang und breit auseinandergesetzt, wie eine Freundin von ihr sich mit Yoga vom Witwendasein abgelenkt habe. Ich hasse Yoga.«

»Allerdings«, sagte Alma.

»Es tut mir leid, Nora«, sagte Sherry. »Ich war die letzten Monate wirklich gemein zu dir, aber ich wusste einfach nicht, wie ich mit der Situation umgehen soll. Was nicht einer gewissen Ironie entbehrt, wenn man bedenkt, womit ich mein Geld verdiene.«

»Das habe ich doch absolut verstanden«, sagte Nora.

Sherry ließ sich nach hinten in ein paar Kissen sinken. »Ist es sehr schlechter Stil, mitten in so einer Veranstaltung ein bisschen zu schlafen?«, fragte sie.

»Da machen Sie sich mal keine Sorgen«, sagte Alma, und Nora und sie gingen leise aus dem Zimmer und schlossen die Tür hinter sich. »Ich kümmere mich jetzt darum, dass die Leute alle nach Hause gehen«, sagte Alma mit Blick auf die Uhr, und Nora zweifelte keine Sekunde daran, dass ihr das gelingen würde.

»Hat sie irgendwas genommen?«, fragte Nora.

»Wir an ihrer Stelle hätten das bestimmt getan«, sagte Alma, und Nora dachte bei sich, dass das für sie selbst durchaus zutraf, aber nicht für Alma.

Auf dem Weg nach unten sagte Nora: »Ich muss immer an diese Mutter aus der Schule der Zwillinge denken, die von Schuldgefühlen zerfressen war, weil sie sich so oft vorgestellt hat, ihr Mann würde sterben, und als er dann tatsächlich starb, hatte sie das Gefühl, sie sei schuld daran.«

»Meine Güte«, sagte Alma. »Wenn alle Frauen, die über das Ableben ihrer Männer fantasieren, es auch herbeiführen würden, gäbe es doch längst keine Männer mehr auf der Welt. Wie waren denn die Abschlussfeiern von Rachel und Oliver?«

»Ach, Sie wissen schon. Traurig. Hektisch. Lauter Mädchen, die sich heulend in den Armen lagen.«

»Ist die Evolution denn immer noch nicht so weit, dass auch die Jungs heulen?«

»Ich habe zumindest keinen gesehen«, sagte Nora. »Aber Ollies Freunde sind auch alle Naturwissenschaftler und Mathematiker. Vielleicht liegt es daran. Ich weiß, Charlie hat Jacks Söhnen erzählt, Oliver und Rachel wären auch gekommen, wenn er nicht in Boston wäre und sie nicht in Seattle, aber eigentlich stimmt das gar nicht. Sie hängen beide so sehr an Ricky. Und Jack haben sie schon vorher nicht sonderlich gemocht.«

»Nun, wir sind ja auch nicht wegen Jack hier, nicht wahr?«, sagte Alma. »Wir sind wegen Sherry hier. Und es ist bereits nach neun. Ich werde jetzt mal den Saal räumen.« Nora sah Alma hinterher, als sie zu den beiden Fisk-Söhnen hinüberging, und schlüpfte dann ihrerseits zur Tür hinaus.

»Wohin bist du denn verschwunden?«, fragte sie Charlie, als sie nach Hause kam. Er saß im Dunkeln im Wohnzimmer, und sie machte sich daran, die Tischlampen einzuschalten.

»Ich war draußen im Garten«, sagte er. »Da habe ich letzten Monat noch mit Jack gesessen. Wir haben eine Zigarre geraucht, ein bisschen über den Fall geredet. Ich habe ihm angemerkt, dass er sich mit der ganzen Sache nicht wohlfühlt. Und heute Abend saß ich dort allein und dachte, gerade haben wir noch miteinander geredet, und jetzt ist ein Monat vorbei, und er ist tot. Einfach so. Das mit Ricky hat ihm wirklich leidgetan. Ich glaube, das hat ihn umgebracht. Es ging gar nicht um den drohenden Prozess. Er ist sich einfach wie ein schlechter Mensch vorgekommen.«

Nora setzte sich neben ihn aufs Sofa, ihr Knie an seinem. »Ich sage es ja nur ungern«, sagte sie, »aber in mancher Hinsicht war er auch ein schlechter Mensch.«

»Das finde ich nicht. Er hat sich einfach in dieser Situation verfangen und nicht gewusst, wie er wieder rauskommt. Und ich saß da und dachte mir: In zehn Jahren bin ich so wie er. Im Büro auf dem absteigenden Ast und so wütend, dass ich irgendwann mit dem Dreireisen auf irgendeinen armen Kerl eindresche.«

»Das stimmt nicht. So bist du nicht. So wirst du niemals sein.« Nora strich ihm mit einer Hand über den Rücken, so, wie sie es früher bei den Kindern gemacht hatte, als sie noch unruhige, zahnende Babys waren.

Charlie wandte ihr den Kopf zu und sah sie an. »So was Nettes hast du schon lange nicht mehr zu mir gesagt«, entgegnete er.

»Sorry, Charlie.« Das antwortete sie, weil sie es früher, als sie frisch zusammen waren, immer als Witz gemeint hatte, wie in dem Werbespot für Dosen-Thunfisch, der im Fernsehen lief, als sie beide noch Kinder waren. Jetzt kam es ihr gar nicht mehr witzig vor.

»Komm ins Bett«, sagte sie.

»Geh schon mal vor. Ich bleibe noch ein bisschen hier sitzen. Mach nur die Lampen wieder aus.« Nora blieb noch einen Augenblick stehen. »Geh nur«, sagte er erneut.

Als sie schon an der Treppe war, hörte sie Charlie sagen: »Nora?« Wie seltsam es war, ihren Namen von ihm zu hören. Seit Jahren sagte er fast nur Bunny oder Bun, als wäre Nora ein Name, den andere verwendeten, und er hätte ihr einen eigenen Namen gegeben. Sie versuchte, sich zu erinnern, wann er das letzte Mal Nora zu ihr gesagt hatte. Meistens tat er das, wenn er wütend war, aber jetzt war er gar nicht wütend.

Sie drehte sich um und sah seine große, helle Hand, die er in der Dunkelheit erhoben hatte und die für einen Moment im Licht der Straßenlaterne draußen vor dem Fenster aufleuchtete. Er machte eine kreisförmige Geste, als wollte er das Zimmer, das Haus, die ganze Stadt damit umfassen. »Ich kann das alles hier nicht mehr. Ich kann es einfach nicht mehr.«

Er kam nicht ins Bett. Sie fand keinen Schlaf. Und so ging der Tag zu Ende, und ein neuer zog herauf.

NORA NOLAN IST UMGEZOGEN

Privatadresse:
601, West 100th Street, Wohnung 15B

Büroadresse:
Beverley Foundation, 60,
West 125th Street, Büro 1010

Per E-Mail zu erreichen unter
nora.b.nolan@nbnolan.net
oder unter
president@beverleyfoundation.org

Nora und Charlie hielten nach Jack Fisks Tod noch monatelang tapfer durch, doch an dem Abend im Wohnzimmer war etwas zerbrochen, und nach und nach wurde klar, dass es sich nicht wieder flicken ließ. Für zwei Menschen, von denen der eine ein bestimmtes Leben wollte und der andere ein völlig anderes, gab es einen Fachterminus: »unüberbrückbare Differenzen«.

Nora wurde klar, dass sie drei Arten von Ehen kannte: glückliche, unglückliche und die dazwischen. Und irgendwie hatten die Worte, die Charlie an jenem Juniabend ausgesprochen hatte, sie von einer Kategorie in die andere befördert. Sie suchten nach einer gemeinsamen Ebene, mussten aber feststellen, dass keine mehr da war, weil sie schon viel zu lange auf parallel verlaufenden Pfaden nebeneinander hergingen. Erst war man noch ein Paar aus zwei Menschen, die einander trotz aller Unterschiede liebten. Und eines Morgens – Müsli für ihn, Haferflocken für sie, fettarme Milch für ihn, Vollmilch für sie, Kaffee für ihn, Tee für sie – erkannte man, dass nichts davon mehr stimmte.

»Was hältst du eigentlich von Paartherapien?«, fragte Nora

Sherry, die sich in das griechische Diner am Broadway verzogen hatte, während die Immobilienmakler durch ihr Haus streiften, um einschätzen zu können, welche ihrer Kunden es wohl kaufen würden.

»Ich kenne kein Paar, das dadurch zusammengeblieben wäre«, sagte Sherry. »Bestenfalls hält es die Leute davon ab, mit Zähnen und Klauen aufeinander loszugehen, was sich mitunter wirklich lohnt. Braucht jemand aus deinem Bekanntenkreis eine Empfehlung?« Nora wusste nicht, was ihre Miene offenbarte, doch Sherry ließ ihren Vollkorntoast sinken und sagte: »O nein. Ach herrje. Kann ich etwas tun?«

Exitus, dachte Nora bei sich, als sie Sherry ansah, und dachte an den Abend bei den Fisks zurück. Bei uns ist der Exitus eingetreten. Charlie trank viel und schlief kaum noch. Das Haus wirkte irgendwie leerer, wenn er da war. Jacks Niedergang und Tod hatten wie eine Hundepfeife gewirkt und Charlie ein Signal gesendet, das nur er hören konnte und das ihm etwas über sein Leben erzählte.

Es war ein eigentlich glücklicher Anlass, der ihnen schließlich den Hals brach, was aus Noras Sicht nicht weiter überraschend war. Sie wusste noch, wie sie einmal zu Christine gesagt hatte, dass man sich auf Hochzeiten entweder trenne oder beschließe, den nächsten Schritt zu wagen. Sie waren damals zusammen auf der Hochzeit von alten Schulfreunden, in einem großen Country Club mit Blick auf die Meerenge, Schiffshörner übertönten das Streichquartett, und Christine sah sie an und sagte: »Morgen schicke ich Bradley in die Wüste.« Einfach so. Sie wusste auch noch, wie Charlie während der Zeremonie ihre Hand gedrückt hatte. In guten und in bösen Tagen, bis dass der Tod euch scheidet. Im Grunde war einem, wenn man diese Worte sprach, gar nicht bewusst, wie lang der Zeitraum »bis dass der Tod euch scheidet« tatsächlich sein würde.

Jenny hatte sie zu sich zum Abendessen eingeladen, obwohl sie aus Prinzip nicht kochte – früher, weil sie es zum Werkzeug des Patriarchats erklärt hatte, später dann, weil es angesichts des Lieferservice-Angebots allein in ihrem Viertel aus ihrer Sicht blanker Unsinn war. »Ich glaube, wir sollen vor allem die neue Küche bewundern«, sagte Nora zu Charlie, als sie nebeneinander auf dem Rücksitz des Taxis saßen, wie zwei Fremde, die gleichzeitig von einer Party aufgebrochen sind und dann feststellen, dass sie in die gleiche Richtung müssen.

Die Schränke waren bildschön, sie reichten elegant bis zur Decke, das Kiefernholz hatte eine prächtige Maserung und war so weit gebeizt, dass es nur noch einen sanften Abglanz seines gewohnten Goldtons zurückbehielt, viel aparter noch als das Muster, das Jenny Nora gezeigt hatte. Und weit und breit keine Lieferservice-Box. Jasper hatte einen Hähnchenschmortopf mit Trockenfrüchten und Schalotten zubereitet und einen Laib Sauerteigbrot gebacken. Offenbar besaß er einen Sauerteigstarter, den er schon seit Jahren in jede neue Wohnung mitnahm. »Seine dauerhafteste Beziehung bisher«, sagte Jenny, lächelte Jasper an und tunkte ihr Brot in den Schmortopf, und da bemerkte Nora den etwas seltsam geformten Silberring an Jennys linker Hand. Sie sah erst Jenny, dann Jasper an und schaute dann noch einmal vielsagend auf das Schmuckstück.

»Ich habe eine anständige Frau aus ihr gemacht«, meinte Jasper achselzuckend.

Jenny errötete. In all den Jahren ihrer Freundschaft hatte Nora sie noch nie erröten sehen.

»Was denn?«, fragte Charlie mit vollem Mund. »Habe ich irgendwas verpasst?«

Der Ring sah merkwürdig vertraut aus. »Er hat ihn aus einem Vierteldollar gemacht«, erklärte Jenny.

»Ist das überhaupt legal?«, fragte Charlie.

»Im Ernst jetzt, Charlie?«, sagte Nora.

»Das war eine blöde Bemerkung. Zeig mal.« Charlie streckte seine große Hand aus, und Jenny ließ den Ring hineinfallen. Charlie sah zu Jasper hin und nickte. »Richtig. Coole. Sache«, sagte er und gab Jenny den Ring zurück. Nora und er wechselten einen Blick, er nickte erneut, und sie erlebten einen Moment des Einverständnisses: Das hatten wir auch mal, aber jetzt nicht mehr. Nora fühlte sich an den Moment im Konzertsaal erinnert, wenn plötzlich Stille eintritt, weil nicht das Ende des Satzes erreicht ist, sondern das Ende des ganzen Stücks. Sie war dankbar, dass Jenny noch immer ihren Ring betrachtete und nichts davon merkte.

Als sie beim Portwein zwei Grüppchen bildeten – »der Junge versteht echt was von Weinen«, bemerkte Charlie hinterher –, sagte Jenny reumütig: »Er brauchte endlich eine ordentliche Krankenversicherung. Du hättest mal die Prämienhöhe sehen sollen. Und der Eigenanteil war auch eine Zumutung.«

»Es ist doch gut, Jen«, sagte Nora. »Es ist sogar richtig toll. Ich freue mich so für euch. Ich bin einfach nur ein bisschen überrascht. Solange du mir nicht damit kommst, dass er dein bester Freund ist.«

»Entschuldige bitte, aber du bist doch schon meine beste Freundin. Und solche Sätze sagt man sowieso nur im Fernsehen.« Jenny betrachtete den Ring. »Wer heiratet denn mit achtundvierzig zum ersten Mal? Ein Witz. Schmeiß bloß keine nachträgliche Brautparty für mich.«

»Witzigerweise habe ich vorletzte Nacht von so einer Party geträumt«, sagte Nora. »Wir waren hier, in deiner Wohnung, und es gab nicht genügend Stühle, deswegen mussten alle stehen.«

»Klingt sehr realistisch«, sagte Jenny.

»Und mir wurde klar, dass ich kein Geschenk dabeihabe, da war ich kurz ein bisschen in Panik, und dann habe ich plötzlich gemerkt, dass es gar keine Brautparty ist, sondern eine Babyparty für mich, weil ich wieder schwanger bin. Was an ein Wunder grenzen würde.« Dann sah sie ihre Freundin an, sah etwas Starres, Dunkles in ihrem Blick und griff automatisch nach ihrer Hand. »Jenny, Süße«, sagte sie. »Du bist doch nicht ...«

»Das würde allerdings an ein Wunder grenzen, Nor«, sagte Jenny.

»Aber ist das ... entschuldige, ich rede gerade ziemlich wirr daher ... es ist nur ...«

»Beruhige dich«, sagte Jenny. »Es ist alles gut. Es ist nur eins von den Dingen, von denen mir jetzt klar wird, dass ich sie niemals machen werde. Oder eher niemals haben werde.«

»So wie in Paris leben, meinst du?«

»In Paris kann ich immer noch leben. Aber *das* ist vorbei.

Ich sehe euch an, und ich weiß auch nicht, nach all den Jahren, in denen ich dachte, ich will das nicht, kommen mir plötzlich Zweifel. Aber wer kriegt denn mit achtundvierzig noch ein Kind? Nur Filmstars. Außerdem ist das jetzt schon so viel mehr, als ich mir jemals ausgemalt habe. Und egal, was noch passiert, ich bin wirklich einfach wahnsinnig gern mit ihm zusammen. Darauf kommt es doch letztlich an.«

Genauso war es auch, dachte Nora, als sie später am Abend im Bett lag und auf Charlie lauschte, der über ihr im Gästezimmer herumging, seine Schuhe zu Boden fallen ließ, im Bad das Wasser aufdrehte. Man musste wirklich wahnsinnig gern mit dem anderen zusammensein. Und trotzdem wurde erwartet, dass man diese Entscheidung traf, wenn man noch viel zu jung war und kaum etwas wusste. In dieser Zeit musste man alle wichtigen Entscheidungen treffen: was man arbeiten, wo man leben, mit wem man leben wollte. Dabei könnte einem doch jeder, der das Ganze unvoreingenommen betrachtet, sagen, dass nur die wenigsten in der Lage sind, gute Entscheidungen zu treffen, wenn es so viele gleichzeitig sind und dann auch noch in dieser speziellen Lebensphase. Jenny hatte abgewartet. Sie hatten sie verurteilt, sich über sie lustig gemacht, sie gewarnt, ihr Ratschläge gegeben. Aber vielleicht hatte sie ja alles richtig gemacht. Die jüngere Nora wäre entsetzt gewesen, dass ihre Freundin, mit ihrer Theodore-Pierce-Foster-Professur für Anthropologie, einen Schreiner mit Sauerteigfetisch heiratete. Der jüngere Charlie hatte gesagt: »Und dafür war deine Schwester auf der Duke University, damit sie jetzt Leggings entwirft?« Doch im Taxi auf dem Heimweg, die Mittelkonsole wie einen Abgrund der

Entfremdung zwischen sich, waren sie sich einig gewesen, dass es mit Jasper wirklich nett und Jenny nie glücklicher gewesen war, dass Rachel sich in Christines Firma großartig machte. Das einzige Problem waren sie. Ihre Hände hatten sich auf dem Rücksitz gestreift, und sie waren beide näher zum Fenster gerückt, errötend vom Widerschein der Bremslichter.

Sie ließen sich Zeit. Von außen betrachtet wirkten sie kaum anders als früher. Sie gingen etappenweise vor, doch schon bald war offensichtlich, dass alle Etappen auf dasselbe Ziel zuliefen. Eines Abends, als Nora glaubte, Charlie sei auf dem Sofa eingeschlafen, sagte er, ohne die Augen zu öffnen: »Gestern habe ich Dave Bryant auf der Straße getroffen. Er geht eine Zeit lang nach London und hat mich gefragt, ob ich jemanden weiß, an den er seine Wohnung untervermieten kann. Ich habe ihm gesagt, ich wüsste jemanden, der sie auf jeden Fall nehmen würde.«

Charlie zog zur Untermiete in die teilmöblierte Wohnung an der East Side. Nora sah sich Wohnungen an der West Side an, aber weiter Richtung Norden, in den oberen Etagen der Hochhäuser. Ironischerweise trat nun schließlich doch eins der Dinge ein, die Charlie sich so sehnlich gewünscht hatte, wenn auch etwas anders, als er es sich gedacht hatte. Sie kamen überein, das Haus zu verkaufen, und erzielten wie erwartet einigen Gewinn damit. Durch zwei geteilt, verringerte sich der Geldsegen zwar, blieb aber trotzdem noch ein Segen. Sonst gab es nichts, worüber gestritten werden musste. Die Kinder waren beide berufstätig. Ihre Rentenversicherungen hatten sie immer getrennt gehalten. Nora erklärte sich bereit, im Haus zu bleiben, bis die neuen Besitzer einziehen würden. Als neue Begünstigte ihrer Lebensversicherung trugen sie Oliver und Rachel ein. Irgendwann, sagte Jenny, als Nora ihr schließlich alles erzählte, würde Charlies zweite Frau darüber stinksauer werden, und Charlie würde womöglich versuchen, das wieder zu ändern. Aber so weit war es noch nicht.

Es machte Nora traurig, als ihr klar wurde, dass das Einzige, was noch zu einem handfesten Kampf zwischen ihnen hätte führen können, über Nacht plötzlich kein Thema mehr war. Eines Morgens hatte sie den Hundenapf mit Trockenfutter gefüllt, und Homer war nicht wie sonst in pawlowscher Manier beim ersten Klackern angekommen. Sie brachte den Napf dorthin, wo er lag, und stellte ihn ihm direkt vor die Nase, doch er hob nur kurz den Kopf und ließ ihn gleich wieder sinken. Charlie holte den Wagen aus der Tiefgarage, und sie fuhren gemeinsam zum Tierarzt, während Homer laut keuchend auf dem Rücksitz lag. Als er dann zitternd auf dem Behandlungstisch aus Edelstahl stand und Nora ihm durch das scheckige Fell fuhr, merkte sie, dass er unter dem Fell nur noch Haut und Knochen war. Immer wieder ermahnte sie sich, nicht gleich vom Schlimmsten auszugehen, doch als der Tierarzt nach mehreren Untersuchungen und Röntgenbildern wieder hereinkam, wusste sie gleich, dass er schreckliche Nachrichten haben würde. Charlie und sie hielten einander fest und weinten, um Homer und um alles andere, während der Tierarzt sanft die Spritze setzte und das Herz des Hundes unter ihren verschränkten Händen aufhörte zu schlagen.

»Er hat sich immer so gefreut, wenn ich von der Arbeit nach Hause kam«, sagte Charlie später im Auto, und Nora wollte schon sagen: »Ich auch«, so wie man das von einer Ehefrau erwartete, aber dann konnte sie nicht und fing wieder an zu weinen. Sie weinte auch noch, als sie auf der Straße Linda Lessman begegneten, die die leere Leine in Noras Hand sofort bemerkte. »Homer?«, fragte sie, und als sie stumm nickten, warf Linda die Hände in die Luft und rief: »Ach Gott, alles bricht auseinander!«

»Wir müssen es den Kindern sagen«, meinte Nora später in der Küche, während sie sich ein Glas Wein einschenkte.

»Können wir noch ein paar Tage warten?«, fragte Charlie. »Ich bin fix und fertig.« Und damit stapfte er nach oben.

Was Nora betraf, hätten sie auch noch ewig damit warten können. Den Nachmittag, an dem sie sich mit Oliver und Rachel hinsetzten, um ihnen alles zu erzählen, würde sie bis an ihr Lebensende in Erinnerung behalten. Sie waren beide zur Hochzeit einer Freundin aus Highschool-Zeiten nach Hause gekommen, und Nora und Charlie warteten bewusst bis zum Sonntagnachmittag, um die Trauung von Emily Sternberg und Jonathan Ward im Metropolitan Club mit anschließendem Dinner und Party in Abendkleidung nicht zu verderben.

»Eure Mutter und ich müssen euch etwas sagen«, fing Charlie an, dann verschlug es ihm schon die Stimme.

»Bitte sagt jetzt nicht, ihr lasst euch scheiden«, platzte Oliver heraus.

»Mein Gott, Ollie, natürlich lassen sie sich nicht scheiden«, beschwichtigte ihn Rachel.

Später ging Nora diese Sätze wieder und wieder durch und überlegte, ob die beiden überhaupt etwas Schlimmeres hätten sagen können. Wäre es schrecklicher gewesen, wenn beide gleich geahnt hätten, dass es um eine Scheidung ging? Oder war es entsetzlicher, dass Charlie und sie ihre Kinder irgendwie in dem Glauben gelassen hatten, ihnen würde nie passieren, was so vielen ihrer Freunde passiert war? Als Nora noch auf der Highschool war, hatte sie einmal einen schweren Autounfall gehabt. Sie waren an einem Stoppschild seitlich gerammt worden, und der kleine Wagen, den ihre Freundin Amanda zum Geburtstag bekommen hatte, überschlug sich zwei Mal, bis er schließlich auf der Seite an der Straßenböschung liegen blieb. Selbst jetzt, viele Jahre später, konnte sie diesen Moment noch körperlich spüren, hörte das Geräusch von berstendem Metall, fühlte den Sicherheitsgurt, der ihr schmerzhaft in die Hüfte schnitt, sah sogar noch den glänzenden Fleck am Armaturenbrett, wo eine von ihnen Limonade verschüttet hatte. So war es auch jetzt. Sie sah die Holzmaserung des Esstischs, den schattenhaften Abdruck, wo jemand von ihnen ein feuchtes Glas abgestellt hatte, den Lichtstrahl, der durch die oberen Scheiben der Terrassentür hereinstach, und schließlich den Stuhl, der umkippte, als Rachel abrupt aufsprang und aus dem Zimmer polterte.

»Scheiße«, sagte Oliver ausdruckslos. »Totale Scheiße.«

»Stimmt, Kumpel«, sagte Charlie.

Keiner trug die Schuld daran, und doch hatten alle Schuld. Nora war mit Charlie verheiratet gewesen, hatte ihn aber lange Zeit gar nicht richtig gesehen. Ihr wurde klar, dass sie alle geglaubt hatten, ihre Ehe würde, wenn überhaupt, mit einem großen Knall enden: die andere Frau, die heimlichen Schulden. Als Leidtragende einer großen Leidenschaft, die auf einer Lüge fußte, hatte Nora zu dieser Vermutung noch mehr Grund als andere. Inzwischen hielt sie so etwas aber für die Ausnahme. In Wahrheit waren die meisten Ehen doch wie Luftballons: Einige wenige platzten ohne Vorwarnung, aus den allermeisten aber wich langsam die Luft, bis nur noch ein trauriges, knittriges Etwas ohne jeden Auftrieb übrig war.

Die Kinder, die sich ständig veränderten, verlangten Aufmerksamkeit: das Jahr, als es in Olivers Zimmer plötzlich nach ungewaschenem Mann roch, das Jahr, in dem Rachel anfing, ihre Zimmertür zuzumachen und Noras Klopfen mit Stirnrunzeln zu quittieren. Halsentzündungen und schlechte Schulnoten. Doch das Immergleiche an einem Ehemann oder einer Ehefrau führte dazu, dass sie in gewisser Weise im Alltag kaum noch vorhanden waren. Sie waren wie Vorhänge: Man mühte sich ewig damit ab, sie auszuwählen, vermaß und grübelte, alles musste stimmen, und dann hängte man sie auf und dachte nicht mehr daran, bis man oft nicht einmal mehr wusste, welche Farbe sie hatten. Fast unmerklich war aus dem jungen Mann, der Nora von der Bar bis nach Hause begleitet und auf die Stirn geküsst hatte, ein trauriger Mann geworden, der zusehen musste, wie sich die Angelschnur seines Lebens immer weiter von der Spule abrollte, als würde sie von einem riesigen Fisch durchs trübe Wasser gezogen. Alle Männer fürchteten den Verlust ihrer Potenz, ihrer Position, doch letztlich lief das alles nur auf die Angst vor dem Tod hinaus. Rickys Lieferwagen hätte auch ein Leichenwagen sein können.

Charlie war kein schlechter Mann, nicht einmal ein schlechter Ehemann. Wie die meisten Männer seiner Generation war er in der Überzeugung aufgewachsen, dass die Grundbedürfnisse seines Lebens von Frauen erfüllt werden würden. Und die Frauen hatten dem entsprochen: die Assistentin, die Haushälterin und in geringerem, weniger beflissenem und dadurch auch weniger zufriedenstellendem Maß die Ehefrau. Aber dafür zu sorgen, dass jemand alles hat, was er braucht, heißt noch lange nicht, ihn zu lieben. Es ist Arbeit, keine Hingabe.

Und natürlich war praktisch gleich nach Charlies Auszug eine neue Frau im Spiel. Vielleicht war sie auch schon während der Monate im Spiel gewesen, als Charlie oben im Gästezimmer schlief und Nora im Stockwerk darunter? Warum auch nicht? Charlie war ein netter Mann und mittlerweile befreit von der zunehmend schwereren Last der kleinlichen Kümmernisse, die ein durchschnittliches Eheleben mit sich bringt. All ihre Freundinnen waren sich einig, dass Frauen gingen, weil sie unglücklich waren, und Männer, weil sie eine Neue gefunden hatten, mit der sie unglücklich sein konnten. Nora wurde erst richtig klar, wie weit es mit ihnen gekommen war, als Charlie ihr erzählte, es gebe da jemanden, und sie gar nicht so bestürzt war, wie sie immer gedacht hätte. Die Frau war Sprechstundenhilfe in der Praxis seines Hausarzts, und sie waren ins Gespräch gekommen, als er bei einer Routineuntersuchung auf den Stresstest wartete. Nora sah das mitfühlende Nicken der Frau förmlich vor sich, als Charlie ihr anvertraute, wie schwer die vergangenen Monate für ihn gewesen seien, während sie ihm die Manschette des Blutdruckmessgeräts um den Arm legte. Wahrscheinlich spielte sie Golf oder war zumindest bereit, es zu lernen. Und ein Golfschläger wäre für sie einfach nur ein Golfschläger.

»Die Übergangsfrau«, sagte Christine. »Die einen Mann von der ersten zur zweiten Frau bringt.«

»Wenigstens ist sie nicht in Rachels Alter«, meinte Nora.

»Du klingst eigentlich ganz guter Dinge.«

»Ich bin auch ganz guter Dinge. Ich mache mir nur Sorgen wegen der Kinder. Du weißt doch, weil man ihnen immer erzählen soll, dass niemand schuld ist. Das haben wir getan, und Oliver glaubt es vielleicht sogar, wer weiß das schon? Aber mir scheint, Rachel gibt eindeutig mir die Schuld.«

»Es geht ihr gut, Non. Ich sehe sie doch täglich. Sie macht ihre Arbeit richtig gut und hat auch schon nette Freunde gefunden.«

»Das hört sich aber anders an, wenn sie mit mir redet. Sie sagt, es regnet die ganze Zeit.«

Christine lachte. »Nonnie, hier regnet es wirklich die ganze Zeit. Mach dir keine Sorgen. Sie ist einfach nur durcheinander. Und traurig.«

»Irgendwann hat sie mir erzählt, sie trauere um ihr Leben.«

»Das ist von Tschechow. *Drei Schwestern*, glaube ich, oder vielleicht auch *Die Möwe*.«

»Dabei weiß sie doch, dass mein Hauptfach Geschichte war.«

Christine lachte wieder. »Ich glaube nicht, dass sie dein Wissen über russische Literatur testen wollte. Sie dramatisiert einfach nur gern. Dazu hatte sie schon immer einen Hang, wobei ich sagen muss, im Arbeitskontext dramatisiert sie nichts, kein bisschen, sonst könnte sie auch gar nicht so gut sein, wie sie ist. Mach dir keine Sorgen. Du bist eine tolle Mutter. Sie hat so viel Selbstvertrauen. Wenn ich so eine Tochter hätte, ich wäre extrem stolz auf mich.«

Schweigen.

»Non?«

»Entschuldige, du hörst mich gerade weinen.«

Zu allem anderen kam noch die unausweichliche Trennung von Charity. Nora wusste, wie albern es war zu glauben, sie könne bleiben, jetzt, wo das Haus verkauft, die Kinder fort und Homer nur noch eine Blechdose voller Asche war, die ganz hinten im Schrank hinter den Schuhkartons stand. Charity hatte sie nicht im Stich gelassen. Sie hatte Nora geholfen, Charlies Sachen zu packen, sie hatte die Kleider, die Rachel brauchte, nach Seattle geschickt, sie hatte Umzugskisten eingelagert, doch dann waren alle Aufgaben erfüllt, und es war auch für sie Zeit für einen Neuanfang. Sie hatte eine Stelle bei einer Familie angenommen, die sie im Jahr zuvor, bevor alles anders wurde, im Park kennengelernt hatte. Nora konnte ihr das nicht vorwerfen. Zu der Familie gehörten zwei kleine Mädchen im Alter von zwei und vier Jahren, die vermutlich dazu verdammt sein würden, sich auf Jahre hinaus die Märchenversion vom perfekten Benehmen und rückhaltlosen Gehorsam von Rachel und Oliver Nolan anzuhören, während sie nach der Schule ihre Zwischenmahlzeit verzehrten. Charitys Schwester Faith, die nur an den Abenden und an den Wochenenden für eine Familie in Chelsea als Babysitterin arbeitete, hatte sich bereit erklärt, einmal in der Woche bei Nora zu putzen und ihre Wäsche zu machen. Das immerhin blieb ihr. Charity vermeldete, Vance sei mit der neuen Regelung sehr zufrieden.

Das Haus zu verkaufen, erwies sich als Erleichterung, weil sie jedes Mal, wenn sie am Haus der Fisks vorbeikam, unwillkürlich dachte: Ach, das ist der Ort, wo das Ende der Nolans seinen Anfang nahm. Natürlich war es längst nicht mehr das Haus der Fisks. Es war schnell verkauft worden, und Sherry hatte eine Wohnung in dem Gebäude erworben, wo sie auch ihre Praxis hatte. »Es heißt ja immer, man soll keine überstürzten Entscheidungen treffen«, sagte sie, als sie mit Nora in ihrem neuen Wohnzimmer beim Kaffee saß – mit Blick auf den Fluss, dem gleichen Blick, den Nora so viele Jahre lang auf ihren Morgenspaziergängen genossen hatte. »Noch eine dieser Albernheiten, die man immer hört. Habt ihr euer Haus schon verkauft?«

»Der Vertrag wird aufgesetzt, aber sie zeigen es trotzdem noch weiteren Interessenten«, sagte Nora. »Wir hatten schon nach zehn Tagen ein Angebot für den vollen Verkaufspreis. Ein Irrsinn.«

»Meine Söhne erzählen mir ständig, wie großartig es ist, dass ich jetzt nicht mehr in einem Haus mit Treppen wohne«, sagte Sherry. »Das sagen die mir allen Ernstes. Offenbar machen sie sich jetzt schon Sorgen, wie es mit der Witwe Fisk wohl im Alter wird.«

»Ach, Blödsinn!«

»Nein, genauso ist es. Und es stört mich nicht einmal. Es tut ihnen ganz gut, sich solche Gedanken über mich zu machen.« Sie blickte verschmitzt über den Rand ihrer Kaffeetasse. »Ich treffe mich öfter mal mit einem Mann, der auch hier im Haus wohnt.«

»Was heißt ›treffen‹?«

»Du weißt schon. Er ist Insektenforscher am Museum of Natural History. Und er ist ganz ...« Sherry suchte nach dem richtigen Wort. »Reizend«, sagte sie dann. »Ich habe ihm erzählt, dass mein Mann derjenige war, der jemanden mit einem Golfschläger verprügelt hat. Er hatte nichts von der ganzen Sache mitbekommen, nicht mal darüber gelesen. Das war so schön. Wir haben uns im Fahrstuhl kennengelernt. Das heißt, er muss nicht hier übernachten. Ich habe immer schon lieber allein geschlafen, und ihm macht es auch nichts aus. Er geht einfach drei Stockwerke runter in seine eigene Wohnung. Das eine Mal, als er hier eingeschlafen ist, bin ich mitten in der Nacht hochgeschreckt und dachte, Jack sitzt neben dem Schrank und funkelt mich böse an, dabei war es nur eine Decke, die ich über den Sessel gelegt hatte.«

Nora wusste nicht recht, was sie dazu sagen sollte. Sie hielt Jack Fisk durchaus für einen Mann, der auch noch von den Toten auferstand, um seine Frau böse anzufunkeln.

»So was würde Charlie nie machen«, sagte sie.

»Ja, aber Charlie ist auch nicht tot«, sagte Sherry. »Hast du jemand Neues kennengelernt?«

»Lieber Himmel, nein. Ich habe immer noch genug damit zu tun zu begreifen, was überhaupt passiert ist.« Nora griff nach ihrer Tasse. »Ich weiß, das klingt blöd, aber es kommt mir vor, als wäre uns einfach die Puste ausgegangen.«

»Das klingt überhaupt nicht blöd«, sagte Sherry. »Es ist

sogar ziemlich typisch. Untypisch seid ihr nur insofern, als zwar den allermeisten Menschen in ihrer Ehe die Puste ausgeht, viele aber einfach weitermachen. Oder zumindest weitervegetieren, ohne Luft.«

Nora zuckte mit den Schultern.

»Ich denke, es war wegen dieser ganzen Sachen, die in der Straße passiert sind«, fuhr Sherry so entschieden fort, dass Nora sich gar nicht die Mühe machte, ihr zu widersprechen. »Das hat alles verändert.«

»Ich weiß nicht«, sagte Nora. »Mir kommt es vor, als hätte sich zwar alles verändert, aber wir wären trotzdem noch dieselben. Klingt das irgendwie einleuchtend?«

Sherry schüttelte den Kopf. »Eine Freundin von mir wohnt in San Francisco, in einem bildschönen Neubau. Eine wunderwunderschöne Eigentumswohnung, sehr geräumig und hell. Und dann hat man letztes Jahr festgestellt, dass das Haus absackt. Es hat schon fast einen halben Meter verloren. Die Wohnung sieht immer noch haargenau so aus, aber meine Freundin sagt, wenn sie nachts im Bett liegt, hat sie das Gefühl zu fallen. Rational ist das nicht, aber es ist trotzdem real.«

»Will sie verkaufen?«

»Wer kauft so eine Wohnung denn jetzt noch?«, entgegnete Sherry. »Ich habe gehört, die Fenstermachers wollen verkaufen.«

»Ach, Blödsinn!«, sagte Nora.

Nora hatte zwar niemand Neues kennengelernt, aber sie war von den vielen Avancen überrascht, bei denen es den Männern größtenteils nur ums »Rummachen« ging, wie sie das mit den Worten der Zwillinge nannte. Selbst Jim, dem sie eines Nachmittags zufällig im Restaurant begegnet war, wollte mit ihr etwas trinken gehen. »Ich sag's ja nur ungern, aber ich fand immer schon, dass ihr nicht richtig zusammenpasst, Charlie und du«, sagte er kopfschüttelnd. »Doch, wir haben gut zusammengepasst«, sagte Nora. Wahrscheinlich würde Jim jetzt denken, die Trennung sei von Charlie ausgegangen und sie trauere ihm immer noch nach, aber das störte sie nicht weiter. Sie fand es furchtbar, dass so viele Leute glaubten, zu einer Scheidung gehöre auch das fröhliche Auslöschen der Vergangenheit. Einzig Jenny, ausgerechnet sie, sagte: »Ihr seid fast fünfundzwanzig Jahre zusammengeblieben, und ihr habt zwei großartige Kinder. Eure Ehe war ein echter Erfolg. Lass dir bloß nichts anderes einreden.«

In der Woche, in der sie ihre neue Wohnung gefunden hatte, rief Bob Harris an, als wäre ihm das Rascheln der vorbereiteten Verträge noch vierzig Straßen weiter nicht entgangen. »Hab gehört, Sie lassen sich scheiden, und Ihr Hund ist gestorben«, sagte er. »Das mit dem Hund tut mir leid. War's ein guter Hund?«

»Der beste«, sagte Nora.

Er seufzte. »Großer Mist. Ich hatte mal einen Springer Spaniel, der war zehn Mal mehr wert als jeder Mensch, dem ich je begegnet bin. Aber egal, jetzt, wo Sie demnächst wieder frei sind, gehen Sie ja vielleicht mal mit mir essen?«

»Keinesfalls«, sagte Nora.

»Ganz sicher?«

»Mein Mann arbeitet für Sie.«

»Den könnte ich abservieren. Ehrlich gesagt, denke ich

schon ziemlich lange darüber nach, ihn abzuservieren. Er ist ein netter Kerl, aber irgendwas an ihm ... Ich weiß auch nicht. Irgendwas fehlt.«

»Bitte feuern Sie ihn nicht. Er liebt seine Arbeit.« Das stimmte nicht ganz, stimmte schon ewig nicht mehr. Aber wie Sherry Fisk vor gefühlten Ewigkeiten gesagt hatte, obwohl es doch erst letzten Winter gewesen war, wäre Charlie ein Nichts ohne seine Arbeit. Er wäre wie ein Vampir vor dem Spiegel: Es wäre nichts zu sehen. In ihrer Welt war ein Mann ohne Visitenkarte ein Mann, der morgens nicht mehr aufzustehen brauchte. Selbst Ricky besaß eine Visitenkarte.

Bob Harris hatte sie noch am selben Nachmittag zum Gespräch gebeten, obwohl sie ihn schon seit Wochen hinhielt, ungeachtet der Tatsache, dass sie keine Stelle mehr hatte. Seine Hartnäckigkeit trug ganz offensichtlich zu seinen Erfolgen in der Geschäftswelt bei. Und seine Geduld ebenfalls. Er hatte lange darauf gewartet, dass Nora sich besann. Jetzt klopfte er nachdenklich mit der Hand auf den Tisch und sagte dann: »Was, wenn ich Charlie im Tausch gegen ein, zwei Abendessen behalte?«

»Das ist billig und unwürdig«, sagte Nora.

Bob Harris grinste.

»Außerdem sind Sie verheiratet«, setzte sie hinzu.

»Ach. Woher wissen Sie das denn?«

»Keine Ahnung. So was weiß man einfach. Sie sind mit Ihrer College-Liebe verheiratet, und sie verbringt die meiste Zeit auf Ihrem Pferdehof in Virginia.«

»Alpakas«, sagte Bob Harris. »Sie züchtet Alpakas. Wissen Sie, was das für Tiere sind?«

»So was Ähnliches wie Lamas?«

»Genau, nur dass Menschen, die Alpakas züchten, das gar nicht gern hören. Das ist wie bei Stu Ventner. Kennen Sie den? Er erzählt mir immer, er wäre im Beirat der Bibliothek. Ich frag ihn, was denn der Unterschied zwischen einem Beirat und einem Aufsichtsrat ist. Und er erzählt mir irgendein Blabla. Egal. Leeanne sagt jedenfalls, Alpakas sind zutraulicher und sehr viel hübscher als Lamas, und man kann ihre Wolle verwenden, während Lamawolle zu gar nichts taugt. Ich habe keine Ahnung, was davon stimmt.«

Seine Hand klopfte immer noch auf den Tisch, er musterte die Bewegung, als wäre es gar nicht seine Hand, und schließlich sagte er: »In Wahrheit sind Leeanne und ich schon seit Ewigkeiten nicht mehr offiziell verheiratet. Aber das dürfen Sie nicht rumerzählen, ja? Ich habe keine Lust, in einem Artikel über die gefragtesten Junggesellen von New York zu enden, was ja letztlich auch immer nur die reichsten Junggesellen von New York sind. Dann stehen nämlich plötzlich lauter Leute aus der Branche auf der Matte und halten die Hand auf, und irgendwelche Frauen, die einem nichts als Ärger machen werden, kriechen einem auf Partys in den Hintern. Manchmal sogar buchstäblich. Ach was, vergessen Sie's einfach. Ich habe Sie vor allem hergebeten, weil ich bezüglich der Stiftung jetzt alle Schäfchen im Trockenen habe, und ich hätte immer noch gern, dass Sie sie leiten.«

»Wie eng wäre die Verbindung zu Parsons Ridge?«

»Es gäbe keine. Die Büros sind ganz woanders. Völlig andere Geschichte. Die einzige Verbindung sind das Geld und ich.«

»Die Bob-Harris-Stiftung?«

Er schüttelte den Kopf. »Ich habe alle Einreichungen schon auf die Beverley-Stiftung ausgestellt. So soll sie heißen.«

»Warum?«

»Nach meiner Mutter. Sie war Grundschullehrerin.«

Nora lehnte sich auf ihrem Stuhl zurück. »Na, Sie sind mir ja ein echtes Überraschungspaket!«

»Sie müssen einfach nur genauer hinsehen, Süße.«

»Ich weiß nicht.«

»Ist es, weil Ihr Mann oder was immer der jetzt ist, nicht will, dass Sie die Stelle annehmen?« Bob Harris musterte sie. Er war ein Mann, der sich einiges darauf einbildete, Menschen zu durchschauen, und sie hatte er offenbar genauestens durchschaut. »Pfff. Wenn ich mit einer Frau wie Ihnen verheiratet wäre, würde ich doch mit ihr angeben wollen.«

»Ja, das sagt ihr alle. Ihr glaubt, ihr würdet es toll finden, und wenn ihr es dann habt, findet ihr es gar nicht gut.«

»Ich habe ja nicht gesagt, dass ich es gut finden würde. Aber ich würde zumindest gern glauben, dass ich mir die Chance nicht habe entgehen lassen.«

In dem Moment war Nora klar, dass Bob Harris in Erwägung zog, sich an sie heranzumachen, und dass sie selbst erwog, dem irgendwann nachzugeben. Doch einer dieser Fachleute für Körpersprache, wie sie immer wieder im Fernsehen auftauchen, um die Bewegungen des Präsidenten zu analysieren, hätte an der Art, wie sich ihrer beider Brustkorb hob und wieder senkte, ganz klar erkannt, dass sie fast gleichzeitig dachten: Ach nee. Es war der Beginn einer wunderbaren beruflichen Beziehung. In den folgenden Jahren sollten beide zu dem Schluss kommen, dass sie in ganz New York die Einzigen waren, die ein ehrliches Gespräch miteinander führen konnten.

»Eigentlich müsstest du mit diesem Mann zusammensein«, sagte Jenny, als Nora ihr wieder einmal von einem Austausch mit Bob Harris erzählte.

»Und dafür etwas so Gutes aufs Spiel setzen?«, hatte Nora nur entgegnet.

Die Stadtverwaltung hat den Anwohnern mitgeteilt, dass sie die wöchentliche Bestückung der Kleinnagerfallen beenden und zur monatlichen Bestückung übergehen wird. Es wurde bereits eine Firma engagiert, um die Fallen zu überprüfen und sie bei Bedarf als Ergänzung zur städtischen Planung neu zu bestücken. Die Kosten werden unter allen Anwohnern aufgeteilt, die teilnehmen möchten. DIE FALLEN RUND UM DIE HÄUSER NICHT TEILNEHMENDER PARTEIEN WERDEN WEDER KONTROLLIERT NOCH NEU BESTÜCKT!

George

Besenrein, so stand es im Vertrag. Das Haus war besenrein zu übergeben. Nora musste lächeln, als sie das las. Ganz offensichtlich war der Anwalt der Käufer nicht mit dem Ausmaß der Arbeit einer Charity Barrett vertraut, die die Lüftungsschächte mit dem Staubsaugerschlauch gereinigt, mit einer Gerätschaft, die kaum größer war als eine Zahnbürste, die Fugen in Ollies Bad gereinigt und das Parkett so hingebungsvoll gebohnert hatte, dass Nora schon befürchtete, die neuen Eigentümer würden der Länge nach hinfallen, wenn sie das Wohnzimmer zu schnell durchquerten. Inmitten dieser Operationssaal-Atmosphäre, die nach Zitrone, Desinfektionsmittel und Seifenlauge roch, war es irritierend, in der Diele ein Blatt Papier auf dem Boden zu finden. Das letzte Georgeogramm. Nora überlegte kurz, ob sie es vielleicht als Andenken aufbewahren, es den Zwillingen zeigen sollte. Dann warf sie es in die letzte Mülltüte, die noch darauf wartete, hinausgebracht zu werden.

Sie war erstaunt, dass sie immer noch auf Georges Liste stand. Vielleicht glaubte er ja, die Neuen seien bereits eingezogen. In der Woche zuvor hatte Nora das größte Problem gelöst, das sie meinte, den Käufern ihres Hauses hinterlassen zu müssen. Kurz nach Tagesanbruch war sie, von ihrer neuen Wohnung kommend, in die Straße eingebogen – sie schlief nicht besonders gut, doch nicht einmal die Schlaflosigkeit brachte sie auf die Straße, solange es noch nicht hell war und die Ratten womöglich immer noch ihr Unwesen trieben – und hatte eine Frau entdeckt, die einen kleinen Plastikbeutel vor ihre Haustür legte.

»Hören Sie mal!«, rief Nora laut.

Die Frau erstarrte kurz, dann wirbelte sie herum, die Hände in die Hüften gestemmt. Unwillkürlich registrierte Nora, dass sie eine dreiviertellange Sporthose von *Leise Worte* trug, nämlich die Thoreau-Caprihose mit dem Zitat »Ich verneige mich vor meinem Körper« innen am Bund. Ein Satz, der so ungeheuer nach Yoga-Studio und Selbstermächtigung klang, dass Nora Christine mehrfach nachprüfen ließ, ob er auch wirklich von Thoreau stammte.

»Nein, *Sie* hören mir jetzt gefälligst mal zu. Ich mache das so lange weiter, bis Sie Ihre scheußlichen kleinen Köter endlich dazu bringen, ihre Haufen auf dem Gehweg vor Ihrem eigenen Haus zu hinterlassen! Ich kann gar nicht mehr zählen, wie oft ich da schon reingetreten bin, und ich habe es wirklich satt, darum hebe ich sie jetzt auf und bringe sie dorthin, wo sie hingehören, nämlich vor Ihre Haustür!«

»Mein Hund ist tot«, sagte Nora und spürte zu ihrer eigenen Überraschung, wie ihr die Tränen kamen, als würde Homers Tod, indem sie es laut aussprach, plötzlich real.

»Bitte?«

»Mein Hund ist vor einem halben Jahr gestorben.«

»Alle?«

»Ich hatte nur den einen.«

»Ach, kommen Sie! Der Portier aus dem Nachbarhaus sagt, es wären mindestens zwei, manchmal sogar drei. Er hat gesagt, der Mann, der hier wohnt, führt sie vor unserem Haus aus und lässt ihre Haufen immer liegen.«

»Was sollen das denn für Hunde sein?«

»Irgendwelche kleinen mit Glupschaugen. Ich weiß nicht mehr, wie die heißen, aber sie sehen aus wie kleine Außerirdische.« Sie wedelte vage mit der Hand. »Ich bin ein Katzenmensch«, setzte sie hinzu.

Nora bückte sich und hob den Beutel mit spitzen Fingern auf. »Sie haben diese Tütchen vor das falsche Haus gelegt«, sagte sie. »Der Mann, den Sie suchen, wohnt auf der anderen Straßenseite. Da hat der Portier Ihnen wohl die falsche Adresse gegeben.«

»Sind Sie sicher?«, fragte die Frau. Und wie von Zauberhand kam just in diesem Moment George die morschen Stufen vor seinem Haus herunter, mit dreien seiner Findelmöpse, die vor ihm an ihren Leinen zerrten. Die Frau machte große Augen, dann riss sie Nora den Beutel aus der Hand. »Tut mir leid!«, rief sie und hechtete über die Straße. »Tut mir wirklich ganz furchtbar leid!« Nora trat ins Haus und dachte, dass George jetzt wohl nie wieder ein Wort mit ihr reden würde, gab allerdings die Hoffnung nicht auf, dass er es doch tun würde, und dann erst wurde ihr klar, dass sie George wahrscheinlich bis an ihrer beider Lebensende nicht mehr begegnen würde.

Und wie es manchmal eben so passiert, war Nora gerade bei ihrem letzten Rundgang vor der Übergabe am Nachmittag, als es an der Tür klingelte. Das ganze Haus war leer. Wenn sie niesen musste, hallte es. Sie hatte die Tür zu Rachels Kleiderschrank geschlossen, an der noch die Kritzeleien aus Middleschool-Zeiten prangten: RN + AB (welcher Junge war das noch gleich gewesen?), *Ich hasse dich* (vermutlich eine Botschaft an ihre Mutter), etliche Herzchen und Sternchen. Nora hatte Charity verboten, das alles wegzuputzen. Sie hatte sich auch entschlossen, die Wand hinter der Küchentür unangetastet zu lassen, wo sie die Zwillinge jedes Jahr an ihrem Geburtstag gemessen hatten. Bleistiftmarkierungen auf Wandfarbe. Oliver und Rachel mit zwölf, als sie ein ganzes Stück größer gewesen war als er. Rachel und Oliver mit vierzehn, nach einem Wachstumsschub, der ihm drei Zentimeter mehr verschafft und seine Stimme um eine Oktave gesenkt hatte. Während des Studiums, als Ollie bei eins dreiundachtzig angekommen war und Rachel gut zehn Zentimeter kleiner blieb, hatte sie immer behauptet, sie wachse noch. »Träum weiter«, hatte ihr Bruder kommentiert und ihr den Kopf getätschelt. Nora hatte ein Foto von der Wand gemacht. Irgendwann einmal würde sie das ihren Kindern schicken, aber jetzt noch nicht.

Es klingelte erneut. Draußen stand ein Mann mit schwarzen Haaren, brauner Haut und kakifarbener Kleidung. Zwei weitere Männer, die ihm so sehr ähnelten, dass kein Mensch in der Straße sie jemals auseinanderhalten würde, standen hinter ihm. Alle drei trugen Rucksäcke. »Guten Tag, Ma'am?«, begrüßte sie der, der offensichtlich das Sagen hatte, und seine

Stimme hob sich zum Ende des Satzes wie bei einer Achtklässlerin aus der Privatschule. »Mein Name ist Joe. Ich mache kleinere Reparaturen. Meine Leute können den Gehweg reinigen und Schnee schippen. Für Sie zu einem sehr guten Preis.«

»Wie heißen Sie richtig, Joe?«

»Joe.« Er lächelte und nickte. Nora registrierte, dass ihm an einer Hand der Zeigefinger fehlte, und als er sah, dass sie hinschaute, ballte er die Hände zu Fäusten. »Ich arbeite schon für Mr. George gegenüber? Und für Mrs. Wooden?« Die Woodens hatte Nora noch gar nicht kennengelernt, und vermutlich würde es dazu jetzt auch nicht mehr kommen. Sie hatten gerade erst ein Haus nahe der Straßenecke gekauft. Sofern Nora das sagen konnte, hatten sie keine Hunde.

»Haben Sie ein Kärtchen, Joe?«, fragte Nora. »Das Haus gehört mir nicht mehr, aber ich gebe es gern weiter.«

Am Nachmittag, beim endgültigen Vertragsabschluss, gab sie dem Paar das Visitenkärtchen von Joe. Die neuen Besitzer hatten fünf Mal so viel bezahlt wie Charlie und Nora damals. »Sie werden sicher einen Handwerker brauchen«, sagte Nora, während sie ein Dokument nach dem anderen unterzeichnete, erst mit ihrem Namen, dann mit Charlies, der nicht dabei sein wollte und ihr eine Vollmacht ausgestellt hatte. Nora brauchte keinen Handwerker, jetzt nicht mehr. Stattdessen hatte sie einen Hausmeister. Sie wohnte im fünfzehnten Stock eines neu gebauten weißen Kastens, von dem aus man unter anderem auf den Fluss blickte und eine endlose Aussicht über hölzerne Wassertürme und Teerdächer hinweg hatte, das üppige, übervolle Buffet Manhattans von oben.

Nora genoss das Licht und die Luft. Sie genoss es, dass keiner sie kannte. Sie genoss es, dass es keine Wandtäfelung gab und keinen Stuck, keinen Charme, keine Geschichte. Ihr gefiel dieses Nichts, das unbeschriebene Blatt. Sollte es so nicht eigentlich sein, das Leben in New York – die Skyline, die Anonymität, das Zusammenleben ohne Nähe?

»Wie hast du geschlafen?«, fragte Nora Rachel, als sie zu Besuch war und zum ersten Mal im Gästezimmer übernachtet hatte.

»Gut«, antwortete ihre Tochter. »Ist wie in einem richtig schönen Hotel.«

»Autsch«, sagte Nora. Sie machte gerade Kaffee in der winzigen Küche, die für all das, wofür sie eine Küche inzwischen brauchte, genau die richtige Größe hatte.

Rachel stand neben ihr, Hüfte an Hüfte. Den Abend zuvor hatten sie aneinandergekuschelt auf dem Sofa verbracht und irgendwelchen Mist im Fernsehen angeschaut. Jetzt lehnte sich Nora an ihre Tochter und kam sich klein und traurig dabei vor. »Ich mag schöne Hotels«, sagte Rachel. Sie öffnete die Kühlschranktür. »Kein Naturjoghurt?«, fragte sie und nahm sich eine Banane aus der Obstschale.

»Luxusproblem«, sagte Nora.

»Ich hab dich ja wirklich lieb, Mommy, aber das sagt kein Mensch mehr«, erwiderte Rachel. Sie stemmte sich hoch, bis sie mit baumelnden Beinen auf der Arbeitsfläche saß, wie damals zu Middleschool-Zeiten. »Also, wie geht es dir wirklich?«, fragte sie. »Das ist übrigens keine rhetorische Frage.«

»Ich schätze es sehr, Kinder zu haben, die wissen, was eine rhetorische Frage ist.« Nora trug die Kaffeebecher zum

Esstisch hinüber, und ihre Tochter folgte ihr. Der Tisch war neu. Die Becher gab es schon seit Langem. Charlie hatte nicht viel von der Küchenausstattung haben wollen. Er hatte eigentlich überhaupt nicht viel haben wollen.

Sie setzte sich, dann sah sie Rachel an und gab sich Mühe, ihre Stimme möglichst neutral klingen zu lassen. »Je nach Tagesform«, sagte sie. »Manchmal bin ich traurig, und manchmal geht es mir gut, und manchmal bin ich sogar ein bisschen glücklich, und manchmal denke ich, wir haben die falsche Entscheidung getroffen, aber meistens glaube ich doch, dass es die richtige war. Ich verbringe auch viel Zeit damit, mir Sorgen um dich und deinen Bruder zu machen.«

»Und wir verbringen viel Zeit damit, uns Sorgen um dich zu machen.«

»Und wie geht es dir? Das ist auch keine rhetorische Frage.«

»Aber sehr gekonnt abgelenkt.« Rachel schloss die Hände um ihren Becher, kaute auf der Unterlippe, rutschte auf ihrem Stuhl herum, wie sie es immer machte, all die vielen kleinen Eigenheiten, die Nora so gut kannte. »Mir geht's gut, trotz allem. Vor einem Jahr war das noch anders. Da hatte ich plötzlich das Gefühl, als hätte ich in meinem ganzen Leben noch nie eine richtige Entscheidung getroffen. Alles im Leben ist mir einfach so passiert. Die Typen, mit denen ich zusammen war, meine Freundinnen, die einfach da waren. Mit dem College war es genauso, völlig okay, hier war ich schon bei Jahrgangstreffen, hier ist es schön, es ist eine tolle Uni, alles prima. Aber die Entscheidung, aus New York wegzugehen, etwas ganz anderes zu machen als alle, die ich kenne – es hat sich einfach wahnsinnig gut angefühlt, das ganz allein zu entscheiden. Ich weiß, du findest das, was ich da mache, irgendwie lahm und beliebig …«

»Das stimmt doch gar nicht!«

»Aber ich habe eine große Entscheidung getroffen, und jetzt treffe ich jeden Tag viele kleine Entscheidungen, und auch wenn es dabei vielleicht nur darum geht, ob ein Strampelanzug lieber Druckknöpfe oder einen Reißverschluss haben soll, bin ich doch diejenige, die das entscheidet.«

»Ich kann dir aus Erfahrung berichten, dass es eine sehr wichtige Frage ist, ob ein Strampelanzug Druckknöpfe oder einen Reißverschluss hat. Und ich bin eindeutig für den Reißverschluss, Schätzchen.«

»Ich auch«, sagte Rachel und warf einen Blick auf die Uhr. »O nein. Jetzt komme ich zu spät zu der Besprechung mit dem Cotton Council! Keinen Spott, bitte!«

»Du sprichst hier mit einer Frau, die früher engste Kontakte zum gemmologischen Institut gepflegt hat. Von mir wirst du keinen Spott zu hören kriegen.«

An der Tür umarmte Rachel sie fest, bevor sie in ihrer Erwachsenen-Bürokleidung loszog, und sagte: »Ich bin froh, dass du jetzt hier bist. Es wäre bestimmt alles noch schwerer, wenn du allein, ohne Daddy, im Haus geblieben wärst oder er allein ohne dich. Es ist schön hier. Eine schöne Wohnung.«

»Eine schöne Wohnung«, hatte auch Jenny gesagt, nachdem sie den langen Flur zu den Zimmern durchquert, die Glastüren der Küchenschränke geöffnet und auf die Gebäude unten hinabgeschaut hatte. »Hat Rachel sie abgesegnet?«

»Zumindest hat sie mir das vorgespielt. Sie hat mir überhaupt viel vorgespielt. Ich weiß gar nicht, was schlimmer war, der Schmerz vergangenes Jahr oder die Schauspielnummer jetzt.«

»Das ist ein dialektischer Prozess. Du musst die Synthese abwarten.«

»Vielen Dank, Frau Professorin.«

»Im Ernst, mir gefällt's hier. Das ist dein neues Ich.«

»Wirklich? Nicht nur das alte Ich mit neuen Möbeln?«

»Mir gefallen die neuen Möbel. Das weiße Sofa ist der Hammer.« Jenny lehnte sich der Aussicht entgegen, bis sie mit der Stirn an die Scheibe kam. »Der Dachgarten da hat sicher ein Vermögen gekostet«, sagte sie und blickte auf das Dach des Backsteinhauses gegenüber hinunter.

Nora trat neben sie. »Ich habe tatsächlich noch nie eine Menschenseele dort gesehen«, sagte sie.

Jenny legte ihr den Arm um die Taille und drückte sie an sich.

»Soll ich mir einen Hund zulegen?«, fragte Nora.

»Kommt drauf an«, sagte Jenny. »Willst du wirklich einen Hund, oder glaubst du einfach, du solltest dir einen Hund zulegen, weil es sich dann anfühlt, als hätte sich eigentlich gar nichts geändert?«

Nora seufzte. »Ich habe mir immer schon ein weißes Sofa gewünscht«, sagte sie.

»Wenn du dir einen Hund anschaffst, dann einen, der nicht aufs Sofa springt«, sagte Jenny.

Seltsam, dachte Nora manchmal, dass sie nach dem Schock darüber, plötzlich getrennt zu sein und nicht nur ihr Zuhause, sondern auch ihre gesamte Sicht auf sich selbst und ihr Leben verloren zu haben, eines Morgens aufgewacht war und erkannt hatte, dass sie weiterleben würde. Ihr früheres Leben kam ihr vor wie ein Kleid: heiß geliebt, aber nach all dem Gewicht, das sie verloren hatte, von keiner Schneiderei mehr enger zu machen. Sie war nicht dumm; sie investierte viel Zeit in ihren neuen Job, stellte Mitarbeiter ein, etablierte Systeme, besichtigte Schulen und ging jetzt nicht mehr nur an den Wochenenden, sondern jeden Morgen in der Dämmerung im Park laufen. Sie hielt sich beschäftigt, wie es so schön hieß. Sie wusste, es war durchaus möglich, dass sie sich eines Tages an diesen Tisch hier setzen würde, an dem sie immer frühstückte, und die Einsamkeit wie eine Grippe empfinden würde, fiebrig, schmerzvoll, schrecklich am ganzen Körper, sodass man eigentlich nur im Bett bleiben wollte.

»Ist dir das nicht auch schon passiert, als du noch verheiratet warst?«, fragte Jenny.

In gewisser Hinsicht hatten Charlie und sie plötzlich ein Leben, von dem sie gar nicht gewusst hatten, dass sie es immer schon wollten. Eines Abends waren sie mit Lizzies Eltern und natürlich mit Lizzie und Oliver essen gegangen, und es war, als wären sie auf eine merkwürdige Weise immer noch zusammen, nur besser. Am Tag zuvor und in der ganzen vergangenen Woche war nichts vorgefallen, weswegen sich einer über den anderen hätte ärgern können. Sie saßen gemeinsam am Tisch, und es schwang kein unangenehmer Subtext mit. Nora erzählte Lizzies Mutter, die eine kleine Privatschule leitete, von ihrer Stiftung, Charlie sprach mit Lizzies Vater, der in der Krankenhausverwaltung arbeitete, über den Finanzmarkt. Wirklich seltsam war nur, am Ende des Abends draußen auf der Straße das allgemein übliche Tänzchen zwischen Verabschiedung und tatsächlichem Aufbruch aufzuführen.

»Das war ein schöner Abend«, sagte Charlie.

»Ja, wirklich sehr schön«, sagte Nora.

Und dann hieß es Küsschen rechts, Küsschen links und in verschiedene Richtungen davongehen. Charlie wandte sich nach Osten, während Nora nach Norden ging. Für einen kurzen Moment meinte Nora, im Gesicht ihres Sohnes etwas wahrzunehmen, und am nächsten Morgen, als sie zusammen beim Frühstück saßen, sagte sie zu ihm: »Lass dich von alldem, was passiert ist, jetzt bloß nicht beziehungsscheu machen.«

Oliver lächelte ein wenig traurig. »Mom, ich ziehe meine Schlüsse aus allen verfügbaren Daten.«

»Und wenn es widersprüchliche Daten sind?«, fragte sie und dachte an Lizzies Eltern, an Lizzies Mutter, die sich automatisch bei ihrem Mann eingehakt hatte, als sie vom Restaurant zur Straßenecke gingen, um ein Taxi anzuhalten. Wobei, wer wusste schon, was das wirklich zu bedeuten hatte? Charlie und Nora hatten auf Außenstehende ja auch so gewirkt, weshalb ihr Vater, als sie ihm von ihrer bevorstehenden Trennung erzählte, als Erstes gesagt hatte: »Das ist jetzt aber nicht dein Ernst!«

»Wenn die Daten widersprüchlich sind, wird die Untersuchung einfach fortgesetzt«, sagte Oliver.

An diesem ersten Thanksgiving waren Nora und Charlie zusammen zu ihrem Vater und Carol nach Connecticut gefahren, wie üblich. »Du bist mir jederzeit sehr willkommen«, hatte ihr Vater gesagt und Charlie kräftig die Hand geschüttelt. Das Essen war wie immer, ebenso die Gespräche, obwohl Oliver zu Lizzie gefahren war und Rachel mit Christine in Seattle feierte. Nora ging davon aus, dass Charlie das nächste Thanksgiving mit seiner Freundin feiern würde, die im Jahr darauf womöglich schon seine zweite Frau war, und so weiter und so fort. Schon komisch, wie leicht sich die kleinen Einzelheiten der Zukunft doch voraussagen ließen und wie schwer verständlich die großen Zusammenhänge blieben, bis sie tatsächlich vor einem lagen, schwarz auf weiß: als Scheidungsurkunde. Manchmal dachte sie noch an die Straße und überlegte, ob sie das alles dort gewollt hatte, weil sie wusste, dass andere es wollten, ob das Leben, zumindest das Leben in New York, nicht immer eine etwas dilettantische Suche nach dem Authentischen war, während einem die Nachbildung ständig wie der Hauptpreis vor der Nase baumelte.

»Deine neue Stelle klingt großartig«, sagte Suzanne wehmütig, als das Frauenkränzchen sich zum Mittagessen traf. »Wenn man sich zu viele Stoffproben anschaut, hat man irgendwann doch das Gefühl, nur noch die Liegestühle auf der *Titanic* zurechtzurücken. Zum Glück bin ich endlich mit diesem Haus Downtown fertig. Obwohl mir James jetzt schon fehlt. Der Mann ist wirklich unwiderstehlich.«

»Sind die Leopardenteppiche denn endlich aus der Mode?«, fragte Jenny und warf Nora über den Tisch hinweg einen Blick zu.

Suzanne schüttelte den Kopf. »Und in zehn Jahren kann ich mir dann ansehen, wie jeder einzelne meiner Kunden sie wieder rausreißen lässt. Falls ich in zehn Jahren überhaupt noch dabei bin.«

»Immerhin ein Fehler, den ich nie gemacht habe.« Jenny beugte sich über ihre Suppenschüssel.

»Das hast du früher auch immer über die Ehe gesagt«, bemerkte Elena, und Nora spürte Bewegung unter dem Tisch; offenbar hatte eine der anderen Frauen Elena ans Schienbein getreten. »Ich meine doch nur, Jenny hat immer herumgetönt, wie furchtbar die Ehe ist, und jetzt ist sie selbst verheiratet.« Ein Tritt. Noch ein Tritt. »Was denn?«, rief Elena, und Nora musste lachen.

»Also, erstens war es nicht Jenny, die herumgetönt hat, wie furchtbar die Ehe ist«, sagte sie und blickte am Tisch herum. »Und zweitens verspreche ich euch hiermit hoch und heilig, dass ich nicht zusammenbreche, wenn irgendwer von Ehen, Hochzeiten, Ehemännern oder auch nur Liebhabern spricht.«

»Gibt es denn einen Liebhaber?«, fragte Cathleen mit weit aufgerissenen Augen, worauf auch sie einen Tritt abbekam.

»Sie hat sich ein weißes Sofa gekauft«, sagte Jenny.

»Du hast dir ein neues Sofa gekauft und nicht nach meinem Innenausstatter-Rabatt gefragt?«, sagte Suzanne. »Das verletzt mich jetzt aber.«

»Du hattest zu tun. Ich habe es im Schaufenster gesehen und ganz spontan gekauft. Ich hatte völlig vergessen, wie sehr ich mir so eins immer gewünscht habe.«

»Das ist das Traummöbelstück jeder Mutter«, sagte Suzanne. »Wenn es jemand bestellt, weiß man immer, dass die Kinder dort nicht ins Wohnzimmer dürfen. Manche von denen könnten auch gleich eine Samtkordel vor die Wohnzimmertür spannen.«

»Meine Kinder sind inzwischen zu groß für Marmeladenfinger«, sagte Nora.

»Hast du eigentlich abgenommen?«, fragte Elena. Ein Tritt. »Warum darf ich sie denn nicht fragen, ob sie abgenommen hat?« Noch ein Tritt. »Wenn das so weitergeht, bin ich nach diesem Mittagessen grün und blau!«

Eine Straße von Noras neuer Wohnung entfernt lag ein schönes Lokal, wo sie sich manchmal mit Geschäftskontakten zum Frühstück traf, bevor sie in ihr neues Büro in Uptown Manhattan aufbrach, ein Lokal, wo man sie inzwischen mit einem Lächeln begrüßte und an den immer gleichen Ecktisch führte. Dort entdeckte sie eines Morgens Alma Fenstermacher am anderen Ende des Raumes, die einen Thriller las und dabei mit stiller Konzentration ein Omelette verzehrte. Der Platz ihr gegenüber war frei, und Nora bahnte sich einen Weg zwischen den Tischen hindurch, bis sie vor ihr stand. Alma blickte auf, und die Freude in ihren Augen war ebenso unmittelbar wie ungekünstelt. Sie nahm zwei Mal in der Woche morgens Ballettstunden – natürlich, dachte Nora –, und das Studio lag ganz in der Nähe.

Joe arbeitete inzwischen regelmäßig für die Anwohner der Straße, und Alma erzählte, sie habe gehört, er sei gut, wenn auch vielleicht nicht ganz so gut wie Ricky früher. Die neuen Besitzer von Noras Haus seien reizend, auch wenn der jüngere Sohn angeblich recht schwierig sei; das Paar, das das Haus der Fisks gekauft habe, sei mit Renovierungen beschäftigt und noch gar nicht eingezogen. Nora erzählte ihr, dass

Oliver sich um ein Promotionsstudium bewerben wollte und Rachel befördert worden war und jetzt Christines neue Produktlinie mitverantwortete. »Sie soll *Leise Wörtchen* heißen«, sagte Nora. »Das gleiche Prinzip wie bei der Yogakleidung, nur für Kinder.«

»Die Zukunft findet heute statt«, zitierte Alma.

»Sie werden es nicht glauben«, sagte Nora. »Aber der Strampler mit diesem Spruch ist ihr größter Renner. Anscheinend kommen sie mit der Produktion kaum noch hinterher. Das und ›Schlaf recht schön‹. Beide hat Rachel entworfen.«

»Erst letzten Monat habe ich beide Strampler bei einer Babyparty verschenkt«, sagte Alma. »Gefällt es Rachel denn dort?«

»Ich glaube, im Augenblick ist sie vor allem froh, hier weg zu sein. Wenn sie mir noch einmal erzählt, wie authentisch die Menschen dort sind, fange ich an zu schreien.«

»Ach ja«, sagte Alma Fenstermacher, deren Kinder in St. Louis und Chicago lebten. »Die viel beschworene Bodenständigkeit des Westens.«

»Nicht wie hier in New York.«

»Ganz anders.« Alma bestrich ihren Toast mit Butter. »Vielleicht stimmt das ja sogar. Ich kannte mal eine Frau, die ununterbrochen von ihrer Zeit am Wellesley College schwärmte. Wie glücklich sie dort gewesen sei, was für eine wunderbare klassische Bildung sie dort genossen habe, wie schön es auf dem Campus gewesen sei. Einmal waren wir zusammen bei einem Nachmittagstee, und sie hat zwei Frauen getroffen, die zur selben Zeit am Wellesley studiert hatten. Sie sagten beide, sie würden sich gut an sie erinnern.

Eine meinte sogar, sie hätten zusammen in einem Seminar über die Lake Poets gesessen. Ich werde Ihnen jetzt nicht im Einzelnen auseinandersetzen, wie ich es herausgefunden habe, aber ich weiß, dass sie nie näher ans Wellesley College herangekommen ist als bis zur Sekretärinnenschule an der 23rd Street.«

»Ach, wie traurig.«

Alma lächelte leicht. »Ich habe sie regelrecht bewundert, nachdem ich das erfahren hatte. Was für ein Aufwand, sich ein ganzes Leben frei zu erfinden. Aber vielleicht machen wir das ja alle. Erzählen Sie mir von Ihrer Arbeit. Nach allem, was ich höre, hatte diese grauenvolle Person Sie ja eigentlich nie verdient.«

Die Schulen, die sie besichtigte, die Projekte, die sie finanzieren wollte, die Kinder, die so wenig hatten und so viel brauchten: Nora hätte sicher nicht so lang geredet, wenn Alma nicht so interessiert gewirkt und nicht sogar noch einen zweiten Kaffee bestellt hätte. Sie erzählte ihr von der ersten Förderung, die sie vergeben hatte und mit deren Hilfe ein Computerraum in einer Schule eingerichtet worden war, die bis dahin mit zwei altersschwachen Desktop-Rechnern auskommen musste, und sie berichtete, wie die Direktorin in Tränen ausgebrochen war, als sie den fertigen Raum mit den Schülerinnen und Schülern sah, die an den neuen Rechnern saßen. Auch Nora hatte weinen müssen, weil ihr nach all den Jahren, die sie jetzt schon reiche Leute um Geld bat, plötzlich klar wurde, wie viel schöner es war, dieses Geld an die wirklich Bedürftigen weiterzugeben. Außerdem hatte Bob Harris sie zu dieser Antrittsschenkung begleitet, und auch er hatte geweint. »Danke«, hatte Nora zu ihm gesagt, als sie aus dem Schulgebäude auf eine müllübersäte Straße und einen Basketballplatz mit rissiger Asphaltdecke traten. »Und als Nächstes besorgen wir den Kindern hier mal einen ordentlichen Platz zum Spielen«, erwiderte Bob.

Von einem Tag erzählte sie Alma aber nicht: dem Tag, an dem sie festgestellt hatte, dass sie in Rickys Gegend war, sich ein Herz gefasst hatte und zu seiner Wohnung gegangen war. Auf ihr Klopfen öffnete eine zierliche junge Frau in ausgefransten Jeansshorts, mit einem Baby an der Schulter und einem Kleinkind, das sich an ihr Schienbein klammerte. »Oh, die sind nicht mehr hier«, sagte sie. Und ein junger Mann, der sich in der Bodega an der Ecke etwas zu essen kaufte, sagte: »Ricky? Mann, der hat das große Los gezogen. Der hat jetzt so viel Kohle, dass er gar nicht weiß, wohin damit. Der hat Millionen.«

Der alte Mann, der auf seinem Klappstuhl neben dem Hydranten saß, sagte: »Der Schwachkopf da drinnen weiß ja nicht, was er da redet. Millionen, Millionen – jedes Mal, wenn hier einer zu Geld kommt, heißt es, er hätte Millionen. Ricky hat nicht das große Los gezogen. Er hat Geld aus irgendeinem riesigen Rechtsstreit bekommen. Viel Geld, aber keine Millionen. Vielleicht vier- oder fünfhunderttausend. Nettes Taschengeld, das muss man schon sagen. Er hinkt, aber hey. Für ein paar Hunderttausend und ein schönes Haus würd ich auch hinken. Wollen Sie 'ne Dose Dr. Pepper, Miss? Ich hab den ganzen Kühlschrank voll damit.«

»Wo liegt denn das Haus?«

»In der DomRep. Der Dominikanischen Republik. Nitas

Mutter wohnt dort, ihre Schwestern, ein paar andere Verwandte. Sie haben ein Restaurant aufgemacht.«

»Gute Gelegenheit, sein Geld zu verlieren.«

»Ach, wird schon. Er hat ja jetzt viel Geld. Wenn auch keine Millionen.«

»Ich hab gehört, es war 'ne Million«, sagte der junge Mann, der jetzt mit seinem Sandwich und einer Dose Bier nach draußen kam. »Er hätte den Kerl drankriegen sollen, der ihn zusammengeschlagen hat. Der hätte zahlen müssen, anstatt dass er ihn davonkommen lässt.«

»Er hat doch gezahlt, Schwachkopf.« Der alte Mann öffnete zischend eine Dose Dr. Pepper. »Er hat ihn bar auf die Kralle bezahlt. Wenn du die Wahl hast, den Kerl in den Knast zu bringen oder sein Geld zu kriegen, würd ich immer das Geld nehmen.«

»Oder beides«, sagte der Jüngere.

»Träumer«, sagte der Alte.

Schließlich verlangte Alma Fenstermacher doch die Rechnung. »Am liebsten würde ich den ganzen Tag hier sitzen bleiben«, sagte sie, als meinte sie es ehrlich. »Sie fehlen mir. Sherry fehlt mir auch. Sie müssen mich mal zusammen besuchen.« Dann sah sie Noras Miene und sagte: »Nein, wohl eher nicht. Das war gedankenlos. Haben Sie eigentlich schon gehört, dass die Brachfläche weg ist?«

»Weg?«

»Verkauft. Es kam dann doch noch ein Angebot, das einfach zu hoch war, um es auszuschlagen.«

»Dann hat Mr. Stoller also in den Verkauf eingewilligt?«

Alma beugte sich vor und lächelte Nora nachsichtig an, so

wie man ein kleines Mädchen anlächelt, das brav die Serviette auf den Schoß gelegt und mit der Gabel gegessen hat. »Ich verrate Ihnen ein Geheimnis«, sagte sie. »Sidney Stoller ist schon seit Jahren tot.«

»Sind Sie da sicher?«

Alma lehnte sich wieder zurück. »Allerdings. Ich bin seine Tochter.« Dann lachte sie, ein kehliges Lachen. »Ach, Nora, wenn Sie Ihr Gesicht sehen könnten!« Noras Gedanken tickten wie ein Geigerzähler, während sie all die Vermutungen durchging, die in der Straße über Alma kursiert hatten: Greenwich, ein Pensionat für höhere Töchter, eins der sieben historischen Frauen-Colleges, vielleicht sogar ein Debütantinnenball oder zumindest eine echte Society-Hochzeit. Und ihr wurde klar, dass Alma, im Gegensatz zu der Frau mit dem Wellesley College, die ihre Geschichte aus ganz privaten Gründen öffentlich lanciert hatte, nie eines der Gerüchte bestätigt hatte. Die Einrichtung ihres Hauses, ihre Stimmfarbe, der Schnitt ihrer Kleidung: Sie alle hatten sich ihre Biografie aus dem zusammengereimt, wie sie sich der Welt präsentierte.

»Jetzt wird dort ein Wohnhaus gebaut«, fuhr Alma fort. »Die Denkmalschutzbehörde hat die Leute mit ihren Plänen ganz schön auflaufen lassen, mit dem Ergebnis, dass sie eine Art pseudoviktorianisches Stadthaus bauen müssen. Wenn ich ehrlich bin, tun sie mir sogar ein bisschen leid.«

»Und was ist mit den Leuten, die immer auf dem Grundstück geparkt haben?«

»Ach herrjemine, die finden schon andere Möglichkeiten. Ich muss sagen, die größte Freude bei der ganzen Transaktion, von der Höhe des Schecks einmal abgesehen, waren Georges Klagen. Wobei ich ihm natürlich nicht verraten habe, dass wir die Verkäufer sind. Die Bank hat ihn schriftlich von dem Verkauf unterrichtet. Was hätte es auch für einen Sinn gehabt, ihm seine Illusionen zu rauben?« Alma Fenstermacher küsste Nora auf beide Wangen. »Ich hoffe, wir treffen uns irgendwann einmal wieder«, sagte sie.

»Ich wohne hier gleich um die Ecke.«

»Na dann.« Alma streifte ihren dunkelblauen Blazer über. »Sie bekommen natürlich eine Einladung zum Januarfest, wie immer.«

»Wie schön«, sagte Nora, und an ihrem Ton und an Almas Lächeln merkten beide, dass Nora nicht kommen, dass sie das jetzt ihren Nachfolgern überlassen würde, dass sie mit der Straße auch das Januar- und das Grillfest und alles andere hinter sich gelassen hatte. Eine kleine Sackgasse, die nirgendwo hinführte.

Und sie fühlte es, fühlte die Last all der Abschiede, die sie im letzten Jahr absolviert hatte. »Ich habe Ihnen ein Abschiedsgeschenk mitgebracht«, hatte Phil, der Möchtegern-Obdachlose, an ihrem letzten Arbeitstag im Museum zu ihr gesagt und ihr einen ramponierten Merriam-Webster überreicht, dessen roter Leineneinband schon ausfranste und zu einem Rosaton verblasst war. Auf dem Deckblatt stand in wunderschöner Handschrift eine Widmung: »Für Arthur Billingham, aus Anlass seines Studienabschlusses von seinen ihn liebenden Eltern, Juni 1939.«

»Ich liebe Nachschlagewerke«, sagte er. »Sie überraschen einen nie, wenn Sie wissen, was ich meine.«

»Ich frage jetzt lieber nicht, wo Sie das herhaben«, sagte Nora und ließ die Finger über die hauchfeinen Seiten gleiten.

»Wie ich schon sagte, in dieser Stadt wird viel zu viel Gutes weggeworfen.«

»Ich werde es in Ehren halten«, sagte sie.

»Mir ist schon klar, dass die große Chefin mich immer loswerden wollte. Ich weiß es sehr zu schätzen, dass Sie das nicht zugelassen haben. Vielleicht versucht jemand Neues das jetzt wieder. Vielleicht ziehe ich auch selber weiter. An der Morgan Library gibt es einen Seiteneingang, den ich ganz nett finde.«

»Sie könnten es auch am Metropolitan probieren.«

»Nee, die großen Protzbauten taugen nichts«, sagte er. »Da wird man ständig von den Bullen verscheucht. Und die Konkurrenz ist auch zu groß. Bei den ganzen Imbissständen hat man immer die Wahl: Will man sich jetzt einen Erdbeerkuchen kaufen oder einem Obdachlosen einen Dollar für ein Sandwich geben? Die meisten entscheiden sich dann für ein Eis oder einen Hotdog. Kann man ihnen auch gar nicht vorwerfen. Manche sind nett und kaufen einem was zu essen, aber das Zeug will ich wirklich nicht. Ich meine, Hotdogs vom Straßenhändler? Ich bitte Sie.«

»Irgendwann komme ich Sie mal besuchen«, sagte Nora.

»Nee«, meinte Phil. »So läuft das nicht. Irgendwann sehen Sie vielleicht mal einen auf der Straße hocken, und dann denken Sie an mich, und vielleicht unterhalte ich mich irgendwann mit einer Dame auf der Straße, und dann denke ich an Sie. Aber wir werden uns vermutlich nie wiedersehen.«

Nora lachte. »Sie sind der Einzige, der da wirklich ehrlich ist. Die Leute hier, die Leute aus der Straße, wo ich bisher gewohnt habe, alle sagen immer: Oh, wir müssen uns wieder treffen, wir gehen essen, wir gehen Kaffee trinken.«

»Ja, das muss man vielleicht auch sagen. Aber passieren wird's trotzdem nicht, stimmt's?«

»Wahrscheinlich sagen die Leute es deshalb, weil das, was Sie gesagt haben, einfach zu traurig ist.«

Phil zuckte die Achseln. »New York ist eine Stadt der Gedanken«, sagte er. »Ich bin jetzt in Ihren Gedanken, und Sie sind in meinen.«

»Wer sind Sie eigentlich wirklich?«, fragte Nora. »Eine Stadt der Gedanken? Also ehrlich. Schreiben Sie ein Buch über das Leben auf den New Yorker Straßen, und das ist alles nur eine große Recherche? Oder finde ich mich irgendwann in einem Uniseminar wieder? Über die Beziehungen zwischen Obdachlosen und den Leuten, die ihnen Geld geben?«

»Sie haben mir doch nie Geld gegeben.«

Nora griff in ihr Portemonnaie und zog einen Zwanzig-Dollar-Schein hervor. »Wenn ich Ihnen den gebe, verraten Sie mir dann, wer Sie wirklich sind?«

Er grinste. »Nee, von Ihnen nehme ich kein Geld. Und ich bin Phil. Das wissen Sie doch. Ich bin Phil. Viel Spaß mit dem Wörterbuch. Wenn Sie was drin nachschlagen, werden Sie immer an mich denken.«

Nora hatte das Wörterbuch auf ihren Büroschreibtisch gestellt, neben eine Gipsvase, die Rachel im zweiten Schuljahr für sie gemacht hatte, und einem Briefbeschwerer mit einem Handabdruck des sechsjährigen Oliver. Von Charlie hatte sie nichts mehr, ihren Ehering hatte sie schon vor Monaten im untersten Schubfach ihres Schmuckkastens verstaut, nachdem ihr aufgefallen war, dass Charlie seinen nicht mehr trug. Das war an einem Tag gewesen, als sie sich getroffen hatten, um irgendwelche Dokumente zu unterschreiben. Sie waren ins Reden gekommen, und plötzlich war alles aus ihm herausgeplatzt, sein Gefühl, dass er immer nur ihre zweite Wahl gewesen sei, dass er beruflich die falschen Weichen gestellt habe, dass sein Leben ihm vorgekommen sei wie ein angemietetes Haus mit halb leeren Zimmern. Sie musste an das Wochenende in Asheville denken. »New York ist nicht die wahre Welt«, hatte er damals gesagt. Irgendwann in nicht allzu ferner Zukunft würde er in den Süden ziehen, sich als Finanzberater für vermögende Kunden selbstständig machen, sehr viel mehr Golf spielen. Sie kannten viele, die genau das getan hatten, und Nora hatte immer geringschätzig von ihnen gesprochen, aber Charlie hatte nur geschwiegen, und jetzt wusste sie, dass er geglaubt hatte, ihre Geringschätzung habe nicht nur dem Leben dieser Bekannten gegolten, sondern auch dem Leben, das er sich wünschte, dem Leben, von dem er glaubte, es werde ihn glücklich machen, also letztlich ihm. Er würde die Arzthelferin heiraten und sie aus ihrem Alltagstrott herausführen. Und Nora würde Rachel ermahnen müssen, nett zu ihr zu sein.

Alle würden sich weiterentwickeln, sodass es den Anschein hatte, als wäre ihr Leben im Grunde unverändert oder sogar besser. Ricky und Nita hatten ihr Restaurant in der Dominikanischen Republik, George hatte eine neue Generation von Anwohnern, an die er sich heranwanzen und denen er auf die Nerven gehen konnte. Bald schon würden alle in der Straße vergessen haben, dass jemals ein anderer als Joe ihre Abflüsse gereinigt und ihre Fenster geputzt hatte. Selbst die Geschichte von Jack Fisk, der mit einem Golfschläger auf jemanden losgegangen war, würde verblassen, so sensationell sie auch sein mochte. Sherry, Linda, Oliver, Rachel, Charlie, Nora: Sie alle würden einfach weitermachen, mit innerer Stärke, mithilfe von Verdrängung oder der richtigen Mischung aus beidem. Die Menschen gehen in dem Glauben durchs Leben, sie würden Entscheidungen treffen, dabei machen sie im Grunde nur Pläne, was keineswegs das Gleiche ist. Unterwegs nehmen sie ein wenig Schaden, es entstehen lauter kleine Risse, und auch wenn sie ganz bleiben, sind sie doch ein wenig lädiert. Ricky würde bis an sein Lebensende humpeln. »Teufel, ich würd auch am Stock gehen, wenn genug Geld dabei rausspringt«, hatte der Mann vor dem Eckladen gesagt. Nora fragte sich, ob Ricky das wohl auch so sah.

Manchmal malte sie sich eine andere Wirklichkeit aus, in der Charlie bei einer Rechtsberatungsstelle gearbeitet und sie eine Ausbildung zur Sozialarbeiterin gemacht hätte, die Kinder hätten eine staatliche Schule besucht, und sie hätten das Esszimmer zum zusätzlichen Schlafzimmer umfunktionieren müssen, weil sie sich keine größere Wohnung leisten konnten. Wäre das wirklich so schlimm gewesen? Wäre das wirklich so gut gewesen? Die alternative Wirklichkeit, von der sie sich nicht zu träumen gestattete, war eine, in der sie nie mit in die *Tattooed Lady* gekommen, Charlie Nolan nie kennengelernt und ihn auch nicht geheiratet hätte, obwohl ihr durchaus bewusst war, dass es alternative Wirklichkeiten ohne ihn gab, zu denen die Nora von heute vielleicht sogar besser gepasst hätte. Doch sobald Kinder da waren, konnte man nicht mehr zurücksetzen, wenn man bereits abgebogen war. Sobald Kinder da waren, wurde alles zu einem großen Gesellschaftsspiel.

Manchmal machte Nora sich auch Gedanken über das Alternativuniversum, in dem Jack Fisk an jenem Morgen sein Auto nicht gebraucht hätte, in dem Ricky wie üblich seiner Arbeit nachgegangen wäre, in dem Sherry Fisk nicht ausgezogen und die Nolans verheiratet geblieben wären und in der niemand unverhofft zu Geld gekommen und in die Dominikanische Republik gezogen wäre. Das war dann ein bisschen wie ein Remake von *Ist das Leben nicht schön?* mit ihr selbst in der Hauptrolle. Aber diese Gedanken gingen auch davon aus, dass überall sonst Stillstand herrschte. Hatte ihr Leben wirklich nur daraus bestanden? War es nichts als ein Spiel mit ein paar Figuren mitten in einer großen Stadt gewesen, die sich Tag für Tag veränderte, im Großen wie im Kleinen, auch an Sonn- und Feiertagen, sogar an Schawuot und an Christi Himmelfahrt?

Nora sei auf die Füße gefallen, hieß es jetzt. »Sie ist ja noch jung«, tuschelten ihre Freundinnen – mit anderen Worten: jung genug, um wieder zu heiraten. Sie leitete ihre Stiftung, richtete ihre neue Wohnung ein, alles war neu, bis auf Richard. Er hatte das Museum mit ihr zusammen verlassen und war von der Zeitarbeitsfirma zur festen Stelle gewechselt. »Das ist eher meine Kragenweite«, hatte er gesagt, als sie ihm von der Stiftung erzählt hatte, und so war es auch. Wenn sie Förderanträge erhielten, teilte er sie in zwei Gruppen auf: lückenhaft und nicht lückenhaft. Manchmal nahm sie ihn auch zu ihren Besichtigungen mit. Sie hatte Büroräume an der 125th Street angemietet, einem Teil der Stadt, den sie noch nicht kannte, der ihr aber mit jedem Tag reizvoller erschien, so wie es mit den anderen Stadtteilen auch gewesen war. Die Viertel von New York, die früher gleichbedeutend mit Gefahr waren, veränderten sich eins nach dem anderen, bis Nora die Freunde ihrer Kinder über potenzielle Wohnungen an Orten reden hörte, wohin sie nie einen Fuß gesetzt hätte, Orte, an denen sie, wenn sie einmal versehentlich dort ausgestiegen wäre, die U-Bahn-Station um keinen Preis verlassen hätte.

»Du sparst mir jede Menge Miete«, hatte Bob Harris gesagt, »aber sei bloß vorsichtig. Auch arme Leute sind der Meinung, dass man nur so viel kriegt, wie man bezahlt.«

»In zehn Jahren gibt es in dem Viertel keine armen Leute mehr, verlass dich drauf«, sagte Nora. »Wahrscheinlich gibt es dann in der ganzen Stadt keine mehr.«

»Die Bibel lehrt, sie werden stets unter uns sein«, erwiderte Bob.

»Ja, abgeladen an den Orten, wo wir nicht leben wollen.«

»Jetzt werd mir mal nicht zynisch«, sagte er. »Du warst genau die Richtige für diese Arbeit, weil du eben das nicht warst, kein bisschen.«

Noras morgendlicher Spazierweg war jetzt ein anderer, er führte nach Norden anstatt nach Süden, nach Osten anstatt nach Westen. Wenn sie doch einmal nach Süden ging, um eine andere Stiftung zu besuchen oder sich eine Charter-Schule anzusehen, stieß sie auf immer neue Teile ihrer Vergangenheit, ihres alten Ichs, ihrer frühen Vorgeschichte. Das nichtssagende weiße Bürogebäude, in dem sie einmal ein Vorstellungsgespräch mit einem Princeton-Absolventen geführt und offensichtlich wenig Eindruck hinterlassen hatte: Sie war abgelehnt worden. Die Schule, an der sie einmal erwogen hatte, als Verantwortliche für das dortige Fundraising zu arbeiten: Sie hatten stattdessen einen aalglatten jungen Mann eingestellt, der später verklagt wurde, weil er Geld für Urlaube in wärmeren Gegenden und Maßanzüge abgezweigt hatte. Ein Restaurant, wo Christine ihr beim Mittagessen von ihren Plänen für ihr neues Unternehmen erzählt hatte. Eine Weihnachtsfeier in einem anderen Restaurant, bei der sie mit den Zwillingen schwanger gewesen war und auf der düsteren, höchst unangenehm riechenden Toilette die gebackenen Shrimps wieder von sich gegeben hatte. Das wunderschöne Gebäude an der Fifth Avenue, dessen getäfelte Eingangshalle von der Straße aus nur ein glitzernder Streifen war. Dort hatte sie einmal ein Wochenende bei einer Kommilitonin verbracht, mit der sie kurze Zeit befreundet gewesen war. Jedes Mal, wenn sie dort vorbeikam, fragte sie sich, wie es Missy wohl gehen mochte. Sie erinnerte sich, wie sie direkt aus dem Aufzug in die Maisonettewohnung von Missys Eltern getreten war, in das Wohnzimmer mit den hellgelben Sofas, den apfelgrünen Vorhängen und den riesigen Fenstern, von denen man auf den Central Park blickte, und sich gedacht hatte: So ist es, in New York zu leben. Einmal hatte sie darüber gelacht und Christine bei einer Flasche Rosé in ihrem Wohnzimmer erzählt, wie großartig sie sich das Leben in der Stadt vorgestellt hatte und wie anders als das Leben der Familie Landis ihr eigenes letztlich geworden war. Christine hatte nur eine Augenbraue hochgezogen und erwidert: »Falls das jetzt eine Selbstmitleidsorgie werden soll, bin ich weg.«

Phil hatte recht: New York war eine Stadt der Gedanken. Es war eine Geisterstadt, und einer dieser Geister war Nora Nolan, jung, nicht mehr ganz so jung, ledig, schwanger, Mutter, mit Ehemann, ohne. Irgendwo gab es auch noch die Wohnung, in der es mit Charlie und ihr begonnen hatte, den Kreißsaal, in dem die Zwillinge zur Welt gekommen waren, das Büro, in dem Charlie und sie mit der Mediatorin zusammengesessen hatten. Irgendwo da draußen waren die Frau mit den Gänsen, der Jongleur, die Männer, die Domino spielten, der Kühlschrank mit den Dr.-Pepper-Dosen, das Haus aus Aluminium, George, der mit seinen Möpsen an dem Grundstück vorbeiging, das früher einmal ein Parkplatz gewesen war. New York war wie sämtliche Schichten des Erdballs. Das Alte war verdeckt, aber niemals verschwunden. Irgendwo in dem (glutenfreien) Backshop lagen noch Flyer vom alten Pizzaservice herum, von der Schusterwerkstatt, die vorher dort gewesen war, vom kosheren Lebensmittelladen und immer so weiter, bis hin zu den felsigen Überresten des Flusses, der einst durch Midtown geflossen war, als es Midtown noch gar nicht gab, als es Amerika noch gar nicht gab, und der nun unter Beton, Asphalt und Erde verborgen lag. Gedächtnisverlust war der Preis, den viele New Yorker für den Wohlstand zahlten. Sie hatten vergessen, woher sie gekommen waren, wo sie begonnen hatten. Sie hatten vergessen, was diese Stadt tatsächlich war und wie klein der Anteil, den sie in Wahrheit daran hatten.

Alles Neuerschaffene, alles Neue wurde auf dem robusten Rücken des Vergangenen errichtet. Irgendwo unter den vielen Schichten aus Straßen und Wegen rostete tief im Boden ein Stück Metall, das ein holländischer Arbeiter vor vielen Jahrhunderten zurechtgeklopft hatte. Und über all dem die große Stadt, heute, jetzt, glitzernd und neu, gerade erst erschaffen, eine gewaltige Illusion.

Nora bog um die Straßenecke, auf dem Weg zu ihrem neuen Büro, das Gesicht zum Licht erhoben, das zwischen den Gebäuden hindurchschimmerte. »Einen gesegneten Tag Ihnen!«, rief ihr der Mann zu, der an der Ecke Gratiszeitungen verteilte.

»Ihnen auch«, sagte Nora.

Ein idyllisches Tal, sonnendurchflutete Kindheitstage und die Kraft der Erinnerung

Schon seit Generationen lebt Mimis Familie im kleinen Dorf am Fluss – dort, wo morgens der Nebel dick wie Zuckerwatte in den Hügeln hängt und mittags die Sonnenstrahlen in den Maisfeldern tanzen. Doch nun soll das Tal geflutet werden, und die Elfjährige wächst in dem Wissen auf, dass ihre Heimat bald für immer verloren sein wird. Während die Dorfgemeinschaft gegen die drohende Veränderung ankämpft, muss Mimi den Mut finden, ihren eigenen Weg zu gehen. Denn der Ort, an dem wir aufgewachsen sind, und die Menschen, die wir dort liebgewonnen haben, mögen vielleicht irgendwann verschwinden – aber in unseren Herzen werden sie auf immer weiterleben.

Jetzt reinlesen auf www.penguin-verlag.de